Zona Franca

Francesco Forgione

Zona Franca

Políticos, empresários e espiões na república da 'ndrangheta, a poderosa máfia calabresa

Tradução

Mario Fondelli

Rio de Janeiro | 2015

Título original: *Porto Franco*

Capa: Sergio Campante

Imagens de capa: Andreas Douvitsas/Getty Images e carollphoto/iStockphoto

Editoração: FA Studio

Texto revisado segundo o novo
Acordo Ortográfico da Língua Portuguesa

2015
Impresso no Brasil
Printed in Brazil

Cip-Brasil. Catalogação na publicação
Sindicato Nacional dos Editores de Livros, RJ.

F799z Forgione, Francesco, 1960-
Zona Franca: políticos, empresários e espiões na república da 'ndrangheta, a poderosa máfia calabresa / Francesco Forgione; tradução Mario Fondelli. — 1. ed. — Rio de Janeiro: Bertrand Brasil, 2015.
392 p.; 23 cm.

Tradução de: Porto franco
ISBN 978-85-286-1892-1

1. Máfia - Itália. 2. Crime organizado - Itália. I. Título.

14-11394 CDD: 364.1060945
CDU: 343.341(45)

EDITORA BERTRAND BRASIL LTDA.
Rua Argentina, 171 — 2º andar — São Cristóvão
20921-380 — Rio de Janeiro — RJ
Tel.: (0xx21) 2585-2070 — Fax: (0xx21) 2585-2087

Atendimento e venda direta ao leitor:
mdireto@record.com.br ou (0xx21) 2585-2002

A Giuseppe Valarioti,
secretário do PCI de Rosarno,
assassinado pela 'ndrangheta
com a idade de 30 anos

SUMÁRIO

NOTA DO AUTOR

As histórias contadas nestas páginas são ricas de nomes.

Para todos que aqui são mencionados, excluindo obviamente os que, no texto, são explicitamente indicados como condenados de forma definitiva, vige a presunção de não culpabilidade, um recurso que, como todos sabemos, defende as garantias individuais e é assegurado pela Constituição.

Os nomes são aqueles que todos podem ler nos autos da polícia e da magistratura, e são aqui citados apenas para tornar mais reconhecíveis determinados acontecimentos ou para reconstruir um quadro geral dos fatos, e não porque tenhamos de considerá-los de antemão responsáveis pelos crimes que lhes são atribuídos.

A verdade judiciária, como sempre, cabe aos tribunais, que determinarão se os indiciados devem ser considerados culpados ou inocentes.

INTRODUÇÃO

Todo livro é uma espécie de viagem. Imaginei *Zona franca* como um retorno à Calábria. Precisava voltar à terra natal, minha e da 'ndrangheta, para continuar a cavar as razões de um mal antigo e então voltar a sair, a fim de olhar com novos olhos para o futuro.

Nestes últimos anos, a 'ndrangheta foi finalmente descoberta. O seu nome, embora sejam muito poucos os que sabem pronunciá-lo, chegou à opinião pública nacional e internacional. Contribuíram para isso a chacina de Duisburg e os numerosos inquéritos judiciais que, nestes últimos tempos, revelaram a sua difusão na Itália inteira. Isso deu origem a um novo filão jornalístico que fala em "nova máfia do norte". Isso é bom, muito bom. E se os "feitos" e as atividades de uma das organizações criminosas mais poderosas do mundo enchem as prateleiras das livrarias e invadem as telas das tevês, melhor ainda. Isso também se deve ao trabalho incansável e obstinado daqueles, francamente poucos, que há mais de duas décadas denunciam a sua periculosidade e o seu poder.

Em 2008, surgiu o primeiro Relatório da Comissão Parlamentar Antimáfia totalmente dedicado à máfia calabresa, e teve grande repercussão. Eu fui o relator, mantendo o compromisso assumido na hora de ser eleito presidente da comissão.

Atualmente, quando se fala de 'ndrangheta, fala-se principalmente do norte. Não podemos esquecer, contudo, que a 'ndrangheta chegou à Itália setentrional na década de 1960, já criando sólidas raízes nas décadas de 1970 e 1980. Isso significa que durante muito tempo ela se desenvolveu e prosperou devido ao silêncio hipócrita de todos, desde a política até o mundo empresarial e a sociedade civil das regiões setentrionais.

Agora que os holofotes acenderam, podemos descrever outra Itália, crua e real, que, do norte ao sul, já não consegue se esconder.

Ainda assim, agora, percebo outro perigo. O de se perder a verdadeira natureza desse sistema criminoso que muitos, de forma simplista demais, reduzem unicamente à atividade de narcotráfico internacional. E também há o risco de a sua capacidade de colonização de territórios geográficos, políticos e econômicos ser apresentada como mero deslocamento, ocultando dessa forma a verdadeira fonte que legitima a sua existência, a sua presença e difusão na Itália e no mundo. Isto é, o risco de se criar pouco a pouco a convicção de que essa máfia mantém na Calábria as suas origens e raízes. Na verdade, entretanto, nessa espécie de jogo midiático de gritos cada vez mais altos, todos nós precisamos, mais ou menos pomposamente, afirmar que se trata de uma máfia global, poderosa, invencível.

Eu mesmo, no meu *Máfia export*, apontei para essa verdade, sem, contudo, perder de vista a outra faceta da realidade: a cabeça, o coração, a inteligência orgânica da 'ndrangheta vivem na Calábria, alimentam-se da sua história, encontram seu sustento numa cultura antiga que se reproduz e regenera nas dobras dos processos de globalização, mas não se identifica nem se confunde com eles.

Só os ingênuos veem em seus rituais, em seus juramentos, em seu simbolismo religioso e nos traços arcaicos das suas formas comunicativas e expressivas representações folclóricas exóticas, sem perceber o cordão umbilical que junta a sua identidade e a sua modernidade: justamente o *coppola** e a internet, o Aspromonte e o mundo.

Entra-se na organização em Milão, Duisburg ou Toronto, mas jura-se fidelidade aos lugares "sagrados" da Calábria, e é para lá que se volta para tomar decisões estratégicas. É ali que nasce a sua capacidade de tecer "relações externas": a 'ndrangheta nunca teria a força que tem se não tivesse encontrado ao longo do caminho funcionários do Estado prontos a servir dois patrões, políticos corruptos, profissionais domesticados, magistrados complacentes, empresários sem ética.

Por isso decidi voltar à Calábria, a Gioia Tauro, para a planície que os antigos romanos chamavam de Vale das Salinas e que os habitantes chamam agora, simplesmente, Piana. Ali, no fim do século XIX, aconteceu o primeiro grande processo contra a *irmandade* calabresa, onde já na época dos gregos antigos havia um porto que se comunicava com mundos diferentes e ainda desconhecidos.

A Piana, que além de Gioia Tauro compreende mais cinco municípios, está há mais de meio século nas mãos de uma família mafiosa que determina a sua história política, social e civil: os Piromalli, a elite criminosa da 'ndrangheta calabresa, os timoneiros que transformaram a antiga máfia arcaica e camponesa numa organização empresarial moderna. Foram eles os tecelões de tramas políticas e de redes ocultas e maçônicas de poder entre a primeira e a segunda repúblicas.

Agora que o mundo se tornou menor e que, quando se fala em navegar, logo se pensa em internet e não nas ondas do mar, quero voltar àquele porto e zarpar daquelas águas para uma viagem que

---

* O típico boné calabrês. (N.T.)

atravessa a história criminal e a história política do nosso tempo, com protagonistas e relatos que, entre passado e presente, se entrelaçam numa única e perturbadora trama. Mas não está escrito em lugar algum que o futuro dessa trama tenha de continuar amordaçado e prisioneiro.

F. F.

1. A PREFEITURA

Gioia Nostra*

Ninguém faria comentários. Nem mesmo os derrotados, que até poderiam ter bons motivos para queixas. Certamente nos muros da cidade, entre as espalhafatosas ofertas dos centros comerciais, as promoções de banquetes de casamento e cativantes imagens de sorridentes e peitudas senhoritas vendendo muçarelas, não apareceria qualquer cartaz de denúncia, de indignação ou de raiva. Provavelmente alguém poderia até comentar, mas baixinho, com meias-palavras jogadas na conversa como quem não quer nada. Pois, afinal, todos sabiam que falar não adiantaria grande coisa, que as palavras não iriam mudar nada.

E, com efeito, eles venceram mais uma vez, como já haviam vencido antes, inúmeras vezes: os Piromalli, os senhores e donos da Piana. E, como sempre, a não ser por alguns cargos insignificantes, haviam ganhado tudo.

Já há muitas décadas as coisas funcionam assim por aqui. Vencer, para eles, é a palavra-chave: vale para uma competição, uma licitação, uma guerra contra os inimigos, um processo. E, obviamente, vale para as eleições, principalmente as administrativas. Aliás, como

---

* *Gioia* (de Gioia Tauro) em italiano também quer dizer *alegria*. Aqui, a palavra foi propositalmente unida a *Nostra* (de Cosa Nostra) para salientar a "alegria" dos mafiosos com a política local. (N.T.)

se costuma dizer por estas bandas, para entendermos logo do que estamos falando, não se vencem as eleições, se ganha *'u comune*, isto é, a prefeitura.

'U comune é o governo e o poder, são as escolhas e as deliberações da administração municipal, o prefeito, a Câmara dos Vereadores, o conselho. E aí as nomeações na área industrial, o controle do porto, os serviços médico-hospitalares, a administração do hospital Giovanni XXIII, a firma terceirizada para a arrecadação dos impostos. E assim por diante, até Piana Ambiente e Piana Sicura, porque aqui é preciso haver uma entidade pública até para promover a cultura da ecologia, da segurança e da legalidade. Isso tudo é *'u comune*.

Gioia Tauro, o principal centro urbano da Piana, com os seus quase 19.000 habitantes e cerca de 40 quilômetros quadrados de território, é uma cidade, porque esse é o status que lhe foi outorgado em 1963, com um decreto especial do Presidente da República Antonio Segni.

Uma condição a ser alardeada, um motivo de orgulho: "Cidade de Gioia Tauro", exibem em todas as vias de acesso as brancas placas rodoviárias, enfeitadas pelos buracos enferrujados das balas de pistola e dos tiros de *lupara*,* cujos autores são quase sempre jovens, correndo à disparada na garupa de motos ou a bordo de carros, levados a isso em parte pelo tédio ou então em busca de mera diversão. Eles nunca se esquecem, porém, de deixar logo bem claro a qualquer um que se aventure além daquele limite em que tipo de lugar está se metendo e quem é quem manda por lá.

* * *

* Espingarda de canos cortados. Seus disparos são imprecisos, mas, de perto, deixam a vítima irreconhecível. (N.T.)

As campanhas eleitorais no sul são sempre muito acaloradas. As praças, como nas tardes quentes de verão, ficam cheias de gente e pululam de grupos rumorejantes, quase todos rigorosamente masculinos e, com igual rigor, separados quanto à tendência política. Os comícios, com a linguagem floreada de oradores de outra época, abrangem desde as "grandes estratégias" políticas até os insultos pessoais, sem esquecer os chifres e as traições familiares.

Os candidatos, há vários meses na praça, mostram-se disponíveis a virar a casaca e passar de uma para outra coligação de partidos até o último momento útil para a formação das chapas. Alianças e partidos, aliás, são uma variável que depende de fatores igualmente variáveis, que nada têm a ver com a lógica das ideologias e das coalizões partidárias nacionais.

Decisivas para o resultado são as chapas cívicas, que, apesar do nome, não têm absolutamente nada a ver com civismo. Na maioria dos casos, elas só existem porque o número fechado de candidatos para cada chapa de partido impede a ilimitada aspiração daqueles que estão dispostos a "fornecer". Fornecer, e não se candidatar.

A troca é clara: como sempre, a língua, para quem sabe lê-la, explica várias coisas. Com efeito, "fornecer" é mais apropriado e explica melhor a realidade. Aqui você só sai candidato se fornece alguma coisa em troca: votos, dinheiro, influência, relações familiares.

São muitos os simpatizantes e os militantes dos partidos que, embora sem chance de entrarem nas chapas, uma vez que suas bancadas esgotaram os lugares disponíveis, são mesmo assim levados ao séquito porque podem garantir centenas de preferências ao prefeito e à coalizão que defendem. Outros, por sua vez, querem entrar nas chapas devido à luta interna que promovem contra seus partidos.

Isto é, querem se vingar dos mandatários que preferiram outros nomes ou escolheram outro prefeito. E há até os partidos que não existem mais, os que sobrevivem com seu nome e símbolo como se as eleições acontecessem no século XX: Liberal (PLI), Socialista Democrático (PSDI), Republicano (PRI). Em resumo, coisas daqui.

As eleições municipais de 28 e 29 de maio de 2006, em Gioia Tauro, também foram assim.

O antigo prefeito, Giorgio Dal Torrione, da UDC, cinco anos antes tivera de penar bastante para ser eleito, e só conseguira isso no segundo turno. Dessa vez, ganhara logo no primeiro turno, cercado pelo entusiasmo popular, recebendo quase o dobro dos votos do seu rival direto (6.145 contra 3.791). Os outros três candidatos só desempenharam papéis secundários. Os partidos de esquerda simplesmente haviam saído de cena.

Mesmo assim, a luta tinha sido acirrada, uma verdadeira guerra, toda levada a cabo dentro do próprio centro-direita que gerara as duas principais coalizões na disputa. Obviamente, a violência do embate só iria durar até o dia da votação. Em seguida, dentro ou fora do conselho municipal, seria encontrada, sem dúvida, uma forma de solucionar a contenda e ajeitar as coisas.

E foi o que se deu. No seu discurso de agradecimento, diante de um público jubiloso com a vitória, o prefeito Dal Torrione exortou a pacificação e tranquilizou todos sobre o presente e o futuro: "Gioia é uma cidade de pessoas de bem, que premiou a honestidade e a transparência de quem governou dando respostas sérias à comunidade. Uma cidade que vê a afirmação cada vez mais clara da paz social, premissa necessária aos investimentos, e não somente os na zona do porto..."

Pessoas de bem, paz social, investimentos: as palavras-chave haviam sido ditas. Quem tinha de entender, entenderia...

Os repórteres encontrariam a mesma ênfase, algumas semanas mais tarde, na cerimônia de posse do novo conselho municipal.

A sala da prefeitura estava apinhada de gente, parentes, amigos dos novos vereadores e dos novos membros do conselho. Todos com roupa de festa, como se estivessem participando de um casamento ou de uma primeira comunhão.

Depois do discurso de posse de Dal Torrione, tomou a palavra o superintendente regional, o prefeito de Reggio Calábria, Luigi De Sena, ao qual o governo também outorgou poderes especiais para a luta contra a 'ndrangheta.[1]

Foi um discurso para grandes ocasiões, e o assunto, ainda mais sério, uma vez que quem falava era o antigo subchefe da polícia: a legalidade e a luta contra a máfia. O silêncio era absoluto, parecia que a cidade inteira havia se calado. O aplauso ao fim, esticado até o abraço entre o prefeito, administrador municipal, e o policial-superintendente, administrador provincial, expressou um consenso absoluto, sem margem para dúvidas. Pelo menos na aparência. Pois, entre os que bateram palmas, também havia os amigos dos amigos, que, olhando bem, não eram apenas pessoas comuns.

Para entender isso bastava ser do lugar, dar uma olhada nos assentos do novo conselho municipal e passar em revista um por um os rostos dos vereadores, tanto da maioria quanto da oposição.

O que todos sabiam, e que ninguém mencionava, está por sua vez descrito minuciosamente no relatório da Delegacia de Polícia de Gioia Tauro, incluído no inquérito que levou a um dos mais importantes processos contra a quadrilha Piromalli-Molè, e que contribuiu à cassação do prefeito e à dissolução do conselho municipal apenas dois anos depois da embriaguez da vitória eleitoral.

Claro, usando uma expressão muito em moda na Itália "berlusconiana" destes últimos tempos, nem tudo aquilo que os homens da polícia e da magistratura documentam é judicialmente relevante. Mas ajuda a entender melhor do que é realmente feita a política, e como e por quem são controlados os partidos e as instituições numa cidade como Gioia Tauro.

Sejamos bem claros: que não se pense que a situação descrita pelos homens da delegacia criou, por aqui, surpresa e maravilha. Pois nestas bandas, afinal, o pessoal já está acostumado com as tiradas da polícia, dos carabineiros e dos juízes que sentem cheiro de máfia em todos os cantos.

O município de Gioia Tauro já foi dissolvido por contaminação mafiosa em 1993. Foi a primeira vez, mas, como depois de fato aconteceu, todos sabiam que não seria a única. Ainda mais porque os habitantes de Gioia Tauro já viram de tudo e nada mais poderia surpreendê-los.

O despertador de Cecè

Em 8 de maio de 1987, quem se encarregou de demitir do seu cargo o prefeito Vincenzo Gentile não foram os oficiais judiciários nem o Ministério do Interior.

Com trâmites menos burocráticos e mais desenvoltos, quem cuidou do assunto foram os homens da 'ndrangheta. Mataram-no com três tiros na cabeça. O *killer* aguardou por ele na alameda de acácias e salgueiros onde o prefeito morava. Esperou até o fim da reunião do conselho, que só terminou às dez da noite. Segundo a reconstrução dos magistrados, os dois se conheciam, e o *killer*, depois de deixá-lo estacionar, até trocou algumas palavras com ele. Então, de fora da janela, deu os disparos mortais que deixaram o prefeito sem vida e caído em cima do volante do carro. Um homicídio bastante estranho.

Obviamente, o prefeito estava começando a tomar decisões por conta própria e a faltar ao respeito de quem primeiro o escolhera candidato e depois o elegera.

Vincenzo Gentile era um conhecido expoente do Partido da Democracia Cristã e, como todos os médicos por aqui, trazia consigo um considerável montante de votos. Mas não era só isso. Gozava da simpatia dos concidadãos, era popular. Para muitos, era simplesmente Cecè, um amigo. Sabia realmente fazer política, era algo que tinha no sangue.

A primeira vez que se tornou conselheiro e vereador foi no longínquo ano de 1956. Em 1970, foi eleito prefeito, mas chegou lá com uma lista cívica só dele, o "Despertador", porque o seu partido, a DC, tinha escolhido outro candidato. Ele não se conformou e decidiu dar-lhe uma lição. Do jeito dele. Sabia que tinha um bom jogo nas mãos e se deu ao luxo de não fazer um único comício durante toda a campanha eleitoral.

Muito estranho: pois, no sul, sem comícios a toque de caixa, com palanques montados nas duas extremidades da mesma praça ou em balcões um diante do outro, que raio de campanha seria? Cecè nem quis saber. Montou um enorme despertador de papelão em cima do seu carrinho amarelo e percorreu ruas, becos, subúrbios e campos de toda a área. As pessoas o cumprimentavam e ele parava, falava da janela, afagava as crianças nos colos das mães e tinha uma boa palavra de esperança para todos. Continuou desse jeito por toda a campanha eleitoral. Todos sabiam que ele era assim mesmo.

Em Gioia, ainda há quem conte que, quando o chamavam para uma consulta médica, a primeira coisa que ele fazia, antes de lavar as mãos na bacia e pegar o aparelho da pressão, era tirar a pistola de trás da cintura e deixá-la aos pés da cama do paciente. Cecè era assim, um homem de verdade, de carne e osso, e por isso lhe queriam bem.

Ganhou as eleições, disparado, e essa foi uma coisa que ninguém esperava. Mas agora todos começaram a entender. Mesmo os comunistas, que até então nem tinham vagamente pensado em mencionar a palavra máfia em sua propaganda e em seus comícios. Nos bastidores, no entanto, havia eles, os Piromalli.

Em 1976, a matriz do escudo cruzado* recebeu Gentile de volta no partido. Nada de abraços ao filho pródigo reencontrado, simplesmente entenderam que sem os seus votos não dava para ganhar as eleições. E ele ganhou, ficando no comando do município até 1981, quando uma conspiração interna dos correligionários o forçou a pedir demissão. Por fora, quem regia a orquestra continuavam sendo eles, os Piromalli, que conseguiram levar à chefia da prefeitura outro democrata-cristão, Antonino Pedà. Todos o conheciam como *'u Peddaru* e sabiam que era certamente mais disponível que Cecè.

Deve ter acontecido alguma coisa, levando-se em conta que para levá-lo à demissão foram necessários três atentados. O último, uma bomba que estourou a porteira da sua casa. Foi então que decidiu falar claramente com a esposa, Marianna Rombolà: "Querem que eu me prostitua, mas tenho a minha dignidade e personalidade."[2] Referia-se, como a esposa declararia aos juízes do tribunal de

---

* O símbolo do Partido da Democracia Cristã. (N.T.)

Reggio Calábria, à família mafiosa composta pelos Piromalli-Molè-Stillitano-Infantino-Gangemi.

Quando, então, em 1983, escolheram os candidatos ao Senado, e ele acabou sem colégio eleitoral, decidiu que já era demais. Não podia continuar na DC só para ser um arrecadador de votos.

Cecè reagiu, não se rendeu. Era um democrata-cristão convicto, mas sabia que os votos eram seus, e não do partido. E esses votos, ele poderia levá-los aonde bem quisesse.

Em 1985, com as novas eleições municipais, fez tocar de novo o seu Despertador, deu um polimento rápido na sua chapa cívica e, pela última vez, reassumiu o cargo de prefeito.

Por quase trinta anos, entre altos e baixos, a política e a *'u comune* em Gioia Tauro giraram em volta dele. Mas para durar tanto tempo, além da experiência administrativa, da arte da mediação e do clientelismo — sem os quais, por aqui, não dá para fazer política —, também deve haver alguma outra boa razão.

O doutor Gentile, entre os mais de 2.200 pacientes particulares e da Previdência Social, tinha um que se sobressaía: era o médico pessoal de dom Peppino Piromalli, o *boss*, o chefão da família que, a partir de 1979, depois da morte de dom Mommo, o Patriarca, se tornara *capo dei capi*, o chefe dos chefes da Piana e de toda a Calábria.

Cecè era quase um deles, uma pessoa de toda confiança: tinha até o privilégio de encontrar e visitar o *boss* nos esconderijos secretos durante seus costumeiros períodos de foragido da justiça. Um privilégio que não tinha preço, a não ser o de ser recompensado com fidelidade e dedicação absolutas. Por isso, com ou sem partido, não podia sair da linha nem, jamais, decidir por conta própria. Imaginem só, então, se um belo dia poderia dar-se ao luxo de recusar uma ordem de pagamento não a um empresário qualquer, dentre os muitos que formavam fila nos corredores da prefeitura, mas sim ao sobrinho do padrinho, do seu grande eleitor e protetor.

Ninguém sabe ao certo as razões nem o que de fato ocorreu, se por acaso nos últimos tempos ficou próximo demais dos Molè, a outra metade da quadrilha chefiada pelos Piromalli. Acontece que, sem sombra de dúvidas, o prefeito se tornou um tanto desenvolto na condução dos negócios públicos, e fez isso justamente com Domenico Stillitano, o sobrinho de dom Peppino. Foi uma ofensa pessoal. Um tapa na cara e um gesto simbólico de rebeldia a ser imediatamente consertado, antes que as pessoas soubessem que o prefeito se atreveu a dizer não ao sobrinho do chefe e bateu a porta na cara da família.

Era preciso remediar logo o problema, tomar providências sem perda de tempo. Todos deviam saber que Cecè não era mais nada, nem como homem, nem como prefeito, nem como político. E deviam botar isso na cabeça, principalmente os que viriam depois dele.

As moções de desconfiança da 'ndrangheta não são daquelas que se debatem e se votam na Câmara dos Vereadores. São condenações sem apelação.

Dentro de 24 horas, o prefeito estava morto, assassinado. No fim, disseram que quem disparou foi o próprio Domenico Stillitano, o sobrinho ofendido: coube a ele a tarefa de reparar a ofensa sofrida e reestabelecer a autoridade e a honra de toda a família.

Foi isso que ficou escrito na sentença em primeira instância do tribunal de Palmi. Mas, como muitas vezes ocorre por estas bandas, e como muitas vezes acontece com os próprios Piromalli, a segunda instância soltou todo mundo.

Vincenzo Gentile gastou uma vida inteira a serviço dos Piromalli, cuidou da saúde deles, aconselhou-os, guardou seus segredos. Como prefeito, foi muitas vezes motivo de escárnio pelas suas entrevistas aos enviados de metade das emissoras da Itália, nas quais comunicava ao mundo inteiro, como uma espécie de monótono refrão, que da máfia ele nada sabia, e que desconhecia por completo a sua existência em Gioia Tauro. No que dizia respeito, então, às pressões sobre a administração municipal, nem pensar, eram apenas fantasiosos devaneios. Chegara até a declarar: "Dos Piromalli só sei que trabalham com um posto de gasolina, e que possuem algumas terras recebidas por herança."

Um estranho destino o dele, assassinado por aquela mesma 'ndrangheta da qual passara a vida toda negando a existência.

Ainda assim, numa das muitas reviravoltas das histórias desta terra, foi justamente dom Peppino Piromalli, o *capo di tutti i capi*, a escrever o mais carinhoso epitáfio quatro dias depois do seu assassinato. Fez isso numa entrevista a Gianfranco Manfredi, repórter do *Messaggero*, concedida na sala do Tribunal Criminal de Reggio, durante o processo contra ele e mais 94 chefes da 'ndrangheta:

"Dom Peppino, impecável no seu terno azul, gravata de seda e óculos de armação dourada, mostra-se perturbado, magoado.

'É verdade que o prefeito Gentile era seu amigo?'

'O doutor era o nosso médico e grande amigo de toda a família. Eu era particularmente grato a ele pelos cuidados que me prestou durante os últimos trinta anos. É como se tivessem matado um irmão; isso mesmo, alguém da família.'

'Quer dizer que, matando-o, fizeram uma afronta ao senhor?'

'Claro, a mim e à família. Ofenderam a mim, como a todas as pessoas honestas da região. Gentile talvez fosse o único político honesto e generoso que sobrara em toda a Calábria. Era realmente o melhor de todos.'

'Mesmo assim, devia ter algum inimigo, já que foi assassinado.'

'Por favor, pare logo com isso, não seja mais um a inventar conspirações mafiosas. Eu já disse, todos queriam bem a Gentile. Por que, nas hipóteses que se aventam, ninguém se lembra da política?... O verdadeiro jogo sujo, a verdadeira máfia, na Calábria, na Itália, é a política, o poder: eu me cansei de dizer isso a vocês, jornalistas.'

'É verdade, mas o senhor entrou na política, aderiu ao Partido Radical...'

'Aderi ao Partido Radical porque combate batalhas honestas, nas quais acredito, e quero apoiá-lo. Só gostaria que houvesse menos injustiças por aí, e menos violência.'

'Mas a violência está aumentando a cada dia na Calábria...'

'O que você quer que eu diga? Estou na cadeia há dois anos, e certamente não sou responsável por aquilo que acontece lá fora. Foram os juízes e muitos políticos, e também vocês, jornalistas, a dizer que eu era o chefe da máfia calabresa... que a minha condenação encerraria o assunto. Agora eu pergunto: o que está acontecendo? Por que todas essas matanças? Comigo e com todos os demais na cadeia, inocentes como eu, foi eliminada a máfia calabresa?'"

Só levou alguns dias para Gioia Tauro ter um novo prefeito. Era um antigo assessor do velho conselho, um bom amigo da família de Cecè. Um dos primeiros documentos assinados por ele foi justamente a ordem de pagamento em favor do empresário, a mesma que poucos dias antes havia sido recusada.

Um médico gentil

Esta é uma terra realmente especial: você pode morrer como prefeito por ter dito não ao chefão, mas também pode morrer se não aceitar sua proposta de se tornar prefeito. Aconteceu com outro médico, Luigi Ioculano.

Foi em 1996, e já havia se passado quase dez anos desde o assassinato do prefeito Gentile. Mais uma vez, as eleições para renovar o conselho municipal estavam chegando. A família procurava um cidadão exemplar, de cara limpa, uma pessoa acima de qualquer suspeita. Sabiam muito bem que, mesmo não sendo diretamente um deles, ainda que se tratasse de algum adversário histórico, a pessoa que aceitasse a proposta e fosse eleita depois saberia como se portar e não esqueceria a quem oferecer seus serviços.

Também precisava ser uma figura conhecida, um homem que tivesse um forte liame com o povo, um daqueles sujeitos que não podiam andar mais de um metro na rua sem ter de parar e conversar com as pessoas.

Outro médico da Previdência, com milhares de pacientes, benquisto por todos, solícito e sempre disponível, de noite e de dia, no inverno e no verão, seria mais uma vez a melhor escolha. A figura de que se precisava para ganhar. E, além do mais, Gigi Ioculano nasceu e cresceu na DC, um partido que nunca se mostrou particularmente empenhado na luta contra a máfia. O escudo cruzado, aliás, sempre foi um símbolo de referência para a família. Pelo menos quando não havia a chapa do Despertador e não era preciso dar uma ajudazinha a Cecè.

Pino Piromalli, conhecido como o *Facciazza*, o regente da quadrilha depois da captura de dom Peppino, era um foragido procurado pela polícia de metade da Itália. Mas era mais forte que ele: como todos os demais membros da família, não abria mão da campanha eleitoral. Afinal, todos sabiam, até mesmo os tiras, que ele estava em Gioia Tauro. Como costumam dizer por estas bandas, era um foragido em casa, e daqui não saia. Principalmente perto das eleições, era preciso acompanhar as coisas da política, e todo cuidado era pouco.

O *boss* queria falar com o médico, convencê-lo a se candidatar, e, nesse sentido, enviou os seus emissários.

Ioculano sabia que o chefe dos Piromalli estava foragido e também sabia que, se queria falar com ele, o homem estava por perto. Poderia estar escondido, com todo o conforto e com todas as facilidades modernas, numa casa bem ao lado da sua, ou próximo do seu consultório. Ou, quase certamente, naquele lugar que todos consideram o quartel-general da família, entre Bosco de Rosarno e Contrada Spartimento de Gioia Tauro. Uma espécie de zona franca onde, foragido ou não, as pessoas formam fila para encontrar o *boss*, pedir conselhos, resolver problemas, receber "palavras de paz".

E como recusar, então, um encontro com o chefe da família? Em Gioia, é difícil dizer não. Aliás, praticamente impossível, mesmo que o pedido seja feito por uma sombra, um fantasma. Ainda que aquele encontro se torne um segredo a ser guardado até a morte, uma hipoteca sobre a própria vida. Ioculano ficou se corroendo de dúvidas. Conhecia muito bem o poder e a fama de ferocidade e violência do chefão. Finalmente, aceitou.

Já tinha feito isso antes. Mas como médico, e os médicos, todos sabem, fazem o juramento de Hipócrates. E se um sujeito está doente, seja ele um *boss* ou não, tem o mesmo direito de ser curado quanto qualquer um.

Gigi confiava em si mesmo, achava que teria forças para recusar qualquer proposta. Deixou que o buscassem e levassem ao covil do chefe mais forte, reconhecido e temido da 'ndrangheta de toda a Piana, o que tinha a última palavra sobre tudo e sobre todos.

O pedido do *boss* foi explícito e direto: teria de candidatar-se e tornar-se o prefeito de Gioia Tauro. O médico não titubeou. Disse que não e recusou o que todo político e candidato desta terra almejaria e gostaria de ter: o apoio da família e a bênção do chefão.

Ioculano disse mais, e talvez aí tenha cometido o erro que deveria ter evitado e se manchado da culpa que provavelmente o levaria ao túmulo: disse ao *boss* que apoiaria publicamente Aldo Alessio, o candidato a prefeito do Partido Democrático de Esquerda (PDS),* ao qual se afiliou, e os comunistas, os quais, para os Piromalli, *sunnu tutti a stessa cosa*, são todos a mesma coisa.

O problema é que as escolhas da vida, por aqui, nunca são tão simples, com contornos tão definidos.

Ioculano era filho daquele mundo e respirou aquele ar desde pequeno: depois de chegar a Gioia Tauro, vindo de outra aldeia da Piana com a família, correu pelas mesmas ruas e brincou com os filhos dos mafiosos. Cresceram diferentes, mas juntos. Muitos dos seus companheiros de escola tornaram-se *killers* e chefes temidos, alguns estando foragidos, outros na cadeia.

Um dos amigos de infância foi justamente Pino Piromalli, o *Facciazza*, filho de Antonio, o único dos velhos irmãos no comando do clã morto por mão assassina. Talvez também seja por isso, junto com suas capacidades militares, que tenha se tornado o sobrinho predileto de dom Peppino: tanto que o tio, ao ser preso e jogado na cadeia, o nomeou regente da quadrilha.

Gigi Ioculano nunca conseguiu livrar-se dessa amizade de infância. Ou, provavelmente, nunca conseguiu fazê-lo do jeito que queria. Como médico, tratou-o toda vez que foi chamado, mesmo quando o outro estava foragido. E, na condição de médico, por aqui, como é que você poderia deixar de cuidar do chefe mafioso, se brincou com ele e o seu nome consta da lista dos seus pacientes da Previdência?

---

* *Partito Democratico della Sinistra*, em italiano. (N. T.)

Dessa vez, no entanto, a chamada da família tinha outros motivos. Gigi sabia que a sua recusa não passaria sem deixar rastro, mas a esta altura já não era mais possível voltar atrás.

O encontro com Pino *Facciazza* deixou a sua marca. A partir daí Gigi muda, não é mais o mesmo. Os amigos do Agorà, a associação cultural e o jornal que ele fundou e dirigiu, e os seus novos companheiros de partido, o PDS, perceberam a mudança.

Nos dias frenéticos da formação das chapas, mostrou-se nervoso, fechado, falou pouco com todos. Começou a aparecer cada vez menos. Quase se eximiu do confronto político. Até se recusou a se candidatar. Apesar de seus votos, dos conhecidos e dos muitos pacientes serem importantes para a eleição a prefeito de Alessio, o candidato que ele apoiava. Para a chapa do conselho municipal, indicou o nome do sobrinho. Caberia a ele arrecadar os seus votos nas urnas. Mas é claro que não foi a mesma coisa. Os companheiros e os amigos da chapa perceberam que havia algo errado. Nas assembleias e nos comícios, principalmente nos dos últimos dias, mais agitados, Gigi não apareceu. O sobrinho, deixado por conta própria, na contagem final foi o menos votado dos eleitores.

Não deve ter sido fácil manter-se afastado, logo ele que sempre fez política: criou-se na DC, fundou o Partido Popular Italiano (PPI) e, finalmente, afiliou-se ao PDS e à esquerda.

Aldo Alessio, o novo prefeito, era um homem calejado. Foi sindicalista e militante do Partido Comunista antes de chegar, ele também, ao PDS. Já fora eleito um ano antes, em 1995, mas o haviam cassado devido a um processo movido por dois concidadãos que denunciaram a sua participação como sindicalista numa passeata que gerou atos de vandalismo contra a prefeitura. Francamente, Gioia de fato não merecia um prefeito vândalo. Na verdade, ele não era nada culpado, e nenhum tribunal da Itália teria deliberado a sua cassação. Mas em nenhum outro lugar do país haveria operadores nas sombras, titereiros puxando as cordas nos bastidores, movendo juízes e a própria Câmara dos Vereadores, que, em vez de contestar a sentença, se limitou a aceitá-la com um voto quase unânime de confiança. Inclusive dos conselheiros do partido de Alessio, que nunca haviam sido leões e que agora, virando casaca, tornaram-se todos ratos.

Assim, depois de um período de transição e de inúmeras apelações e recursos, Aldo Alessio pôde se candidatar e vencer de novo as eleições.

Na campanha eleitoral, pela primeira vez na história de Gioia Tauro, falou-se abertamente de máfia, e os nomes dos chefões eram pronunciados em alto e bom som. Conseguiu a vitória no segundo turno, mas ficou com as asas parcialmente cortadas. Não tinha a maioria no conselho municipal. Foi o preço que escolheu pagar para não compactuar com os partidos e os candidatos derrotados no primeiro turno, que depois se tornaram desejosos de "ajudar" e contribuir com a sua vitória no segundo turno.

O *boss*, por sua vez, tinha vários representantes no novo conselho municipal dispostos a tutelar os seus interesses e as atividades econômicas das suas firmas e das empresas dos seus testas de ferro.

Com a vitória de Alessio, respirou-se um novo ar em Gioia, multiplicaram-se as ações antimáfia, as iniciativas sociais e culturais. E também aconteciam coisas de louco. É o que todos diziam na cidade. Pois não é louco um prefeito que queria entregar à municipalidade os bens confiscados dos Piromalli? Ninguém poderia imaginar uma coisa dessas. Tiraram da família até o Euromotel, o histórico hotel da quadrilha. O Estado lutou durante anos, enfrentando todos os joguinhos processuais dos advogados que queriam impedir o confisco. Mas o que o Estado faz e os juízes decidem, obviamente, se faz em nome da lei. *E onde vamos acabar agora, com um prefeito desses?* Em Gioia, ninguém jamais havia se atrevido a fazer algo parecido.

Assim como quando decidiu fazer uma limpeza no mundo da Saúde Pública.

A 'ndrangheta sempre teve uma queda pelos hospitais públicos, mas também pelas clínicas e laboratórios particulares. São um poço sem fundo para o dinheiro da região e do Estado. E, mesmo assim, não há um único pobre coitado que não precise recorrer a um favor para ser atendido num pronto-socorro, para uma internação, para um exame ou para uma consulta com um especialista.

Dinheiro e uma palavrinha da pessoa certa, é assim que funciona a Saúde nestas bandas, pois, em caso de necessidade, você não vai ao hospital, fica na lista de espera e aguarda dois ou três meses para ser atendido: você liga para um amigo e no dia seguinte já sabe aonde ir.

Gigi conhecia muito bem este mundo. Como todos por aqui, sabia que o hospital de Gioia "era dos Piromalli". Quando foi lá em uma visita com o prefeito, que o nomeou consultor, foi ali mesmo que recebeu o primeiro sinal da família. Um médico, Francesco Tripodi, um dos responsáveis pelo setor de cirurgia, o enfrentou. Queria saber por que ele, que nem é conselheiro, andava pelas alas do hospital com o prefeito. Provocou-o, insultou-o: "Eu nem o vejo, posso fazer o que bem quiser com você." Então, num tom mais amigável, disse que queria conversar e o convidou a entrar numa sala. Com ar de dono, mandou todo mundo sair e lhe deu uma surra de socos e pontapés.

Francesco Tripodi era o genro do antigo patriarca, dom Mommo Piromalli, e o seu irmão, Antonino Tripodi, era então o diretor do hospital. Em resumo, eram os donos do hospital, quem decidia tudo, todos os dias.

Gigi, acompanhado pelo prefeito, dirigiu-se ao hospital de Palmi para ser medicado, uma vez que o de Gioia não vinha propriamente ao caso. Então, mais uma vez, fez o que não deveria fazer: foi ao posto dos carabineiros e assinou um boletim de ocorrência explicando o que aconteceu. Mesmo com o diretor do hospital o tendo imediatamente chamado, convidando-o a não denunciar o fato, para não prejudicar o irmão.

Gigi parecia não concordar mais com ninguém: chegou até a trocar farpas com o prefeito devido à escolha do novo incinerador.

Estava acostumado com batalhas em nome da ecologia, começando por uma contra a usina termelétrica a carvão que, na década de 1980, queriam construir justamente em Gioia Tauro. Gigi esteve presente em todas as manifestações do movimento popular, que, com sua ajuda, conseguiu impedir que a construíssem. Depois, a sua batalha continuou com os artigos nas páginas do *Agorà*.

Quando o novo conselho municipal decidiu que seria preciso construir um incinerador nos terrenos dos Piromalli perto de Spartimento, a polêmica de Gigi deixou de lado as meias-palavras e tornou-se aberta, embora ele reconhecesse que o prefeito e seus assessores tinham dado uma guinada na administração da cidade. Dia após dia ele ficava cada vez mais isolado.

Na manhã de 25 de setembro de 1998, quase dois anos depois do seu encontro secreto com o *boss*, antes que vestisse o jaleco branco e começasse a rotina diária dos pacientes da Previdência, os *killers* chegaram e o mataram nas escadas do palacete onde ficava o seu consultório. Dois tiros no abdome e mais um, de misericórdia, na nuca: todos deviam saber que se tratava de uma execução.

Assunto encerrado. Mas, até hoje, a justiça não condenou ninguém. No fim das contas, após uma primeira e uma segunda instâncias, a morte do doutor *gentil* não parece ter assassinos nem mandantes.[3]

O prefeito secretário

Ser prefeito ou administrador municipal, por aqui, é realmente arriscado, sempre um precário equilíbrio entre duas autoridades, dois poderes, duas instituições antagônicas. É uma história antiga de palavras não ditas, de cumplicidade, de lei do silêncio. Uma sombra que, a não ser por uns raros rasgos de luz, desde sempre envolve a política e a *'u comune* de Gioia Tauro.

Em 2006, os ponteiros do relógio pareceram nos levar de volta aos do Despertador de Cecè.

O prefeito reeleito pela segunda vez, Giorgio Dal Torrione, como trabalho, desempenhava o ofício de secretário municipal. É um cargo delicado, uma atividade mais política que burocrática.

Principalmente nos pequenos e médios centros da Calábria, o secretário também é o primeiro conselheiro do prefeito e o encarregado das negociações e das "costuras" das coisas. Uma espécie de eminência parda que, dos bastidores, regula as escolhas de toda a atividade administrativa.

Um papel que se torna ainda mais importante se a prefeitura é a de Taurianova.

O pequeno centro fica a poucos quilômetros de Gioia Tauro, no coração da Piana: desde sempre terra de máfia e teatro de uma antiga e sangrenta guerra familiar que culminou, no começo da década de 1990, com uma sequência de cenas dignas de um filme de terror.

Na manhã de 2 de maio de 1991, o *boss* Peppe Zagari, como quase todas as manhãs, estava sentado na poltrona do barbeiro, na praça principal. O dele era um rito cotidiano. Na loja, sabia-se tudo que se dizia e se fazia na cidade, e também se comunicavam as notícias que se desejava espalhar. Para Peppe Zagari, que também era conselheiro municipal democrata-cristão, era quase uma obrigação começar o dia daquele jeito, "ouvindo o que andam dizendo por aí".

O *boss* já estava com o rosto ensaboado. O barbeiro, de navalha na mão, viu no grande espelho diante dele os dois *killers* que entraram. Foi questão de um momento, só teve o tempo de afastar-se. Em poucos instantes, como nos fotogramas de um filme sobre a Chicago da década de 1930, o branco da espuma e da toalha em torno do pescoço do *boss* transformou-se numa única, grande mancha vermelha.

Aquela foi uma morte de verdadeiro chefão, lembraram os jornais no dia seguinte, como a de outro calabrês ilustre, Albert Anastasia, *boss* da família Gambino, da Cosa Nostra norte-americana, morto 34 anos antes da mesma forma, no assento da barbearia do hotel Sheraton de Nova York.

A resposta, segundo as regras, devia ser imediata. O que estava em jogo era a credibilidade e a honra, já ferida, da quadrilha que foi afetada. E que, como todos esperavam, chegou no dia seguinte.

Aqui, a primavera nunca se faz de rogada. As tardes, em maio, já são amenas. A praça com o palacete da prefeitura estava cheia de gente. Velhos de *coppola* na cabeça conversaram, sentados nos bancos, e grupos de meninos gritavam e jogavam futebol na rua, como é costume por estas bandas. Na esquina logo adiante havia a salsicharia de Giuseppe Grimaldi. Quando duas motos pararam na frente da loja, o salsicheiro não teve dúvidas. Com gesto instintivo, pegou no balcão sua maior faca e tentou uma última, desesperada defesa. Tudo inútil. Uma saraivada de chumbo o matou.

Os *killers*, animais sedentos de sangue, não se deram por satisfeitos. Precisavam deixar bem claro, para a praça e os inimigos, que não iriam parar por ali. Não se mata um chefe como Peppe Zagari de forma espetacular sem que a resposta seja igualmente espetacular. Os *killers* perceberam que o chumbo grosso que acertou o salsicheiro no pescoço o decapitou, seguraram a cabeça pelos cabelos como um troféu e a jogaram no ar. Assim, como se fosse uma coisa normal, diante das pessoas que ficaram imóveis e mudas e dos olhos aterrorizados das crianças, começaram seu macabro tiro ao alvo.

A vendeta não parou por ali, e nos anos seguintes contaram-se quarenta mortos.

Logo a seguir, Taurianova, assim como Gioia Tauro, seria um dos primeiros municípios da Itália a ser dissolvido por infiltração mafiosa. Aliás, foi justamente o impacto emocional daquela cabeça decepada e do sinistro tiro ao alvo que forçou o Congresso a votar em regime de urgência a lei que permite a dissolução dos municípios por contaminação mafiosa.

Taurianova é uma daquelas prefeituras que não encontram paz. Em 2010, pela segunda vez, o conselho municipal foi dissolvido, cassando o prefeito e a comissão que tinham escolhido justamente Dal Torrione como secretário.

Um destino comum parece acompanhar desde sempre a história dos dois importantes centros urbanos da Piana.

Conselho de família

A esposa do prefeito de Gioia Tauro, por sua vez, era uma alta funcionária da mesma prefeitura e também manteve tranquilamente o seu cargo durante os primeiros cinco anos da administração do marido.

A filha encontrou um bom partido e arrumou um bom casamento. O marido era dono de uma construtora, um empresário que, como quase todos por aqui, e como escrevem os policiais em seus relatórios enviados aos magistrados de Reggio, tinha entre as suas principais atividades a execução de "várias obras públicas para a prefeitura".[4]

Falar em conflito de interesses entre o prefeito, a esposa, a filha e o genro por aqui só despertaria hilaridade. Nem pensar, portanto, que alguém pudesse se escandalizar.

Ainda mais porque na Piana não é somente Gioia que funciona desse jeito, com as comissões e os conselhos municipais que, olhando direito, são verdadeiros conselhos de "família". Vamos dar uma olhada no sobrinho do prefeito, o filho de seu irmão, Mario Dal Torrione. Foi condenado com sentença definitiva por associação mafiosa junto com outros representantes do clã Piromalli-Molè.

O subprefeito, Rosario Schiavone, era, por sua vez, um advogado tributarista de 30 anos. O jovem profissional nunca teve problemas com a justiça. Mas tinha um tio "da pesada", um daqueles sujeitos que, na cidade, devem ser tratados com reverente respeito: o irmão do seu pai era casado com Domenica Piromalli, "irmã dos mais conhecidos Gioacchino, Pino e Antonio Piromalli". Em resumo, o tio era cunhado dos chefões.

Como veremos, dentro desse modelo político hegemônico, nos últimos anos, até as bordas periféricas e menos centrais da política haviam sido conquistadas por empresários, fiscais, advogados. Essas eram as novas figuras vencedoras e de sucesso.

Expoentes da sociedade civil, eram desligados dos partidos e de fato desinteressados por gestão pública. Foram os que substituíram os representantes das velhas associações católicas, do voluntariado social, dos círculos culturais e até mesmo os que as secretarias políticas repartiam entre si.

Também em Gioia Tauro, para renovar e rejuvenescer a política, o prefeito recorre à sociedade civil.

Como, por exemplo, no caso de Giuseppe Ruggiero, que era mais um fiscal e consultor financeiro. Pelo número de peritos em direito tributário presentes no conselho municipal, compreende-se facilmente que o ofício é muito difundido. Evidentemente o capital circula e a profissão "rende".

Na verdade, em Gioia Tauro, realmente há muito dinheiro a ser gerenciado e investido, embora olhando em volta não pareça.

Atravessando a cidade e ziguezagueando entre o asfalto rachado, os buracos provocados pela última chuva e os remendos em cimento feitos às pressas só para mostrar que a prefeitura interveio tempestivamente, é difícil ver todo esse dinheiro e riqueza. Aqui também, aliás, como em quase todas as aldeias e pequenas cidades da Calábria, o que mais espanta é a degradação ambiental e a maré de concreto que, com sua forma anarquista e selvagem, lembram muito mais as favelas africanas ou sul-americanas do que a Europa.

As casas nunca ficam prontas, têm sempre alguma coisa inacabada, com as fachadas de tijolos furados à vista e sem reboco. Os telhados dos edifícios são todos "abertos", com meias colunas com estruturas enferrujadas que despontam das coberturas como ralos tufos de cabelos sobre um montão de cabeças carecas. Não é mau gosto. Estão daquele jeito diante da possibilidade de se construir mais um andar. Que obviamente seria ilegal. Pois afinal, mais cedo ou mais tarde, o governo (de esquerda ou direita, tanto faz) vai conceder um novo indulto, uma lei providencial que perdoará tudo e todos.

Entretanto, a riqueza existe, e é até imensa, disfarçada ou escondida na degradação urbana, ou só exibida em particular, com opulência exagerada e cafona, atrás das portas e das esquadrias, todas horríveis e de alumínio, das novas construções. Invisível, dá para reparar nela pelas câmeras de circuito fechado nas entradas e ao longo dos altos muros que protegem as casas e as mansões dos chefões e dos homens de respeito.

E também dá para observar essa opulência contando as placas de instituições financeiras, de administradoras e consultoras de investimentos e de agências bancárias. Ou reparando nas dúzias de SUVs, motos e carros caros usados principalmente para ostentosas exibições pelas ruas do centro. Isso explica, aliás, o número de concessionárias e de revendedoras das marcas mais famosas, que, proporcionalmente, estão muito mais presentes aqui do que em grandes cidades, como Roma e Milão.

O consultor financeiro recém-eleito ao cargo de assessor administrativo era importante. Assim como era importante a família na qual ele nasceu, os Ruggiero, conhecida em toda a Piana.

O pai tinha um passado de vigiado especial e foi forçado a um longo período de prisão domiciliar, mas isso não chegou a desestimular nos filhos o gosto pela política. Durante os últimos cinco anos, o irmão Paolo havia sido conselheiro municipal. Sempre apoiando o prefeito Dal Torrione.

E teria ido longe, não fosse por umas vicissitudes judiciárias que, mais tarde, o levaram a pedir demissão. E olha que votos não lhe faltavam, tanto assim que tentou se eleger de novo em 2006, mas o administrador regional de Reggio Calábria, em nota oficial, declarou-o inelegível. Motivo: "Faz parte, organicamente, da conhecida quadrilha dos Piromalli-Molè."

É claro que, se um irmão se torna inelegível por "ligações mafiosas", isso não quer dizer que a coisa envolvesse toda a família.

O outro irmão poderia tranquilamente ser vereador. Pois, concluem os parentes, vamos ver se o administrador regional teria alguma coisa a dizer contra ele também! O importante era que fosse uma cara nova, com um rosto que, só de olhar para ele, levasse a pensar num político "que faz". É por isso que escolheram um profissional livre.

Claro, a família de respeito que vinha junto também ajudava. E a dele era de muito respeito.

Além do pai e do irmão, Vincenzo, o tio paterno também mereceu vigilância especial por parte do governo, assim como prisão domiciliar. Mas isso, em Gioia Tauro, é quase uma piada. Por aqui são poucos os que não passaram férias forçadas longe de casa.

O que interessa mesmo é o fato de que o tio era "compadre de anel" do velho *boss*, então encarcerado, Girolamo Molè, parente e aliado histórico dos Piromalli.

E não pensem que por aqui um compadre é escolhido por acaso, pois um compadre é alguém para se ter pelo resto da vida: os compadres "se misturam com o sangue". E seus filhos, pais, irmãos e primos são parte da família.

O outro vereador, Salvatore La Rosa, tampouco teve problemas com a justiça. Era arquiteto e tinha bons antecedentes, com um passado imaculado; e, obviamente, ficou encarregado do planejamento urbano. Pena que o tio por parte de mãe, Giuseppe Albanese, já havia sido preso por estelionato e formação de quadrilha, e que o primo Antonio fora condenado por ser "parte da quadrilha Piromalli-Molè".

A mãe do vereador, por sua vez, era prima em primeiro grau da esposa de Antonio Molè, o finado chefe "do homônimo bando do qual os filhos Girolamo, Domenico e Rocco, embora encarcerados, herdaram o comando".

O novo secretário do meio ambiente era Angelo Guerrisi, que, de acordo com os autos policiais, "tinha vários antecedentes penais" e fazia parte da homônima "família" de Gioia Tauro.

Os Guerrisi têm uma longa história mafiosa e foram protagonistas de uma sangrenta série de vinganças com outra histórica quadrilha, a dos Fazzolari.

Um irmão do vereador foi preso pelo assassinato de Antonio Fazzolari, acontecido em 1990, e mais um irmão desapareceu vítima de *lupara bianca*.* Ainda não se sabe se o corpo foi cimentado sob uma das pilastras da rodovia ou num dos blocos do dique que protege a entrada do porto.

O pai do vereador também foi assassinado, no fim da década de 1980, quando a vendeta com os Fazzolari estava no auge e ceifava quase semanalmente novas vítimas nas ruas de Gioia e da Piana.

A irmã, por sua vez, ficou viúva em tempos mais recentes, e não devido à antiga briga que quase acabou com todos os homens das duas famílias.

O marido dela, Rocco Albanese, cunhado do administrador municipal, foi morto em Gioia Tauro em 14 de março de 2005. Era considerado "um *killer* na folha de pagamentos dos Piromalli e a serviço dos jovens emergentes da congregação mafiosa local".

Se a composição das secretarias não deixava dúvidas quanto à coerência das escolhas do prefeito, o conselho municipal não ficava atrás.

---

* Na Calábria, homicídio mafioso documentado, cujo filme é em seguida enviado à polícia. (N.T.)

Vincenzo Bagalà, eleito conselheiro com apenas 32 anos de idade, era uma jovem promessa da política de Gioia. Era um dos rostos novos e com ficha limpa que surgiram na disputa eleitoral.

Mas no caso dele também havia um porém, e os poréns, como já vimos, têm sempre a ver com a família. O irmão era "genro de Gioacchino Piromalli, neto do finado Domenico, irmão do patriarca e *mammasantissima** da família, dom Peppino Piromalli".

Outro jovem conselheiro da maioria, Domenico Corio, também poderia passar despercebido se não fosse pelos liames de parentesco. Coisa, nesse caso, praticamente impossível: a tia, irmã da mãe do novo conselheiro, era a sogra de Gioacchino Piromalli, um dos três irmãos considerados chefes do clã.

O conselheiro, apesar de recém-eleito e de só ter 30 anos, possuía uma reconhecida autoridade dentro da Câmara dos Vereadores. Que fosse por força própria ou pela dos outros, tanto faz, porque aqui ninguém levantou a questão. O importante era que todos ficassem logo sabendo, sem sombra de dúvida, quem mandava e a quem se deveria recorrer quando fosse preciso tomar decisões que envolvessem todo o conselho municipal.

De forma que o conselho, onde maioria e oposição se tornaram uma coisa só, em abril de 2007, entregou à irmã dele, Maria Grazia Corio, a defensoria pública municipal. Um recurso ao TAR** anulou a portaria. Mas uma vez que uma cidade como Gioia Tauro, onde, como todos sabem, as instituições e a administração funcionam

---

* Depositário das crenças, valores e costumes de uma sociedade mafiosa. (N.T.)

** *Tribunale Amministrativo Regionale*, ou o Tribunal Administrativo Regional. (N.T.)

às mil maravilhas, não poderia ficar sem um defensor público, era preciso encontrar o mais rápido possível uma solução. Como seria a vida em Gioia sem um defensor dos cidadãos?

E, além do mais, quem disse que uma sentença do TAR, um tribunal de segunda categoria, poderia levantar dúvidas quanto a escolhas já feitas e amplamente compartilhadas?

Após apenas quatro meses, o conselho municipal, não se importando minimamente com a decisão do tribunal administrativo, foi chamado a votar pela segunda vez: obviamente, a irmã do conselheiro foi reeleita por unanimidade.

Seja como for, deixando de lado as críticas, que são coisas de tiras e de moralistas, uma renovação geracional realmente aconteceu na política da cidade.

Francesco Giovinazzo, com apenas 24 anos, já era conselheiro da maioria.* Tinha diploma e trabalhava como agrimensor, que é até um ofício rendoso, pois aqui as casas brotam como cogumelos depois de uma chuva de outono. E, além do mais, até um diploma de curso profissionalizante servia. Afinal, todos iriam chamá-lo de engenheiro, e não de agrimensor.

Problemas com a justiça o nosso Francesco nunca teve. Mas, nesse caso, também havia o porém de sempre: a mãe era filha de Concetta Piromalli, "irmã dos notórios Gioacchino, Antonio e Giuseppe Piromalli". Não tem erro; para onde você olhar, lá estão eles.

O pai do conselheiro, já falecido, foi preso por formação de quadrilha mafiosa. O tio, Franco Coppelli, foi encarcerado em 1993, para em seguida ser mantido em regime de vigilância especial e prisão domiciliar. Condenado por associação mafiosa, confiscaram

---

* Em italiano, *consigliere di maggioranza*; cargo ocupado por membro do grupo político no poder. (N. T.)

todos os seus bens. A tia, Clementina Coppelli, foi, por sua vez, presa em 2001, sempre por associação mafiosa e extorsão. Outra tia, Soccorsa Coppelli, também teve os bens confiscados. Assim como os tios Antonino e Salvatore, ambos condenados a prisão domiciliar.

Uma família inteira ligada, segundo as investigações das autoridades, à quadrilha mafiosa dos Piromalli-Molè.

Aos 24 anos, quem contava, por sua vez, com uma ficha limpinha e um diploma recente em direito era Rocco Mazza. A respeito desse jovem conselheiro da maioria, de fato, não há coisa alguma a dizer... a não ser, como sempre, sobre os seus vínculos de parentesco: o pai, Gennaro, era primo em primeiro grau de Annunziata Mazza, que, por mero acaso, era a esposa de Gioacchino Piromalli.

A oposição não ficava atrás e desempenhava direitinho o seu papel. Mas, para dizer a verdade, nas condições que veremos, falar em oposição é realmente exagerado, ou pelo menos impróprio.

Domenico Centenari, por exemplo, era um vereador da minoria e, como consta nos relatórios da polícia, "livre de antecedentes penais". Exatamente como muitos dos seus colegas da maioria. Contudo, assim como com quase todos os demais, no caso dele também havia o costumeiro porém: o irmão Umberto era o marido de Clementina Piromalli, isto é, da filha do antigo *boss* Gioacchino.

Obviamente, mesmo nas fileiras da minoria não faltavam os empresários. Como Giovanni Trunfio, que, em sua época, não tinha antecedentes penais nem evidentes relações com a máfia.

Quem tinha, no entanto, era o irmão dele, Nino, considerado muito próximo dos ambientes sicilianos da Cosa Nostra e, talvez por isso mesmo, assassinado em meados da década de 1990. Atiraram nele na autoestrada Salerno-Reggio Calábria, perto de Monte Sant'Elia, onde quase se pode tocar Ganzirri e a Sicília com as mãos e, nas tardes de outono, a névoa que ofusca os contornos do outro lado do estreito pode nos envolver como uma verdadeira miragem.

Quem chefiava a oposição, de qualquer maneira, era o candidato a prefeito derrotado nas urnas, Giuseppe Luppino.

Era uma figura bem conhecida em Gioia Tauro, um advogado de renome. Era presidente do consórcio Piana Ambiente, que cuida do recolhimento do lixo: quando "subiu de nível" e almejou o cargo de prefeito, achou que conseguiria vencer. Nas urnas, porém, faltaram-lhe os votos do Forza Italia, o partido que o escolhera como candidato e que deveria tê-lo apoiado.

Para ele, pelo menos no papel, deveria ser moleza: poucas semanas antes, nas eleições políticas de 2006, o Forza Italia tinha dado um banho, confirmando-se amplamente como partido favorito. Mas a evaporação do pacote eleitoral azul não o levou a se sentar na cadeira de prefeito, que já considerava sua.

Para ele, "ficha limpa e sem antecedentes penais", os poréns também têm a ver com a família: o tio materno, Emilio Sorridente, era vigiado em regime de prisão domiciliar e "parte da quadrilha Piromalli-Molè".

O primo dele também era vigiado especial e casado com Teresa Anna Rita Molè, filha de Domenico Molè. Era, portanto, genro e sobrinho por parte da mãe do chefe, dom Peppino Piromalli, que se casou com a irmã do *boss* Molè, falecido enquanto cumpria prisão perpétua.

Uma prestação de serviços

Em 24 de abril de 2008, exatamente dois anos depois das eleições, o Presidente da República Giorgio Napolitano assinou o decreto proposto pelo governo Prodi que cassava o prefeito Dal Torrione e dissolvia o conselho municipal devido "à ingerência de uma criminalidade organizada que compromete a livre determinação e sua imparcialidade".

O decreto presidencial dizia claramente aquilo que, ao contrário, a política e os partidos fingiam desconhecer e não ver: "... O município é caracterizado pela presença de uma criminalidade ligada a duas das mais influentes famílias mafiosas calabresas. A Piana di Gioia Tauro representa uma das áreas de radicação e desenvolvimento da 'ndrangheta, constituindo, graças à existência do porto, motivo de atração para as quadrilhas do território devido aos consideráveis recursos financeiros estatais e municipais investidos no movimento portuário e nas atividades econômicas a ele ligadas..."

O presidente não se importou em distinguir os fatos e as circunstâncias entre relevantes e irrelevantes do ponto de vista penal. Concentrou-se na natureza e na essência do sistema, no seu nível de penetração social e na sua influência. E na sua capacidade de moldar a vida e os comportamentos públicos.

Para o decreto de cassação, os motivos de contaminação mafiosa foram justamente aqueles que, para os partidos, representavam o valor agregado do qual a política local desde sempre se alimentou: "... Elementos e circunstâncias sintomáticos de uma condição de permeabilidade dos órgãos eletivos da instituição local podem ser deduzidos através da análise das posições individuais dos administradores, de suas relações de amizade e parentesco com sujeitos impróprios ou notoriamente inseridos em quadrilhas mafiosas e da postura da instituição no que tange ao aspecto burocrático-administrativo. Essas condições permitiram a expansão e o fortalecimento de uma trama entre classe política e submundo criminoso que proporcionou vantagens, sob vários aspectos, para as quadrilhas criminosas locais."

O prefeito e a Câmara dos Vereadores de Gioia Tauro haviam feito de tudo para demonstrar a quem os queria no comando que estavam cumprindo os tratos. Mas havia algo mais importante, algo que não podia passar despercebido.

Em 25 de outubro de 2005, Gioacchino Piromalli, o jovem advogado da família, em decorrência de uma condenação por associação mafiosa, foi forçado pelo tribunal de Reggio Calábria a devolver 10 milhões de euros às prefeituras de Gioia Tauro, Rosarno e San Ferdinando. Um absurdo!

Acontece que o prefeito anterior, Aldo Alessio, o que tinha a ideia fixa de lutar contra a máfia e que pedira a entrega dos bens confiscados dos Piromalli, constituiu a prefeitura como parte civil num dos muitos processos contra os chefões. Algo inaudito, nunca visto antes. Era a primeira vez, não só em Gioia como em toda a Calábria. E a mesma atitude foi tomada por Peppino Lavorato, um esquentado e tenaz dirigente comunista, mais tarde eleito deputado, que em 2000 expugnou a prefeitura de Rosarno, desde sempre feudo do clã Pesce-Bellocco.

Lavorato nunca quitou suas dívidas com a máfia, mesmo sabendo que isso provavelmente não daria em nada. Mas era um sujeito teimoso, e nunca desistiu. Nem mesmo depois da noite, em 1980, quando viu morrer assassinado, praticamente em seus braços, o companheiro mais amado, Peppino Valarioti. Um jovem de 30 anos que ele abrigara desde menino, criado sob a sua proteção e que se tornara secretário do Partido Comunista de Rosarno.

Com Aldo e Peppino também se alinhou o terceiro prefeito do território do porto e da zona industrial, o de San Ferdinando. Todos civis contra a 'ndrangheta.

Quando a notícia da sentença foi divulgada, quase ninguém acreditou: os donos da Piana, através de Gioacchino Piromalli, teriam que indenizar as prefeituras pelos prejuízos causados às suas comunidades. Mas, como todos sabem, a máfia não desiste só porque um juiz emite uma sentença. Eles, com seus advogados, conhecem todas as artimanhas para atravancar a justiça e continuar escarnecendo o Estado.

Gioacchino Piromalli, acostumado com a lei, declarou-se indigente.

Até que mostrou ter boa vontade: ele bem que gostaria de respeitar a sentença, mas não possuía coisa alguma, e como poderia então indenizar as prefeituras num total de 30 milhões de euros? Muito simples: recorreu ao Tribunal de Vigilância declarando-se disposto a uma indenização *in natura*, "com o cumprimento de uma prestação de serviços".

Na prática, ofereceu-se para trabalhar como advogado às prefeituras indicadas pelo juiz. Criou-se o mais completo paradoxo. Mas não em Gioia Tauro e na Piana, onde ninguém leva na brincadeira essas coisas. Tanto assim que, vejam só, nenhum dos três prefeitos atrevidos e imprudentes conseguiu ser novamente eleito. E, então, os que assumiram o cargo deles tinham um problema sério a resolver. Problema que eles, homens de bom senso e moderados, nunca teriam criado.

O prefeito Dal Torrione naqueles dias estava em Roma, hospitalizado, e quem cuidou do assunto foi o seu vice, Rosario Schiavone, com o diretor-geral da prefeitura, Giuseppe Strangi. Após algumas semanas, a prefeitura de Gioia Tauro, com uma rapidez nunca vista, aceitou a oferta de Gioacchino Piromalli. Com a mesma presteza, o prefeito de Rosarno e o de San Ferdinando fizeram o mesmo.

As prefeituras não só recusaram os 10 milhões de euros que teriam resolvido seus problemas de caixa, mas também aceitaram de braços abertos em seus escritórios a "prestação de serviços" de Gioacchino Piromalli. Quer dizer, trocaram aquele montão de dinheiro pelo trabalho do notório mafioso que deveria indenizá-las.

Quando a tramoia caiu na boca do povo, o prefeito, o vice-prefeito, o diretor-geral e a secretária do prefeito tentaram de todas as formas jogar a culpa um em cima do outro. Quase nenhum deles sabia que o pimpolho dos Piromalli era advogado. Só descobriram isso lendo a determinação dos juízes. E mais: como afirmou o prefeito de Rosarno, Carlo Martelli, ninguém sabia que a normativa das entidades públicas locais impede a prestação de serviços por alguém que já foi condenado por associação mafiosa. Só faltava que eles, os prefeitos, com todos os problemas que enfrentavam, ainda tivessem que perder tempo lendo as normativas e os regulamentos das entidades locais.

Claro, *ci voli faccia*, como dizem por aqui: é preciso ser cara de pau, ainda mais porque era no mínimo improvável que não soubessem quem era Gioacchino Piromalli. Por exemplo, o sobrinho do prefeito Dal Torrione, filho do seu irmão Mario, foi condenado por associação mafiosa justamente no mesmo processo que condenou Gioacchino, porque ambos "faziam parte da associação mafiosa Piromalli-Molè". E a tia do vice-prefeito Rosario Schiavone era Domenica Piromalli. Isto é, a irmã de dom Mommo e dom Peppino, os chefes históricos do clã. E, portanto, tia do advogado condenado à indenização.[5]

Havia motivos de sobra para justificar a presença dos inspetores da prefeitura. Novamente, como em 1993, é preciso entender em que condições e nas mãos de quem se encontravam a política, os partidos e as instituições administrativas de Gioia Tauro.

Questões de bunda

A comissão para o exame das deliberações municipais chegou a Gioia Tauro em 18 de dezembro de 2007. Foi a mando daquele mesmo superintendente regional que, dois anos antes, entre os calorosos aplausos do público, proferiu um solene discurso na posse do novo prefeito e do conselho municipal.

Dal Torrione percebeu que um verdadeiro vendaval iria abater sua construção político-administrativa e sabia muito bem o que os inspetores encontrariam remexendo em decretos, deliberações, cargos e ordens de pagamento. E também conhecia bem os seus assessores e as famílias, os amigos e os amigos dos amigos deles. Pois, do contrário, por que os quisera no conselho?

Em meados de janeiro de 2008, ele e o vice-prefeito foram interrogados pelos magistrados da Procuradoria de Reggio Calábria no âmbito de um inquérito sobre associação mafiosa. Compreendeu que estava perdido, que estava cercado, sem escapatória, mas não podia render-se tão facilmente. Não se conformou.

Em 27 de fevereiro de 2008, enquanto os magistrados estavam mergulhados num montão de papéis e de documentos administrativos, e estavam a ponto de propor ao prefeito regional e ao Ministério do Interior a dissolução da prefeitura municipal, o então prefeito nomeou um novo conselho.

Na verdade, ele queria se livrar do vice-prefeito, Rosario Schiavone, ao qual tentou atribuir toda a responsabilidade do caso da indenização de Gioacchino Piromalli para a prefeitura. O novo conselho era, todo ele, formado por assessores externos. Mas só conseguiu encontrar quatro, e não sete, como manda a lei.

Esta última cartada também representou, para o decreto do presidente da República, "um elevado grau de irresponsabilidade e um senso de presença do Estado extremamente superficial".

O que Dal Torrione realmente queria era ganhar tempo para evitar a dissolução do conselho e a sua própria cassação.

A essa altura, surgiu uma surpresa até para os investigadores, que já controlavam cada movimento dele e monitoravam suas conversas telefônicas.

Dal Torrione precisava saber o que estava acontecendo dentro do Ministério do Interior e o que poderia ser feito para deter as decisões dos inspetores. Para fazer isso, recorreu às suas amizades na capital.

Em 28 de fevereiro, o prefeito estava em Roma. Os policiais da delegacia de Gioia Tauro descobriram que ele iria se encontrar com dois parlamentares. Um deles era Mario Tassone, vice-secretário-geral do seu partido, a UDC de Casini. O outro era Mariagrazia Laganà, deputada do Partido Democrata e também viúva de Francesco Fortugno, o vice-presidente do Conselho Regional da Calábria, assassinado em 2005, em Locri, na seção eleitoral das primárias de centro-esquerda.

Tassone e Laganà eram vice-presidentes e membros da comissão parlamentar antimáfia, respectivamente. Ambos, antes de se afiliarem aos partidos atuais, sempre foram e continuavam sendo democratas-cristãos, isto é, da antiga DC.

Mariagrazia Laganà vinha de uma família na qual o pai, Mario, foi deputado em Roma e o tio, assessor regional na Calábria, verdadeiras máquinas de clientelismos e de "acordos". Ela continuava representando aquele montante de votos da família, os mesmos que, até o seu assassinato, eram representados pelo marido, Francesco Fortugno.

Essa história política era justamente o liame que Giorgio Dal Torrione tinha em mente e que tencionava utilizar. O encontro com Tassone foi o mais natural e menos suspeito dos dois, escreveu o juiz, por se tratar do vice-secretário do seu partido.[6]

Foram dias frenéticos, e o prefeito procurou articular-se em vários níveis. Em Gioia, tentou conseguir nova credibilidade nomeando o novo conselho. Em Roma, já fazia uma semana que tentava bloquear a ação do Ministério do Interior.

Em 20 de fevereiro, foi feito um telefonema do aparelho de Mariagrazia Laganà.

A voz não era a dela, mas sim a de Fabio, seu irmão, que cuidava do gabinete político da mesma em Roma e exercia vários cargos na região da Calábria. Fabio comunicou ao prefeito que, no Ministério do Interior, haviam concedido um adiamento para as investigações dos inspetores, e que a decisão a respeito da cassação iria demorar. Então, deu um conselho a Dal Torrione: "É preciso manter os olhos bem abertos. O que há de bom nisso tudo é que o assunto não está encerrado..." O prefeito concordou: "Está certo, pois esses morrinhas ainda querem botar na nossa bunda."[7]

Quando a história veio à tona, descobriu-se que um dos novos assessores de Dal Torrione, Nicola Zagarella, fazia parte da secretaria de Francesco Fortugno no conselho regional até o dia em que o homem foi assassinado. A nomeação a assessor municipal representou uma troca de favores pelo apoio romano dos Laganà.

A conversa telefônica entre Fabio Laganà e o prefeito aconteceu em 20 de fevereiro de 2008.

Um dia antes, a Comissão Parlamentar Antimáfia havia aprovado o seu primeiro relatório acerca da investigação dedicada à 'ndrangheta. Depois de estigmatizar a história de Gioacchino Piromalli e da indenização às prefeituras, podemos ler na página 138: "Além das responsabilidades penais, ainda devemos perguntar como foi possível que todos os envolvidos, o tribunal de vigilância e as administrações municipais, tenham considerado tudo isso normal, tornando-se protagonistas de um caso que dobrou as instituições à arrogância da 'ndrangheta. Nesse contexto de degradação da política e da administração pública, infelizmente, não são muitos os conselhos municipais calabreses dissolvidos por infiltração mafiosa, e seria útil levar adiante um estudo mais profundo dos motivos disso. Ainda mais porque a história da dissolução das prefeituras começa justamente na Piana di Gioia Tauro."[8]

A Comissão Antimáfia também aconselhava, em duas páginas do seu documento, a dissolução da prefeitura de Gioia Tauro. Como presidente da comissão, eu mesmo fui o redator do texto.

O relatório, aprovado por unanimidade, também foi votado por Mario Tassone e Mariagrazia Laganà. Naquelas mesmas horas, o irmão Fabio tramava com Dal Torrione para bloquear o "impulso" que a comissão dava aos magistrados e ao Ministério do Interior para cassar o prefeito e dissolver o conselho.

Quando a história dos encontros e dos telefonemas tornou-se conhecida por todos, em outubro de 2008, Mariagrazia Laganà tomou distância do irmão e se demitiu da nova Comissão Antimáfia formada depois da vitória de Berlusconi.

Gioia Tauro é a metáfora da Calábria. Nunca se sabe de que lado você está e com quem você está falando. Por aqui, a política é assim mesmo, sem limites claros e definidos, com protagonistas e bancadas mutáveis que se alternam e se sobrepõem.

O prefeito, a Câmara dos Vereadores, o Conselho Municipal dão uma ideia sombria da política e dos partidos, da administração pública e das instituições.

Pais, filhos, irmãs, maridos, esposas, primos, compadres: tudo gira em volta da família. A família é tudo: é sangue e fidelidade, é vingança e lei do silêncio. A família é honra. Quando cresce e se amplia, quase sempre através de casamentos arranjados, o clã junta mais um hífen para aumentar o seu tamanho: Piromalli-Guerrisi, Piromalli-Ruggiero, Piromalli-Coppelli, Piromalli-Stillitano. E Piromalli-Molè, o binômio de uma história criminosa antiga, quase centenária, até que ela também, como veremos, acabe num banho de sangue.

A família é o tronco sólido onde deixar crescer os próprios ramos, ou então podá-los drasticamente. Como sempre foi, entre tragédias, homicídios e traições, a história da 'ndrangheta é marcada por esses cortes.

A família é a árvore da sabedoria, o símbolo que há mais de um século foi escolhido primeiro pelos *mammasantissima* da honrada sociedade, e depois pelos chefes das quadrilhas mafiosas atuais para representar a organização e a sua hierarquia.

Mas o verdadeiro coração de toda árvore é o seu tronco, a solidez inamovível da sua força, a sua capacidade de resistir ao vento e à intempérie, com as raízes e a seiva vital que, na 'ndrangheta, regeneram um poder violento e criminoso, obscuro e maldoso, antigo e moderno.

O tronco, desde tempos que já se perdem num passado longínquo, são eles, os Piromalli...

2. PODEM DEIXAR A POLÍTICA COM A GENTE

O homem-metralha

Tudo começou com um homem que foi morto. Pois nesta história há deputados e senadores, advogados e homens de negócios. No entanto também há, principalmente, chefões e jovens que querem chegar lá, os que já mandam e os que aspiram a cargos de chefia na 'ndrangheta. E eles todos, antes de qualquer conversa, matam. Assim, por vocação ou por fidelidade, ou então, no seu entender doentio, por "justiça".

E foi o que aconteceu em mais uma tarde abafada do verão de 2007.

Durante o dia, quando o calor está insuportável e o ar parece faltar, na Piana só dá para respirar à sombra das oliveiras, que por estas bandas são tão altas que quase parecem carvalhos e encobrem as estradas fazendo com que lembrem corredores.

Quando o sol se põe, a escuridão é ainda mais negra e ameaçadora sob as árvores. Não dá para ver as estrelas. O céu não existe.

Um velho camponês de 66 anos aproveitava o vento que batia no seu rosto enquanto o cortava viajando na sua motoneta. Estava voltando dos campos. Por trás, os faróis de um carro lampejaram e ele, correndo o risco de cair na vala lateral, encostou para deixá-lo passar. Ele nem teve tempo de olhar quando o carro passou ao seu lado: recebeu uma descarga de tiros de pistola calibre 7.65 que o deixou quase sem vida no asfalto. Os *killers* continuaram tranquilamente em frente e se perderam na rede de caminhos que cobrem a Piana como uma teia de aranha. O homem, logo socorrido por outros transeuntes, mal teve tempo de chegar ao hospital de Gioia Tauro para concluir a sua última viagem.

O ar desleixado da vida no campo, a pele calejada e queimada de sol, a longa barba, cortada não se sabe há quanto tempo. Parecia um maltrapilho, um sujeito com o qual não vale a pena gastar uma bala sequer. Mas, longe disso, quando se descobriu o seu nome, os repórteres apressaram-se a rever a história de uma antiga vendeta que, desde o começo da década de 1970, deixava um rastro de sangue em Seminara, uma aldeia bastante próxima de Gioia Tauro. Era Salvatore Pellegrino, conhecido como o *homem-metralha*.

Durante anos, a sua família e a dos Gioffrè exterminaram-se pelas estradas da Piana. E ele circulava arrogante e desafiador, com a sua velha submetralhadora a tiracolo, espalhando o terror entre os inimigos e as pessoas inermes que, por engano, com ele se deparavam.

Ainda contam como, certo dia, depois de um assassinato, ele apareceu no enterro da sua vítima com a arma nas mãos. Os amigos que carregavam o caixão, assustados, deixaram-no cair no chão e fugiram. E também correram os coveiros, que antecediam o cortejo com o carro funerário.

No fim da guerra, no entanto, quem sucumbiu foi a família dele. E, com todos os homens mortos, já vencido, ele se deixou prender.

Alguns atos insanos da sua lenda sombria foram-lhe muito úteis para que o declarassem louco, sendo então internado no manicômio de Barcellona Pozzo di Gotto. Bancar o louco num hospício não é moleza. Mas é melhor que a prisão, onde é possível acabar na mesma cela que um parente de alguém que você matou. E, além do mais, os advogados explicaram que insanidade encurta a pena.

Voltando a ser livre depois de uns vinte anos, Salvatore era outra pessoa. O cárcere e o hospício transformaram-no. Foi morar em Pontevecchio, uma zona rural nos arredores de Gioia Tauro. Até o seu corpo mudou. A barba comprida de guru acentuava um aspecto "místico" que antes não tinha. E, todas as tardes, ao anoitecer, perto dos seus campos, ele parava numa ermida para rezar. Todos viam nele um novo homem. Até os parentes das suas vítimas o deixaram em paz. A série de vinganças chegou ao fim e eles, os Gioffrè, tornaram-se os donos absolutos de Seminara e uma das quadrilhas mais poderosas da Piana. Um velho louco não prejudicaria mais ninguém.

Alguém, no entanto, não estava lá muito convencido da sua insanidade, e menos ainda da sua santidade. Eram os Piromalli. Através da sua rede de informantes, souberam que ele mesmo, o *homem-metralha*, estava tentando receber o *pizzo*, isto é, o dinheiro da proteção, da cooperativa Valle Del Marro. Não era que os Piromalli estivessem interessados em defender a tal cooperativa, que aliás foi constituída pelos rapazes da Libera, a associação antimáfia chefiada por um padre, dom Pino De Masi, que há anos estava realmente enchendo a paciência de toda a Piana com essa história da luta contra a máfia. Sermões, procissões, reuniões. E então as cooperativas e, no verão, os campos de trabalho para os jovens. Chegou até a recusar enterros públicos aos chefões que, pelo bem que fizeram e que queriam à sua gente, o mereciam mais que qualquer um, assim como mereciam ser chorados muito mais que os outros. Sem contar com o fato de que a cooperativa trabalhava, justamente, nas terras confiscadas dos Piromalli.

E vocês acham que, depois de ter as suas terras confiscadas e de ver uma cooperativa implantada nelas, a família ainda poderia aceitar um cara que fingia ser louco e que, com a desculpa da proteção, queria até ganhar dinheiro à custa dela?

É uma dúvida que também passou pela cabeça da polícia. Durante as investigações sobre a morte do *homem-metralha*, ficou cada vez mais claro que a história das antigas vinganças era coisa do passado. Não tinha nada a ver. Era preciso seguir novas pistas. Para começar, era aconselhável monitorar o telefone de Antonio, o filho de Pino Piromalli, o *boss Facciazza*, para saber o que os homens do clã achavam disso tudo.

A coisa começou assim, quase por acaso. Ouvindo Antonio, chegaram aos ouvidos dos policiais os nomes dos que estavam acima de qualquer suspeita.

É verdade que, quando falamos de 'ndrangheta, estamos falando de poder. Mas aqui não estamos numa reunião onde os que se gabam de ser especialistas de máfia, só para bancar os sabidos, acabam falando de política e dos deputados envolvidos, de governo e de conluios romanos, pois do contrário ninguém bate palmas. Aqui, malditos grampos, ainda que não dê para acreditar, é tudo verdade.

As escutas são assim mesmo: você começa com nada na mão, pois na Piana um homicídio é justamente nada, e acaba descobrindo um mundo que nem dá para imaginar. Porque quem poderia pensar que nas conversas de dois ou três *compadres sujos* acabariam aparecendo os nomes dos *intocáveis imaculados*, que são ministros em Roma, têm a secretaria em Milão e negócios do outro lado do mundo?

Encontro em Milão

"Tio Aldo? Sim, sou eu, Gioacchino. Tudo certo. Já estou em Milão, na casa dos primos. Vamos nos encontrar amanhã, na secretaria dele, ao meio-dia, pois primeiro tenho hora marcada no hospital..."[1]

O encontro era importante, e precisava de cuidadoso preparo. Há horas em que até simples detalhes podem fazer a diferença. Cada palavra deve ser medida. Assim como os silêncios, as coisas a serem ditas e as que é melhor não mencionar. A diferença era grande demais entre Gioacchino, o sobrinho do *boss*, um rapaz com menos de 30 anos, e o senador. Ainda mais porque o senador não era um de muitos, daqueles que, depois de chegar das seções eleitorais do interior, se juntam em Roma, entre as poltronas vermelhas de Palazzo Madama.

Em outras palavras, *falar com ele não é como falar com qualquer outro...*

Claro, enviar um rapaz como "embaixador" ao coração do poder político e financeiro que há quase vinte anos controlava a Itália poderia parecer uma indelicadeza. O próprio senador poderia achar uma falta de respeito. Mas não era bem assim. Entre os que estão em cana e os que, mesmo livres, têm de tomar cuidado, o jovem era o único que podia se encarregar da missão. E, afinal, a idade não importa: o que conta é em nome de quem se está falando e, como se costuma dizer aqui, a *quem se pertence.*

Assim sendo, Gioacchino precisava ser preparado a contento. Não poderia errar. Quem falava, através dele, era toda a família.

O ano era quase 2008 e o governo Prodi exalava os últimos suspiros. Agonizava entre as brigas dos partidos que o sustentavam. E, para complicar ainda mais as coisas, Berlusconi havia se lançado numa campanha de compra e venda de deputados que estava provocando a queda do governo. Um mercado como esse nunca se vira antes. Parlamento coisa nenhuma, parecia mais uma feira de gado.

As eleições políticas antecipadas já estavam no ar. E, como sempre, esse é um dos clássicos momentos em que os chefões botam as unhas para fora e se tornam protagonistas. Sabem que podem negociar. Há políticos que, em troca de uma bolada de votos, topam qualquer coisa. E eles têm os argumentos certos para atraí-los, para chamar a sua atenção e tecer alianças. Como os votos a botar no prato da balança, por exemplo. Na Calábria, Sicília e Campânia sempre foi assim.

O encontro estava marcado para o dia seguinte, mas longe das salas do Senado, em Roma.

Para dizer a verdade, o Senado até que tem a ver com a história. Mas nesse caso é somente o nome de uma rua no coração pujante de Milão, bem perto da catedral. Era o reino de Marcello Dell'Utri. Era ali que ficava o seu gabinete político, assim como a sua biblioteca, pois ele era um apaixonado colecionador de livros antigos e raros. E pela Via Senato nº 12 também passavam as decisões que faziam convergir os interesses eleitorais de Berlusconi e os da família. Como se Milão, com o encontro dos Piromalli com Dell'Utri, criasse uma espécie de ponte ideal e material entre as duas margens do estreito.

Para os "donos" da Piana, esses contatos não eram uma novidade. Estão acostumados a fazer política desde os tempos em que Dell'Utri ainda não era *nada*, e eles já eram fortes e poderosos.

Hoje em dia, os partidos e os protagonistas podem até ser diferentes, mas o roteiro continua sendo o mesmo.

Um 25 de abril

Trinta e três anos antes, outro político e outro governo haviam reconhecido a autoridade dos "homens de bem", assinando em relação a eles um verdadeiro atestado de legitimidade em nome do Estado italiano. Aconteceu em 25 de abril de 1975.

Entre todos os cargos que assumiu em sua longa carreira política, naquele tempo Giulio Andreotti era o ministro do Planejamento. Desse ministério também dependia a Cassa per il Mezzogiorno, o poço sem fundo de dinheiro público que deveria equilibrar as condições de subdesenvolvimento econômico e social do sul diante do boom industrial do norte.

Era o Dia da Libertação. Em vez de participar de alguma cerimônia numa das muitas cidades-símbolo da luta dos guerrilheiros da Resistência contra o fascismo e o exército alemão, o ministro decidiu ir para o sul, mais especificamente para Gioia Tauro. A ocasião foi deveras histórica, e merecia a solenidade da data. Foi um momento esperado como um sonho irrealizável pelos milhares e milhares de habitantes da Piana que ainda não haviam se conformado com a ideia de deixar a família, juntar armas e bagagens e migrar para o norte. Porque isso também era motivo de contínuas disputas e brigas políticas que vinham se arrastando havia quatro anos. Desde que, também devido a uma promessa, se apagaram as chamas da revolta e desmontaram as barricadas dos "Malditos os que desistem": era o dia do assentamento da pedra fundamental do porto e do V Centro Siderúrgico.

Já havia se passado muito tempo desde que outro primeiro-ministro democrata-cristão, Alcide De Gasperi, chegara à Calábria no fim da década de 1950 para exortar uma multidão de camponeses e trabalhadores braçais famintos, que pediam pão e trabalho, a "aprender uma língua e emigrar".

Entretanto, nada disso naquele momento. Andreotti apareceu como um messias, para anunciar outra boa-nova: estava na hora de dar o basta às malas de papelão e às noites maldormidas, amontoados nos vagões de segunda classe da *Freccia del Sud* e do *Treno del sole* para viajar em busca de um trabalho em Turim, Milão, Bolzano ou até na Alemanha, Bélgica e França. Muitos haviam até ido para o outro lado do oceano, ao Canadá e à Austrália.

Agora, finalmente, o trabalho chegaria à Calábria e o sonho da indústria se tornaria realidade.

Era o que todos queriam. Foi o que contou o prefeito de Gioia Tauro, Vincenzo Gentile, numa entrevista para a *Gazzetta del Sud* no intuito de comemorar a presença do ministro: "... O assentamento da primeira pedra representa a exigência profunda, viva, sentida pela nossa gente de ver finalmente resolvido de uma vez por todas o mal-estar que aflige endemicamente a nossa Calábria: mal-estar que se chama miséria, emigração, desemprego, subemprego."[2]

A máfia não foi mencionada. Não apareceu na lista dos "mal-estares" calabreses. A máfia não existe. E olha que, até aquele momento, os únicos beneficiários do sonho desenvolvimentista da Calábria haviam sido eles, os chefões da 'ndrangheta e as suas quadrilhas. Haviam se transformado, de um dia para outro, de camponeses, boiadeiros e meeiros, em donos de transportadoras e de firmas de terraplenagem, aproveitando-se de muitas centenas de hectares a fim de criar a tão sonhada zona industrial.

Como sempre acontece nesses casos, já de manhã bem cedo formara-se em Gioia Tauro um comitê para receber Andreotti: os dignitários locais, deputados, conselheiros regionais, politiqueiros. Gentile, que também era presidente do comitê dos prefeitos da Piana, já saiu de casa com a faixa tricolor a tiracolo.

Levaram o ministro ao bairro de Vota, onde levantaram um imenso palanque, todo embandeirado. Foi erguido no meio de terras áridas e assoladas. Até dois anos antes era um jardim, com milhares de árvores de tangerina, limão, laranja e seculares oliveiras que, como um esvoaçante tapete verde, se estendiam das colinas de Gioia Tauro até o azul do Tirreno.

Logo que o ministro desceu do Alfa Romeo azul oficial, o comitê, nessa altura um verdadeiro cortejo, preferiu levá-lo ao bar. A multidão, trazida de toda a província com os ônibus do sindicato, poderia esperar. Assim como os representantes de instituições, todos emperiquitados, os sindicalistas e os prefeitos com suas bandeiras municipais. E, enquanto isso, também desabafavam os jovens do Partido Comunista, que, desde cedo, berravam palavras de ordem e contestavam a manifestação.

Foi uma mudança repentina do programa. Mas aqui nada acontece por acaso. Aquilo servia para deixar claro onde e com quem aconteceria o primeiro encontro do ministro na Piana.

Bares, graças a Deus, são o que não falta em Gioia. Há realmente muitos. Sabe-se lá por que, no entanto, o melhor estabelecimento do lugar é o do Euromotel, o histórico hotel da família Piromalli. Justamente aquele que vinte anos mais tarde — quem diria?! — seria confiscado e entregue à municipalidade.

Obviamente, para um hóspede tão ilustre, o barman também precisaria ser alguém fora de série. O próprio Gioacchino Piromalli recebeu o ministro com todas as honras, oferecendo café e docinhos. Era o sobrinho predileto de dom Mommo, o Patriarca, e de dom Peppino, seu irmão, que, justamente, encarregaram o jovem da partilha das obras e dos contratos para a desapropriação dos terrenos destinados à zona industrial. Fizeram mais que isso, aliás. Deram-lhe a chefia de uma espécie de "federação" das quadrilhas da Piana. Cabia a ele tratar paralelamente com as *famílias* do interior, com as instituições e com o ASI, o consórcio industrial formado para construir o centro siderúrgico e o maior porto do Mediterrâneo.

Antes, a família era apenas uma instituição entre muitas outras. A partir daquele momento, passou a ter reconhecimento oficial. Com efeito, depois do comício, quando todos desceram para se reunir na área especialmente montada atrás do palanque, ninguém se surpreendeu ao ver, entre os convidados ilustres e os representantes das instituições locais, mais uma vez ele, Gioacchino Piromalli, que, aliás, fez as honras da casa durante a recepção oferecida ao ministro e às autoridades vindas de fora.

O amigo

Em Gioia, no cortejo democrata-cristão que puxava o saco de Andreotti, também havia um sujeito no qual ninguém prestou muita atenção. Foi secretário provincial do partido no fim da década de 1960. Então, de 1975 a 1985, foi conselheiro provincial em Roma. Não era um personagem de primeira grandeza. Mas isso não impediu que acumulasse poder entre os gabinetes políticos e administrativos de Piazza del Gesù, a histórica sede nacional da Democracia Cristã. Por aquelas salas passaram nomeações, cargos de governo e de desgoverno. E, principalmente, rios de dinheiro vindos de todas as partes, de dentro e de fora da Itália.

O homem era Aldo Miccichè. Um sumido cujo nome só voltaria a aparecer nos jornais italianos em 2008, quando quase ninguém se lembrava da sua existência e da sua história.

Em 1983, a crônica judiciária apontou o seu envolvimento numa tramoia de corrupção, de quantias escusas pagas por debaixo da mesa por algumas firmas suecas que queriam fornecer casas pré-fabricadas destinadas aos desabrigados pelo terremoto que assolara a Irpínia e a Basilicata em 1980.

Em 1987, foi protagonista de uma fraude no valor de 1 milhão de francos suíços, mais ou menos 850 milhões de liras na época. Um importante banco suíço transferiu a quantia para um banco de Chiasso a fim de financiar a sociedade Euro Editrice Internazionale s.r.l. Todos os documentos referentes ao empréstimo, no entanto, eram falsos. Sempre usando a mesma empresa, provocou um buraco igualmente substancial nos cofres do Istituto Opere Religiose, o banco do Vaticano no qual mantinha excelentes contatos. O dinheiro serviu para fundar um jornal, *Italia Sera*, do qual ele virou diretor. O jornal foi um clarão fugaz: teve uma vida muito curta, de 22 de maio a 18 de julho de 1986. Então, com o financiamento já retirado, a publicação desapareceu das bancas.

O homem era um verdadeiro perito em fraudes e falências dirigidas. Já tinha feito isso com uma das primeiras emissoras de TV particulares romanas, a Tele Radio Più, com o hotel Diurno da estação Termini e com um exclusivo restaurante romano bem perto do Parlamento, o *31 al Vicario*. Um lugar bem-frequentado e, talvez devido ao nome, ponto de encontro de dignitários democratas-cristãos, da nobreza romana e da alta hierarquia vaticana.

Era um personagem realmente peculiar. Cultivava a paixão pelo jornalismo desde jovem. Escreveu seus primeiros artigos no *Voce della Calabria*. Então, chegou a outro jornal semiclandestino, *La Tribuna del Mezzogiorno*. Finalmente, à *Gazzetta del Sud*, o jornal de Messina que desde sempre foi o porta-voz "oficial" dos calabreses.

Em Roma, arrumou um lugar na Agenzia Italia, para então se tornar diretor da agência parlamentar "Montecitorio" e do seu semanário, *Eco del Sud*.[3]

Muitas dessas publicações, semiclandestinas, são financiadas com dinheiro público. Estavam todas ligadas à maranha das correntes e do poder democrata-cristão daquele tempo. E, quando necessário, também serviam como receptores de dinheiro sujo e de operações financeiras escusas.

A paixão por tramas e intrigas era mais uma coisa que sempre esteve no seu sangue. Assim como chapinhar no pântano lamacento das relações entre política e serviços secretos que, já na época dos "Malditos os que desistem", eram uma constante, seja no eixo geográfico Reggio Calábria-Roma, seja no eixo político Democracia Cristã-maçonaria-extremismo fascista.

Até os chefes da quadrilha da Magliana recorreram a Micciché. Precisavam de falsas perícias psiquiátricas e de um contato com os juízes romanos para conseguir a soltura de um dos seus chefões, Marcello Colafigli.

Quem contou a história foi um *boss* da quadrilha, Maurizio Abbatino, um arrependido que decidiu colaborar com a justiça: "... o Micciché era calabrês, um político que possuía uma BMW série 7 azul-metálico. Encontrei-me com ele numa mansão da rua Cortina d'Ampezzo e num hotel na praça Capranica."[4] Por favores prometidos, Micciché teria embolsado 25 milhões de liras, sem, no entanto, conseguir o menor resultado.

Poderia ser mais uma trapaça. Mas uma trapaça à custa da quadrilha da Magliana, que naquele tempo espalhava o terror por toda a cidade de Roma, seria realmente um privilégio único na história do crime italiano. Ainda mais quando não entraram logo em cena vinganças e represálias. Só seria possível realizá-la se a pessoa tivesse as costas quentes e gozasse de proteções importantes.

Quem deu uma explicação foi mais uma vez o arrependido Abbatino: "Micciché nos havia sido indicado por Giorgio De Stefano."

Isto é, o figurão mais importante da 'ndrangheta na cidade de Reggio Calábria. Um *boss* ligado à maçonaria e à subversão de extrema direita desde a revolta de 1970, e cuja família ainda chefia as facções mafiosas da cidade do estreito.

O meu compadre Frank Sinatra

Micciché teve uma vida realmente rocambolesca. Começou em Maropati, uma aldeia com mais ou menos 1.600 habitantes, perdida na Piana di Gioia Tauro, onde nasceu em 1936 e viveu até 1º de dezembro de 1990. Nesse dia, depois de ter passado dois anos foragido, um oficial dos carabineiros disfarçado de garçom algemou seus pulsos no saguão do hotel Gênova, bem perto da estação Porta Nuova, em Turim. Havia chegado da França na tarde anterior, de trem, perseguido por uma ordem de prisão emitida dois anos antes devido ao inquérito sobre a fraude perpetrada contra o banco suíço.

Depois da captura, desapareceu e ninguém ouviu mais falar dele. Para dizer a verdade, e apesar das repetidas condenações, ninguém o procurou. Mas, na Itália, estamos cansados de saber, muitas vezes é assim mesmo que as coisas funcionam.

Em dezembro de 2007, depois de vinte anos, enquanto grampos da polícia o escutavam, contou pelo telefone as suas escaramuças com a justiça italiana. Mencionou um dos muitos escândalos dos quais fora protagonista em 1986: uma bolada de cheques no valor total de 1,5 bilhão de liras que envolvera o IOR do Vaticano, a Banca Nazionale del Lavoro e o Monte dei Paschi di Siena: "... O então procurador substituto da República, meu amigo do peito, disse-me: 'Aldo, que tal sumir por algum tempo... vai ser votada uma lei que prescreve esse crime?'... E eu peguei um avião e fui para a *villa* do meu compadre Frank Sinatra, em Acapulco... onde deveria receber o nosso dinheiro, isto é, de Craxi, Bisaglia, Petrucci, Gullotti, Gava etc... Mas em vez disso aconteceu o famoso bafafá, prelúdio, digamos assim, da operação Mãos Limpas... e aquele bilhão e meio que devia chegar foi retido... Onde estava o dinheiro que nós tínhamos? Estavam na BNL, investidos em BOT,* claro. O presidente do banco era amigo de Craxi, Nesi... e com ele não fizeram nada... Então fui a Miami, a Nova York, estive em Massachusetts, no Brasil... andei por toda a América Latina, dando, assim, impulso a determinadas situações daqui mesmo..."

A versão da sua captura em Turim também descrevia uma cena diferente daquela contada nos jornais da época. Ao telefone, segundo o relatório da polícia, tocou no assunto de forma jocosa: "... Quando cheguei a Turim, disseram-me que... (risos) eu estava passando mal... pagaram a conta do hotel... disseram que eu estava mal... E eu passei mal... fiquei no hospital, junto dos meus primos ali em Turim... Botaram-me de novo num avião, na primeira classe, e me mandaram embora...

"Mas, porra, depois de vinte anos desse jeito, por que não me prendem? Aqui estou eu [na Venezuela, N.A.]... seria tão fácil... Têm um mandado de prisão? E então estão esperando o quê? Venham me pegar, aqui estou! Mas não fazem nada disso. Sabe-se lá por quê... Eles sabem que, se eu abrir a boca e contar tudo, há bastante para um best-seller."

---

* *Buoni Ordinari del Tesoro*: títulos do Estado com prazo de resgate variável. (N.T.)

Será que, ao telefone, Micciché só se gabava ou dizia a verdade? De qualquer maneira, sem a cobertura de tramas políticas e institucionais, não dá para desaparecer sem deixar rastro. Desde então — e quanto a isso não há dúvidas — ninguém ficou mais interessado nele. Ninguém o procurou. Virou um fantasma.

Para encontrarmos uma pista, precisamos esperar até o outono de 2007, quando, nos fones da sala de escuta da delegacia de polícia de Gioia Tauro que gravavam os telefonemas de Antonio Piromalli, o filho do *boss Facciazza*, finalmente ressoa a voz dele: "*Olá, meu garoto, quem fala é seu tio Aldo!*"

Depois de circular pelas Américas do Norte e do Sul, havia quase vinte anos que Micciché morava em Caracas.

Na Itália, deveria passar mais ou menos 25 anos na cadeia. Foi o total acumulado depois das várias sentenças. No país sul-americano, era um cidadão livre e endinheirado. Levava uma boa vida. O clima era ameno, os amigos não faltavam. E tampouco os amigos dos amigos. Muitos eram sicilianos e calabreses, e estavam lá havia décadas. A comunidade italiana também o recebeu de braços abertos. Como sempre fez com todos os demais. O que um sujeito era ou fazia antes de chegar aos trópicos não interessava. Quanto aos antecedentes, ninguém pergunta.

Isso é coisa de policial.

Ele chegou a Caracas com a reputação de empresário bem-sucedido e, além do mais, enfronhado nos assuntos da política. O que era um ótimo cartão de visita, pois, em caso de necessidade, podia ser proveitoso para todos. Ainda mais para os amigos da Piana, aos quais estava ligado com um cordão umbilical que jamais cortou. Fez questão de mencionar isso a Antonio Piromalli, falando de dom Mommo, o Patriarca da família: "Nunca se esqueça de quem era dom Mommo para mim."

Além do mais, com esse mundo novo de internet e globalização, a Venezuela fica logo ali, atrás da esquina: graças a telefones, e-mail, Skype, depósitos e movimentos bancários por acesso remoto, é possível entrar em contato a qualquer hora, noite e dia, dá para fazer tudo que é preciso. Mais fácil que ir de carro de Gioia Tauro a Reggio Calábria, enfrentando horas de engarrafamento na autoestrada, ziguezagueando como lesmas entre desvios e obras que nunca acabam. Uma história, essa da rodovia Salerno-Reggio, que já dura mais de quarenta anos.

De qualquer maneira, a moral é que o titio Aldo nunca saiu de cena. O que acontece é que a polícia, a partir do assassinato do homem-metralha, descobre que ele voltou dos mortos, encontrando um *puzzle* de nomes que nem poderia imaginar.

O tio Aldo e a família

Para os Piromalli, Aldo era muito mais que um amigo. Ele e a família são uma coisa só. Por isso o chamavam de *tio*: cuidava dos interesses deles em toda a América do Sul e mantinha o relacionamento com os Estados Unidos. E também era o conselheiro. O homem das relações públicas e dos contatos com as salas de poder importantes em Roma e Milão. Tudo a partir de Caracas, Venezuela.

Coube a ele, do outro lado do oceano, preparar e instruir Gioacchino, o sobrinho do *boss*, para o encontro com Marcello Dell'Utri.

O velho politiqueiro e o senador se conheciam, eram amigos. Faziam até negócios juntos na prefeitura. O senador sabia muito bem em nome de quem falava o amigo venezuelano e por conta de quem fora marcado o encontro.

Para Aldo, esquecendo a amizade e as frases de circunstância, numa oportunidade que poderia mudar o futuro da família, era melhor botar logo as cartas na mesa. Melhor relembrar toda a história, só para deixar bem claro o tipo de força que estava por trás: "Explique-lhe quem somos e o que representamos para a Calábria... Em suma, faça-o entender que a Piana é coisa nossa, que o porto de Gioia Tauro *'u ficimu nui, hai capito?...* Bote na cabeça dele que quem fez o porto fomos nós, que, no Aspromonte, tudo aquilo que aconteceu lá em cima aconteceu porque assim decidimos, entendeu? Deixe bem claro que na Calábria, querendo ele ir pelo lado do Tirreno, pelo Jônio ou pelo meio, vai precisar da gente... entendeu o raciocínio?... E quando digo a gente... preciso dizer mais?"[5]

Nesta história não há arrependidos. Não há bonzinhos que são bem-vindos quando decidem dar uma rasteira nas suas organizações criminosas e esclarecer chacinas e assassinatos, mas que começam a cheirar mal toda vez que mencionam o nome de alguém importante — político, magistrado, homem de negócios — e provocam um *deus nos acuda*.

Não, esta história é contada sem a participação desses criminosos. Que, além do mais, dizem que não são culpados de coisa alguma, e cabe aos juízes entender se dizem a verdade ou se apenas fazem "encenação".

Nesta história há os números de telefone, as chamadas, as vozes dos protagonistas. É por isso que os primeiros e mais incrédulos foram justamente eles, os policiais, trancados por horas a fio, noite e dia, na sua sala de escuta da delegacia de Gioia Tauro e na central de Reggio Calábria.

O problema enfrentado no momento pela família na Calábria e pelo tio Aldo em Caracas era a prisão de segurança máxima. Um problema e tanto, principalmente para Pino, o *Facciazza*.

O verão, no cárcere, parece não ter fim. O calor é insuportável. Você fica pensando sem parar nos que estão soltos. E também no espaço vazio deixado na família. A espera pela retomada dos processos, no outono, dá angústia.

A prisão de Tolmezzo também é uma tortura para quem está do lado de fora. Para uma visita de uma hora, as mulheres, os filhos, os parentes têm de enfrentar um dia e meio de viagem. Ou então pegar o avião, mas custa uma fortuna. Aqueles tiras nojentos. Não ficaram satisfeitos com o 41 bis,* com o isolamento, as cartas censuradas, as câmeras ligadas o tempo todo. E só duas horas de banho de sol, de forma que o sujeito acaba falando sozinho, como *'nu scimunitu*, como um débil mental, só para sentir que ainda está vivo.

Dá para ficar louco. Até um homem de verdade. Um cara que se acostumou desde criança com a morte ao lado e o cárcere diante dele. Desde que fizeram dele um homem de honra. Mas esse 41 bis não é prisão. É outra coisa. Bem que os sicilianos entenderam logo, quando ficaram putos e, entre 1992 e 1993, começaram a fazer chacinas em Palermo e em metade da Itália. Querem apagar você, e deixar a família de joelhos. Pois, afinal, preso ou não, a família não pode ficar sem a liderança e a sabedoria do chefe.

Desde a morte de dom Peppino Piromalli, *mussu stortu*, em 19 de fevereiro de 2005, Pino, o *Facciazza*, seu sobrinho, tornou-se o chefe. Para dizer a verdade, já fazia uns vinte anos que ele era o regente do clã. Desde que o tio, o *capo dei capi* da 'ndrangheta da Piana e da Calábria havia sido preso.

A família é bem grande. Há os empreiteiros, os que cuidam do porto, das cooperativas, das firmas de todo tipo. E quem toma conta do exército armado. E há os que são advogados, dos quais, aliás,

---

* Artigo da lei que, em casos de emergência, tais como os crimes associados à máfia, permite o recurso a um regime carcerário particularmente duro. (N.T.)

a família amiúde precisa. Também há os que, pelo menos aparentemente, saem do circuito e são, por exemplo, médicos em algum importante hospital do norte.

Os Piromalli são assim, sempre souberam olhar para o futuro. Não são como aquele casca-grossa do Totò Riina, que mandou o filho Giovanni, de 18 anos, estrangular um casal de namorados sob o olhar satisfeito do tio, Leoluca Bagarella. Depois, com menos de 30 anos, já precisou encarar a prisão perpétua, como o pai.

Eles, por sua vez, os chefes da Piana, sabem que para se preparar para o futuro é preciso estudar, frequentar a sociedade e os ambientes importantes. Em Reggio, assim como em Milão, em Caracas e em Nova York.

O importante é não perder o controle do território. Que, afinal, por medo ou amizade, significa receber o respeito das pessoas. É por isso que é preciso haver um líder.

Infelizmente, o próprio *Facciazza* acabou tendo o mesmo destino dos tios, os antigos chefes. Porque o Estado, com todas as suas tímidas hesitações, nestes últimos anos até que deu suas cacetadas. Era por sua causa que a quadrilha estava subindo pelas paredes. Não aguentava mais o 41 bis. Era preciso fazer todo o possível para se chegar à política, pois a decisão final acerca do cárcere duro cabia ao ministro da Justiça.

O encarregado de mexer os pauzinhos certos nas salas que importam era Aldo Micciché. E, antes de chegar a Marcello Dell'Utri, Aldo tentou todos os caminhos imagináveis.

O prazo do 41 bis de Pino Piromalli vencia em dezembro de 2007. A família precisava correr atrás, não tinha muito tempo para encontrar uma saída. Depois daquela data, a comissão e o ministro assinariam a renovação da pena.

O ministro

Se não houvesse o prefixo internacional, daria para pensar que se tratava de um telefonema vindo de um escritório romano. De uma das muitas secretarias políticas localizadas entre o Ministério da Justiça e a Piazza del Parlamento. Na outra ponta da linha, interlocutores do maior respeito: Francesco Borgomeo, chefe do gabinete do ministro da Justiça, Adriana Zerbetto, secretária particular, Antonella Apullo, colaboradora direta no ministério. E, obviamente, o ministro Clemente Mastella.

Apesar de não aparecer na Itália há quase vinte anos, esses eram os contatos que Aldo Miccichè, foragido, procurado ou "exilado" — chamem-no como quiserem —, ainda conseguia manter.

O governo no poder era de centro-esquerda. Tinha o apoio de comunistas e de ex-comunistas, que sempre incluíram toda e qualquer resolução antimáfia na sua plataforma programática. Acabaram ficando até com a presidência da Comissão Parlamentar de Inquérito. E vocês acham que isso preocupava de alguma forma os donos da Piana? Como diriam os sicilianos, *niente ci fa!**

O ministro era um amigo, como costumam dizer os democratas-cristãos; ele e Aldo passaram a vida inteira nas fileiras do mesmo partido. Quem mudou, aliás, foram os outros, os comunistas, que até de nome mudaram. Quanto a eles, eram democratas-cristãos no passado e continuaram sendo democratas-cristãos.

Aldo se tornou obcecado, ligava o tempo todo para o Ministério da Justiça, demorava-se em longas conversas com homens e mulheres ligados ao ministro. Mas eram tempos difíceis. Sustar o 41 bis, pelo

---

* Algo como "não tem nada a ver", "para nós, tanto faz". (N.T.)

jeito que andavam as coisas e com o governo cada vez mais fraco, era uma tarefa bastante complicada.

Naqueles dias, ele mesmo, Mastella, estava no meio de acaloradas polêmicas devido a um inquérito de um magistrado de Catanzaro, Luigi De Magistris,[6] no qual estava diretamente envolvido. Jornais e debates na TV não falavam de outra coisa. O ministro da Justiça estava acossado.

Em Nápoles, a Procuradoria da República abriu mais um inquérito, dessa vez envolvendo sua esposa, que não só militava no mesmo partido do marido, a Udeur, como também fora eleita presidente do conselho regional pelos ex-comunistas chefiados pelo presidente da Campânia, Antonio Bassolino. Do tribunal de Nápoles não paravam de sair cada dia novas informações confidenciais. No fim, ela mesma acabou sendo detida em regime de prisão domiciliar. Assim como o sogro do seu filho, um homem de negócios um tanto ousado. E ainda bem que o marido[7] era o ministro da Justiça!

A toda hora, Aldo era forçado a explicar ao filho do *boss* os progressos e os obstáculos encontrados na tentativa de aliviar a pena do pai: "Falei com aquela pessoa por motivos ligados ao senador Colombo,[8] que é meu compadre... Disse que instruiu Borgomeo e a secretária... Mas acontece que agora está havendo um bafafá dos diabos no que diz respeito às decisões particulares... ainda mais porque um cara das Brigadas Vermelhas fez alguma merda... assaltou um banco... tinha três condenações de prisão perpétua nas costas e o tinham soltado... De qualquer maneira, só podemos esperar até a poeira assentar e aí ver se, como eles prometeram, em dezembro fazem alguma coisa."[9] Aldo estava realmente se esforçando. Consultou todos os números úteis do seu antigo caderninho. Pois, afinal, mesmo quando os governos mudam, os contatos para os assuntos dos magistrados são sempre os mesmos.

Recebeu a confirmação de que a chefe do gabinete do ministro, Loredana Zerbetto, também se mexeu. Não sabia até que ponto poderia garantir o resultado, mas já era alguma coisa.

O ambiente político na Itália era como Aldo descrevera de Caracas. O clima não era nada bom para a família. A polêmica acerca dos magistrados que concediam licenças fáceis estava pegando fogo. A imprensa, principalmente aquela da esquerda, estava de rifles apontados. Já não tinha gostado do indulto solicitado pelo governo, abençoado pelo papa e aprovado pelo Parlamento.

A Comissão Antimáfia também tratava do assunto do 41 bis e das solturas concedidas de forma um tanto leviana. Pela primeira vez, ela era chefiada justamente por um calabrês.

Lembro que coube a mim, no papel de presidente, convocar uma reunião com a presença do ministro para examinar a questão do 41 bis.

Resumindo, Mastella estava cercado pelos magistrados, e o clima político era o pior possível. Imaginem só, então, se podia fazer um favor não a um criminoso qualquer, quem sabe adoentado, ou "declarado" doente por um atestado médico fajuto, como às vezes acontece, mas sim ao próprio chefe dos Piromalli.

O ministro não podia se mexer. Ou decidiu não se mexer.

Um país de merda

Tudo estava parado, e dezembro se aproximava. Em 25 de novembro de 2007, coube novamente a Aldo desabafar com Antonio: "... Essa merda de ministro... O infeliz não sabe mais o que fazer, não sabe se ainda é ministro, não sabe se alguém ainda o ouve, não sabe se está dentro ou fora, é chantageado o tempo todo... Tem medo de falar ao telefone... tem medo se alguém quer mandar um e-mail... muda de fax todos os dias... Fez o que tinha de fazer e me pôs em contato com as pessoas certas... está me entendendo?... Com Francesco Borgomeo, com Adriana Zerbetto, com a diretora-geral... que estão andando num campo minado... Pediram-me umas tantas coisas, e eu as garanti."

De Caracas, Aldo estava mais por dentro da política italiana do que muitos *peones* que os partidos conseguiam levar a Montecitorio e ao Palazzo Madama* só para levantarem a mão. Explicou ao jovem *boss* a fase política que estava consumindo a precária experiência do governo Prodi e que colocava justamente Mastella no olho do furacão: "... A Itália, a essa altura, é ingovernável, pois estamos vivendo um momento no qual, na Itália, a política está na mais absoluta merda... entendeu? Merda!... Essa é a verdade... Sem contar que os da esquerda começaram a realmente encher o saco... E não esqueça que ele é acusado dessas coisas... Ele, o ministro, está me entendendo? Agora vou lhe contar uma coisa que vai surpreendê-lo... o ministro me pediu para intervir junto de um juiz... está me acompanhando? ... E eu fiz isso, dei um jeito nas coisas... Mas agora eu pergunto: que porra de ministro é esse... preciso dizer mais?"

A mensagem era clara, mas só pelas escutas não se entende a que se referia o antigo democrata-cristão.

Sim, era verdade, já não era como antigamente. Os Piromalli sabiam disso, acostumados que eram, até pouco antes, a entortar os processos, a receber a mais completa absolvição no Tribunal de Recursos ou a resolver tudo numa instância ainda superior.

---

* Montecitorio, Palazzo Madama: respectivamente, a Câmara dos Deputados e o Senado. (N.T.)

Até Tommaso Buscetta tocara no assunto, o *boss dos dois mundos* que se tornou o mais importante arrependido da máfia siciliana. Conhecera os velhos Piromalli no processo contra os sicilianos, que aconteceu na década de 1960, em Catanzaro.[10] Num dos muitos interrogatórios, declarou que os donos da Piana eram eles, que "tinham as chaves da justiça e dos processos". Outra época.

Aldo lembrou aqueles tempos com saudade: "... Eu não estava acostumado a isso; na minha época era diferente, porque se batia à porta, alguém nos convidava a entrar e a gente fazia o que tinha de ser feito... Agora estão fugindo da raia... O chefe me disse para falar com Fulano, e eu falei... então ele me mandou falar com outra pessoa... Falei com ela, e ela me mandou falar com mais outra. É claro que são as pessoas certas, está entendendo?... Mas, quando cheguei à última porta, me disseram que eu por favor ficasse calmo, estavam fazendo o que tinha de ser feito, entrariam em contato... Em resumo, disseram para esperar, e essa é a melhor e a pior maneira de responder.

"Sim, claro, a diretora-geral do ministério foi extremamente gentil e carinhosa... E isso me preocupa... porque quando são gentis e carinhosos eu não acredito... ou dizem sim ou não, como ensinaram para a gente... agora essa gente tem medo de tudo."

O filho do *boss* não pareceu muito convencido: "... Mas, antes, todo esse medo não existia!" Coube a Aldo, agora, explicar as dificuldades de Mastella: "Será que não percebe o que está acontecendo? Só o negócio de Catanzaro já permite entender os problemas desse infeliz... Controlam até o celular do desgraçado... eu tenho o número do seu telefone... controlam o computador, o fax... Não dá para entrar em contato com essas pessoas agora... e, além do mais, não se sabe se esse governo vai durar, se ele continua como ministro, se ele provoca ou não uma crise de governo... se vamos ou não vamos ter eleições antecipadas.

"Não se entende que merda está acontecendo nesse centro-direita nem que merda está acontecendo nesse centro-esquerda... e essas porras de comunistas que estão enchendo o saco em todos os níveis possíveis, atrapalhando as pessoas que trabalham... o nosso pessoal... estou sendo claro? Entenda, você vê a coisa do seu ponto de vista, eu do meu, e o meu é político porque esse é o meu caminho... está me entendendo?"

A rede de relacionamentos de Aldo Micciché estava, toda ela, ligada à Democracia Cristã de antigamente, mas também àquela parte que se mudou, com outros nomes e outros símbolos, para a segunda República.

Para o velho politiqueiro, estava cada vez mais claro que a de Mastella era uma *strata chi nun spunta*, uma rua sem saída.

"Essa porra de ministro não tem para onde ir. Preciso encontrar outro caminho e o dia está chegando. Do contrário, estamos fodidos." Precisou folhear o caderninho, encontrar os números e discar o prefixo internacional. Começou então uma nova rodada de telefonemas.

Mario Tassone era um deputado eleito na Calábria nas últimas seis legislaturas. Junto com alguns senadores vitalícios, talvez fosse o mais antigo parlamentar italiano na ativa.

Depois do fim da DC, atravessou a galáxia das siglas centristas para lançar âncora na UDC de Pierferdinando Casini. Já fazia muitos anos que era o subsecretário do partido. Na época do inquérito, também era o vice-presidente da Comissão Parlamentar Antimáfia.

Conhecia muito bem Gioia Tauro, não só devido aos antigos contatos partidários, como também devido aos novos. Como, por exemplo, Giorgio Dal Torrione, o prefeito da UDC que levaria Gioia de volta "à ordem", até a sua administração ser dissolvida em 2008 por ligações mafiosas.

Tassone e o prefeito eram amigos e o deputado ajudou-o a ganhar o cargo. Ainda mais porque Gioia precisava. Cinco anos de administração do prefeito Alessio só haviam deixado um rastro de ódio. O sujeito botara na cabeça esse tal negócio de legalidade. E depois aquele refrão da "Primavera de Gioia". Até mesmo a entrega à prefeitura do Euromotel, o famoso hotel em que fora recebido Andreotti, que, depois de tantas peripécias, o Estado conseguira confiscar dos Piromalli.

Em resumo, Alessio era um homem de divisão, e não de harmonia. Quanto mais cedo se livraram dele, melhor para todos.

E, além do mais, Tassone, Mariuzzu, como o chamam carinhosamente na Calábria, desde sempre circulou por Gioia: no primeiro governo Berlusconi, era vice-ministro dos Transportes e cuidava do porto. Tratava-se quase de uma labuta cotidiana para ele. E com quem tinha de tratar? Obviamente, não com os chefões de nome comprometedor. Ainda mais porque não fazia o seu gênero. Mas com outros, com as autoridades que administravam o porto e que nele faziam política, isso sem dúvida. Se depois essas pessoas "pertenciam" a alguém, como é que ele poderia saber? Resumindo, um político que Micciché considerava facilmente contatável. Assim como Giovanni Nucera, o chefe da bancada do mesmo partido no conselho da região que, como Tassone em nível nacional, havia sido vice-presidente da Comissão Antimáfia regional.

É assim que as coisas funcionam na Calábria. Não há fronteiras claras, e os personagens desempenham vários papéis no palco. Principalmente na política, onde, por regra, é costume apoiar quem paga mais. Nucera sabia disso muito bem. Depois de dois anos como chefe da bancada da UDC, juntou as suas coisas e, sem mais nem menos, se mudou com seu montante de votos e clientela para o PDL de Berlusconi.

Da Venezuela, Aldo dirigia uma verdadeira secretaria política da quadrilha: contatava, aconselhava, marcava encontros, assumia compromissos.

Tendo em vista o congresso provincial da UDC em Reggio Calábria, deu as dicas a Antonio Piromalli: "Todos esperam por você de braços abertos, de Casini aos que estão abaixo..." Enquanto isso, já dera ao primo Gioacchino os números de telefone particulares de Mariuzzu, "que se prontificou a ficar completamente à nossa disposição", e de Nucera, "que espera de braços abertos e fará tudo que vocês precisam".

Com a linguagem fria das sentenças, este é o comentário dos juízes de Reggio Calábria: "É realmente complexa a trama que esse jovem mafioso de Gioia Tauro está tecendo! Fica clara, em todo o seu real alcance, a natureza da 'ndrangheta, que vive do relacionamento mantido com o mundo político para conseguir vantagens, os mais variados favores, e que, em troca, é capaz de oferecer, como veremos, o que decorre do exercício do poder criminoso no território." E continua: "Não podemos afirmar com certeza que 'os braços' mencionados por Micciché estejam realmente abertos como ele diz. Pelo que Piromalli assevera, e pelo que o conjunto das investigações demonstra, fica, no entanto, claro que Piromalli e Micciché procuram e em parte conseguem estabelecer esses contatos para bem-definidos fins ilícitos."

Agora, não podemos francamente afirmar que os juízes, no desempenho das suas funções, gostem de frases límpidas e transparentes. Mas, de qualquer maneira, compreende-se perfeitamente o que queriam dizer. Em resumo, não se tratava de um problema só deles, de tiras, magistrados e advogados. O problema tinha a ver, antes de tudo, com os políticos. E seria possível que eles nunca soubessem quem estavam encontrando, com quem tratavam e falavam pelo telefone?

Os contatos continuavam e se intensificavam, e, neles, os políticos eram os protagonistas diretos.

No fim de novembro, a família estava exasperada. Começou a perder as esperanças. Os contatos "democratas-cristãos", desde Tassone a Mastella, não estavam chegando aos resultados desejados. A agitação que se criou tornou ainda mais apertado o nó que segurava o *boss*, cujas conversas, sem ele saber, eram grampeadas mesmo no cárcere.

O que menos podia se mexer era o ministério, como explicou Aldo: "... Ligaram-me dizendo que podia ficar tranquilo... Mas não consegui entender o que está havendo... Acontece que a situação é como você já sabe... estamos num país de merda! Percebo que estão preocupados, que estão com medo, não entendi direito... Será que este país caiu nas mãos da polícia e de uns dez, quinze juízes comunistas?"

Não dava para acreditar. Dali a alguns meses, com a vitória de Berlusconi e até a queda do seu governo no outono de 2011, seria justamente o primeiro-ministro, como um disco quebrado, a descrever a Itália com as mesmas expressões e as mesmas idênticas palavras usadas pelo homem venezuelano dos Piromalli com o jovem *boss*.

Relacionamentos antigos

No fim de 2007, o clima político estava mudando. Os homens das quadrilhas já entendiam. Podiam ler isso nos jornais. Percebiam os humores das pessoas na rua.

O governo Prodi estava agonizando. Mastella, de malas prontas, estava prestes a embarcar para novos destinos. Não tinha coisa alguma a perder e, se provocasse a queda de Prodi, poderia certamente contar com uma cadeira no Parlamento europeu: Berlusconi conseguiria para ele.

Coube a Micciché, de Caracas, botar de novo os homens honrados do lado certo da formação política e prepará-los para a campanha eleitoral.

As escolhas da família nada tinham a ver com ideologia. Para a 'ndrangheta, a única ideologia é o poder. E poder significa riqueza e impunidade. É por isso que era preciso sentir logo, no ar, quem venceria e quem perde. Para não errar e não acabar ficando do lado perdedor.

Os velhos amigos democratas-cristãos sempre funcionaram, mas, com essa história de bancar os centristas, até onde poderiam chegar? Mais uma vez na oposição, misturados com os comunistas, os sindicalistas e os trotskistas?

Não, o que eles precisavam agora era dos que formariam o governo. Afinal, haveria democratas-cristãos à beça entre eles, mesmo que agora usassem outro nome. Claro, também havia alguns antigos fascistas. E daí? Com eles, estavam acostumados a manter contatos desde os tempos dos "Malditos os que desistem", embora tenham procurado se manter afastados, pois se tratava de problemas de Reggio, não da Piana. Com os ex-socialistas, por sua vez, se entendiam desde a época do V Centro Siderúrgico e da construção da autoestrada. E, além disso, apesar de nunca terem mantido contato direto com alguns dos líderes do Forza Italia (como Fabrizio Cicchitto, por exemplo), achavam que, quando a hora chegasse, poderiam certamente entrar num entendimento devido a antigas histórias em comum. Coisas de irmandade![11]

A mixórdia política que Berlusconi montou com a criação do Popolo della Libertà certamente não criou problemas para a família.

O *feeling* era antigo, assim como alguns contatos. Como Vittorio Sgarbi e Tiziana Maiolo.

Em 1994, Vittorio Sgarbi, antes mesmo de ser eleito deputado na Calábria pelo então partido de Berlusconi, o Forza Italia, achou por bem tomar as dores de dom Peppino, *mussu stortu*, que fora visitar na prisão de Palmi. Sabe-se lá por que alguém, antes de apresentar-se como candidato na Calábria, em lugar de encontrar os parentes das vítimas da máfia, decidiria encontrar o *capo dei capi* das quadrilhas calabresas.

Dom Peppino, assim como o *Facciazza*, o chefe atual, já não aguentava mais o 41 bis. Depois da visita em Palmi, foram apresentados interrogatórios parlamentares em sua defesa. Sgarbi falou publicamente dos riscos para a saúde de dom Peppino, mas a sua assinatura não aparece nas deliberações parlamentares. Quem cuidou disso foram os deputados radicais que, em 1994, apoiavam Berlusconi e aderiram ao grupo do Forza Italia na Câmara, e que conheciam dom Peppino muito bem, pois o homem pertencia ao partido de Pannella.[12]

E não fora justamente dom Peppino Piromalli, o *capo dei capi* da 'ndrangheta, a ficar do lado do *Cavaliere** logo que ele decidira entrar na política?

Os sicilianos haviam feito isso sem estardalhaço, e para eles havia sido uma coisa natural, uma vez que o partido Forza Italia fora organizado por um sujeito como Marcello Dell'Utri, amigo do peito do *boss* Vittorio Mangano e bom amigo da turma da ilha.

---

* *Cavaliere*: cavalheiro, apelido de Berlusconi. (N.T.)

Dom Peppino, por sua vez, queria que a Itália inteira ficasse a par de "que quem não quiser errar, não poderá errar".

O chefão era um sujeito um tanto teatral. Sempre ficou à vontade com os meios de comunicação. Tanto que fez o seu apelo por votos diretamente aos jornalistas durante um processo, de dentro das jaulas* do tribunal de Palmi.

E o que mais podia fazer *mussu stortu*? Ficar do lado da outra bancada política, a dos Progressistas? Eles eram um bando de comunistas, e tinham enchido suas chapas de tiras e de juízes do Ministério Público.[13]

Afinal, todos já haviam entendido que Berlusconi ganharia. E eles não eram certamente pessoas que podiam ficar com os perdedores, que, além do mais, eram nojentos.

Falara-se a respeito disso até na TV, num programa em que se enfrentaram o *Cavaliere* e o chefe do PDS, Achille Occhetto. Este acusara o líder do Forza Italia de receber os votos da máfia e do *boss* Piromalli, que falara abertamente em prol de Berlusconi.

O *Cavaliere* respondera com a maior candura: "Não faço a menor ideia de quem seja o sr. Piromalli". E a família não ficou nem um pouco ofendida. Isso mesmo!

Ainda mais porque, em meados da década de 1980, quando os Piromalli demonstraram interesse pelas emissoras privadas de TV e pela chegada do Mediaset** à Calábria, não trataram diretamente com o *Cavaliere*. Outras pessoas cuidaram disso. Quem os homens chegados ao *boss* conheciam era Adriano Galliani, que era o chefe

---

* Nos processos que envolvem a máfia, quando há muitos indiciados, é comum juntá-los dentro de verdadeiras jaulas para isolá-los do público. (N.T.)

** O grupo de Berlusconi, agora formado por vários canais televisivos. (N.T.)

da Elettronica Industriale, pois o Mediaset ainda não existia. Através dele, venceram todas as concorrências para instalar antenas e torres de transmissão.

Até três mortes resultaram da história: a do dono da Tele Tauro, a emissora de Gioia, e a dos seus dois filhos. Em seguida, a emissora foi comprada pela Fininvest,* que a alugou a um homem da família. Mas como é que podiam saber disso em Milão? Pois é, essa é outra história que farei questão de contar.

O "novo que avança", como dizia um dos primeiros chavões de Berlusconi, é uma coisa de que a família sempre sente o cheiro, quer se trate de TV, quer se trate de política. Com Dell'Utri, portanto, como se diz por aqui, meia palavra já bastava para que se entendesse.

Coppole e cappucci

Havia mais um liame ao qual queriam recorrer. Não se deveria tocar no assunto. Mas não podiam esquecê-lo logo agora que estavam fazendo de tudo para ajudar o coitado do Pino que estava lá, jogado numa cela.

Era mais uma coisa para Aldo cuidar: "Tentei o caminho da maçonaria, no que diz respeito à eventual intervenção de um juiz importante, e vejamos agora se dá certo! Não sei mais o que fazer. Maldito 41 bis!"

Em Reggio, todos sabem que algum poder obscuro envolve as instituições. Principalmente no Palácio da Justiça. E que inúmeros são os envolvidos em suas maquinações.

---

* Empresa de soluções financeiras. No Brasil, é subsidiária de um dos mais importantes bancos brasileiros, enquanto na Itália é *holding* do Fininvest Group, cujo dono é Silvio Berlusconi. (N.T.)

Dom Mommo Piromalli, o velho patriarca da família, sabia muito bem disso, e, junto com o irmão, dom Peppino, no começo da década de 1970, decidiu fundar a *Santa*. Uma coisa nova. Um nível superior onde ficariam juntos os chefes das principais famílias, a elite dos *capi* da 'ndrangheta, e a fina flor da maçonaria. A partir daquele momento, muitas coisas mudaram. Até as patentes e a hierarquia da 'ndrangheta, com o aparecimento de uma nova figura do mais alto respeito, o "santista".

E quem eram os sujeitos de compasso e avental que se reuniam com os santistas? A nata da sociedade. Políticos, tabeliães, advogados, empresários. E magistrados também. Como acompanhamento, para espioná-los na medida do possível, também havia alguns tiras e agentes do serviço secreto, que em Reggio pululam.

Graças a esses contatos, em Caracas, Aldo Micciché era constantemente informado sobre o que acontecia na procuradoria e nos tribunais de Reggio e Palmi. Até lhe contavam se os seus rapazes podiam falar no telefone ou se precisavam ficar calados, mesmo que estivessem dentro de um carro. Essas porcarias de tiras botam grampos em qualquer lugar: "... Recebi um telefonema de Reggio, de pessoas que você nem pode imaginar, influentes, muito influentes, dizem que vocês precisam tomar cuidado, todos os dois..." A referência era ao primo, Antonio, que a essa altura se tornara o regente da quadrilha.

Gioacchino entendeu na mesma hora: "... Mas se eu pegar um cartão telefônico no seu nome... é identificável?" Aldo logo avisou: "Pois é, infelizmente podem seguir a pista!... Eu mesmo preciso tomar cuidado, ainda que a mim, onde estou, não possam fazer porra nenhuma... Mas, sim, é perigoso... Todo cuidado é pouco..."

O Natal estava chegando. Gioacchino queria convidar o neto de Aldo para festejar com a sua família e a do Antonio. O tio Aldo, no entanto, receava que seria envolvido nas indagações em andamento. A informação chegou, justamente, do Palácio da Justiça: "... Cuidado, muito cuidado, pois acabo de saber uma coisa... ligaram para mim... sabe quem é Peppe Tuccio? O procurador-geral da República... é como um irmão, e Peppe Viola, sabe de quem estou falando?...[14] é gente ligada a mim, unha e carne... e outro personagem extremamente importante, cujo nome prefiro não dizer por motivos bastante óbvios... disseram... diga ao rapaz para não se mexer, para não dar na vista... Está entendendo?"

Poderíamos nos perguntar, a essa altura, se tudo isso é verdade, mas infelizmente o inquérito parou aí e não tivemos a confirmação acerca do comportamento dos sujeitos mencionados. De uma coisa, no entanto, não podemos duvidar: as informações realmente chegavam a Caracas... e eram precisas e pormenorizadas, até na especificação dos usuários do telefone e na identificação dos carros que os tiras tinham enchido de escutas.

Três dias depois, outro telefonema deixou entrever um cenário ainda mais perturbador: "... A situação é muito mais delicada do que eu imaginara... precisamos tomar cuidado... até este de onde falo creio que esteja... preciso usar outros aparelhos... Recebi a informação, extremamente secreta, hoje mesmo, de manhã... recebi da Itália... por fax... disseram que vão me mandar os números... mas entendi que você também deve falar pouco. Fui chamado por pessoas de primeiríssimo escalão... amigos desde sempre... muito importantes, ainda que estejam aposentados, sabem o que está acontecendo..."

Recebidas as dicas, tomaram algumas precauções, mas ainda precisavam falar por telefone. A Venezuela, afinal, não fica logo atrás do

Aspromonte. Mesmo querendo, não dava para se comunicar através dos *pizzini*,* como costumam fazer os compadres da Cosa Nostra. O único que se calou por completo foi Antonio Piromalli; ele pareceu ter ficado mudo.

De qualquer maneira, não importa se quem avisou sobre as escutas foram juízes aposentados, espiões duplos ou sabe-se lá quem. Em toda essa novela, o que ficou claro foi o seguinte: em Reggio, não há só um Estado.

Afinal, a história desta terra está cheia de *coppole* e *capucci*, isto é, de chefões e de misteriosas figuras "acima de qualquer suspeita". E estas últimas, quando você se mexe, nem sabe se continuam ao seu lado. Pois, se não fosse por isso, por que os mandachuvas mais importantes iriam criar a *Santa*? A 'ndrangheta, por si só, já bastava.

Contudo, a Calábria é isso mesmo. Tudo duplo, tudo com fronteiras indefinidas. Sombra e neblina envolvem todas as coisas. Até o Estado, que, quando você se vê diante dele, numa delegacia ou num tribunal, nunca sabe se é o certo.

É por isso que a maçonaria aqui é tão forte. É um caminho para você resolver qualquer problema. E está escrito até nos documentos do Parlamento e no relatório conclusivo da comissão de inquérito sobre a loja P-2,** de Licio Gelli, que esse caminho passa por perto de Arcore.

---

* Literalmente: pedacinhos (de papel). A máfia siciliana costuma usá-los para evitar as escutas por parte da polícia. Para evitar que se descubra o liame entre o remetente e o destinatário, costumam passar por muitas mãos antes de chegar ao seu destino. (N.T.)

** Propaganda 2: loja maçônica que, durante a liderança de Licio Gelli, entre 1976 e 1981, foi implicada em inúmeros crimes e mistérios, como o colapso

A antessala de Berlusconi

Na tarde de 1º de dezembro de 2007, Gioacchino Arcidiaco estava em Bérgamo, na casa da tia. Quando ia a Milão, sempre ficava na casa dos tios. Ou na dos primos, os Piromalli, que desde sempre estão instalados na capital do norte. O rapaz estava doente, a doença era grave e ele sabia, os médicos contaram tudo. Na manhã seguinte, precisava ir ao hospital, em Milão. E também devia voltar para uma nova consulta à tarde. Faria uma tomografia. Ao meio-dia, no entanto, tinha hora marcada com o senador. Também estaria presente outro amigo, Francesco Lima. Era um importante advogado de Bari, que morava e tinha escritório em Gênova. Os Piromalli já haviam entregado nas mãos dele muitos negócios de vários tipos, coisas milionárias.

O rapaz calculou a diferença de horário e ligou para a Venezuela. Precisava das últimas instruções. Tinha de acertar direitinho os pontos e as vírgulas daquilo que iria dizer. A família inteira falaria pela sua boca.

Tio Aldo foi direto ao assunto: "Não esqueça que quem pediu o encontro fui eu, quando percebi a força política que se move nessa direção... porque, sejamos sinceros, falar com Dell'Utri significa a antessala de Berlusconi. Ele vai querer que se montem os Centros da Liberdade... e você diga que estamos ao seu dispor... Diga que em Gioia Tauro... Rosarno... Palmi e também na costa jônica e assim por diante... onde nós chegamos, abrimos caminho."

---

de bancos (o IOR do Vaticano e o Ambrosiano) e os assassinatos do jornalista Pino Pecorelli e do banqueiro Roberto Calvi. Esteve envolvida nos escândalos financeiros conhecidos como *Tangentopoli* e em operações que visavam condicionar o processo político. Chamada de "Estado dentro do Estado", tinha entre os seus membros parlamentares, empresários e, ao que parece, o próprio Silvio Berlusconi, que, depois, se tornaria primeiro-ministro. (N.T.)

O rapaz também recebeu as recomendações do *Facciazza*, o tio no cárcere de Tolmezzo. E aumentou a dose: "Não, posso oferecer mais... fui autorizado a dizer que, além da Calábria, também garantimos a Sicília." A frase pode parecer estranha. Uma "arrogância" do jovem. Ou desses chefões calabreses que já se sentem mais donos da bola e mais fortes que todos os demais, até que os sicilianos. Mas, na realidade, não era nada disso.

Escarnecendo o regime especial do 41 bis, mesmo preso, Pino Piromalli encontrou um jeito de se comunicar com outro *boss*, Antonino Cinà, médico e homem honrado da família San Lorenzo, de Palermo. Era um dos chefes mais fiéis de Totò Riina e do pessoal de Corleone. Prenderam-no logo depois da captura de Bernardo Provenzano, na primavera de 2006, quando, junto de figurões do calibre de Nino Rotolo e Salvatore Lo Piccolo, fazia parte da nata da Cosa Nostra.

O nome de Cinà era um dos que Marcello Dell'Utri conhecia muito bem. Apareceu muitas vezes no seu processo. Mas, na conversa com o senador, foi um nome que o rapaz nunca mencionou. Isso já diz tudo.

Quem conhece a linguagem da máfia sabe que os Piromalli nunca disseram uma palavra errada, nunca tropeçaram. E que não precisam mostrar a ninguém mais força do que já têm. Nesse nível, fala-se *certo*. Estava claro que a mensagem vinha do cárcere, de onde o *Facciazza* continuava mandando. Aldo, em Caracas, logo entendeu o peso daquelas palavras e avisou ao rapaz: "Essas coisas, obviamente, só mencione em conversa particular!"

A família tinha um pedido a fazer ao senador. Queria saber a sábia opinião de Aldo: "... Só temos um pedido, que não é financeiro, nem do meu tio, nem de outrem... Só queremos que concedam ao meu primo alguma forma de imunidade... Entendeu, Aldo, que lhe entreguem algum consulado na Rússia, no Vietnã, na Arábia ou no Brasil, tanto faz..."

O pedido é para Antonio Piromalli, o filho do *boss*. Tornar-se cônsul honorário e ter um passaporte diplomático seria como conseguir um salvo-conduto permanente. Com um deles, os tiras não podem deter você quando bem quiserem. E se for conveniente viajar ao exterior de súbito, logo que souber, por exemplo, que estão chegando para prendê-lo, é de um desses que você precisa. Pelos maus ventos que sopram, era justamente isso o que Antonio precisava ter nas mãos.

Era ele quem dirigia a quadrilha desde que o pai foi para a cadeia. Não sozinho, obviamente. Irmãos, irmãs, primos: havia muitos. Todos empenhados, uns em atividades criminosas, outros de forma "legal", a tecer relações, manter contatos e levar adiante os negócios da família.

Antonio era o comandante, o chefe: com ou sem o 41 bis, era ele quem trazia as notícias do cárcere e recebia as ordens do pai. E também era quem tomava as decisões militares. Um poder que todos reconheciam como sendo dele , dentro e fora do clã. Era por isso que a família queria deixá-lo em "segurança" se, porventura, os processos em andamento acabassem pegando um caminho errado e os tiras resolvessem prendê-lo.

Tio Aldo, político calejado, sabia que não podia decepcionar quem esperava isso dele, mas diminuiu as expectativas: "... Pode ser feito, mas não se esqueça de que o próprio Marcello, neste momento, está mergulhado até o pescoço num mar de problemas... apesar dos meios que já usou para intervir... pois do contrário eu já teria resolvido o assunto há um tempão, está me entendendo?"

Pois, de fato, em Palermo, Marcello Dell'Utri estava às voltas com um processo em segunda instância que estava a ponto de confirmar a condenação que recebeu em primeira instância. Mesmo que no fim tivesse a pena reduzida de nove para sete anos e meio de reclusão por cooperação externa à associação mafiosa, as coisas estavam ficando ruins para o lado dele. Novos arrependidos, infames, continuavam a acusá-lo. O seu nome andava na baila até pelas chacinas de Falcone e Borsellino! Todas coisas que, de Caracas, o tio Aldo acompanhava diariamente.

Na verdade, já fazia um bom tempo que a família se dedicava a preparar esse encontro. O próprio Antonio cuidara pessoalmente dele. Mas agora era forçado a agir com cautela. Só acompanhava os fatos de longe. Alguns dias antes da data marcada para o encontro, mencionando um "almoço" em Milão no dia 2 de dezembro, perguntou ao primo se estava tudo certo e quem participaria da reunião com ele. Gioacchino respondeu com uma pergunta: "Quem fica logo abaixo dos papas?" E Antonio: "... os cardeais!" Gioacchino confirmou: "... isso mesmo, o cardeal!" O filho do *boss*, com a linguagem do apostador, concluiu satisfeito: "... com ele, estamos com uma sequência máxima." Mas o primo o corrige: "Não, quem ficou com uma sequência máxima foi ele!"

Na manhã de 2 de dezembro, Gioacchino estava na praça San Babila. Estava cansado devido ao exame a que se submeteu no hospital, mas queria ser pontual com o senador. Encontrou-se com o advogado Lima e, juntos, encaminharam-se para a via Senato, onde ficava a secretaria de Dell'Utri.

O encontro não foi demorado, só para chegarem a um entendimento. E foi o começo de um relacionamento que teria vários desdobramentos, e não somente políticos. Os protagonistas também seriam inúmeros. Todos inimagináveis, não fosse pelos grampos e as escutas da polícia que nos revelaram as suas identidades.

Enxurrada de votos

O encontro de Milão marcou o começo de um novo ciclo. Treze anos antes, só houvera um tácito pedido para se votar no Forza Italia e em Berlusconi. Desta vez, decidiram fazer muito mais. A família passou a cuidar diretamente do partido.

Na manhã seguinte, em 3 de dezembro, o rapaz voltou à via Senato. O senador em pessoa combinou o encontro: reunião com os chefes dos "azzurrini", os jovens berlusconianos do ambiente ligado a Dell'Utri, a fim de organizar a rede na província de Reggio e no restante da Calábria.

E o que aconteceria no norte da Itália, que era o que mais interessava ao senador? Não era que no norte não se pudesse fazer nada! Ao contrário. Em Milão, onde Dell'Utri tinha o colégio eleitoral, a família poderia levar milhares de votos. Pelo menos era o que se dizia.

Na capital do norte também estavam presentes outras "irmandades". Assim como eles, se instalaram à sombra da *Madunina** no começo da década de 1970, e enriqueceram primeiro com sequestros de pessoas e depois com drogas. Agora são todos homens de negócios, empresários bem-sucedidos, gente fina. Transformaram zonas inteiras da Lombardia num pedaço da Calábria: Corsico, Cesano Boscone, Paderno Dugnano, Trezzano sul Naviglio, Buccinasco. E, então, metade de Milão. Chegaram bem perto do Duomo. Compraram lojas, bares, restaurantes, butiques, salas de bingo, discotecas.

Todos os representantes da Piana estavam lá, em Milão: vindos de Gioia, Rosarno, Palmi, Rizziconi, Sinopoli, como os Piromalli,

---

* Em dialeto milanês, *Madonnina*: a estátua dourada da Virgem que domina Milão do mais alto pináculo da catedral. (N.T.)

os Pesce, os Bellocco, os Gallico, os Strangi, os Alvaro, os Crea. E também os originários de Reggio, como os De Stefano, os Lampada, os Condello, os Imerti, os Caridi, os Tegano, os Lo Giudice, os velhos Coco Trovato. Os que vinham da costa jônica eram os Morabito, os Ursino, os Bruzzaniti, os Pelle, os Stangio, os Palamara, os Nirta, os Maesano, os Sergi. Todos. E também os Mancuso de Vibo, que eram amigos dos Piromalli desde que trabalharam juntos nas obras do porto. Sem contar os de Petilia, de Crotona, de Isola, de Cirò. A família conhecia todos eles desde quando ainda tratavam do contrabando de cigarros.

Só que eles, no entanto, eram os Piromalli. Poderiam falar com qualquer um porque todos os respeitavam.

Entretanto, Milão não era feita apenas de grupos mafiosos: havia os círculos culturais, as associações de calabreses, as agremiações esportivas, as cooperativas do mercado atacadista de hortigranjeiros. E os empregados das suas empresas, os operários das suas firmas de construção e de terraplenagem.

Colocaram homens de confiança até nos sindicatos, entre Milão e Pavia. E o pessoal deles entrou nos conselhos municipais, nos provinciais, nos institutos hospitalares. Até mesmo no *Pirellone*, o arranha-céu da sede da Pirelli na região da Lombardia, conseguiram arrumar alguns assessores e cinco ou seis conselheiros que se tornaram amigos e ficaram ao seu dispor. Pois, afinal, com a Padânia ou sem a Padânia,* nestes últimos anos os votos, os favores e até o dinheiro dos calabreses foram bem-aceitos por todos. Até pelos mais fanáticos

---

* Geograficamente, o nome indica as regiões do vale do Pó (*Padus* em latim): vale de Aosta, Piemonte, Lombardia, Vêneto e Emília-Romanha. Em anos mais recentes, no entanto, passou a identificar o território que o partido Lega Nord gostaria de transformar em república independente. (N.T.)

"nortistas", os que dizem que os "sulistas" fedem e vivem à custa do norte.

Controlavam até alguns círculos das ARCIs,* sem dar a mínima aos comunistas que organizavam reuniões e passeatas antimáfia. Como em Paderno Dugnano, que, quando precisavam, costumavam usar para a assembleia do "crime" o encontro dos chefes das várias "localidades" da Lombardia.

Foi o que aconteceu no verão de 2010, como revelado justamente pelo inquérito "Crime", coordenado pelos procuradores de Milão e de Reggio Calábria, Ilda Boccassini e Giuseppe Pignatone, e que levou a trezentas detenções entre a Lombardia e a cidade do estreito. Não fosse pelas escutas e pelas câmeras ocultas instaladas pelos carabineiros, ninguém jamais saberia.

Quanto ao 41 bis de Pino *Facciazza*, a família considerava o assunto encerrado: não havia nada a fazer por enquanto. Mas era preciso olhar mais para frente. Pois, afinal, se os amigos, aqueles que decidiram forçar as eleições antecipadas vencessem, o novo governo certamente daria uma "endireitada" nesses juízes. Berlusconi, para dar um jeito nos seus próprios processos, teria de fazer alguma coisa, e no fim isso seria vantajoso para eles também. Era o que a família pensava. E, com esse espírito, começaram a trabalhar.

Com os deputados que viraram casaca e a reviravolta de Mastella, o governo Prodi deixou de existir no fim de janeiro de 2008. Todos se preparavam para a campanha eleitoral. Os homens dos Piromalli, que haviam se adiantado, já estavam em ponto de bala fazia um bom tempo.

Aldo Micciché conversou então com Lorenzo Arcidiaco, o pai de Gioacchino. O jovem — aquele que depois do encontro havia

---

* Associações Recreativas e Culturais Italianas. (N.T.)

deixado Dell'Utri tão impressionado a ponto de dizer "quem dera houvesse centenas como ele" — foi preso no começo do ano. Já tinha esquecido, mas ainda devia cumprir um restinho da pena de uma velha condenação por tráfico de drogas.

Aldo explicou a Lorenzo também o que precisava dizer e como se portar: "... Deixe bem claro a Marcello... que há um monte de calabreses que votam em Milão... e diga que o nome deles está lá..."

Foram argumentos sérios. Dell'Utri sabia que estava falando com homens de palavra. Não tinha escrúpulos, apesar de todos os problemas que o aporrinhavam no tribunal de Palermo. Tinha até uma escolta policial que vigiava quem entrava e saía do seu escritório. Mas nem por isso desiste do encontro com os Piromalli.

Já havia encontrado Antonio, o filho do *Facciazza*. Depois, Gioacchino, o primo. E agora Lorenzo, homem de confiança, muito chegado ao *boss*. Haviam conversado antes várias vezes, porque certas coisas têm de ser *bem pensadas*. E, para um serviço limpo, precisavam de tempo e paciência. Afinal, estamos falando de votos, e não de bobagens.

Com a nova lei aprovada pelo Parlamento, os italianos residentes no exterior passaram a poder votar. Os votos dos emigrados seriam uma verdadeira bênção. Principalmente os da América do Sul, onde calabreses, sicilianos e napolitanos invadiram meio continente e criaram verdadeiras colônias na Argentina, Brasil, Uruguai e Venezuela.

Quem pode decidir o destino do governo, na Itália, são justamente eles, os que emigraram para o exterior.

De 2006 a 2008, quem manteve vivo o governo Prodi, que já não tinha a maioria no Senado, foi um sujeito que na Itália ninguém sabia de onde havia saído. Na Argentina, no entanto, era importante. Chamava-se Luigi Pallaro e era um industrial de Buenos Aires.

Era apenas um menino quando partiu de San Giorgio in Bosco, um vilarejo com 6 mil almas perto de Pádua. Queria ficar rico e conseguiu. Tornou-se até presidente da Câmara de Comércio da capital.

Para as eleições de 2006, decidiu ter uma chapa própria, a Associações Italianas da América do Sul. Com seus amigos, organizou uma rede em todo o continente e tornou-se senador.

Então, os jornais e os partidos italianos passaram a querer saber todos os dias o que Pallaro fazia: votava ou não votava? Estava na Itália ou continuava na Argentina?

E o que poderia fazer Prodi, o chefe do governo? Se Pallaro pedisse, o premiê teria até de financiar as festas dos italianos em Buenos Aires, ou a comemoração organizada pelos abruzeses em La Plata, ou aquela dos sicilianos em Rosário. Em resumo, a sobrevivência do governo estava nas mãos dele.

Dell'Utri sabia muito bem como a coisa funcionava e pôs Aldo Micciché em contato com a secretaria da *Azzurri nel Mondo*, a associação estabelecida por Berlusconi a fim de organizar os italianos no exterior. Da ligação de Marcello para Aldo nasceria um relacionamento "lindíssimo". Foi assim mesmo que Aldo se expressou, ouvido nas escutas da delegacia de Gioia Tauro.

E quem é a ilustre dama que tanto apreciava Micciché e preparou com ele as chapas do PDL para a América do Sul?

Procurando no portal do Senado da República, vê-se que Barbara Contini foi eleita senadora pelo PDL na Campânia. Na época, no entanto, militava no partido de Gianfranco Fini. A profissão dela constava como *funcionária internacional*. E, de fato, conhecia mesmo o mundo. Cuidou de gerenciamento e negócios de Bangladesh ao Japão, da Tailândia ao Chile. Além disso, era perita em negociações de conflitos internacionais, esteve presente em todas as situações de crise, da Nigéria ao Quênia, do Senegal à Mauritânia, da Etiópia ao Marrocos. O que a levou a desembarcar na América Latina, no entanto, foram a cooperação e o desenvolvimento. Mas não demorou a voltar à frente de batalha, Bósnia-Herzegovina, Nassiriya, Darfur. Uma verdadeira especialista. Ciampi, então Presidente da República, até a nomeou Comendadora da República em 2005.

Ela, porém, sempre manteve um relacionamento direto com o gabinete do primeiro-ministro, principalmente com Gianni Letta, que em certos assuntos era mais relevante que Berlusconi. Ainda mais porque, nos lugares que ela frequentava, os serviços secretos eram o pão de cada dia, principalmente o Sismi,* dirigido por Nicolò Pollari. E quem cuidava dessas coisas sempre fora o subsecretário.

Já de olho nas eleições de 2008, era quase natural que o *Cavaliere* a escolhesse para organizar a rede mundial dos Azzurri. Juntamente com Dell'Utri, que sempre teve familiaridade com sicilianos e calabreses de toda espécie. E foram justamente eles, os sicilianos e os calabreses, os que mais se ramificaram e tiveram sucesso no mundo.

Sabe-se lá se o senador se lembrou de contar à especialista internacional que Aldo Micciché estava foragido na Venezuela havia quase vinte anos.

Entre o homem dos chefões e a futura senadora, o amor político desabrochou à primeira vista. Justamente em Caracas, onde Aldo

---

* Sigla para *Servizio de Informazioni Sicurezza Militare*, serviço de informações de segurança militar. (N.T.)

organizou para ela jantares e encontros com a comunidade italiana e a nata empresarial ítalo-caribenha.

Votos, gás e petróleo

Pelos telefonemas entre Aldo Micciché, Marcello Dell'Utri e os homens dos Piromalli nos dias tensos da escolha das candidaturas, percebia-se logo que a política estava mudando.

Aos candidatos dos *amigos* e dos *amigos dos amigos* juntavam-se homens de negócios, politiqueiros, mediadores de todo tipo. Berlusconi deixou isto bem claro: a época dos funcionários de partido e dos sindicalistas parasitas havia acabado.

A Itália precisava da política e de homens de ação. Já bastava de governos paralisados pelo Congresso. O que o país precisava era de um conselho de administração nacional. E dane-se se as chapas estavam cheias de sujeitos sendo processados, de vira-casacas, de generais suspeitos, de antigos agentes secretos delatores, de corruptos e de corruptores. Para dizer a verdade, nas chapas também apareciam algumas "dançarinas" e *escorts*, como passaram a ser chamadas. De qualquer maneira, Aldo Micciché, que era a expressão de um poder antigo e imutável, nem piscava. As *escorts* podiam servir de acompanhantes, ser bem-vindas nas festinhas. Mas a política verdadeira, aquela que por sessenta anos fez a história da Itália e a defendeu dos comunistas e dos terroristas, certamente não muda devido a umas poucas mulheres enfileiradas, brincando de trenzinho. O mundo de Aldo era outro, e era ali que estavam os votos. Na Itália e no exterior.

A dele era uma filosofia política. Preferia ficar menos exposto, nas sombras. É dos bastidores que se manipula melhor o poder:

"... a minha maneira de pensar sempre foi a mesma... nunca ficar na frente. Pelo amor de Deus, ofereceram-me presidências, bancos... mas não, sempre preferi ficar no gabinete político e na secretaria organizativa... pois, na verdade, a partidocracia governava a Itália... e eu governava... A política é uma coisa que a gente sabe fazer... estava pouco me importando com o fato de não me sentar no Parlamento!"

E esse sempre foi, também, o ponto de vista de Dell'Utri. O senador sempre preferiu ficar nas sombras. Melhor dizendo, ele sempre foi a sombra. Sem ele, primeiro com a Publitalia e depois com os Círculos da Liberdade, quem ia entregar prontinho um partido a Berlusconi? E se não fosse por aqueles magistrados comunistas de Palermo, que com aqueles três ou quatro arrependidos inventaram um processo, ele certamente não teria procurado as luzes da ribalta.

No começo de 2008, nos mesmos telefonemas se falava de candidaturas e de petróleo, de colégios eleitorais e de gás, de cargos de governo e de multinacionais farmacêuticas.

Nos dois celulares, Miccichè e Dell'Utri. Entre eles, politiqueiros, mafiosos, executivos e espiões. As ligações chegavam até durante as sessões do Senado, e o foragido, em fins de janeiro de 2008, pôde ouvir ao vivo do Palazzo Madama uns trechos do debate sobre a queda do governo Prodi.

O senador estava bem no meio de uma série de atrevidas operações financeiras para garantir a si mesmo uma parcela do petróleo e do gás venezuelano. O intermediário com a PDVSA, o gigante petrolífero da Venezuela nacionalizado por Hugo Chávez, era Aldo.

O homem de confiança dos dois, na Itália, era um jovem de Bari com pouco mais de 30 anos, Massimo De Caro. Era um nome quase desconhecido. O triângulo dos telefonemas era diário.

Pelo que se pode entender, os negócios limpos ou quase limpos já vinham acontecendo por baixo do pano há algum tempo. Foi só por acaso que aqueles tiras de Gioia Tauro puderam ouvi-los com suas escutas.

No começo de fevereiro de 2008, Marco, filho de Dell'Utri, chegou a Caracas. Era hóspede de Aldo Micciché.

Fora de questão pensar que o filho do senador, a esta altura já com uma condenação de nove anos e meio nas costas por atividades mafiosas, tivesse algum escrúpulo ao ficar na casa de um cavalheiro que já juntara 25 anos de prisão por corrupção, bancarrota e negociatas de todo tipo!

Marco e Aldo precisavam levar a termo a compra de um instituto farmacêutico com centros de cuidados corporais, academias e salões de beleza bem no coração de Caracas. Por lá, valorizam muito os cuidados com o corpo. Não é por acaso que a Venezuela está entre os primeiros países do mundo quanto ao número de cirurgias estéticas: as jovens dessas bandas já começam a operar os seios aos 16 anos. O negócio também incluía a licença para importação exclusiva de alguns medicamentos. Eles mesmos cuidariam, mais tarde, de invadir todos os mercados da América Latina. Um verdadeiro golpe de mestre. O investimento necessário, por volta de 250 mil euros, era bem viável.

O senador disse a Micciché: "Ouça, o meu filho Marco gostaria de dar uma passada aí na semana que vem..."

"... Ótimo... E não se esqueça de que precisamos da quantia para concluir... Eu posso assinar o termo de compromisso... Quando o seu filho vier, vai ficar surpreso, vai gostar da documentação toda pronta... Fico contente com a notícia."

"Também fico feliz que ele possa conhecê-lo... é um garoto esperto e, além do mais, fala espanhol."

"... Ganharemos, no mínimo, de 13 a 15 milhões de bolívares... Mas é uma coisa só nossa, não quero que mais ninguém saiba... é para o bem dos nossos filhos." Os filhos, como bem sabemos, *so' piezz' e core*, são um pedaço do coração.

Dell'Utri, com todos os inquéritos que acabavam sempre levando a ele, receava ser interceptado. Esconjurou com sarcasmo: "Se alguém estiver nos ouvindo, sabe-se lá o que vai pensar."

"...Vai pensar que se trata de uma operação perfeitamente normal... não ligue... Devem estar nos ouvindo, na certa... Mas os nossos filhos precisam, têm direito... Quanto a nós, sempre podemos recorrer a uma fidejussória e pegar o dinheiro com os bancos daqui... não se esqueça de que, quanto à administração, sei muito bem o que faço..."

"... Não tenho a menor dúvida", foi o selo de confiança do senador.

Aldo também tinha uma determinada quantidade de ações. Queria transferi-las para o senador e colocá-las no nome do filho, ou do companheiro da sua outra filha, Chiara. Minúcias. Como os títulos do banco do Mercosul, o Mercado Comum do Sul, que eles se apressaram a comprar. Sempre por intermédio do tio Aldo.

Mas os verdadeiros negócios eram o gás e o petróleo.

Para executá-los e adquirir as concessões para a Europa, foi formada uma sociedade, a Avelar Energy. Tinha sede na Suíça, mas o dono era um dos novos bilionários surgidos da falência do comunismo soviético. Chamava-se Viktor Vekselberg. Um homem-chave do sistema financeiro e do poder constituído pelo presidente russo Vladimir Putin.

Era um plano bastante atrevido. Comprariam petróleo e gás da sociedade venezuelana PDVSA para então vendê-los à Gazprom, da qual, conforme algumas investigações, a 'ndrangheta e a Cosa Nostra teriam comprado cotas de ações por intermédio de testas de ferro. Então, através do gigante russo, com um jogo de aumento de preços, iriam vender "energia" àqueles patetas dos europeus. Uma história fascinante e complexa com a qual voltaremos a nos deparar mais adiante.

Enquanto isso, como abonador dos seus interesses, Micciché e Dell'Utri colocaram Massimo De Caro ao lado do décimo primeiro homem mais rico da Rússia.[15] Era o vice-presidente da Avelar. Um jovem cuja carreira tinha alguns lados obscuros, mas que sem dúvida soube subir na vida.

Para Micciché, o negócio "energético" também era mais uma oportunidade para estreitar o relacionamento com a família de Gioia Tauro e com Berlusconi. No fim das contas, Dell'Utri sabia muito bem de que local da Itália chegava o dinheiro necessário à operação.

Aquele filho da mãe do Bertinotti

O negócio do petróleo aos cuidados de Dell'Utri e de Micciché estava para ser concluído quando aconteceu o infeliz imprevisto da visita do presidente da câmara Fausto Bertinotti ao presidente venezuelano Hugo Chávez.

Foi um verdadeiro deus nos acuda. Todos ficaram agitados, correram feito baratas tontas: a família em Gioia Tauro, Micciché em Caracas, Massimo De Caro e Dell'Utri em Milão.

A tríade achava que Bertinotti, em conluio com Prodi e D'Alema, o ministro das Relações Exteriores, podia atrapalhar o negócio.

Estavam convencidos de que o governo italiano queria favorecer um grupo francês para dar um chega pra lá no "amigo" Putin, desde sempre ligado a Berlusconi. "Chegamos ao absurdo", contou Micciché a Dell'Utri, "de esse puto do presidente francês impedir umas três ou quatro operações, e a gente só ficar olhando... com Silvio, que distribui um montão de presentes, mas se deixa foder por esse bigodinho de merda e entrega a mortadela...* Ora, veja bem, quem ele pensa que é, afinal?... Em resumo, Silvio poderia fazer muito mais."

Entretanto, Dell'Utri o defendeu: "Aldo, por enquanto ele não pode fazer mais, está totalmente empenhado em forçar a queda do governo."

No dia da chegada de Bertinotti, Micciché informou a Massimo De Caro: "... Hoje estou muito atarefado, pois Bertinotti está aqui..." De Caro fica preocupado: "Já sabe... não perca de vista a figura..."

Contudo, a resposta de Aldo foi tranquilizadora: "Deixe comigo, não precisa se preocupar com esse merdinha!... Veja só, estava realmente querendo nos foder nesse negócio do gás, dá para imaginar?"

Aldo Micciché já previra tudo. Agentes da segurança venezuelana, jornalistas, policiais italianos formavam uma parede em volta de Bertinotti. Tudo estava conforme as regras do cerimonial, previstas quando o terceiro cargo do Estado italiano viajou ao exterior. No obsequioso cortejo da embaixada italiana havia um homem de Micciché. Tinha a tarefa de acompanhar os movimentos do presidente da câmara e de contar tudo ao representante dos

---

* Referência a Bolonha, cidade de Prodi, famosa justamente pela mortadela. (N.T.)

Piromalli. Ao telefone, Micciché disse que o tal representante era Ugo Di Martino. Um homem de negócios de origem siciliana que, ao longo dos anos, se ligou aos calabreses, e que, como veremos em seguida, ficou ao dispor deles: "Botei na cola dele Ugo Di Martino, que o acompanha como uma sombra... esse merda do Bertinotti está me deixando de saco cheio..."

A escolha não podia ser melhor. Ugo Di Martino era presidente dos Comites.* Nada mais natural, portanto, que prestasse homenagem a tão alto cargo do Estado em visita oficial à Venezuela.

O dia era 16 de janeiro, e Micciché disse a Massimo De Caro que soube de um longo telefonema, na noite anterior, entre Romano Prodi, o primeiro-ministro italiano, e Hugo Chávez, o presidente venezuelano.

Talvez fosse possível pensar que o politiqueiro calabrês estava se gabando, mas a ligação secreta realmente aconteceu. Quem me confirmou foi o próprio Bertinotti, o único que estava a par do assunto além dos dois presidentes.

Ao comentar com Bertinotti que eu tinha a intenção de escrever este livro, contei-lhe esta história. Quando lhe perguntei acerca do telefonema entre os dois chefes de governo, procurando as coincidências entre as datas marcadas no seu programa e as escutas telefônicas, ele me fitou com uma expressão ao mesmo tempo pasma e curiosa. "E como é que você sabe?", perguntou.

Ninguém jamais tinha falado com ele a respeito das escutas e dos simpáticos acompanhantes que haviam se juntado ao seu séquito nos dias de Caracas.

---

* *Comitati degli Italiani residenti all'estero*, sigla para os comitês de italianos residentes no exterior.

Se eu, para escrever este livro, tivesse parado nas sentenças emitidas pelos juízes na conclusão do processo "Cento anni di storia" e não tivesse lido os relatórios completos das partes arquivadas, mas não publicadas, este caso nunca teria chegado ao conhecimento do público. E o terceiro cargo do Estado italiano, na época, nunca saberia do seu relacionamento involuntário com os emissários da 'ndrangheta calabresa.

É uma história feia. Quem informou a Micciché, procurado na Itália e foragido na Venezuela, do telefonema entre Prodi e Chávez? E de onde? Dos subterrâneos do Palazzo Chigi* ou dos gabinetes da presidência venezuelana? E quais espiões faziam jogo duplo: os dos serviços de segurança italianos ou os do Caribe? Claro que não seria uma novidade para nenhum dos dois lados.

O que sabemos com certeza é que, na visita de Bertinotti, os homens da 'ndrangheta e os da corriola de Dell'Utri marcaram presença por bastante tempo e estavam prontos a tomar as devidas providências.

Quinze dias antes, em 29 de dezembro de 2007, Aldo informou ao senador do Forza Italia: "Vão mandar para cá o *missus dominici*, o presidente da câmara..."

Dell'Utri ficou indignado: "... Mas devem estar mesmo loucos..."

Micciché: "... Ele não entendeu que os comunistas daqui, de Chávez, estão pouco se importando... Sabe o que é maravilhoso? Que, quando falo com você, posso usar a terminologia completa; quer dizer, não preciso ser diplomático... Os caras me perguntaram: 'Mas esse merda do Bertinotti quer o quê?...' Eu expliquei: 'Quem

* A sede do governo italiano, residência oficial do primeiro-ministro. (N.T.)

tem de dizer a Chávez são vocês... Chávez precisa entender que aqui os problemas do gás já estão sendo resolvidos...'

Temiam as iniciativas de Bertinotti. Mas Micciché foi informado diretamente pelas altas esferas mais próximas de Chávez que o governo bolivariano não queria sofrer influências externas. Enquanto ele, que há meses estava negociando em Caracas, já tinha um contato direto com o governo: "... O governo nos enviou esta circular sobre a Petróleos Venezuelanos S.A. que, de forma extremamente confidencial, posso ler para você, Marcello... aqui está a parte final: '... a respeito das relações internacionais, o interesse demonstrado pela Europa, isto é, Alemanha, Espanha, França e Itália, é motivo de debate interno... na salvaguarda do grupo econômico com interesses diversos relacionado à PDVSA...', o que significa que estão dizendo a Bertinotti: 'Olha aqui, rapaz, não encha o nosso saco.'"

O comentário de Dell'Utri, que já via o petróleo e o gás em suas mãos, foi entusiástico: "Ora, mas isso é maravilhoso."

Aldo explicou que, ao contrário, quem não estava muito feliz com a coisa era o governo russo. Mas Dell'Utri, que já botara as mãos na massa com os russos em numerosos negócios, não se abalou: "... Ainda bem que temos Viktor Vekselberg, que depois venderá tudo à Gazprom... Claro, não vai ser fácil..."

Aldo concordou. Mas, para facilitar as coisas, também pensou em procurar outros caminhos: "... No momento, os filhos da puta mais interessados são os franceses... que já têm um gás próprio... qual é o nome?... Quanto a nós, no entanto, acho que os relacionamentos secretos, aliás extremamente secretos, que mantemos com a maçonaria irão nos ajudar... já deve ter se esquecido disso, Marcello..."

Desde sempre, na América do Sul, a maçonaria representou um sistema paralelo de poder extremamente influente. Favoreceu a ascensão de ditaduras sanguinárias na maioria dos países latino-americanos. E manteve sólidos contatos com as lojas italianas. Começando pela P-2, de Licio Gelli, que por longos períodos da sua vida foi hospedado e protegido pelos ditadores sul-americanos.

O trunfo das lojas, agora, estava nas mãos deles. Por isso, seja o que fosse que Bertinotti decidisse fazer, ninguém impediria que fechassem o negócio: "Resumindo, diremos ao seu presidente da Câmara dos Deputados que pode muito bem voltar para casa... que pode parar, com os seus óculos pendurados no peito... que não entendeu que os comunistas daqui, de Chávez, estão pouco se importando com ele, pois já entenderam que quer passá-los para trás..."

O quadro pintado por Aldo era confortante. Dell'Utri chegou à conclusão final sobre Bertinotti: "Poderia desistir da viagem!"

O senador, no entanto, queria ir à Venezuela: "E aí, Aldo, quando podemos ir visitá-lo?"

"Ora, Marcello, estou esperando por você de braços abertos!"

Candidatos de bem

Com as eleições antecipadas já próximas, Micciché vislumbrou um empenho parlamentar também para Massimo De Caro: "Massimo, você precisa se candidatar, concluiremos a operação com o Marcello e aí você se candidata... ou em Roma ou na Europa." Mas o jovem era mais prático. Sabia o que queria. Antes de mais nada, os negócios: "A Câmara e o Senado, para mim, são uma perda de tempo... no máximo, quero ser subsecretário."

E, veja só, a partir da primavera de 2008, com a chegada de Silvio Berlusconi ao Palazzo Chigi, o jovem empresário, mesmo sem qualquer cargo governamental, encontrou mesmo assim uma maneira de circular nos prédios importantes.

Quando Giancarlo Galan, depois de ter sido governador do Vêneto durante 15 anos, se tornou ministro das Políticas Agrícolas, Massimo De Caro foi nomeado consultor de biotecnologias. E continuou sendo consultor mesmo quando Galan deixou a Agricultura para se tornar ministro dos Bens Culturais.

A conexão entre biotecnologia e bens culturais continua sendo um mistério indevassável. A verdade é que, graças às suas amizades ministeriais, De Caro se tornou diretor da biblioteca dos Girolamini, em Nápoles, que possui mais de 150 mil volumes, quase todos antigos e de valor inestimável. Porém, realmente tinha familiaridade com livros. Era dono de uma loja de livros antigos em Verona e acabou sendo envolvido num inquérito da Procuradoria de Milão pela receptação de um exemplar precioso de 1499 do *Hypnerotomachia Poliphili*.

Galan chegou à política diretamente da Pubblitalia, a criatura de Dell'Utri.

Massimo De Caro, por sua vez, apesar da jovem idade, chapinhava no lamaçal do poder há muito tempo. A coerência ideológica não era exatamente o seu traço mais marcante.

No final da década de 1990, era assessor pelo PDS da prefeitura de Orvieto. Mas recebia outro salário como assistente do senador Carlo Carpinelli, do Ulivo,* que também é vice-prefeito da mesma cidade de Orvieto. Em seguida, tornou-se vice-presidente da Marina Blu, a sociedade que dirigia o porto de Rimini.

Quando percebeu que o vento estava mudando, abandonou os recantos do Ulivo para se aconchegar no ambiente mais atrevido

---

* Coalizão que, junto com o PDS, formava a base de sustentação do governo de centro-esquerda de Prodi. (N.T.)

e beligerante de Berlusconi. O pulo do gato amadureceu nas verdes colinas da Úmbria, onde desde sempre a antiga tradição comunista e o forte e transversal poder maçônico conviviam.

Para ele, o encontro que mudaria a sua vida também foi com Dell'Utri. Tornou-se até sócio paritário, com 50%, da Mitra Energy Consulting de Marco,[16] o filho do senador.

Micciché falou da candidatura do jovem com Dell'Utri. Como velho político calejado, percebeu logo que o espaço era bastante limitado.

O novo Popolo della Libertà já não era apenas Forza Italia. Era preciso abrir caminho aos antigos AN (Alleanza Nazionale), aos ex-socialistas e a todos aqueles que o ajudaram a mudar as cartas na mesa e a mandar Prodi para casa: os poucos sequazes de Lamberto Dini, o pequeno grupo democrata-cristão liderado por Mario Baccini em Roma, as sobras do Campanile di Mastella na Campânia, os autonomistas de Raffaele Lombardo na Sicília, os republicanos de Nucera.

E havia também alguns fascistas. Berlusconi sempre gostou deles e queria levá-los ao Parlamento. Talvez alguém como Ciarrapico, que tinha uma cara "vendável" e também bastante dinheiro para financiar a campanha eleitoral.

Veltroni e os membros do PD só ficaram com os radicais e com os de Di Pietro. Eles, por sua vez, que não eram nada bobos, aceitaram todos em suas fileiras.

O *Cavaliere* suou sangue para mudar o jogo, e vocês acham que agora iria querer correr o risco de perder as eleições?

Pegando o ritmo da música, Aldo então se concentrou nos italianos no exterior. Nas últimas eleições, a esquerda os derrotou na América do Sul. Agora, precisavam de uma revanche que lhes servisse de lição.

* * *

Aldo já tinha prontinho o candidato venezuelano para a lista do continente. Era um homem de confiança. Poderia botar a mão no fogo por ele. Pelo que se percebe nas escutas, também era conhecido pela família de Gioia Tauro. Já falara a respeito com Marcello, deixando claro que o homem ofereceu seus serviços.

Era Ugo Di Martino. Ele mesmo. Aquele que, pelas afirmações de Aldo, ficara atrás de Bertinotti o tempo todo em Caracas, para em seguida contar tudo ao homem da 'ndrangheta. Era ele o executivo que, quando necessário, voava de Caracas a Roma e acompanhava, no Ministério do Exterior, os fatos que interessavam a Aldo Micciché por conta dos Piromalli. Parece que também possuía uma cota de ações "secretas" da Avelar, e era sempre ele quem cuidava das circulares reservadas da PDVSA e das informações que Aldo retransmitia a Dell'Utri para levar adiante o negócio do gás e do petróleo.

A candidatura de Di Martino foi realmente uma grande jogada. Dois anos antes, se candidatara pelo partido de Mastella e conseguira uns 5 mil votos. Não foram poucos, mas também não foram muitos.

O Forza Italia não se saiu muito melhor: a chapa completa dos seus candidatos conseguiu pouco mais que 6 mil votos em toda a Venezuela.

Ugo se candidatou ao Senado. Mas seria preciso arrumar um homem de confiança também para a câmara. Precisavam ajudar um ao outro e juntar seus votos. Ainda mais porque no Senado havia outro homem ao qual, em Roma, não podiam dizer não. Era Mario Galardi, um empresário muito apreciado, mas que não podia ser controlado.

Micciché encontrou outro empresário. Um que fazia parte da turma. Era Nello Collevecchio. As famílias italianas também gostavam dele... Em Roma, acharam ótimo. E na Venezuela, também.

Berlusconi enviou a Caracas Barbara Contini para que apresentasse seu apoio à chapa. Hospedou-se na casa de Aldo Micciché, que também a acompanhou a Bogotá.

Quem melhor do que Aldo poderia ajudar a deslanchar uma campanha eleitoral na Colômbia? Havia muitos calabreses por lá. E Aldo os conhecia muito bem. Faziam negócios com os colombianos há muitos anos e, graças ao pó branco, tornaram-se unha e carne no mundo inteiro.

Em 25 de março de 2008, a sala VIP do Centro Ítalo-venezuelano estava apinhada.

Era a noite de apresentação dos candidatos, ainda que Mario Galardi não tenha aparecido. Barbara Contini ficou comovida: "Sou como vocês, eu também sou uma italiana no exterior." Explicou aos emigrados reunidos no salão que quem escolheu os candidatos foi ela. Mas só depois que os conheceu pessoalmente em Roma.

Ela estava ali para "deixar bem claro que a Itália, a verdadeira Itália, aquela que trabalha, como diz o presidente Berlusconi, está agora no exterior, e não na terrinha de preguiçosos, de pústulas, de aproveitadores que só sabem ficar pendurados nas tetas do governo".

No dia seguinte, explicou os critérios de seleção numa entrevista ao jornal italiano de Caracas, *La Voce*: "Os candidatos vieram à Itália para se apresentar e se fazer conhecer, e escolhi baseando-me em vários critérios: pessoas conhecidas e estimadas em suas comunidades, e não interessadas somente em aparecer. Escolhi, portanto, pessoas de bem que representam a comunidade italiana na América Latina e que não saem por aí comprando votos, como costumam fazer muitos outros."[17]

Nesses termos, a encenação pública. Nos bastidores, quem dirigia a peça era Aldo Micciché. O homem da 'ndrangheta em Caracas. Conforme fora decidido em Roma e Milão, segundo as diretrizes estabelecidas pelo gabinete político milanês de Marcello Dell'Utri, na via Senato, nº 12.

Micciché cuidou de tudo: organização logística, custo das diárias, gastos eleitorais. Mas, principalmente, de uma rede secreta para angariar votos e foder os malditos comunistas que, desde o momento em que D'Alema chegou ao Ministério do Exterior, plantaram "bigodinhos"* em todos os cantos, embaixadas, consulados, Comites.

Aldo também preparou uma carta a ser enviada a quem fosse preciso. Se quisessem ganhar as eleições, todos deveriam saber como agir. Pelo telefone, a leu a Dell'Utri:

"Então... absolutamente confidencial... entenda bem, Marcello, o que conta são principalmente os votos de retorno,** estou sendo claro? Portanto, preste atenção no que escrevi: 'Tomarei providências para que estejamos secretamente presentes em todo consulado no que diz respeito aos votos de retorno, que em 2006 representaram mais de 30% e que foram secretamente votados pelos nossos queridos adversários. Fique bem claro que os diplomatas, em sua maioria, não são nossos amigos, tenho provas disso, muitos deles usam bigodinhos...' E quando digo bigodinhos você já entendeu, não é, Marcello?... E comem muita, muita mortadela... Está claro?" Só para esclarecer o assunto, Aldo obviamente se referia a D'Alema e a Prodi.

---

* Referência aos "bigodinhos" do próprio D'Alema. (N.T.)

** Os votos enviados de volta ao consulado pelos italianos residentes no exterior. (N.T.)

"Está ótimo, Aldo."

"... Agora, não me parece haver problema se a gente bloquear o retorno das cédulas e as controlar... ou nós mesmos preenchermos os votos, para sermos bem claros!"

"Certo, certo..."

"... Porque cada um desses cavalheiros tem uma esposa, um cunhado, um primo ou compadre no consulado... e aí eu planto dois dos meus, ou estou errado?"

A lógica de Aldo era impecável: no entender dele, em 2006, os "bigodinhos" da esquerda interceptaram as cédulas eleitorais nos consulados. Desta vez, eles fariam ainda melhor. Principalmente na distribuição das tais cédulas.

Dell'Utri só podia concordar: "Perfeito, muito claro... isso mesmo!"

Aldo acrescentou: "Pois há os encarregados de distribuir as cédulas, e aí... preste atenção! Eu, de repente, vejo chegar à minha casa quarenta, cinquenta cédulas... está seguindo o raciocínio?... Os comunistazinhos locais são muito bons... mas dessa vez eu fodi todos eles, gostou?"

Dell'Utri: "Muito bom, Aldo... formidável."

Miccichè: "Mas voltemos à carta... 'Depois de atento e demorado exame dos dez países da América do Sul, posso categoricamente afirmar que Barbara Contini e os seus colaboradores conseguiram dar novo alento ao Forza Italia no exterior, tornando-o uma força renovada. Vejamos, agora, a situação eleitoral. Considerando as eleições de 2006, parece difícil, tanto na câmara quanto no Senado, superar a desproporção das preferências... como se vê, a diferença entre os votos é tão notável que qualquer candidato nosso teria bons motivos para se preocupar. Foi particularmente difícil convencer Ugo Di Martino a aceitar... mas a nossa tarefa fundamental continua sendo o Forza Italia, usando um axioma tão querido por Barbara Contini e Marcello Dell'Utri...'"

Quem não conhece o sistema do voto no exterior não sabe que o jogo depende dos votos de retorno. Na prática, cada eleitor recebe a cédula eleitoral em domicílio. Pelo correio. Então, só precisa votar e mandá-la de volta ao consulado. Ou então levá-la pessoalmente, em envelope fechado, sempre ao consulado, onde recolhem todas, para então contar os votos. Acontece que em muitos países da América do Sul os correios não funcionam. É, portanto, melhor encontrar uma firma particular que cuide da coisa. E é a isso que Aldo se refere na sua carta: "Fiquem sabendo que já providenciei a escolha da empresa para todos os dez países, agindo secretamente com toda a discrição possível e o *savoir-faire* eleitoral pelo qual sou conhecido desde 1961. Nunca perdi uma eleição, e não é agora, com 72 anos, que vou querer perder a primeira."

E continua: "As minhas possibilidades concretas têm a ver com as seguintes famílias: italianos de origens siciliana, calabresa, campana, vêneta e, em parte, lígure... De forma extremamente reservada, serei auxiliado pelos meus cardeais e pela nossa Igreja católica... Finalmente... os Centros Italy precisam ser visitados, será preciso consumir muita cerveja, e cafezinhos, licores, almoços, jantares, ouvir as necessidades dos empresários do lugar, dos industriais, dos livres profissionais e amaciar, quando for possível, as autoridades locais. Avaliei as despesas para os dez países, aviões, hotéis, subvenções, táxis, restaurantes, telefones... Mas o fator mais importante, o que representa a maior despesa, são os cônsules honorários, as pessoas dos consulados encarregadas do controle dos votos de retorno e o gerenciamento efetivo da entrega das cédulas. Tudo isso, considerando as pessoas que usarei, representa um custo de 60 mil euros. A coisa toda será feita com discernimento e total discrição. Afetuosamente, Aldo Micciché."

Da Venezuela, Aldo também estava de olho nos Estados Unidos, pois havia um montão de famílias que podiam votar por lá: "No que concerne à América do Norte, há coisas que não se podem escrever, está me entendendo, não é?... Barbara precisa me dizer quais são os dois nomes em que temos de votar, e aí eu tomarei as providências do caso. Com a devida delicadeza, é claro, pois não podemos dizer quais são as nossas pessoas... em Nova York, Boston, Chicago, na Califórnia... está me entendendo?"

Dell'Utri entendeu perfeitamente o que quis dizer quando se referiu às "nossas pessoas": "Sim, claro... sem a menor dúvida."

Micciché falou de forma triunfante: "Está entendendo o que significa? ... que dessa vez, vamos falar bem claro, botamos na bunda deles!"

O senador também ficou extasiado: "Parabéns, meu caro... isso é realmente algo importante."

"... Mais uma coisa... os nossos queridos amigos maçons..."

"Já entendi, está bem. Obrigado, Aldo, vamos seguir adiante como planejado. Um grande abraço, tchau, tchau."

A carta preparada por Aldo Micciché foi enviada à cúpula do partido em Roma, ao escritório dirigido por Barbara Contini. O responsável pela América do Sul era um jovem de confiança da futura senadora e de Marcello Dell'Utri: Filippo Fani. Coube a ele acompanhar os aspectos operacionais e a execução dos compromissos "secretos e reservados" mencionados na carta. E tudo prosseguiu conforme o esperado.

As fogueiras

Finalmente, chegaram as eleições políticas de 2008. Para o Popolo della Libertà, na América Latina, foram um grande sucesso. Assim, na hora, ninguém entendeu a razão. Principalmente devido à grande participação dos nossos italianos da América do Sul.

Só havia se passado dois anos desde as últimas eleições. Houve uma diminuição de votantes em todos os colégios no exterior: de 42,1% para 39,3% na África-Oceania-Antártida; de 37,3% para 36,2% nas Américas do Norte e Central; de 38,4% para 36,6% na Europa.

Na América do Sul, por sua vez, os nossos emigrados votaram em massa. Queriam participar e mudar o destino da Mãe Pátria que Prodi e os comunistas estavam levando à ruína: a porcentagem dos votantes passou de 51,8%, em 2006, para 58,5%. Um milagre! A multiplicação dos votantes e dos votos!

A força eleitoral de Berlusconi mais que triplicou. No Senado, foi um verdadeiro *boom*. Passou-se de 8,84% do Forza Italia em 2006 para 29,4% do Popolo della Libertà. Líderes do sucesso, Esteban Caselli, um ítalo-argentino com um passado obscuro e perturbador, que com 48.128 votos preferenciais se tornou senador, e Ugo Di Martino. Foi o primeiro dos não eleitos, mas os seus 9.675 votos preferenciais surpreenderam a todos.

Ninguém recebera tantos votos até então na Venezuela. Dois anos antes, quando se candidatara pelo *Campanile* de Clemente Mastella, Di Martino ficou com pouco mais de cinco mil votos. Agora, recebeu o dobro, apesar da concorrência do outro candidato da Venezuela na mesma chapa do Senado. O que foi até uma coisa feia, pois os votos deveriam ser repartidos.

Mas não com ele, ele os multiplicara, recebendo quase todos na Venezuela. Assim como Nello Collevecchio, que, em dois anos, passara na câmara de 5.395 votos recebidos com a chapa do senador Pallaro para 8.745 com o PDL.

Aldo Micciché colocara os candidatos certos no lugar certo. Claro, nem todos haviam sido eleitos. Mas o colégio eleitoral da Venezuela é muito menor que o argentino, e a façanha foi praticamente impossível. Ficavam, no entanto, o sucesso e o peso político pelas coisas a serem pedidas ao futuro governo.

Foi o que concluíram Micciché e os seus compadres. Era o que havia sido combinado em Milão e em Roma.

Para dizer a verdade, não foi fácil. Nos dias da votação, aconteceu de tudo.

No exterior, as operações eleitorais duram mais ou menos duas semanas. É o tempo necessário para que as cédulas eleitorais partam dos consulados pelo correio, cheguem às casas dos emigrados e, então, voltem de novo aos consulados pelo correio ou entregues pessoalmente.

Micciché plantara nos consulados pelo menos duas pessoas "de confiança e secretas" que trabalhavam para ele. Até comunicara a coisa, por carta, ao partido em Roma. E foi assim que tudo funcionou. Mas houve algo pior.

Ele explicou o que houve a Filippo Fani, o responsável pelo *Azzurri nel Mondo*, que ligou para ele, em Caracas.

O dia era 9 de abril. As cédulas dos eleitores estavam chegando aos consulados para serem contadas. Naquela noite, Aldo Micciché não dormiu, como contou, por uma razão muito séria:

"... Olá, Filippo, finalmente... estou lhe contando coisas muito confidenciais e secretas. A candidata comunista daqui pediu a ajuda de Chávez. Não sei quem foi, mas uma parte dos envelopes com as cédulas foi trazida para cá, onde tenho os meus homens, pelos serviços secretos locais. Quer dizer que, esta noite, fiquei num beco sem saída... só tinha uma coisa a fazer, não tinha escolha, precisava destruí-las... concorda comigo? Foi o que fiz... mas destruir essas coisas é algum tipo de crime, e eu queria ter a autorização de Barbara. Mas Barbara, coitada da moça, não tinha como me responder às três da madrugada... e, portanto, fiz por minha conta."

Filippo: "Está bem, OK..."

A candidata comunista, na realidade, era Paola Banfile, a deputada venezuelana do PD eleita na América Latina em 2006. Aquilo que Aldo contou sobre a destruição das cédulas dos eleitores enviadas pelos emigrados e a substituição por outras marcadas pelos seus homens explica a razão pela qual, em apenas dois anos, ela perdeu mais de cinco mil votos. Mais um milagre!

Aldo: "... Era o mínimo que eu podia fazer... agora estamos tentando uma operação... porque por aqui o pessoal vota muito pouco..."

"... Sim, eu sei, o cônsul me diz que estamos na base de 10%..."

"É de ficar louco... pode imaginar o frio que sinto na barriga... porque, se não chegarmos a pelo menos 20 mil votos, estamos fodidos..."

"Concordo plenamente..."

Quer dizer, então, que os nossos emigrados não eram muito dados a votar? Aldo tomou providências e, de uma hora para outra, a vontade de participar dos nossos patrícios aumentou. Recuperou as cédulas em branco de quem preferiu não votar e as entregou aos seus homens, que, por sua vez, morriam de vontade de participar. E, afinal, endossar alguns envelopes era coisa de criança. Quando chegaram aos consulados, havia pelo menos dois fiscais prontos para declarar que estava tudo certo, tudo regular. "... Encontrei as pessoas certas... Estão me pedindo os envelopes... é o caminho certo; se conseguir passar 50 mil envelopes, tudo bem... mas mesmo com 10 mil resolvi o problema... Você sabe que eu só falo quando tenho certeza... porque São Tomé, que queria tocar com o dedo o corpo do Senhor, para mim era um cara otimista..."

Filippo parecia um disco quebrado: "Concordo plenamente..."

Aldo: "Fique sabendo que, quanto a esta operação, terei de apresentá-la às pessoas certas... porque quem montou a operação com os calabreses fomos nós aqui..." Pois é, Aldo não era um benfeitor gratuito. Mais cedo ou mais tarde, seria necessário dar uma satisfação à Piana. Dell'Utri sabia muito bem quem mandou os calabreses a Arcore para tratar dos votos do sul e de Milão... "E fique sabendo que Marcello está a par, pode provar que quem os mandou a Arcore fui eu, não os mandei a um fulano qualquer... Mas continua havendo o problema daqui. Eu, naturalmente, me desdobrei na Bolívia, no Equador... em resumo, acabamos com eles, não foi?... Mas aqui, na Venezuela, temos uma participação muito baixa e não sei mais o que fazer... Esta noite, em outras palavras, não tive outra escolha a não ser destruir os envelopes... não podiam levá-los a mim para que eu mesmo votasse, pois assim teria resolvido o problema. Agora que uma parte foi destruída, terá de dar a notícia a Barbara, mas no maior sigilo, sem ninguém saber."

Filippo: "Concordo plenamente!"

Aldo: "... Uma notícia que veio direto dos serviços de segurança... Se a coisa chegasse ao público... Porque ela, a comunista, devia receber a remessa completa... Sabe o que fiz, então?... Fui ousado... Peguei a tampa da gasolina etc... botei na... e resolvi o problema... Se quiserem as cinzas, posso enviar..." Na dúvida de haver só uns poucos votos para os seus candidatos na caixa selada cheia de cédulas já marcadas, o sistema de Aldo era resolutivo. Queimou tudo. As cédulas, de qualquer maneira, seriam substituídas por aquelas que ele estava usando através dos seus homens. Os resultados seriam a prova disso.

E, finalmente, Filippo exulta: "Fez muito bem, fez a coisa certa!"

Aldo se autocumprimentou e autoabsolveu: "As que chegam atrasadas, de qualquer maneira, acabam sendo queimadas... eu só as queimei primeiro, e estou pouco me importando... a não ser que tenham assinado, não há crime algum."

Filippo: "Isso mesmo, só posso agradecer..."

Com as urnas ainda fechadas, a polêmica também explodiu em Caracas. Antonella Buono, líder de um pequeno partido centrista ítalo-venezuelano, *Il Sole d'Italia*, decidiu não apresentar chapas nem candidatos às eleições. Acreditava que esse sistema de votação facilitava as fraudes. Assim sendo, fez uma investigação por conta própria e documentou os métodos dos homens de Miccichè e dos dois candidatos de Berlusconi. Gravou o telefonema com a resposta do presidente dos Comites de Caracas, a quem pediu informações acerca de como votar: "Bom-dia, dona Chiara, como vai a senhora? Sou um amigo de Ugo Di Martino, estamos apoiando a ação de Berlusconi e dando a preferência a Di Martino no Senado e a Collevecchio na câmara. Pode nos mandar tudo, nós mesmos vamos preencher os papéis e mandá-los diretamente ao consulado. Se a senhora preferir preenchê-los, não há problema, mas, de qualquer maneira, pode nos enviar as cédulas que nós vamos juntá-las aqui para então mandar todas juntas ao consulado."

O mesmo também aconteceu no patronato da UIL.* Tudo gravado: "Bom-dia. Só queria informar que as cédulas eleitorais chegaram e que nós, na família, somos dez. Disseram-me que é para mandar tudo pelo correio, e que vocês iriam se encarregar de

* O sindicato *Unione Italiana Lavoratori*. (N.T.)

preenchê-las... foi o que disse Ugo Di Martino, enviem todas as cédulas que recebem ao patronato e aos Comites."

Quem atendeu foi a secretária de Di Martino: "Mas preciso que me mandem até amanhã... OK, o endereço é Plaza Venezuela, avenida Las Acacias, Torre Lincoln, bairro Mezanina..."[18]

A líder do *Sole d'Italia* publicou a denúncia e enviou a documentação à magistratura italiana. Ugo Di Martino respondeu indignado: "Vou processar. Alguém está tentando arquitetar uma campanha contra os italianos no exterior. Admito a possibilidade de que alguém, não sabendo votar, tenha recorrido a algum patrício. Mas nego que os Comites e o patronato, do qual fui presidente até algumas semanas atrás, estejam envolvidos na história."

Segundo Antonella Buono, no entanto, as coisas não eram bem assim: "Não apresentamos a nossa candidatura porque já faz dois anos que contestamos essa lei eleitoral para o exterior. O que está acontecendo prova que estávamos certos: estão pedindo às pessoas para entregarem as suas cédulas em branco ou com um X bem preciso."

Os resultados eleitorais falam por si só. Em dois anos, na Venezuela, o número de participantes ficou 12% menor, não alcançando nem mesmo trinta mil votantes. Se Di Martino e Collevecchio dobraram os seus votos, e a deputada do PD, nos mesmos dois anos, perdeu sete mil eleitores, o que aconteceu?

Será que Paola Banfile era tão repulsiva que, num período de tempo tão curto, conseguiu perder metade dos seus eleitores?

A verdade tem de ser procurada nos telefonemas de Micciché e nas fogueiras que neles são contadas. Até agora, no entanto, ninguém quis saber. Bem menos em Roma, inclusive, do que em Caracas.

* * *

Cada país tem suas próprias cédulas suspeitas. Na Argentina, ainda estão se perguntando de onde saíram os quase 50 mil votos de Esteban Caselli. O homem apareceu de repente, surgindo do nada. Na comunidade italiana, quase ninguém o conhecia. Não sabia dizer uma única frase coerente em italiano. E tampouco em dialeto, como ainda falam os filhos dos emigrantes da Calábria, da Sicília, de Abruzo e do Vêneto que partiram quando ainda não tinham idade para aprender o italiano na escola. Mesmo assim, quadruplicou os votos do seu antecessor, Pallaro. O tal fulano de origem vêneta, que se elegera senador em Buenos Aires apoiando primeiro Prodi, para então virar as cartas na mesa conforme o desejo de Berlusconi.

Em 2006, quando Pallaro foi eleito com onze mil votos, todos falaram que era um sucesso estrondoso. Algo incrível. Agora, Caselli recebia cinco vezes mais.

Antes mesmo da votação, já se entendera que alguma coisa não estava certa. Sejamos bem claros: todos podem errar. Mas imprimir 150 mil cédulas a mais do que as que deveriam ser distribuídas e utilizadas começa a cheirar mal. E eram muitos os que tinham pensado isso. Tanto em Roma quanto em Buenos Aires. Um erro, porém, pode acontecer em qualquer embaixada.

Mas quem era, afinal, esse Caselli que encheu Buenos Aires com os seus cartazes? De Recoleta a Palermo, de Belgrano a Monserrat, de Cabballito a Puerto Madero, para onde você virasse os olhos veria pôsteres gigantescos, aqueles de pelo menos seis metros por três, com os rostos otimistas e sorridentes dele e de Berlusconi. Nem mesmo que se tratasse de votar para a Casa Rosada, uma campanha como essa não se via desde os tempos de Evita.

Dele, só se contava coisas ruins. Era só ler as notícias publicadas pelos jornais argentinos ao longo dos últimos trinta anos. Por isso mesmo, depois da sua eleição, os sites de notícias de meio mundo se empenharem em descrever detalhadamente a sua história e a sua biografia.

Caselli esteve no Vaticano de 1997 a 1999. Era o embaixador argentino junto da Santa Sé. Fora mandado para lá pelo presidente Menem, o pior presidente depois dos criminosos da ditadura militar. Foi o causador do desastre econômico e dos escândalos que levaram o país à falência e à fome.

Caselli aparece em vários inquéritos sobre o tráfico de armas entre Argentina, Equador e Croácia. E foi um escândalo quando o seu nome também surgiu nas investigações sobre a rede que protegia os responsáveis do atentado contra a Amia, a associação assistencial hebraica. Isso ocorreu em 1994, e a chacina provocou 84 mortes.

O seu principal acusador era o ex-ministro do Orçamento Domingo Cavallo, peronista. Em suas acusações na imprensa, ligou-o até ao homicídio do fotógrafo José Luis Cabezas, do periódico *Noticias*. Uma coisa era certa: Caselli era, sem dúvida, um homem muito próximo dos piores militares dos anos da ditadura, dos massacres dos opositores, dos desaparecidos.

Lendo o que dele se escreve, deparamo-nos sempre com um mundo de maçons, politiqueiros escusos e extremistas de direita.

O seu *boom* de votos foi suspeito. Em Buenos Aires, assim como em Caracas, alguém recolheu milhares de cédulas e as preencheu. Todas com a mesma caligrafia. Realmente, exageraram, e tampouco souberam usar corretamente os números.[19]

No inquérito instaurado em Roma, foi descoberto que várias pessoas ligadas ao consulado italiano de Buenos Aires estavam envolvidas. O chefe do Setor de Informática, o carabineiro encarregado da segurança das cédulas, um jovem calabrês, Francesco Arena, que transmitia o programa radiofônico *Italia Tricolore*, e o próprio cônsul, Giancarlo Maria Curcio. Como se isso o tornasse merecedor de um prêmio, logo depois Curcio foi promovido de cônsul a embaixador no Panamá. Quem cuidara da sua nomeação, com um e-mail enviado a Frattini, ministro do Exterior, foi um velho amigo: "Meu caro Franco, tem notícias do embaixador Curcio? Um grande abraço, Walter."[20] Ele mesmo, o Lavitola, aquele politiqueiro que, depois de ficar seis meses foragido entre o Panamá e a América do Sul, entregou-se à justiça italiana em abril de 2012.

Quando o escândalo das mutretas eleitorais voltou a aparecer nas primeiras páginas, revelando os lados obscuros da sua vida, Caselli se defendeu com uma resposta padrão, ouvida até demais nestes últimos anos: "São apenas as costumeiras fantasias dos comunistas que só sabem fazer política com injúrias e calúnias."

E, a um jornalista que lhe perguntou como responderia se fosse tachado de fascista, respondeu, seco: "Na América do Sul, o fascismo não existe e nunca existiu, e, portanto, posso tranquilamente afirmar que não sou fascista."

Essa figura era o senador que representava a nossa emigração na América do Sul. Mais um escolhido pessoalmente por Barbara Contini, favoravelmente impressionada após o encontro dos dois em Roma. Mas certamente desejado e estimulado por *estranhos* poderes que, em homens tão diferentes quanto ele e Aldo Micciché, tem os elos entre passado e presente. Elos realmente fortes, uma vez que, em 21 de junho de 2011, Berlusconi nomeou justamente Caselli conselheiro do primeiro-ministro para assuntos referentes aos italianos no exterior.

Vamos desviá-los para Marcello

Enquanto o seu homem de confiança trabalhava na América do Sul, os Piromalli se movimentavam entre Reggio e Milão. E quem cuidava diretamente de Milão, junto com o tio Lorenzo Arcidiaco, era Antonio Piromalli, o filho do *Facciazza*.

Era final de março e só faltavam umas três semanas para a votação nas urnas. Todos estavam atarefados com a campanha eleitoral, mesmo com a família tendo novos problemas: inquéritos em andamento, providências judiciárias envolvendo os mais jovens. Mas, pior ainda, havia a guerra com o outro ramo da quadrilha: em 1º de fevereiro de 2008, alguém matou Rocco Molè.

Nas ligações telefônicas se falava de tudo, dos votos, das preferências, do futuro do bando. Aldo: "... Sempre agimos dessa forma no passado, e jamais aconteceu coisa alguma, porque sabemos como fazê-las... Como estamos fartos de saber, na vida dá para fazer tudo, mas é preciso saber como... E, além do mais, precisamos ser cautelosos com este pobre rapaz [Antonio Piromalli, N.A.], pois o garoto tem a família inteira de olho nele... Então, amanhã, entre em contato com a bosta do colégio eleitoral de Marcello Dell'Utri, e eu mando a carta, está bem?... Vou enviar por fax. Não esqueça que já estiveram lá o seu filho, Gioacchino, e Antonio..."

Lorenzo: "Eu também estive... conheço o caminho." A essa altura, já conheciam muito bem o gabinete de Dell'Utri na via Senato, em Milão. Era onde entregariam uma lista de centenas de eleitores calabreses a serem contatados para solicitar o seu voto. Porque, como se costuma dizer na Calábria, *i voti si pigghianu a unu a unu*, os votos se coletam um a um.

Claro, depois havia as operações mais importantes. E elas precisavam ser feitas "politicamente". Pois, mais cedo ou mais tarde, seria "politicamente" que pesariam na balança.

Os telefonemas não paravam. Desta vez, Lorenzo ligou para Micciché para informá-lo sobre os acordos que estavam fazendo:

"Olá, Aldo. Escute, estou aqui com Totò [Antonio Piromalli, N.A.]. Ele está me dizendo que tem um amigo há vários anos no topo do ambiente sindical etc. e tal. Parece que controla uma soma de 5 a 10 mil votos. Estava praticamente ligado a Colucci, o chefe de polícia agora na câmara, e, uma vez que fizeram promessas ao sujeito, promessas não cumpridas... agora aliou-se a Casini. Acha que seria bom desviá-lo para o lado do Marcello? Poderia ser interessante para ele..."

E Aldo, sem titubear: "Claro, mas depende de onde está..."

"Milão e a província de Pavia..."

"Está bem, fale com Marcello... é uma jogada e tanto. Eu também falarei com ele que é bom se encontrar com você quanto antes... Vou ligar hoje mesmo, e combino para amanhã..."

Os encontros entre os homens dos chefões, seus grandes eleitores, Marcello Dell'Utri e os telefonemas com Aldo Micciché eram diários e continuaram até a véspera das eleições.

Entre 1º e 2 de abril, foi um verdadeiro vendaval de contatos. A ida às urnas estava marcada para domingo, dia 13, e segunda-feira, dia 14.

Aldo ligou para Lorenzo. "Falou com o senador?"

"Sim, Aldo, falei... combinamos que entraria em contato com você para marcar o encontro com o fulano de Cinisello e ver se transferia aquelas coisas..."

"O importante é fechar a operação com o senador... para que você fique com cartas boas na mão... está entendendo?"

"Entendi, entendi. Vou levar adiante a operação, vou cuidar dela até concluí-la. Mais uma coisa, já falei com outros amigos que estão lá, moradores fixos, que votam ali independentemente da operação..."

"... Espere... mande-me um e-mail contando tudo aquilo que fez... Não preciso explicar, não é?... Envie os nomes, depois vou passá-los adiante, confidencialmente, mencionando o seu nome e tudo o mais... entendeu? Escreva... 'Meu caro Aldo, em resposta ao seu pedido... gostaria de salientar a nossa ação a respeito de'... Já entendeu tudo, não é?"

Astúcias de um político experiente. Micciché sabia muito bem o que iriam pedir em troca quando a hora chegasse. Não só Dell'Utri, mas até o próprio Berlusconi teria de ouvi-los. E Lorenzo, que fora de Gioia Tauro e da Calábria nunca tratara de política antes, obedecia com a mais completa confiança. O conselheiro da família era Aldo, era ele quem sabia tratar com homens do calibre de Dell'Utri, tão próximos do Céu da política.

"Está bem, perfeito."

"Onde é que ele vai estar amanhã? Em Varese?... Contou que está andando adoidado... a campanha eleitoral... De qualquer maneira, quando o encontrar, diga-lhe o que realmente importa... que se as coisas acabarem do jeito que a gente espera, com o favor que está lhe fazendo, depois eu falo com alguém muito acima dele... está me entendendo?"

"Perfeitamente."

"Cuidado com os filhos, Lorenzo, porque os filhos são jovens... Eles podem errar, nós não podemos! Agora vou desligar... tenho o encontro com o embaixador."

Embaixadores, senadores, executivos, a agenda venezuelana do homem da Piana estava cheia de compromissos. Mas, entre um encontro e outro, nunca esquecia *a quem pertencia*. Agora, com todos achando que quem mandou matar Rocco Molè foram os Piromalli, e com os jornais que não faziam outra coisa a não ser alimentar essa suspeita, ele também receava, como o restante da família lá em Gioia, que a vingança pudesse recair em cima de Antonio Piromalli. Todos sabiam que os dois não se cruzavam. Precisava, portanto, tomar todo o cuidado.

"Está bem, Aldo, então aguarde o meu telefonema."

Mas não houve outras ligações. Quinta-feira, 9 de abril, às vésperas do fechamento da campanha eleitoral, trechos dessas escutas foram publicados por jornais ligados ao centro-esquerda.[21]

A Procuradoria de Reggio Calábria, à espera da chegada do novo procurador da República, estava sendo dirigida pelo procurador-assistente Salvatore Scuderi, enquanto o chefe da Diretoria Distrital Antimáfia era Salvatore Boemi. Os magistrados decidiram informar o ministro do Interior, Giuliano Amato, e o subsecretário, Marco Minniti, que nasceu justamente em Reggio Calábria. É uma das possibilidades previstas pela lei, que não prevê o vazamento de informações sigilosas. E isso poderia ser justamente considerado um vazamento de notícias. Resultado: todos os protagonistas da história se calaram. Os jornais comentaram, todos leram. Até os Piromalli, Arcidiaco pai e filho, Marcello Dell'Utri. Assim como Aldo Micciché, que, de Caracas, foi informado como se estivesse em Gioia Tauro e telefonou então a Gioacchino: "O que está havendo, meu filho? Um deus nos acuda?"

"Isso mesmo, um bafafá... coisas eleitorais."

"Grampos, escutas e assim por diante?... Está em todos os jornais... estão ligando o meu nome ao clã dos Piromalli..."

E Gioacchino: "Não sabem mais o que inventar..."

"Um homem só tenta fazer o certo, e sabe-se lá o que eles imaginam... Tudo bem, agora vou chamar o advogado."

Foi o último telefonema. Os que continuaram falando só fizeram isso para despistar. O inquérito estava praticamente queimado, pelo menos no que tangia à política.

Um país normal?

Ouvindo as conversas de Aldo Micciché e dos Piromalli, além das do senador Dell'Utri, acabamos nos deparando com "contatos e referências", como escreve a polícia no relatório das escutas, até então impensáveis: o ministro Mastella, o deputado Tassone, o conselheiro regional Nucera, a futura senadora Contini, o delegado-chefe e deputado Colucci e outros que voltaremos a encontrar no decorrer da história. Com eles, uma miríade de advogados, financistas, empresários e numerosos maçons.

É a nebulosa do poder na Itália. E, muitas vezes, é difícil distinguir o corrupto do corruptor, a vítima do algoz. Talvez alguém tenha pensado que, revelando os conluios entre Micciché, os Piromalli e Dell'Utri nas horas que antecediam as eleições, a coisa iria favorecer o centro-esquerda. Evidentemente, não só errou, como também conseguiu o efeito contrário. Ou, quem sabe, talvez fosse justamente isso que tinha em mente para que os telefones se calassem e, depois, em Roma, mais alguém cuidasse de abafar as investigações. As manchetes nos jornais, no fim das contas, bastaram por terem criado murmúrios de indignação, e isso já era o suficiente.

Dois dias antes da votação, explodiu mais uma vez a polêmica sobre o uso político da justiça e os inquéritos calculados como bombas-relógio. Mais um presente para quem se aproveitava do assunto para assumir o papel de vítima e, pelo menos em parte, baseava nisso o seu sucesso político nos últimos vinte anos. Todo o resto da história, os personagens, os conluios, as cumplicidades passaram a ser tratados como coisas secundárias pela imprensa, quase desapareceram.

Marcello Dell'Utri, convidado pela agência ANSA a comentar as notícias veiculadas pela imprensa, declarou que "nem sabia quem é esse tal de Aldo Miccichè". Então, corrigindo-se, ele mesmo fez uma pergunta ao jornalista: "O que há de errado em manter contato com um estimado empresário que mora em Caracas e é conhecido por todos?"

País realmente único, a Itália. Como se nada tivesse acontecido, Marcello Dell'Utri continuou sendo senador, e Aldo Miccichè continuou a viver, livre e sem qualquer problema, sob o sol do Caribe. Nunca parou de cuidar dos seus negócios e os dos seus amigos, sócios e compadres, sem se importar com o novo mandado de prisão redigido pela Procuradoria da República de Reggio Calábria, que gostaria de vê-lo preso, mais uma vez, na Itália. O pedido de extradição foi enviado, mas, como ele mesmo disse, todos sabiam onde morava, mas ninguém foi procurá-lo.

Na prisão, por sua vez, acabaram Antonio Piromalli, Gioacchino e Lorenzo Arcidiaco e seus homens de Gioia Tauro. Todos condenados, juntamente com os primos Molè, por formação de quadrilha mafiosa no processo em primeira instância chamado "Cento anni di storia", isto é, cem anos de história.

O que não dá para entender é o motivo pelo qual tudo parou por aqui, ficando por isso mesmo.

O motivo pelo qual a Procuradoria da República de Roma, competente no caso de crimes cometidos no exterior, decidiu que era melhor não fazer absolutamente nada mesmo depois de receber todos os dossiês do inquérito e os autos do processo enviados pelos magistrados de Reggio Calábria.

Por que esses mesmos documentos, enviados à Procuradoria da República de Palermo e por ela retransmitidos à Procuradoria-Geral, não foram usados no processo em segunda instância que tinha Marcello Dell'Utri como indiciado por colaboração externa em formação de quadrilha mafiosa?

Quase parece que a gravidade dos conluios com as máfias tem peso diferente, dependendo das organizações criminosas às quais se referem. Como se, num processo por associação à Cosa Nostra, o fato de o indiciado manter constante relacionamento com os mais importantes chefões da 'ndrangheta calabresa não fizesse a menor diferença.

Não se pedia que o tribunal de Palermo ouvisse mais um arrependido. Para isso, já bastava Gaspare Spatuzza com o bafafá que causou ao mencionar o envolvimento de Dell'Utri e Berlusconi em matanças.[22] Pedia-se apenas que fossem lidas as transcrições das gravações da voz do protagonista indiciado. Prova certa e segura, como dizem os tiras, a não ser no caso de improváveis contrafações. Por aquilo que iriam ouvir, poderiam até concluir que a "participação" do senador não fora, afinal, tão externa assim. Aliás, ao contrário da sentença de segunda instância, que, embora o tenha condenado, afirma que Dell'Utri só manteve contatos com a Cosa Nostra até 1992, havia provas nos papéis de Reggio de que as relações com a 'ndrangheta continuaram até 2008. E talvez, nesse caso, o STJ não tomasse a decisão de instaurar um novo processo, invalidando as condenações de primeira e segunda instâncias.

E é normal um país onde o presidente da Câmara dos Deputados viaja ao exterior em visita oficial e é constantemente espionado por brilhantes empresários que, em seguida, relatam tudo ao emissário da 'ndrangheta calabresa, o qual vive há vinte anos em tal Estado estrangeiro como foragido? Ainda menos normal é que, dois meses mais tarde, o mesmo empresário-espião seja candidato nas eleições pelo partido do futuro primeiro-ministro.

E em qual país democrático um chefe de governo liga para um chefe de Estado estrangeiro de forma confidencial, e a coisa é tão sigilosa que tudo já é do conhecimento dos homens da 'ndrangheta em Caracas e de um senador que está sendo processado por associação mafiosa em Milão logo após desligarem os telefones?

E de onde partiram as informações? Dos encarregados da segurança do Palazzo Chigi, com telefones eventualmente controlados, ou daqueles da Presidência da República bolivariana da Venezuela? Claro, de qualquer maneira, são serviços secretos, e já sabemos como funcionam. Mas temos ou não o direito de saber, no mínimo, para quem realmente trabalham?

Em Roma, no entanto, essas perguntas não despertaram qualquer interesse nas sedes onde deveriam ser procuradas as respostas. Ninguém deu atenção. Nem no Congresso nem na Procuradoria da República.

E agora já se passaram vários anos desde aquelas eleições. Quem se elegeu, com os votos que saíram não se sabe de onde, continua ocupando o seu cargo no Parlamento. Quem era ministro tornou-se deputado europeu. Quem era senador — intocável, é óbvio — continua sendo senador.

E, afinal, não dá mais para aguentar todas essas lenga-lengas, sempre as mesmas: pois, ainda que sejam pessoas um tanto "maquiadas", têm direito de votar e de serem votadas, uma vez que fazem parte do povo. E eles são, de fato, representantes do povo!

É assim que pensam os amigos dos amigos, uma parte da política e uma parte da sociedade italiana também. Outros continuam tendo dúvidas, não se cansam de fazer perguntas e de procurar respostas. Que não encontram. E, como veremos, com outras histórias e outros protagonistas, atravessarão as próximas páginas deste livro.

3. NÓS TEMOS O PASSADO, O PRESENTE E O FUTURO

Porto Oreste

Não, francamente eu não entendo os pesquisadores, escritores, jornalistas e o número cada vez maior de "peritos" que, quando decidem falar ou escrever sobe a Calábria da 'ndrangheta, não conseguem começar, a não ser partindo de um bobo e rançoso lugar-comum. Fazem menção a ambientes normalmente situados em locais onde a civilização ainda não chegou, mesmo depois de ultrapassar o limiar do Terceiro Milênio. Aldeias onde as mulheres, todas rigorosamente envolvidas em seus xales pretos, ficam trancadas em casa, viúvas da máfia ou esposas e mães à espera de maridos, filhos e irmãos fantasmas porque estão foragidos da justiça ou aprisionados.

Lugares como o Aspromonte, onde a aspereza e a rudeza das paisagens estão esculpidas até no nome com que batizaram a montanha, sempre mergulhada num silêncio tão ensurdecedor que só pode ser o berço dos olhares profundos e mudos que acompanham a lei do silêncio dos homens.

Ou então lugares ínfimos, que nem mesmo podemos chamar de tocas, é só ver na TV, pois são apenas buracos onde, no passado, se mantinham escondidos os sequestrados, e onde, agora, eles mesmos se escondem, os chefões, com suas mentes distorcidas e doentias. Pois só podem ser doentes esses sujeitos que ganham bilhões com o tráfico de cocaína no mundo inteiro, e depois ficam trancados em seus covis, como animais, porque em sua vida, mais do que qualquer outra coisa, o que realmente conta é o poder, e acham que a única coisa importante mesmo é *comandar.*

Quando não se menciona o já bem conhecido norte, onde os chefões calabreses se tornaram ricos homens de negócios e *se tornaram burgueses.* Ainda é com esses estereótipos que se fala nas terras da 'ndrangheta.

Terras sem lei e sem Estado. Terras sem coisa alguma. Pois, do contrário, onde seria possível que a máfia mais poderosa e impiedosa do mundo surgisse, se arraigasse e então se espalhasse como um rio do Carso* por todos os canto do globo? Sejamos bem claros, tudo isso acontece, pelo menos em parte.

Mas a nossa, *com todo o respeito,* é outra história.

Ela vem de idos tempos. Porque a história da Piana di Gioia Tauro também é, desde sempre, a história do seu porto.

O porto, a bem da verdade, nunca existiu e ninguém jamais o construiu. Pelo menos até 1992, quando, 17 anos após o início das obras, foi inaugurado com a maior ostentação. Mas só se quisermos chamar de porto as grandes boias fixadas a uma centena de metros da arrebentação, onde os navios de grande porte atracavam em barcaças para descarregar a mercadoria e, em seguida, chegavam à costa. Ou então os diques móveis de madeira que flutuavam na água por uns poucos metros. Cheios de imaginação como eram, tinham até inventado um sistema para puxar os barcos para a terra firme, descarregá-los e botá-los de novo na água. Funcionou assim durante séculos.

---

* Quer dizer de forma sorrateira, pois os rios do Carso frequentemente desaparecem, correm por baixo da terra e reaparecem muitos quilômetros adiante. (N.T.)

No começo da história, só havia a foz de um rio, o Metauro. O rio, na época, era um rio de verdade, e não como os de agora, que, na Calábria, só com muita sorte têm um pouco de água no inverno.

Com o passar dos séculos, os rios calabreses, até mesmo aqueles que no passado eram navegáveis, tornaram-se estreitos e escassos. E algo mais, para dizer a verdade: depósitos de lixo ilegais, lixões de materiais inertes, cemitérios de carros enferrujados. E, obviamente, foram cobertos com concreto e edifícios. De qualquer maneira, para que não sejam esquecidas as suas origens, receberam um nome híbrido: *fiumare*.

A foz do Metauro, no entanto, era realmente grande, navegável, e quanto mais se aproximava do mar, mais se ampliava, criando uma enseada natural boa para a atracação de navios e veleiros. Foi por isso que, na Magna Grécia, era ferozmente disputada com guerras e conflitos sem fim pelas duas repúblicas rivais, Locri e Reggio Calábria, cada uma com seus diferentes aliados, Siracusa, Crotona, Síbaris e Hímera.

Na realidade, o Metauro era disputado porque marcava a linha divisória entre os dois territórios, e no seu leito confluíam os demais rios vindos do Aspromonte, que, com suas águas, tornavam a Piana um jardim verde e luxuriante. A parte mais rica da ponta da "bota".

Talvez seja por isso que o tal *porto-não porto* sempre inspirou mitos e lendas.

Aqui teria chegado nada menos que Orestes, o filho de Agamenon, que, após matar a mãe e o novo marido dela, precisava reencontrar a paz de espírito perdida. Segundo uma das muitas lendas, Orestes conseguiu afugentar as Fúrias, que atormentavam a sua alma e a sua mente, só no fim de uma longa peregrinação começada na longínqua Micenas, após mergulhar nas águas do Metauro.

Água sagrada, é isso que ela era. Não era por acaso que os gregos antigos tinham escolhido essa foz para erguer seus "santuários de fronteira". Chamavam-nos "extramurani" e, além de serem usados em cultos, tinham a função de garantir, sob a proteção de uma divindade, a riqueza e a prosperidade das trocas comerciais dos moradores locais. A lenda diz que a divindade escolhida pelos habitantes era justamente Orestes.

A foz, então, tornou-se *Porto Oreste*. Um porto e um mercado onde confluíam e se trocavam os produtos da Piana, já naquela época rica pela sua agricultura e suas mercadorias, com uma localização estratégica da qual nenhum outro lugar podia se gabar: quando as guerras dos siracusanos contra os regginos e os crotoneses interrompiam a passagem pelo estreito entre Cila e Caríbdes, as mercadorias do mar Jônio com destino ao Tirreno chegavam por terra, para então serem enviadas para outros portos e outras terras.

Gioia Tauro desempenhou esse papel durante séculos a fio. Foi o centro de um mercado próspero e rico, com o seu porto ligando a Calábria às outras margens do Mediterrâneo e do mundo.

Nos séculos XVIII e XIX, atracavam ali veleiros e navios espanhóis, franceses, ingleses, holandeses. Até americanos. E, no começo do século XVIII, residiam ali os cônsules dos principais países europeus e dos Estados Unidos.

Depois da revolução jacobina que estourou em Nápoles e da restauração dos Bourbons imposta pelo cardeal Ruffo, chegaram os anos de domínio napoleônico. A terra foi disputada entre os franceses e os Bourbons de Nápoles. E foram justamente os Bourbons, iluminados como eles só, que fizeram obras de saneamento de todos os terrenos pantanosos, mudando completamente, a partir de 1835, a paisagem em volta da foz do Metauro.

Plantações de laranjas e limões, além de imensos olivais, formavam um tapete verde que chegava até o mar. Criaram até um novo vilarejo, San Ferdinando. O nome era obrigatório, pois Ferdinando era o marquês Nunziante, oficial do exército dos Bourbons e, principalmente, dono dos terrenos pantanosos que centenas de condenados a trabalhos forçados, sob o seu comando, transformaram num florido e ameno latifúndio.

A camorra* na marina

Logo depois chegariam os piemonteses para unificar a Itália.

Na Piana, não se tratava apenas de dar cabo de alguns bandidos e assaltantes com umas tantas condenações à morte, umas capturas e outras tantas deportações. Aqui era preciso tratar com os donos dos feudos e dos latifúndios. E nem isso era suficiente. O mercado de Gioia já era, na época, um dos mais importantes da Itália devido ao comércio de azeite, vinho, frutas cítricas e madeira.

Era preciso, portanto, fazer política, construir alianças sociais, porque, sempre devido ao porto e aos negócios que iam até a América, ao lado da nobreza também havia surgido uma rica burguesia comercial.

Nessas agitações sociais envolvendo nobres e burgueses, padres e maçons, Bourbons e piemonteses, alguns decidiram montar o seu próprio exército. Era secreto e invisível, mas conhecido por todos.

Uma força poderosa e com raízes profundas começou a espalhar-se pelos campos e pelas aldeias. Era a *Picciotteria*,** pois naquela época o nome 'ndrangheta nem existia.

---

* O nome com que se costuma chamar a máfia da região de Nápoles. (N.T.)

** De *picciotto*: soldado, mafioso de baixo escalão às ordens dos chefes. (N.T.)

Já naquele tempo, eles, os chefes e os *picciotti*, eram algo mais que apenas mestres do terror. Pensavam em dinheiro e riqueza, pois a deles não era simplesmente uma terra atrasada, habitada por pastores e com casebres miseráveis. Ao contrário, havia até o porto, que lhes proporcionava contatos com o resto do mundo, novos horizontes.

Assim sendo, organizaram-se sob a liderança de chefes honrados e respeitados. Criaram um poder violento e ramificado: "Protegidos pelas trevas, chegam direto ao jardim, ao vinhedo ou a outras culturas e, como vândalos impiedosos, destroem hortas e campos semeados, incendeiam gavelas, palheiros, chácaras e, às vezes, colinas inteiras de bosques".[1] Uma força organizada que, a não ser pela obcecada teimosia de alguns carabineiros e pela interferência de alguns juízes, cresceu durante décadas sem encontrar qualquer obstáculo. Claro que teve alguns reveses, mas depois tudo voltava a ser como antes.

Em 1899, após o primeiro grande processo aberto na Calábria, 317 *picciotti* e chefes foram para atrás das grades do tribunal de Palmi. Toda a fina flor criminosa de Gioia Tauro e da Piana, que então se dedicava a organizar "roubos em grande escala, principalmente de bovinos, ovinos e suínos". Na prática, faziam desaparecer manadas inteiras, negociavam com os proprietários e então as devolviam em troca do pagamento de vultosas quantias. A mesma técnica que hoje, com motos e carros de luxo no lugar do gado, é chamada de "cavalo de retorno".

Em 1903, por sua vez, no primeiro "processo de máfia" levado adiante pelo Tribunal de Recursos da Calábria, reunido em Catanzaro, uma das principais imputações que levou à condenação dos mandantes e dos autores materiais dos crimes foi "exercer a camorra na marina de Gioia".

Nos anos que se seguiram, "exercer a camorra" foi transformado em "cobrar por proteção". Bruno Mangione, o chefe da *Picciotteria* entre o fim do século XIX e o começo do XX (que até deu o nome ao processo: "Bruno Mangione +59"), nunca poderia imaginar que cem anos mais tarde, quando aquela velha marina se tornasse um dos maiores e mais modernos portos comerciais do Mediterrâneo, nada ou quase nada teria mudado desde o tempo do seu comando e dos seus *picciotti*.

Outros levariam adiante a sua herança, modernizando as práticas e a filosofia criminosas. Fortalecendo e mantendo cada vez mais a fidelidade, os juramentos e os mitos.

E também assumiriam um novo nome, 'ndrangheta, que, por ser quase impronunciável nos tempos modernos, ilustra melhor o fascínio do mistério e o exercício do medo e do terror. E novas vítimas, entre a marina e as docas do novo porto, continuariam pagando à sua velha camorra.

Em meados do século XX, os herdeiros e donos passaram a ser os Piromalli: dom Mommo e dom Peppino, com suas três gerações de filhos e netos. O que nos leva à nossa história.

O acordo

Foi feito desse jeito, na base da palavra. Um pacto de honra, como se costuma fazer entre cavalheiros. E mesmo assim era extremamente detalhado, tão minucioso quanto notas de venda de fornecedores que prometem mercadorias e serviços. Um contrato. Algo a ser respeitado a qualquer custo. Pois aqui o respeito é tudo, e a palavra dada é só uma. A palavra de honra.

O pacto era muito claro: um dólar e meio para cada contêiner descarregado no porto. Praticamente a metade do custo do trabalho só dos guindastes, pois a Medcenter, a sociedade do Grupo Contship que administrava o porto desde 1993, cobrava entre 85 e 90 dólares pelo serviço completo.

Um dólar e meio por cada contêiner, pensando bem, parecia realmente uma ninharia.

Será que os Piromalli haviam perdido o juízo? Ainda mais porque essa esmola teria de ser repartida com o outro lado da família, os Molè, e então com os Pesce e os Bellocco de Rosarno. Pois o porto também era deles.

Sim, claro, o porto se chama Porto de Gioia Tauro, mas é tão grande que acaba entrando nos territórios de Rosarno e de San Ferdinando. E os Piromalli, que não se tornaram *capi dei capi* por acaso, conheciam muito bem as regras. Regras, aliás, que eles mesmos criaram quando o porto só existia no papel e as obras nem tinham começado: haviam decidido que todas as famílias da Piana deveriam participar, e nenhuma delas, de fato, ficou sem alguma encomenda, sem algum serviço.

Eles, que são pessoas sérias, continuavam a raciocinar desse jeito, porque o território é sagrado e deve ser respeitado, e, *se fosse o caso de repartir, então repartiriam*, família por família, quadrilha por quadrilha.

E tinham calculado tudo direitinho, pode ter certeza de que não haviam perdido o juízo. Já sabiam que, em Gioia, o porto iria movimentar entre três e três milhões e meio de contêineres por ano.

E as contas falam por si só: com o porto em pleno funcionamento, estamos falando de uma quantia entre 3,5 e 4 milhões de dólares por ano. Assim, limpinhos e livres de impostos, só com a taxa de atracação a ser paga pela autoridade portuária para garantir, sem problemas, a segurança das mercadorias e a tranquilidade administrativa das operações de carga e descarga.

Claro, também havia outra Capitania dos Portos, a autoridade oficial que compreendia a prefeitura, a província, a região e o Ministério dos Transportes. Mas isso eram outros quinhentos. Ela fazia o seu trabalho, mas não tinha nada a ver.

Afinal, se um grande homem de negócios do norte chegasse a Gioia Tauro para assumir a direção do porto, já teria sido informado ou não que precisaria se *atualizar*? Que precisaria ficar a par das regras do jogo? Pois, aqui, a *atualização* representava uma despesa como outra qualquer. Aliás, era até um investimento, servia para trabalhar com tranquilidade. Você se entendia com quem devia se entender, pagava a quem era preciso pagar, e assunto encerrado.

Os empresários consideravam isso um custo de manutenção normal, um risco operacional, pois chamá-lo de extorsão ou taxa de proteção, depois de pagar, poderia criar escrúpulos e consciência pesada. Principalmente nos que vinham do norte, que diziam não estar acostumados a esses arranjos, não ter a cultura certa para entender essas coisas. Em resumo, pagavam como todos os demais, mas bancavam os *enojados*, pelo menos quando estavam no sul. Pois, afinal, em Milão, Turim e Gênova — como todos sabem e até foi afirmado pela magistratura — pagava-se exatamente como em Nápoles, Palermo ou Reggio.

Os compadres da família, por sua vez, preferiam falar em "contribuição". No fim das contas, com os encargos que assumiam, com os serviços e a segurança que ofereciam, nem queriam ouvir falar em suborno. No entender deles, além do mais, nem seria justo.

Ainda mais no porto, onde eles tinham oliveiras e árvores de frutas cítricas a perder de vista, campos que, quando as clementinas floresciam, pareciam um verdadeiro paraíso terrestre. Chamavam aquelas terras de Lamia, que significa terreno bom, muito fértil.

E depois? O que sobrou? A imagem é de um jornalista local: "Um deserto árido e descampado, de quase mil hectares, uma enorme cicatriz branca no coração de uma zona extremamente produtiva. Um apêndice de concreto que recebe o mar e se deixa penetrar pelo Mediterrâneo: é assim que o porto de Gioia Tauro aparece a quem olha para ele do topo do monte Santo Elia. Desoladamente surreal."[2]

Sim, claro, eles mesmos fizeram todo aquele estrago, e até ganharam muito em cima dele. Embolsaram muito dinheiro para terraplenar os mais de mil hectares necessários ao porto e à zona industrial.

Mas agora que aquilo se tornara um deserto, e deserto continua sendo, quem iria lhes devolver o dinheiro que ganhavam todos os anos com as laranjas, os limões e as tangerinas? Para não mencionar as azeitonas e o azeite. É verdade, havia safras ruins, mas, quando aconteciam, ninguém entrava em pânico. Pelo contrário. Havia anos em que ganhavam mais com as compensações da União Europeia e com as indenizações da região por chuvas de granizo e geadas do que com as vendas no mercado. Em resumo, de qualquer maneira, havia sempre dinheiro chegando de algum lugar.

É por isso que queriam usar o nome de "contribuição", pois o que os tiras insistiam em chamar de taxa de proteção era somente uma justa indenização por aquilo que eles perderam.

A negociação

Angelo Ravano deve ter sido realmente preparado direitinho. Era genovês e presidente da Contship, uma multinacional com sede em Ipswich, uma bonita cidade marítima não muito longe de Londres, e cujo porto carregado de história também é um dos mais movimentados da Inglaterra.

A firma é especializada no gerenciamento de terminais para atividades de *transhipment*. Quer dizer, sabem tudo sobre logística e deslocamento de contêineres entre um navio e outro. O que fazem melhor, em resumo, é atrair as maiores empresas de navegação do mundo para seus terminais, espalhados ao longo das grandes novas artérias do mar que atravessam o Mediterrâneo e os oceanos.

Com o faro empresarial típico de um homem do mar genovês, Ravano percebeu que o futuro da navegação comercial passava por Gioia Tauro, situada bem no meio entre o canal de Suez e o estreito de Gibraltar.

Mas Ravano também conhecia a história do porto. Uma história infinita, que começou naquele distante 25 de abril de 1975 com o assentamento da pedra fundamental por parte do ministro Andreotti.

Quando chegou a Gioia em 1992, já havia se passado 17 anos desde a cerimônia. E até que fizeram o porto, mas não havia um só guindaste pronto para descarregar um navio. Dezessete anos de promessas, planos-pilotos, reuniões, viagens de peritos e executivos internacionais. E muitas, muitas campanhas eleitorais, com os comícios dos políticos da vez que não se cansavam de anunciar a inauguração.

No porto, só continuava havendo a desolação de um deserto de terra e concreto. A zona industrial tampouco existia. Não passava de um fantasma, apesar de assinalada com vistosas placas nas saídas de Rosarno e de Gioia Tauro da autoestrada Salerno-Reggio Calábria.

As pessoas, aqui, raciocinam deste jeito: primeiro se cria a Zona Industrial para que se possa dar umas mordidas. A zona, então, significa a criação de um consórcio, que comporta um bom número de nomeações e cargos a serem distribuídos: o presidente, o vice-presidente, os conselheiros, o diretor, os assessores e os peritos. Todos *muito bem pagos*. Então, é preciso nomear os representantes municipais, provinciais, regionais e dos ministérios da Indústria, dos Transportes e do ENEL,* todos com suas respectivas remunerações por sessão comparecida.

Uma vez concluído o processo, mesmo que isso leve anos, mais cedo ou mais tarde as fábricas irão aparecer. Isso é, pelo menos, o que se costuma pensar por estas bandas.

O porto também havia sido construído com essa finalidade, para servir às indústrias. As que iriam chegar. Pois aquela que estava nos planos, o V Centro Siderúrgico, perdeu-se na crise mundial do aço de 1974. Morta ao nascer, dois dias depois da decisão de construí-la.

Ainda bem que o porto não seguiu pelo mesmo caminho.

Ao se deparar com ele, descendo para o mar das colinas de Gioia Tauro e de Rosarno, o espetáculo realmente impressiona. E impressiona ainda mais quando você entra nele. Imenso: quatro quilômetros de docas, um milhão e duzentos mil metros quadrados de área de armazenamento, atracadouros com mais de 15 metros de profundidade. Atracadouros tão profundos são uma raridade nos portos europeus.

E, principalmente, diques aptos a acolher navios transatlânticos, com até 250 mil toneladas de deslocamento. Aquelas barcaças monstruosas, achatadas e compridas, que, quando passam pelo estreito de Messina, você fica se perguntando como é que conseguem se manter à tona.

---

* *Ente Nazionale Energia Elettrica*, a empresa distribuidora da energia elétrica. (N.T.)

Tinham gastado mais de 1 trilhão de liras. E agora lá está ele, abandonado ali, diante dos seus olhos.

Não exatamente abandonado. Pois alguém o usava para carregar e descarregar algo durante a noite. Mas é claro que não tinham feito o que tinham feito, gastado o que tinham gastado, só para facilitar aquela mixaria de tráfico sujo e de contrabando da 'ndrangheta. Nem mesmo os mafiosos, aliás, queriam isso. Tinham planos bem mais ambiciosos para o porto.

Agora, depois de todas essas danças e contradanças, depois de todo aquele dinheiro jogado fora, se de repente aparecesse um empresário de renome internacional, o único capaz de atrair navios do mundo inteiro, o governo e todos os demais envolvidos não poderiam certamente recusar. A coisa, aliás, podia livrar a cara de todo mundo e dar um empurrão naquele desenvolvimento da Calábria que as pessoas, depois de vinte anos, ainda estavam aguardando.

Chegamos, portanto, finalmente ao protocolo de concordância entre governo, região, ENEL e Contship. Era o dia 2 de dezembro de 1993. A empresa de Angelo Ravano conseguiu o uso exclusivo da maior parte das docas do porto por cinquenta anos. Dos investimentos previstos para as infraestruturas necessárias ao funcionamento do *terminal container*, 132 bilhões de liras caberiam ao Estado, e 280 bilhões, à Contship, que, no entanto, receberia 80 bilhões da União Europeia. Resumindo, a empresa acabou ficando com o monopólio das atividades de *transhipment*. E eles criaram uma sociedade só para administrar Gioia Tauro: a Medcenter Container Terminal. A mesma que continua administrando o porto até hoje.

Tudo isso foi trabalhoso para Angelo Ravano, mas ele conseguiu. Até convencera Andrea Costa, o irmão do dono de Costa Crociere, a ser presidente e a ficar encarregado de Gioia.

Durante dois anos, até a assinatura do acordo, Ravano não fez outra coisa a não ser viajar entre Gênova, Gioia Tauro e Roma. As mesas da negociação eram diferentes, mudavam de natureza e era preciso acompanhar todas elas.

Em Roma, precisava negociar com o Ministério dos Transportes, com a força-tarefa da indústria e a que defendia a criação de empregos, além de com o Ministério do Interior. Nos portos se movimenta de tudo, e é preciso dar proteção não só ao que entra e sai, como também às mercadorias em trânsito. Esses problemas existem até em Trieste, Gênova e Livorno; imagine só, então, em Gioia Tauro.

O ministro do Interior da época, Nicola Mancino, quis até encontrar-se pessoalmente com ele. E, na ocasião, fez questão de tranquilizá-lo, assegurando, aliás, que a situação em Gioia estava muito mais calma do que no passado.

Quem informou o ministro disso, até hoje não se sabe, uma vez que, ao contrário, nos primeiros relatórios da DIA, a Diretoria Investigativa Antimáfia, que foi instituída justamente naqueles anos, estava escrito exatamente o contrário.

Ravano era assim mesmo, um empresário moderno, mas de estilo antigo. Sempre procurava contatos diretos. Todos tinham de assumir compromissos bem diante dele, cara a cara, pois nos negócios não apostava somente dinheiro, apostava a sua reputação. Tinha chegado até o chefe da polícia e aos dos serviços secretos, que acabaram sentados a uma mesa, comentando com ele a situação de Gioia Tauro.

Evidentemente, não ficou totalmente satisfeito, precisava de mais garantias.

Outras "autoridades" e outras "instituições" poderiam e deveriam providenciar isso. Pois o Estado, como bem sabemos, em alguns lugares é simplesmente ausente.

Ravano, sem perder a postura, fez o que outros homens de negócios do norte já tinham feito ou iriam fazer depois dele na hora de chegar à Calábria para trabalhar.

Procurou e fez por onde ser contatado pela família, os Piromalli, os únicos capazes de realmente garantir a serenidade que outros — serviços secretos, polícia e carabineiros — não podiam assegurar.

O trato precisava ser definido bem antes da assinatura do Protocolo de Concordância com o governo e as demais instituições. Achou oportuno não perder tempo.

No fim da década de 1980, na Zona Industrial, até que algumas fábricas haviam chegado. Mas eram poucas, e a maioria acabou erguendo uns poucos galpões, que foram abandonados, ficando desertos e enferrujados.

Nos planos, havia até a instalação da sede da Oto-Brera, que devia dar empregos a um montão de operários. Mas os caras nem esperaram embolsar todas as subvenções do Estado: venderam sem demora tudo à Isotta Fraschini, montadora de carros raros e luxuosos. Também havia algumas empresas de engenharia e mais umas poucas que, nos limites do possível, cuidavam do porto e da navegação. Haviam chegado quando ainda nem se falava em Medcenter. E lá estavam agora, prontinhas, tinindo para a nova administração.

Duas delas eram a Mariba e a Serport, diretamente controladas pelos Piromalli. Assim como a Trevi, uma agência marítima cujo representante era Enrico Paolillo, sobrinho de consideração do velho *boss* dom Peppino, *mussu stortu*.

Não se sabe exatamente como aconteceu, mas é um fato que quando chegou ao porto para reuniões e encontros de trabalho, Angelo Ravano usava as instalações da Serport. E cada vez mais acabava sentado ao lado do sobrinho do chefão, que, entre outras coisas, também era genovês, e, quando se encontravam, o cumprimentava em dialeto. Uma maneira como outra qualquer para criar um ambiente de cordial familiaridade.

O jovem estava mais uma vez ao lado de Ravano quando este, a bordo de um rebocador, decidiu mostrar o porto a um *manager* norte-americano interessado em fazer chegar aqui seus navios.

Se já é impressionante ver o porto da terra firme, olhar para ele do mar é um verdadeiro espetáculo. Ainda mais porque para os grandes navios, aqueles com milhares de contêineres, a coisa mais importante é a entrada; como é que chamam-na? A boca. E a do porto de Gioia Tauro apresenta de fato um impacto visual, até para um *manager* acostumado com os grandes portos oceânicos. Ninguém jamais disse, nem mesmo nos processos, quem tinha convidado o sobrinho do *boss*. Mas é claro que ele não estava naquele rebocador por mero acaso.

É assim que surgem os contatos nestas bandas. Aparentemente, chegam sem que você precise procurar por eles. Na primeira vez, pode ser que você encontre, apoiado no balcão de um bar, um agente marítimo que o reconhece e o cumprimenta cheio de cerimônia, e que o convida a experimentar a *brasilena*, o refrigerante gasoso com sabor de café que só se toma na Calábria. Então, na segunda vez, lá está ele ao seu lado no rebocador. Na terceira vez, vocês se cruzam nos escritórios da Serport ou da Mariba. Na quarta, diante do prédio da Capitania dos Portos, e depois tem a quinta, a sexta e mais outras vezes. Até alguém contar que se trata do sobrinho de dom Peppino Piromalli, o *capo dei capi*. O acaso aqui não existe!

A fronteira, nos relacionamentos com a máfia, é sempre imperceptível. É uma linha de sombra sempre presente, mas que aparece e desaparece. Uma espécie de liame sutil que pode até ser quebrado, mas que, se você deixar, tece sozinho a teia de aranha que irá envolvê-lo.

Depois de estabelecer o contato e de concluir o entendimento, a história sofreu uma interrupção trágica. Dois dos protagonistas, Angelo Ravano e Enrico Paolillo, morreram de causas naturais.

Como em qualquer contrato, quem teria de honrar o pacto seriam os herdeiros. E com eles, entre recusas, reticências e reivindicações, começa a história de uma extorsão — queiram perdoar, de uma contribuição, como diriam por aqui — que acabaria originando um inquérito e um processo destinados a marcar a história da máfia da Piana: a *Operação Porto*.

Um empresário não comprometido

O primeiro navio entrou no porto de Gioia Tauro às 17h30, em 16 de setembro de 1995. Era um cargueiro enorme, daqueles monstruosos. Chamava-se *Concord* e o seu destino eram os portos da Ásia Menor. O grande dia finalmente havia chegado e o clima era de festa.

Desde a assinatura do acordo com Ravano, haviam se passado mais dois anos. Foi preciso montar imensos guindastes, com braços que pareciam alcançar o céu. Aprontar a área de armazenagem. E, então, esperar a volta dos primeiros rapazes enviados a Gênova para aprenderem o ofício. Não é como se você pudesse pegar um operário, um camponês ou um carpinteiro da Piana e botá-lo, de uma hora para outra, no comando de um guindaste ou dentro de um navio para que ele trabalhasse a contento. Era necessário instruí-lo, prepará-lo. O Estado, interessado no porto, até financiara a formação profissional dos rapazes

Mas quando o primeiro navio zarpou — e eles o haviam deixado partir porque era a melhor coisa para todos —, já não podiam ficar esperando. Pois, do contrário, além de causar uma *péssima impressão*, estavam arriscados a perder a autoridade.

Afinal, fazia um bom tempo que estavam no porto. Desde sempre. O pessoal da Medcenter sabia muito bem disso.

Dino Cantafio era o presidente da Serport e, junto com o sócio, Francesco Biacca, até viajara para Ipswich para se encontrar com os novos executivos. Principalmente com Enrico Ravano, o filho de Angelo que ficara no lugar do pai após sua morte inesperada. Um encontro para se conhecerem, mas também para lembrar ao *manager* quem eles eram, a quem pertenciam e qual era o tipo de relacionamento que mantinham com o falecido.

Cantafio era um homem de negócios "não comprometido". Há vários nesta terra. Sabia quem eram os Piromalli, os respeitava e reverenciava, portava-se como era esperado dele, mas não lhes pertencia. Enquanto isso era suficiente, vivia e trabalhava tranquilamente. Agora, no entanto, tendo em vista o que os chefões planejavam, não poderia continuar em cima do muro. Ficaria completamente nas mãos deles.

O método utilizado foi o mesmo de sempre. Apesar de ser um amigo e de já ter na empresa homens ligados aos Piromalli, começou a receber de forma indireta uns pedidos um tanto extorsivos. Então, foi a vez dos contatos diretos. Tapinhas nas costas e as clássicas perguntas: "*O que está havendo? Algum problema?*" Depois era proferida a frase tranquilizadora que, após um atentado ou uma ameaça, todo empresário ou comerciante esperava ouvir: *pode ficar tranquilo, a gente cuida disso!* A partir daí, se estava protegido. Na verdade, querendo ou não, daquele momento em diante, o sujeito passava a ficar completamente nas mãos deles.

Numa manhã de verão, estava no seu escritório. Lá fora dava para suar mesmo se estando parado. Dino, sentado à sua mesa, trabalhava tranquilo. Bateram à porta, e era Cecè Riso, um conhecido. Cuidava do transporte rodoviário, às vezes trabalhava para a Serport e, com o seu caminhão, costumava circular na área do porto. O homem o cumprimentou com amabilidade, mas então o agarrou à força, o enfiou num carro e o levou ao posto de gasolina Total.

Em Gioia, o posto Total não era igual aos outros. Era um dos muitos que pertenciam aos Piromalli. Uma espécie de instituição. E também era o lugar de encontros, sede de reuniões confidenciais. Um recanto seguro, ainda que os tiras estivessem sempre de olho nele.

Quem estava lá era Gioacchino Piromalli, o neto que os chefes da família encarregaram do gerenciamento do porto. Cecè o cumprimentou, baixou respeitosamente a cabeça e "entregou" o empresário. Gioacchino mandou-o subir no seu carro, deu a partida e, depois de umas tantas voltas, parou bem no meio dos campos. Depois de uma meia hora, chegou Pino Piromalli, o *Facciazza*, regente da quadrilha desde que dom Peppino, *capo dei capi*, fora preso.

O *boss* não estava sozinho. Com ele também veio o representante das famílias de Rosarno, Giuseppe Bellocco. Mais um foragido da justiça. Em volta deles, um grupo de homens, talvez uns dez, ficou de vigia. Eram a escolta dos dois chefões, todos armados até os dentes. Alguns usavam rádio e mantinham os ouvidos grudados nas frequências da polícia. Aqui, eram eles que controlavam os tiras, e quase nunca o contrário.

Encontrar Pino Piromalli, o *Facciazza*, foragido e procurado na Itália inteira, era algo excepcional, um espanto que ficaria na lembrança pelo resto da vida. Mas, como explicou o *boss*, Cantafio deveria considerá-lo um privilégio. Fora escolhido para servir de intermediário com a Medcenter e lembrar aos novos executivos que os compromissos assumidos pelos que morreram deviam ser honrados. O homem seria o embaixador. O empresário não tinha como escapar, e também precisava entender de uma vez por todas que não poderia recuar.

Dias depois, houve um atentado contra os seus galpões no porto. Nada grave, mas o medo foi grande. Ficou logo patente que não estavam interessados em provocar grandes danos. Tratou-se de uma ação meramente demonstrativa.

Quando precisam mandar um recado a alguém, é dessa forma que eles costumam agir. E foram bastante claros: nem havia sido um encontro de verdade, o *Facciazza* limitara-se a falar umas poucas palavras, informara o que devia ser feito, e tudo podia permanecer como antes.

Entretanto, também há outro motivo. Depois de sofrer um atentado, quem fosse se apresentar à Medcenter não seria um empresário qualquer, mas sim uma vítima das quadrilhas, um sujeito que sentira na carne o que podia acontecer. Todos os jornais e as emissoras de TV comentaram o assunto. Dessa forma, a coisa seria muito mais convincente, e o empresário passava a ser um peão no tabuleiro. A estratégia da quadrilha era clara, visava suscitar na Medcenter o clima de terror que eles poderiam criar na eventualidade de uma recusa.

Um homem de traquejo

Para Cantafio, isso foi suficiente. Pegou um trem e partiu para Lucernate in Rho, perto de Milão, onde ficavam os escritórios da

Sogemar, uma companhia do grupo Contship. Estava acompanhado por um "amigo", um tal de sr. Bianchi. Conhecera-o naquela maldita manhã nos campos, durante o encontro com os dois foragidos, Piromalli e Bellocco.

Quem trabalhava em Rho, quando não estava na Calábria ou andando pelo mundo, era o diretor administrativo da Contship Itália, que controlava a Medcenter. Chama-se Walter Lugli, e quem fizera questão de dar-lhe aquele cargo havia sido o velho Angelo Ravano. Cantafio o conhecia. Já haviam se encontrado várias vezes em Gioia, e os genoveses tinham até contratado a Serport para umas obras a serem feitas no porto.

Claro, também poderiam ter marcado um encontro na Calábria, mas Rho era melhor, longe de olhares indiscretos. Era isso, pelo menos, o que pensavam tanto o *manager* quanto os "embaixadores" da 'ndrangheta.

Depois de apresentar o seu acompanhante, Cantafio simplesmente sumiu. Antes, no entanto, explicou direitinho ao *manager* quem o sr. Bianchi representava e quão perigoso poderia ser recusar as suas propostas. O homem estava lá para pedir que fossem respeitados os acordos estipulados anteriormente, acordos que Lugli conhecia muito bem. Concordar com o emissário seria o melhor para todos.

Ele, que pouco antes tivera de apagar o fogo que estava destruindo a sua Serport, sabia disso: "... Esse senhor é aquela pessoa que já mencionei... sobre aquele encontro que tivemos com a família, quando, em condições menos suspeitas, pelo menos era o que pensávamos, o infelizmente falecido comendador Ravano batera à porta deles, para averiguar, sentir, investigar..."

O sr. Bianchi, na realidade, era Domenico Pepè, Mimmo, homem de confiança do *boss Facciazza*, mas também elo com as quadrilhas de Rosarno, os Bellocco e os Pesce. Nasceu em Rosarno e, pelo modo como funciona a 'ndrangheta, a conexão com as quadrilhas de origem é algo que você carrega nas costas até a morte. Era o homem certo para falar em nome de todos.

Estávamos no verão de 1996. A negociação parecia que iria demorar. Não é fácil para uma multinacional criar um caixa dois, um fundo paralelo de mais ou menos 400 milhões de liras por ano: pois essa era a quantia concordada para a movimentação daqueles primeiros anos. E mais difícil ainda seria remetê-la à família por baixo da mesa, sem nota, sem que aparecesse no balanço.

Não estamos falando do *pizzo*, a taxa de proteção que aqui todos pagam, uns 2 ou 3 milhões, três vezes por ano. Isso é fácil: você passa lá, cobra, os caras até agradecem e perguntam se quer mais alguma coisa da loja, você se despede e vai embora.

Neste caso, tudo era mais complicado, as coisas precisavam ser feitas sem vestígio. Porque, depois de toda a confusão criada por causa do porto em artigos nos jornais, entrevistas na TV e inquéritos da Rifondazione Comunista e da Alleanza Nazionale, que criaram CPIs, era preciso ficar de olhos bem abertos e ouvidos aguçados.

O homem das quadrilhas parecia uma pessoa de bem. Era um empresário, com sua própria firma na Zona Industrial. Com Walter Lugli, falou de *manager* para *manager*. Afinal de contas, a "sociedade" que representava também era uma companhia de serviços, uma holding.

Parece uma comédia de absurdos, mas é a pura verdade. Vale a pena contar mais alguns detalhes.

Lugli, que recebeu da Medcenter o encargo de cuidar da negociação, tentou negar a existência de qualquer acordo entre o velho

Angelo Ravano e os Piromalli, mas Pepè deixou logo bem claros os termos da conversa: "... Vamos falar como pessoas civilizadas, os alarmismos não vêm ao caso. Ouvi dizer, agora há pouco, que o falecido presidente Ravano nunca esteve lá... Isso não combina com o que nós sabemos... Estamos cientes de que esteve lá, encontrou com alguns políticos, então houve um aperto de mãos conosco e ficamos de nos encontrar de novo quando o negócio começasse a levantar voo... Foi algo mais do que um simples papo entre amigos... Então, infelizmente, ele morreu, assim como o outro cavalheiro que se encontrava com ele... Agora, nós gostaríamos de saber se vocês tencionam levar a conversa adiante..."

Walter Lugli trabalhou por muitos anos ao lado do velho Ravano. Conhecia bem a história do acordo. Mas fingiu não saber de nada: "Nunca enfrentamos antes uma situação como essa, é um fato novo, e no fim das contas também é a primeira vez que trabalhamos no sul, na Calábria... Eu não tenho a bagagem cultural para entender o que acontece... Quero dizer, nem sabemos como tratar um assunto como esse... Mas quais são as expectativas?... Isto é, no que estão pensando?... Vocês têm gente que precisa de emprego?"

Pepè: "Estamos lá, no nosso lugar... já estamos esperando há cinco anos, certo?, parados, olhando debruçados na janela. Quanto a vocês, ao que parece, já montaram algumas empresas..."

"Sim, é verdade, procuramos ajudar o pessoal, empresas para consertar os contêineres... mas ainda temos problemas de administração... a Medcenter não pode resolver, sozinha, todos os problemas de desemprego da Calábria. É um verdadeiro milagre, aliás, que tenhamos conseguido dar a partida... mas a situação é complexa. O Estado fez um acordo programático que não respeitou..."

"É o que se pode esperar do Estado e da região...", minimizou Pepè, que então foi direto ao assunto: "Ouça, nós temos uns pedidos a fazer... pois, afinal, acho que o senhor é um homem de traquejo..."

Walter Lugli foi condescendente: "... Fico ao seu dispor para levar os seus pedidos até o mais alto nível, ao conselho, com toda a discrição que uma coisa como essa requer, obviamente... Mas preciso saber se tudo isso tem a ver com o seu desejo de conseguir trabalhos em empresas, de arranjar empregos para as pessoas..."

Pepè: "É fácil explicar. Nós estamos do seu lado. Para qualquer problema que surja, podem contar com a gente... agora e depois, não importa qual seja o assunto. Obviamente, com todos esses hectares de terrenos desmatados, nossos pomares de tangerinas e laranjas destruídos... acho justo que sobre alguma coisa para nós também. Não queremos empregos... Pedimos algo para nós mesmos...

"Está me dizendo que é a primeira vez que trabalham no sul... mas há outros lugares onde se trabalha e se dá alguma coisa aos políticos... Essas são conversas que vocês já conhecem...

"De fato, quando o dr. Ravano veio nos ver, lhe dissemos 'o sinal está verde, pode ir em frente tranquilo'... Afinal, é a nossa terra, somos o passado, o presente, o futuro!...

"Em resumo, queremos que em cada contêiner haja alguma coisa para nós. Achamos isso justo, lógico. É uma troca de favores recíproca, correta, civilizada. O que pedimos é US$ 1,50 para cada contêiner carregado e descarregado. Ainda mais porque vocês ficam com 80, 85, 90 dólares de cada um deles. O que pedimos são apenas migalhas..."

Lugli: "O que eu posso fazer é apresentar o assunto ao conselho de administração... Quero dizer, precisamos pensar. Porque o fato de trabalharmos com alguma tranquilidade... Viemos ao sul já sabendo que a Calábria não era o paraíso..."

Pepè: "Sabiam para onde estavam indo... De nossa parte, podemos lhes dar todas as garantias possíveis e imagináveis... Eu garanto a Piana... Piana significa onde vocês estão, todo o território em volta... Um fulano de Catanzaro não vai poder chegar de repente para perguntar 'O que estão fazendo?' e aí exigir alguma coisa... Isso não existe... Eu estou aqui em nome de todos!"

Lugli continuou jogando a responsabilidade em cima dos outros: "Precisam me dar algum tempo para comunicar..."

Mas Pepè logo o alertou. Sabia muito bem que não dá para confiar nos caras do norte: "... Não quero me meter nos assuntos de vocês, mas quero lhe dar um conselho: na hora de falar sobre a nossa conversa, precisa ter certeza de que na sua diretoria não há alguém que fale demais... porque depois...

"Entenda bem, nós queremos mesmo que o porto se desenvolva, ainda mais porque não se trata de uma bagatela... Mas é justo que ganhemos alguma coisa, nós também temos de viver. Saiba que, depois de chegarmos a um acordo, nada irá acontecer por lá, poderão trabalhar tranquilos, sem problemas...

"Temos os meios para intervir em greves e em todas as coisas que poderiam atrapalhar o trabalho. Podemos resolver qualquer tipo de problema. Eu repito: quando o pessoal começa a pensar em greves e em todas aquelas palhaçadas, a gente dá um jeito e tudo fica em paz... Já tivemos umas conversas até com a Câmara de Comércio, mesmo que vocês não saibam...

"Nós podemos ajudar em tudo que precisarem, no que diz respeito à Calábria, em todos os prédios possíveis e imagináveis, sem o menor problema... Não é para me gabar, mas pode ter certeza de que em qualquer repartição da Calábria, se um documento precisa de dez dias para ser liberado, com a gente vocês conseguem em apenas dois... É só avisar, dizer que estão parados devido a tal situação... informem o que é e o que não é... e eu mexo os meus pauzinhos... simplificamos, agilizamos o processo... Quanto a isso, podem dormir tranquilos."

Lugli pareceu satisfeito: "É muito bom saber disso..."

A filosofia empresarial de Pepè era muito simples. Era fruto da experiência, era o que todos faziam, não havia razão de se escandalizar: "Dr. Lugli, se eu, enquanto empresário, fosse trabalhar em algum lugar e embolsar 10 bilhões com cada encomenda, e recebesse ao mesmo tempo todas as garantias, em tudo e para tudo, se tivesse apenas de tirar uma porcentagem daqueles 10 bilhões, bom, eu faria isso sem pensar duas vezes."

Vamos chamá-la de contribuição

A conversa estava empatada. O *manager* ganhava tempo enquanto Pepè procurava mostrar a conveniência do acordo e o lado bom e tranquilizador da família. Mesmo assim, entre uma e outra viagem a Rho, se mantinha bastante ocupado: precisava coordenar os contatos com os vários bandos de Gioia e de Rosarno, organizar os encontros entre os chefes foragidos, cuidar de armas e de outros tráficos. Porque era realmente um empresário, mas não um empresário qualquer, pois ele era dos que tinham atitude, que nunca param, não era como os acomodados, os que *bancam os patrões* e *ficam coçando a barriga*.

Estava, obviamente, a par de tudo que acontecia no porto e na zona industrial. Afinal, era lá mesmo que ele ia trabalhar todas as manhãs. Pois também recebeu as subvenções da 488, a lei sancionada para favorecer o surgimento de fábricas no sul, e levantou um galpão com 12 mil metros quadrados. Claro, ainda esperava a chegada do dinheiro da região e do Estado. Mas era como uma nota promissória, mais cedo ou mais tarde iria entrar na conta. Assim como aconteceu com o pessoal do norte. Não vieram, eles também, para mostrar que estavam investindo no sul? Logo que botaram no bolso as subvenções, que lá para cima ninguém lhes dava, fecharam tudo e voltaram para casa.

Pepè também trabalhou para a Isotta Fraschini, e a crise da empresa o deixou preocupado: os carros eram bonitos, mas custavam muito dinheiro e as vendas eram escassas. A empresa do Piemonte estava se reestruturando, e, como muitos outros, ele também esperava que passasse a fazer parte do grupo Lamborghini. Do contrário, nunca mais iria receber o dinheiro pelo trabalho que lhe foi encomendado. E não era uma merdinha à toa, já fazia três anos que esperava aqueles 2 bilhões de liras.

Com Lugli, a essa altura, já falaram de tudo. Eles se entendiam. Eram homens de negócios e tinham os mesmos problemas. Era por isso que o mafioso sabia que a maior dificuldade consistia na transferência do dinheiro.

A única solução era criar algumas empresas e sociedades. Manutenção, transporte das tripulações, fornecimento de comida, material de escritório, peças mecânicas. E o óleo diesel, que os navios consomem aos milhões de litros por ano, e que seria só cobrar uma lira a mais no preço por litro para resolver o problema. Um tiquinho de imaginação e, num passe de mágica, os problemas desapareciam. Era só superfaturar um pouco as notas fiscais, e todos ficavam satisfeitos: a família ganhava, a Medcenter evitava complicações e os balanços batiam. Nem mesmo o Estado poderia se queixar, pois ficaria com os impostos e o IVA.* Tudo legalizado.

---

* Imposto sobre Valor Agregado. (N.T.)

No começo de 1997, no entanto, Luigi Lugli pediu demissão. Nos últimos meses, havia recebido ameaças pesadas. Era verdade que falava e mantinha um diálogo com Pepè, mas as quadrilhas estavam com pressa. Precisavam começar a ver a cor do dinheiro e, com essa finalidade, alternavam afagos e bordoadas. Alguma pressão poderia ajudar nas negociações. Para um homem do norte, alguns telefonemas noturnos ou de manhã bem cedo são mais que suficientes. Não foi preciso exagerar.

Lugli desmoronou psicologicamente. A negociação passou às mãos do dr. Rinaldi, que na verdade era um investigador particular contratado pela Medcenter. No fim de janeiro de 1997, os encontros com Pepè recomeçaram. Sempre em Rho, como antes.

O porto, a esta altura, era uma realidade. O sonho de um emprego começou a se realizar. Pepè tinha uma lista prontinha com os nomes a serem contratados. Com as demais empresas, eles sempre agiram assim. Mas a Medcenter dizia que não podia fazer coisas contrárias à lei. Ainda mais porque também estavam na mira dos sindicatos. Num dos encontros, Rinaldi procurou explicar: "... Para nós isso é impossível. A gritaria dos sindicatos poderia paralisar o trabalho..."

Pepè não se aguentou: "Se eu falar, eles ficam calados! Mandamos em tudo por lá, e ninguém nos impede de dizer: empregue essa pessoa. Está pensando o quê? Que estamos de brincadeira? Porra, desde quando não podemos escolher os operários? Você deve estar brincando!... Ou será que teremos de não deixar mais ninguém trabalhar para vocês... É isso que vocês querem? Vamos manter a compostura ou querem nos ver emputecidos? Precisam me deixar em condição de fazer as coisas... Senão, estamos aqui para quê?"

Quando ouviu a palavra "sindicatos", Pepè perdeu a razão. Os sindicatos. Como assim? Achavam mesmo que podiam se meter na vida da Piana? E, além do mais, vamos deixar claro, ele conhecia bem os sindicatos, até aqueles que tinham listas de quem precisava de emprego. Só que eles só arrumavam trabalho para os bundas-moles, os que não gostavam de arregaçar as mangas. Não como nas nossas listas, que só tinham pessoas de bem, todos pais de família que precisavam levar para casa o pão de cada dia. Mas isso é assunto para depois.

O problema difícil de resolver continuava sendo o pagamento da contribuição. Os dois entraram na fase operativa da constituição das empresas a receber o dinheiro que seria repassado às quadrilhas. No entanto, ainda havia empecilhos demais, e para Pepè o melhor sistema continuava sendo o de sempre. Usavam-no com todos, e ninguém jamais se queixou: "... Vamos nos encontrar no fim de cada trimestre, vocês dão um jeito de arrumar o dinheiro e eu passo para buscá-lo. Para nós, é a melhor coisa. Tudo sem problemas, sem faturamento, sem prestação de contas... Se conseguirem dar um jeito, pode ser até a cada seis meses, ou a cada dois... como acharem melhor. Pode ser até uma vez por mês... Vocês dão baixa nas suas contas, e eu venho buscar. Sem problema."

Para a multinacional, entretanto, a operação não era nada fácil. No porto, já haviam sido movimentados 60 mil contêineres, e o mesmo número era previsto até o fim do ano. Somando tudo e considerando a quantia combinada, eram quase 400 milhões de liras. E não é fácil repassar tudo isso por baixo dos panos. Nem pensar, então, em quando o movimento aumentasse e as quantias envolvidas chegassem aos bilhões.

"Como vamos pagar a extorsão?" perguntou Rinaldi. Ao ouvir a palavra, Pepè mostrou-se ofendido. "Extorsão? Não, nada disso. Uma contribuição. Isso, vamos chamá-la de contribuição."

Uma vez esclarecidos os aspectos linguísticos, o homem da Medcenter procurou mais uma garantia. Depois de concluírem o acordo, quem lhe asseguraria que ninguém mais apareceria exigindo dinheiro?

Pepè se irritou, ficou alterado, levantou a voz. Sim, claro, o sujeito era do norte e às vezes parecia falar só para soltar o fôlego. Mas isso já chegava a ser uma ofensa, uma injúria, uma falta de respeito. Como é que se atrevia?

A resposta foi curta e grossa: "Está pensando que estamos aqui só como enfeite? Que não servimos para nada? Que não somos as pessoas certas para cuidar do assunto?... O senhor nem devia mencionar uma coisa dessas, doutor... Ninguém nunca, mas nunca mesmo, nem agora nem daqui a cem anos... ninguém virá falar com vocês... Pode ter certeza disso."

Rinaldi se fez de desentendido: "Mas e se alguém tentar passar por cima de vocês?"

Pepè: "Só se o mundo acabar!"

O outro insistiu: "... Entenda, como uma empresa privada... Alguém poderia fazer concorrência..."

Pepè: "Bote isto na cabeça: não temos concorrentes!"

"... Não me diga que alguém na organização..."

"E quem está na organização? Nós somos a organização!"

O executivo tentou de novo: "... Mas se alguém tentasse trair vocês?"

Ao ouvi-lo mencionar traição, Pepè perdeu a paciência: "Bem, isso só acontece nos filmes! De qualquer maneira, chega de perguntas... Estamos lá há muitos anos... estamos firmes há mais de cinquenta anos e uma coisa dessas jamais aconteceu... Vou explicar melhor, e bote isto na cabeça: de Reggio até a província de Catanzaro não tem para ninguém. Tudo que se faz na província de Reggio tem que passar por nós. Assunto encerrado."

O monopólio

Malditos grampos. Já não se sabe mais onde é que se pode falar e onde precisa se ficar calado, mudo, pois do contrário corre-se o risco de ser pego, posto em cana. Gravam tudo. Até filmam. Se a gente soubesse, poderia pelo menos fazer cena, fazer um pouco de drama. Mas nada disso.

Esta história também teve mais ou menos o mesmo roteiro. Após a morte de Angelo Ravano, Walter Lugli ficou em contato com o pessoal de Gioia Tauro por cerca de quatro anos, em pacífica convivência com os *donos* do porto. Depois de receber ameaças, entretanto, decidiu recorrer ao procurador da República de Palmi, Elio Costa. Os primeiros encontros foram "burocráticos", mas então o empresário criou coragem e começou a contar tudo que acontecia no porto, desde as primeiras exigências que lhe foram feitas. Para o procurador, era mais uma confirmação daquilo que as investigações em andamento estavam revelando, mas agora parecia que o inquérito poderia dar uma guinada.

Não encontrando de forma alguma um "arrependido", os tiras encheram de grampos os escritórios da Medcenter em Gioia e os da Sogemar em Rho. E também grampearam o carro de Pepè e de outros asseclas. Mais do que o porto, no entanto, essas escutas visavam encontrar o paradeiro de Pino Piromalli, Rocco Molè, Pino Bellocco e Francesco Pesce. Os chefes mais importantes e perigosos, todos foragidos.

Nos escritórios de Rho, até instalaram câmeras. E, com efeito, nas centenas de páginas de sentença do processo chamado "Operação Porto", um longo capítulo é denominado *A extorsão em vídeo de Pepè*. Lugli e Rinaldi, portanto, sabiam que estavam sendo gravados e, por isso mesmo, como escreveram os magistrados, negavam estar a par do acordo com as quadrilhas, que na verdade conheciam muito bem.

Pepè nasceu e se criou na quadrilha mafiosa dos Pesce de Rosarno. Agora era o homem de confiança de Pino Piromalli, o *Facciazza*, e representava todas as famílias aliadas. A superfamília, como os juízes a chamaram na sentença.

Os códigos mafiosos e as regras da lei do silêncio faziam parte da sua vida. De fato, com gravação ou sem, jamais abria a guarda. No seu vocabulário, a palavra 'ndrangheta simplesmente não existia. Assim como a palavra extorsão. E, nas longas horas dos interrogatórios, jamais mencionou um nome sequer.

Só há um *nós* que indicava a entidade vaga à qual ele pertencia. *Nós* era o poder que estava por trás de tudo e que ele representava. *Nós* era a organização que falava através dele. *Nós* eram as empresas a serviço deles. *Nós* era a Piana. Pois, no seu entender, eles eram a Piana.

Uma palavra a mais é sempre um erro. Em certas situações, *a megghiu parola è chidda chi nun si dici*, a melhor palavra é aquela que não é dita.

Pepè não fora até lá para vender fumaça. Contava a realidade. A realidade verdadeira, como diria mais tarde uma sentença destinada a fazer história.

Boa parte do porto, antes e depois da chegada da Medcenter, era deles. Porque nesta história, mesmo havendo mafiosos, foragidos, traficantes de armas e até alguns *killers*, também há empresários, executivos, investidores. Gente boa, a fina flor da sociedade. E não é verdade que eram, todos, vítimas, como contaram aos magistrados na tentativa de se defenderem e de justificarem os negócios que faziam com e graças às quadrilhas. Ao contrário. Entre empresas diretamente controladas, outras em participação e conluio, as verdadeiras vítimas foram deveras muito poucas.

Para começar, havia a Mariba, uma cooperativa naval. Por determinação da Capitania dos Portos, recebeu a concessão exclusiva dos serviços portuários. A coisa foi um tanto estranha e criou algumas dúvidas.

Como é que os sujeitos da capitania não sabiam que a Mariba era, na prática, uma propriedade dos Piromalli? Mesmo em seus bonitos uniformes brancos de marinheiros, eles também não são policiais?

Até fizeram uma minissérie para a TV, *Gente di mare*, e foi justamente lá que filmaram. Dentro do porto. Em cada episódio, tinham de descobrir contrabandistas, traficantes mal-encarados, e havia troca de tiros com a 'ndrangheta. Pareciam mais agentes da DIA* do que marujos da Capitania dos Portos. Fora da minissérie, no entanto, não tinham entendido bulhufas. Longe disso, aliás; tinham concedido o monopólio do trabalho no porto justamente à empresa "dos ditos-cujos".

Numa situação dessas, o que os genoveses poderiam fazer? Foram forçados a trabalhar com os caras. E a pagar um montão de dinheiro, uma vez que eram os únicos a poder fazer o trabalho de içamento dos contêineres. Assim como os de armazenamento e vigilância.

Quando os sujeitos de Gênova criaram a Medcenter, já estava tudo pronto em Gioia. Pois, como vimos antes, eles já tinham montado a Serport alguns anos antes.

A operação baseava-se num mecanismo sem falhas: uma cota das ações da Serport pertencia à Mariba. E a Serport, que funcionava

---

* Diretoria Investigativa Antimáfia. (N.T.)

como agente marítimo, tinha a obrigação estatutária de confiar à Mariba a atividade de assistência aos navios.

Em Gioia, não há qualquer tipo de associação dos trabalhadores portuários. Isto aqui não é Gênova, onde os que trabalham no porto são chamados de *camalli* e estão organizados por um sindicato, com um chefe que chamam de cônsul. Em Gênova, são eles mesmos, os portuários, a decidir quem carrega e quem descarrega os navios. Nada disso em Gioia. Isso é coisa de comunistas, e é bom manter a distância. Aqui, quem cuidava disso eram eles. Quem escolhia os trabalhadores era a Mariba, que tinha o monopólio da força de trabalho.

Lá, também havia a Babele Pubbliservice srl. Pertencia a Gioacchino Piromalli, mas o diretor administrativo era Mario Dal Torrione. Um amigo, um sujeito da família. Era tio do mesmo Giorgio Dal Torrione que em 2001 virou prefeito de Gioia Tauro e que em 2008 seria cassado junto com o conselho municipal por associação mafiosa.

A Babele, que graças à 488 também conseguiu um financiamento de 300 milhões de liras do Estado, oferecia o único serviço de transporte de pessoas por terra. E era uma atividade e tanto, com todas as pessoas que vêm trabalhar aqui todo o santo dia e que chegavam de navio. A pé, daqui, não há para onde ir. Só há deserto em volta, e nenhum lugarzinho onde você possa tomar um café ou comer uma pizza.

A Kero-Sud srl, por sua vez, pertencia à Tirreno Petroli. Por trás, sempre estavam eles, que tinham o monopólio do fornecimento de todos os produtos petrolíferos.

E olha que aqui se gastam rios de gasolina e óleo diesel. Em terra, com os guindastes, as escavadeiras, os elevadores de carga, os caminhões e as vans que circulam continuamente nas docas e ligam a zona industrial às aldeias próximas. E no mar, com os cargueiros oceânicos que não são certamente movidos à vela. Os caminhões-tanques se movimentam o dia todo para encher os reservatórios.

E, como em todos os portos, também havia as câmaras frigoríficas. A única firma que as tinha era a Inter-Repairs Sud. Que também pertencia à turma.

Para dizer a verdade, uma jovem empresária até que quis entrar no ramo das câmaras frigoríficas e dos demais serviços necessários para armazenagem. Falou com uns amigos e logo se convenceu de que era melhor deixar a coisa continuar sendo apenas uma ideia. Levá-la adiante seria perigoso demais. Iria arriscar a serenidade pessoal e, na certa, a vida.

Resumindo, no porto, a palavra-chave é monopólio. Para o gás, para o petróleo, para a vigilância, para o gelo, para a movimentação das mercadorias. Monopólio para tudo.

Até para a água potável. Imaginem só a quantidade de que precisam esses navios com tripulações de centenas de pessoas a serem transportadas de uma a outra margem do Mediterrâneo e dos oceanos. A exclusividade era sempre deles, os caras da Mariba. E uma vez que não tinham concorrentes, pouco se importavam com as normas sanitárias e com a saúde dos marinheiros.

Bombeavam a água de uma nascente que encontravam em suas próprias terras. Afirmavam que era boa, mas não mostravam análises químicas nem atestado de potabilidade. E, afinal, se o tal atestado era realmente obrigatório, por que ninguém jamais lhes pediu?

Obviamente, todo navio que atraca num ponto precisa reabastecer. Pois uma vez no mar, pode levar até vinte, trinta dias antes de lançar âncora em outro porto.

Eles sabiam disso e pensaram no assunto. Dois homens do clã comentaram o caso dentro de um carro cheio de grampos: "Precisamos de algum tipo de atacado para os navios que chegam... O pessoal precisa de comida, mas não de coisinhas à toa, precisam de carne enlatada, salgada, frios... coisas que durem pelo menos um mês... latas de atum..." Quem tinha a resposta na ponta da língua eram os Molè, com o supermercado Idea Del Sud, que já estava prontinho.

Em outras palavras, quando a Medcenter chegou e o porto passou a funcionar com força máxima, as empresas, as estruturas operativas e os serviços eram todos deles. E, para o que ainda faltava, criaram empresas num piscar de olhos. Aqui, são eficientes. Diferentemente do Estado, que, para começar a se mexer, leva anos e acaba não concluindo coisa alguma.

Todos os dias apareciam novas sociedades, empresas absorviam outras, mudavam de nome. Algumas até trocavam de atividade como num passe de mágica. A Real Pizza, por exemplo, que se tornou Sea Progress e, de pizzaria, se transformou em prestadora de serviços ecológicos, alugando equipamento para a despoluição das águas. Pois é, sempre tiveram o maior carinho pelo meio ambiente, e queriam água limpa até nos alagadiços do porto. Há realmente de tudo por aqui.

O pessoal de Rosarno criou o consórcio San Ferdinando. No fim das contas, eles também precisavam trabalhar pela parte do território que lhes competia. E então surgiram a Beton Medma e a Lavi Sud, pois só Deus sabe quanto concreto se usa por estas bandas.

Era necessário ter permissões e alvarás da Agência de Desenvolvimento Industrial? Sem problema! Não era o que o próprio Pepè dizia, que eles resolviam tudo, que simplificavam e agilizavam o processo?

Tinham a seu serviço dois homens, Fausto Saffioti e Emilio Sorridente, que, com o seu escritório de consultoria, resolviam e acompanhavam todos os casos em andamento. Procuravam descobrir se era melhor criar uma sociedade limitada ou uma cooperativa, uma empresa individual ou em sociedade. Costumavam ir a Reggio todos os dias, e logo que entravam na Câmara de Comércio e na ASI,* todos ficavam imediatamente ao seu dispor.

Preparavam a papelada para as subvenções da região e as da União Europeia. Porque não havia dúvidas: o dinheiro para a Calábria existia e estava à disposição, mas, se você não mostrasse seus planos, toda aquela fortuna acabaria sendo perdida. E eles, desde o raiar do sol até a noite, bolavam projetos. De forma que, se na região decidissem repartir o dinheiro somente entre os projetos apoiados pelos prefeitos amigos dos assessores ou entre aqueles dos empresários que financiavam o partido, a família não se deixaria pegar despreparada. Os projetos já estavam lá, prontinhos, e ninguém, sabendo quem estava por trás deles, teria a ousadia de dizer não.

Também havia um engenheiro, Gesuele Fondacaro, que mantinha diariamente os contatos entre a família e as empresas. Era mais um *pianoto*, isto é, originário da Piana, mas agora era um homem do mundo, com residência em Hong Kong. A tarefa de que foi incumbido era bastante delicada.

Quem ganhara a bilionária empreitada das obras estruturais na zona do porto havia sido um conglomerado de empresas do norte lideradas pela Todini-Costruzioni Generali, de Perúgia. Mas eles não podiam certamente fazer tudo sozinhos, levando escavadeiras,

---

* Associação de Serviços Integrados. (N.T.)

tratores, guindastes, betoneiras e caminhões até Gioia. Seria preciso entregar o trabalho a subempreiteiras. E isso não era fácil. E, então, tornou-se necessária a presença de Fondacaro, que distribuía imparcialmente as obras entre as várias empresas e fazia com que elas repassassem às famílias as suas "justas contribuições".

Era assim que funcionava, e é assim que continua funcionando. Pepè não estava se gabando, não estava falando *abobrinhas*.

Um sistema perfeito, abrangente, completo. Um regime de monopólio que somente uma *holding* econômico-financeira poderia imaginar e, principalmente, realizar. E essa, entre violências, assassinatos e abusos, sempre foi a 'ndrangheta da Piana. Tudo teria seguido adiante sem problemas se na manhã de 11 de janeiro de 1999 o juiz responsável pelas investigações preliminares do tribunal de Reggio Calábria não tivesse expedido 37 ordens judiciais que levariam ao cárcere a maior parte dos protagonistas desta história. Com a rapidez que caracteriza a justiça italiana, apenas em 2005 uma sentença definitiva premiou todos os principais mafiosos envolvidos com centenas de anos de prisão, enquanto, como quase sempre acontece, nenhuma providência foi tomada em relação aos executivos da Medcenter e da Contship que — como também está escrito na sentença — haviam procurado e aceitado aquele pacto.

Os tais *managers*, aliás, as "vítimas", haviam sido os piores. E quase certamente, não fosse pelos vídeos de Pepè, teriam ficado quietinhos e calados. Pois então, como se explicaria que, ao contrário das prefeituras de Gioia Tauro, Rosarno e San Ferdinando, que pediram e receberam indenizações devido aos prejuízos sofridos por suas comunidades, a Medcenter nem se apresentou como parte civil no processo?

Na verdade, é fácil explicar, muito fácil: os "genoveses", de Ravano em diante, apesar da denúncia, nunca entraram em confronto com a outra "autoridade" que administrava o porto. Decidiram simplesmente conviver com ela.

4. ZONA FRANCA

Morte na marina

Já fazia três dias que todas as manhãs ia de um lado para outro com o seu *lapino*.* Nem chegara a pensar no assunto, mas havia até sido filmado. A essa altura, com a tal história do antissuborno, não havia um estabelecimento sequer à beira-mar — pizzarias, bares, restaurantes ou *pubs* — desprovido de câmeras de segurança na entrada. E até o viram passar. Mas em Gioia ninguém repara num *lapino*. Não estamos no norte, onde, para o lado que você se virar, vê logo um montão de BMWs, Audis, Mercedes e SUVs. Aqui, ainda há muitos *lape*, como chamam o triciclo motorizado da Piaggio, a fábrica da Vespa. Então ninguém prestara atenção.

Naquele dia, entretanto, ele parou. Tomou um café e ficou encostado na porta do bar. Decidiu fumar um cigarro enquanto ficava de olho na esquina com a rua que vem de cima, a que chega de Gioia.

Mais adiante, parado, havia um carro de luxo, talvez azul. Alguns metros atrás, dois rapazes estavam sentados numa moto. Usavam o jaleco da limpeza urbana, com as listras fosforescentes. Era uma coisa um tanto estranha estarem parados ali, de capacete na cabeça. Se estivesse frio, ainda daria para entender. Mas era o primeiro dia de fevereiro e, por estas bandas, a primavera já estava no ar. O sol

---

* *Lapino*, diminutivo de *lape*, que, a rigor, deveria ser *l'ape*, isto é, "a abelha". (N.T.)

brilhava no céu. E não havia nenhum sopro daquele vento que, aqui na marina, quando chega do mar, corta o rosto como a lâmina de uma faca.

Como todas as manhãs, lá pelas dez, chegou à esquina do bar um carrinho marrom. Parecia um brinquedo. Era um daqueles mini-carros em que circulam os filhinhos de papai quando ainda são menores. Mas não é por isso que são tão numerosos em Gioia. Assim como os demais, seu dono também o comprara porque era o único veículo que podia dirigir desde que os tiras lhe haviam imposto a prisão domiciliar e lhe tiraram a carteira de motorista.

Tudo aconteceu rápido. Da porta do bar, partiu o sinal. O carrão escuro e a moto se moveram ao mesmo tempo. O minicarro virou e entrou na rua paralela à praia. Encostar no carrinho e forçá-lo a desviar para a calçada foi uma brincadeira de criança. A viatura escura desapareceu. Os dois homens na moto se aproximaram da janela e dispararam três tiros com uma pistola automática. O primeiro foi no ouvido, que matou o homem na mesma hora. Os outros dois, no rosto. Dispararam mais uma vez quando o minicarro já estava parado e o motorista tinha a cabeça caída em cima do volante. Era o golpe de misericórdia, na nuca. E também a assinatura: execução mafiosa.

Dali a poucos minutos chegaram as viaturas da polícia e dos carabineiros. A cena era surreal. Dava para ver logo que não se tratava de um assassinato qualquer. Em volta do carrinho do homem morto, criou-se um deserto. Nenhuma das pessoas que viram e ouviram os disparos tiveram coragem de se aproximar.

Todos conheciam aquele carro e o homem que o dirigia.

Desde que saíra do cárcere, todos os dias fazia aquele caminho para ir à sua casa de campo em Sovereto, onde havia transformado a propriedade num pomar de kiwis, que encaixotava e remetia para o mundo inteiro.

Depois da chegada da polícia e dos magistrados, os poucos que se aproximaram da cena do crime estavam petrificados e mudos. Já imaginavam o que iria acontecer em Gioia nos dias vindouros. Quanto tempo levaria a vingança e quantos mortos haveria nas ruas da cidade, na zona industrial e no porto?

Enquanto a polícia começava o seu trabalho, outras investigações já estavam sendo levadas adiante.

Os homens da família já tinham descido até a marina. Depois de passar um pente-fino em todos os estabelecimentos, pegaram as gravações de todas as câmeras de segurança. Já tinham nas mãos as provas daquilo que imaginavam. E haviam chegado antes da polícia, que, quando pediu os mesmos vídeos, soube que alguém já os tinha levado. De forma que a justiça do Estado jamais iria dispor das provas que a outra justiça, a *justiça* do clã, já possuía.

A partir daquele dia, 1º de fevereiro de 2008, nada seria igual em Gioia Tauro.

Tinham matado um chefe. Um dos donos da cidade e do porto. Um dos *senhores* da 'ndrangheta da Piana e da Calábria. O homem era Rocco Molè.

O *boss* sentia-se forte e seguro. Não precisava de guarda-costas. Circulava sozinho a bordo de um carrinho com motor de motoneta, numa terra onde os carros blindados dos chefões são muito mais numerosos que os dos magistrados.

Rocco tinha mania de grandeza e planos de expansão e de poder para toda a família. Não aguentava mais ser apenas um figurante, um encarregado dos trabalhos sujos. Aquele seu sobrenome sempre aparecendo em segundo lugar, depois de um "tracinho", tornara-se insuportável.

Quem decidira, afinal, que o clã de Gioia Tauro devia ser eternamente Piromalli-Molè, com os Molè sempre atrás, em segundo plano?

Eles sempre tinham feito o que era pedido e o que era justo fazer. Nunca tinham errado. E os "outros", principalmente os mais velhos, sempre demonstraram respeito. Segundo as melhores tradições da 'ndrangheta, tinham "combinado" casamentos e "misturado" o sangue. Eram todos tios, primos, cunhados, sobrinhos. Mas nunca haviam se tornado a "mesma coisa".

E, mesmo assim, tinham sido eles a disparar, matar e enfrentar prisão perpétua e cárcere duro pelo bem de todos.

Seu pai, dom Nino Molè, o Patriarca, havia morrido dois anos antes na prisão de Secondigliano. Depois de tanto sofrimento, os malditos tiras nem lhe deram a possibilidade de entregar a alma na sua própria cama, como um *poveru cristianu*, um pobre cristão.

Depois do processo "Tirreno", seus outros dois irmãos, Mommo e Mico, também haviam acabado em cana.

Os "outros", enquanto isso, continuavam levando a vida na maciota. Mas, se não tivesse sido por eles, o braço armado, como é que os Piromalli poderiam ter se tornado *i capi dei capi*?

Esse negócio já não estava funcionando direito. Os caras eram ricos, estavam soltos, enquanto eles iam para a cadeia. Ou então ficavam com as sobras, sempre com o sobrenome depois do tracinho.

Agora ele, Rocco, estava livre. Havia saído do cárcere, embora tivesse uma condenação à prisão perpétua e mais uma de 12 anos já confirmadas em segunda instância e pudesse, portanto, voltar ao xadrez a qualquer momento. Só faltava a sentença do Supremo.

De qualquer maneira, mesmo depois da sentença, não iria certamente voltar ao cárcere por vontade própria. Com tudo aquilo que devia ser feito, entre Gioia, o porto e os hotéis a serem comprados nos arredores de Roma, imagine só se um homem se apresentaria sozinho à delegacia para ser preso.

Em vez de se entregar, preferiu se tornar um foragido. Já tinha se preparado, e havia dúzias de pessoas dispostas a hospedá-lo e protegê-lo. Se quisessem pegá-lo, os tiras teriam de cuspir sangue.

E, enquanto isso, poderia dedicar-se à família.

O homem da colina

À espera da sentença do Supremo, Rocco era um vigiado especial. Isso, de qualquer maneira, não queria dizer nada, porque ia aonde lhe desse na telha, encontrava quem quisesse e levava a vida que sempre levou.

Deixavam-no ir até Roma. Bastava um médico, um dos amigos, que escrevesse o atestado certo. Ou, então, se apresentava ao delegado ou ao juiz, explicava que precisava acompanhar a mulher para um exame que só era feito num hospital da capital.

E não pensem que era só ele; há centenas de vigiados especiais fazendo a mesma coisa, *picciotti* e chefes da 'ndrangheta em toda a Piana e na Calábria.

Rocco continuava tranquilamente a ser um dos chefões. Tinha um exército ao seu dispor. Para as decisões importantes, pedia a opinião dos irmãos Mico e Mommo. Pois, mesmo do cárcere, entre o vaivém das visitas familiares e as mensagens que de qualquer maneira conseguiam mandar para fora, continuavam a dar ordens e a dispensar conselhos. Lá fora, entretanto, a última palavra cabia a ele, apesar de repartir o comando da quadrilha com o sobrinho, Domenico Stancanelli, que havia sido nomeado regente uns dois anos antes, quando ele também estava preso como os irmãos.

Para Rocco, a coisa se tornou uma obsessão: queria se tornar o dono do porto. Aliás, já era o dono do porto. Era o que ele contava para todo mundo. Falava a respeito do assunto com os seus tenentes, com os empresários que se dispuseram a trabalhar para ele, com os transportadores, os oficiais da alfândega e da Capitania dos Portos. Mencionou a coisa até para alguns amigos da Receita Federal e uns agentes dos serviços secretos, que pululavam por aqui.

Sem homens de confiança e amigos dispostos a ajudar em todo canto, aqui no porto você não vai longe. Eles, os Molè, os tinham. Desde o território de Gioia, obviamente, até o palacete da alfândega, que marcava uma espécie de fronteira. Dali em diante, já era San Ferdinando, onde quem mandava era o pessoal de Rosarno, pois, antes de se tornar município, San Ferdinando dependia de Rosarno.

Para a 'ndrangheta, o respeito ao território é uma coisa sagrada, uma questão de honra. Quem decidia tudo por lá eram os Pesce e os Bellocco. Pessoas rústicas, bárbaros. Rocco não os suportava, não queria ter coisa alguma a ver com eles.

Só se importava com Gioia. Para o outro lado do Spartimento, a encruzilhada que marca o confim entre Gioia e Rosarno, ele nem olhava. Não se cansava de dizer isso.

Lá no porto, até controlava uma doca inteira. Todos a chamavam de Doca dos Molè. E ali havia escritórios, empresas, agências, cooperativas.

Era por isso que dizia ser dono do porto. Ainda que soubesse que não podia fazer nada grandioso, que nunca o faria sem a vontade da outra parte, os Piromalli. Afinal de contas, o pacto com Ravano e a Medcenter havia sido estipulado por eles, e desde então tinham colocado seus homens e suas empresas por toda a parte. Essa história tinha de mudar.

No porto, não se podia movimentar um contêiner, formar uma sociedade, consertar uma câmara frigorífica sem a concordância do *homem da colina*.

Nas esplanadas e ao longo das docas, Pino Piromalli, o *Facciazza*, nem era chamado pelo nome. Era quase como se estivessem com medo. Se você pedisse alguma coisa a alguém, o sujeito apontava com o olhar para cima e respondia: "Se ele estiver de acordo, tudo bem." O *Facciazza* mandara construir uma mansão bem no topo da colina que dava para o porto e dominava a zona industrial. Para dizer a verdade, a mansão com os jardins cheios de laranjeiras e limoeiros, e palmeiras à beira da imensa piscina, nem podia ser vista. Os muros que a protegiam tinham quatro metros de altura, e só os que ficavam do lado do porto tinham mais de trezentos metros de comprimento. Parecia a Grande Muralha da China.

Contam que o terreno na qual foi construída nunca lhe pertenceu. Ou melhor, nenhum tabelião passaria uma certidão de propriedade uma vez que as terras certamente não podiam ser compradas do erário municipal. Então, no começo da década de 1970, a prefeitura repassou-as ao ASI, o consórcio para o desenvolvimento da zona industrial. E assim, o que mais o *Facciazza* podia fazer? Esperar a chegada das indústrias e a construção do porto, que *demorariam mais que a igreja de São Pedro?* Nada disso: decidiu cercar o terreno e levantar a sua *villa*, de onde poderia aproveitar a vista das ilhas Eólias e do vulcão que ainda solta fumaça. Quando o céu estava limpo e o pôr do sol era uma explosão de fogo vermelho, o Etna parecia estar ao alcance das suas mãos. Depois, quando o porto ficou pronto, a paisagem mudou, é claro. Mas ele gostava ainda mais do panorama, com todos aqueles grandes pássaros mecânicos de pescoço comprido que pareciam um bando de avestruzes, e que, na verdade, eram os guindastes para carregar e descarregar a mercadoria que ele, e não o operador na cabine de comando, manobrava como bem entendia.

Todos sabiam, desde o primeiro tijolo, quem era o dono daquela mansão, e por isso ninguém — o prefeito, a polícia municipal, a polícia civil, os carabineiros ou o consórcio industrial — jamais se atrevera a sustar a obra quando o *Facciazza* decidira construí-la sem qualquer permissão nem título de propriedade. No entender dele, era uma maneira como qualquer outra de deixar bem claro quem era o patrão e de se sentir, no topo da colina, como um verdadeiro deus. Nos últimos tempos, entretanto, mal aparecia por lá, ainda que a casa e o jardim fossem tratados com mais cuidado do que o palácio real de Caserta.

Em 11 de março de 1999, às 3 horas da madrugada, depois de passar seis anos foragido, foi encontrado bem no coração de Gioia, entre a estação ferroviária e o hospital. Mandara construir um abrigo subterrâneo num casebre que caía aos pedaços e que sempre estivera ali, no bairro dele, em Monacelli. Para manter o aspecto de abandono, haviam até levantado na entrada um tapume de tábuas de madeira pregadas e presas com arame, como nas obras. Atrás da madeira, no entanto, ele mandara colocar chapas de metal com cinco centímetros de espessura, à prova de bomba, que podiam ser acionadas do interior com controle remoto. Dormia tranquilo na sua cama, ao lado de um pequeno altar com flores e com a estátua da Virgem da Montanha, a protetora da 'ndrangheta, que todos os anos era venerada pelos chefes no santuário de Polsi, perto de San Luca. Ele matava e mandava matar, mas, como todos os mafiosos, fazia isso em nome de Deus e com a bênção da Virgem.

Não foi fácil prendê-lo. O bairro inteiro, iluminado pelo holofote de um helicóptero, foi cercado por uma centena de carabineiros. Para entrar, as forças da ordem tiveram de destruir as chapas de metal com um martelo pneumático. A casa era uma fortaleza, janelas com batentes metálicos acionados eletronicamente, portas internas de aço, túneis subterrâneos, câmeras de segurança. Fiel à tradição do tio, dom Peppino, *mussu stortu*, o *capo dei capi* que lhe deixara o comando, também tinha uma adega com centenas de garrafas de vinho e numerosas caixas de Dom Pérignon, o champanhe com que a família costumava festejar a eliminação de um inimigo. Embora na casa não houvesse mais ninguém, ele não vivia sozinho, porque Monacelli era o bairro deles, moravam todos ali. Até a igreja de São Francisco de Paula, a que, na opinião de todos, é a mais bonita de Gioia, havia sido construída por eles.

Assim como deles também era o bosque, a área que da colina acima do porto se chega, de um lado, à entrada de Gioia Tauro e, do outro, à encruzilhada de Spartimento, a fronteira com Rosarno. Era o reduto da família. Um território sem Estado e sem lei.

Nos mais de quatro quilômetros de estrada até a cidade, nenhum prefeito jamais se atreveu a instalar postes de iluminação pública e, até 15 anos antes, não havia água encanada nem rede de esgoto. Só para desestimular quem porventura decidisse ir morar por lá.

Todos sabiam, até a polícia, que os donos do bosque e do Spartimento só podiam ser os Piromalli, soltos ou foragidos, mas sempre e unicamente eles. Não foi suficiente nem confiscar a mansão e torná-la propriedade municipal, como exige a lei, para abrigar um projeto social. Apesar do decreto e da desapropriação, depois de uma década de "papéis", até abril de 2008, a prefeitura ainda não havia conseguido a reintegração de posse.

Assim sendo, Pino *Facciazza*, há quase dez anos no xadrez, como um fantasma mafioso, continuava a perambular pelo porto e a impor a sua vontade. Do lado de fora, trabalhando para ele, havia um verdadeiro exército de ajudantes, primos, sobrinhos, cunhados. E o filho Antônio, que era o regente da família.

Já era hora de dar um basta a esse poder excessivo, pensava Rocco Molè. Os Molè haviam se sacrificado por aquele porto, haviam perdido os seus chefes, que agora languesciam no cárcere e que, condenados à prisão perpétua, nunca mais iriam sair de lá. Os Piromalli, por sua vez, continuavam aproveitando tranquilamente a fama do seu nome. E, veja bem, quem tinha de saber, sabia perfeitamente por quem haviam sido cometidos aqueles mais ou menos oitenta homicídios que os irmãos de Rocco carregavam nas costas. Não pensem que o porto surgira do nada. Alguém tivera de se sacrificar, e o preço que eles pagaram havia sido imenso.

Por isso Rocco dizia a si mesmo e aos outros que os verdadeiros donos do porto eram eles, os Molè.

Claro, só pensar nisso significava que para ele os chefes, os Piromalli, já eram *nada misturado com coisa alguma*. Mas desafiá-los não era fácil.

Mico e Mommo, do cárcere, não queriam rupturas. Preferiam uma guerra de baixa intensidade. Uma luta em tom menor. De qualquer maneira, pensava ele, com o sangue *misturado* que tinha no corpo, certamente não podiam matá-lo. Eram primos. E aqui um primo é mais que um irmão. Se você o matar, não é um homem, é um Caim sem honra.

Acontece que na 'ndrangheta, como todos sabem, as alianças, a paz e as guerras são sempre feitas somente por interesse. Por isso, a grandeza dos Piromalli, no último meio século, tinha sido a de distribuir negócios e criar concórdia entre todas as famílias da Piana e da província.

Essa era a lição deixada pelos velhos patriarcas, dom Mommo e dom Peppino. E daí vinha o respeito que os mais jovens tinham herdado. Agora, no entanto, os problemas vinham da própria família. E precisavam ser resolvidos de uma vez por todas.

O *manager*

O que os Molè tinham feito no porto também havia sido feito com o consentimento deles. Aquele tracinho os unia na mesma gangue local havia décadas. Mas os Molè, como os Piromalli sabiam, não serviam somente para dar tiros. Como todos os demais na 'ndrangheta, também eram empresários. Ou deixavam que mais alguém cuidasse dos negócios por conta deles. Caras limpas. Com atestado de bons antecedentes, impolutos, pois já bastavam eles com os tiras sempre em seu encalço, com os juízes sempre prontos a condená-los.

É fácil de encontrar por aqui um empresário disponível, desejoso de resolver de uma vez por todas os seus problemas e de se tornar rapidamente uma potência econômica. Mesmo que se demonstre um tanto reticente.

Eles tinham encontrado o homem certo, embora não fosse de Gioia. Era um sujeito acima de qualquer suspeita. Em 1994, as quadrilhas de Rosarno haviam matado o seu tio paterno, que também era um homem de negócios. Atiraram nele bem na frente de seu pai, que, impotente, tentou detê-los. E, três anos antes, em 8 de março de 1991, assassinaram o seu primo. Para ele, foi um choque. Haviam sido criado juntos e nunca se separavam. Depois disso, não conseguiu mais dormir direito. Ficou deprimido, tomava um monte de remédios e deixou até de frequentar a faculdade, jogando fora, quando só faltavam algumas poucas provas, um bonito diploma de economia, que por aqui é bastante procurado.

Ninguém podia imaginar que ele se tornaria o braço econômico dos Molè no porto. Ainda mais porque ele e o pai também eram quase tiras. Era o que todos diziam em Rosarno, desde que a guarnição dos carabineiros transferira a sua sede para um palacete que pertencera ao tio assassinado, com eles recebendo mensalmente um aluguel que cheirava a infâmia.

O nome do homem era Cosimo Virgilio e sua história se iniciou no começo de 2010. Já haviam se passado quase dois anos desde a morte de Rocco Molè. A gangue, sem um líder carismático, já não era a mesma. Os velhos chefes, os irmãos Mommo e Mico, estavam presos, e os que continuavam em liberdade nem tiveram a força de vingar o seu *boss*. Ele já não se sentia amparado e protegido como antes, quando Rocco se tornara um amigo e lhe abrira todas as portas, dentro e fora do clã.

Pelo modo como foram prendê-lo, Virgilio percebeu que tudo estava acabado. Porque os tiras sabem muito bem o que fazer desde o primeiro momento quando querem amedrontar e pressionar. Pois, do contrário, por qual motivo os carabineiros teriam ido buscá-lo justamente em 23 de dezembro de 2009, tirando-o da família logo antes do Natal? Para ele, tudo estava muito claro: o melhor a fazer era colaborar.

Cosimo Virgilio era dono da Cargo Service, uma empresa de despachos aduaneiros. Trabalhava no porto desde 1997, os contatos com os homens dos Piromalli-Molè eram diários, ainda mais porque sem a permissão deles ninguém podia circular por lá. O salto de qualidade, no entanto, aconteceu entre 2006 e 2007, quando ele se tornou o homem de confiança e o testa de ferro de Rocco.

A sua história é exatamente a mesma de muitos outros empresários que, às vezes por covardia, outras por medo, e quase sempre por interesse, aceitam se sujeitar ao jogo da máfia. Foi o que ele mesmo contou aos magistrados da Diretoria Distrital Antimáfia de Reggio Calábria naqueles primeiros meses de 2010: "... Certo dia, Salvatore Macrì apareceu no meu escritório. Ele era o meu transportador rodoviário, e me apresentou ao sobrinho, Giosuele Zito. Esse Zito me disse: 'Atualmente trabalho como autônomo, a serviço de uma firma, mas estão me explorando, só me pagam 650 euros para ir de Gioia a Roma, e pretendo mudar... Já que eu faço todas as viagens a Roma por conta dos chineses, que agora têm um negócio e tanto e pagam bem, eu posso dizer a eles que tenho contatos e que podemos fazer um preço melhor, e os convencemos a trabalhar conosco'... Dali a uns dez dias, Zito começou a trazer os primeiros papéis alfandegários com o Bill of Lading, o documento de carga do navio, e o Paking List Invoice, isto é, o recibo do país estrangeiro, quero dizer, o atestado de origem. Foi assim que começamos a trabalhar com contêineres cheios de sapatos chineses..."

Virgilio continuou: "Passaram mais alguns dias e certa tarde Zito apareceu de novo e me disse: 'Ouça, os chineses gostariam de transportar mercadoria falsificada.' Eu disse que não. Primeiro porque seria preciso ter alguém importante na alfândega, e depois porque seria uma coisa a ser feita por baixo dos panos, e eu não estava interessado em trabalhar por baixo dos panos... Ganhava muito bem me mantendo na linha... Ele disse: 'Tudo bem, eu dei o recado!' Saiu e voltou depois de meia hora com Pino Speranza..."

Passaram-se somente umas duas semanas desde o primeiro contato, no começo de 2006, e da conversa do empresário com o homem enviado pela quadrilha. A espiral já estava em movimento.

Pino Speranza era o sogro de Rocco Molè. Virgilio, que já trabalhava no porto de Gioia há dez anos, não podia deixar de conhecê-lo e de saber que era um homem da 'ndrangheta. Os dois se entreolharam. O sogro do *boss* só disse que havia uma pessoa de Gioia que gostaria de se encontrar com ele. Não precisava dizer mais coisa alguma. Como se costuma dizer aqui, *meia palavra basta*. Virgilio percebeu que se tratava de Rocco Molè.

Na manhã seguinte, foram pegá-lo no porto e o levaram à marina, perto da praia. "Rocco Molè me disse: 'Gostaria de trabalhar um pouco com falsificações', e eu respondi que já havia uma cúpula da falsificação formada por dois despachantes alfandegários. Um era Rinaldo Gangeri, e o outro era Vito Foderaro. 'O Vito já é nosso compadre', disse ele", pois aqui não somos sicilianos e não gostamos de usar a palavra *picciottu*. "Quanto ao resto, não há problemas." Pronto, estava feito. O encontro marcou o início de um caminho sem volta. O empresário e os Molè viraram uma coisa só.

Ser dono do porto — como Rocco costumava dizer que era — significava pelo menos três coisas: controlar os interesses diretos do terminal; os que estavam relacionados com o terminal e condicionar a Capitania dos Portos.

Tudo aquilo que tinha a ver com o terminal, começando pela Medcenter, como já vimos, era diretamente condicionado pelos

Piromalli. Assim como as atividades paralelas ao terminal: a logística e a movimentação dos contêineres, as subempreiteiras, as construtoras e as transportadoras.

No que dizia respeito à Capitania dos Portos, por sua vez, já entrava em cena a política. Porque, quando era preciso gerenciar e filtrar financiamentos públicos, era ali que se tornava necessário marcar presença. Era por isso que o presidente da Capitania dos Portos era tão importante. Para esse cargo, Rocco gostaria que houvesse um homem ligado a ele, embora soubesse que se tratava de uma nomeação decidida pelos partidos. Na prática, a escolha cabia aos prefeitos de Gioia Tauro, Rosarno e San Ferdinando, os três municípios da área do porto. E, nesse caso, não havia problemas.

Giorgio Dal Torrione, o prefeito de Gioia que escorraçou da prefeitura Aldo Alessio e os comunistas, era um "amigo". Com o prefeito de San Ferdinando, dava para conversar. Para o de Rosarno, no entanto, seria preciso contatar os Pesce e Rocco; com aquele pessoal, não queria ter nada a ver. Então, havia o representante da Câmara de Comércio. E neste caso, mais uma vez, não havia problemas. Ele tinha muitos amigos em Reggio, alguns até pertenciam à *Santa*, os "encapuzados". E sabiam muito bem com que se devia falar.

Também havia o presidente da província, Pietro Fuda. Ele sempre tinha demonstrado interesse pelo porto e sabia-se que ficava de olho nas empresas que ganhavam as licitações, nos financiamentos, nas nomeações. Politicamente, já havia estado em vários partidos, virou casaca repetidas vezes, mas por aqui isso é normal. Foi da direita e da esquerda, seja em Reggio, entre a província e a região, seja em Roma, quando foi eleito para a câmara. Obviamente, estava na direita quando o chefe do governo era Berlusconi e passara à esquerda quando Prodi se tornara primeiro-ministro. Até o momento em que achou por bem estar entre os que provocaram a queda do governo. O homem sempre sabia para onde soprava o vento, e logo se deixava levar. Era mais um que não representava um problema. Quem cuidaria disso seriam os companheiros e os compadres das montanhas e da costa jônica, que, na base do respeito recíproco, sempre se deram bem com o político.

Piazza Vittorio

Pelo porto de Gioia Tauro passa de tudo. Para se dar conta disso, basta andar ao longo dos três quilômetros e meio de doca linear e ler as escritas dos milhares e mais milhares de contêineres amontoados à espera do reembarque. Tudo legal, sejamos bem claros. Pelo menos enquanto as mutretas não vêm à tona, descobertas pelos tiras e pelos magistrados.

Sim, claro, também há um intenso tráfico de drogas, mas aí já se trata de coisas ilegais. Todavia, qual é o porto onde não chega pelo menos um carregamento de drogas por ano? O problema é que os portos italianos, principalmente os menores, foram esquecidos por todos, governo, magistrados, Receita Federal, fiscais alfandegários. Mas quanto às drogas, de qualquer maneira, ninguém ganha de Gioia Tauro. Sobretudo no que diz respeito à cocaína, que é a menina dos olhos dos chefões da 'ndrangheta, que se tornaram os mandachuvas do tráfico em meio mundo.

Equador, Colômbia, Venezuela, Brasil, Nigéria: a "mercadoria" parte sempre desses países. Afinal, a fruta tropical que parece esconder o pó branco melhor que qualquer outra coisa sempre chega desses lugares.

Segundo os dados da Diretoria Investigativa Antimáfia, só em 2011 foram apreendidos em Gioia 1.950 quilos de cocaína pura. Se tivessem chegado à praça, calculando os atuais preços por grama, renderiam algo como 350 milhões de euros.

Mas esses 1.950 quilos, que em termos absolutos e pelo valor parecem uma quantidade enorme, só representam, na realidade, 10%-15% da droga em trânsito ou que é descarregada em Gioia Tauro. O restante consegue passar e contribui para alimentar uma das principais fontes do lucro anual da 'ndrangheta S.A.

O principal interesse das famílias pelo porto de Gioia, no entanto, não era esse. Pois, afinal de contas, quando precisavam, conseguiam fazer a droga chegar em qualquer lugar que lhes convinha, aos portos da Espanha ou da Holanda, ao de Nápoles ou ao de Gênova. Ou então a Milão, pelo aeroporto de Malpensa, que ocupa um dos primeiros lugares entre as escalas europeias quanto a apreensão de drogas.

Também sabiam muito bem o que fazer quando se tratava de carregamentos de armas. Normalmente os contêineres partiam da Turquia, tendo Gioia como destino. Toda a carga era embarcada nos portos da antiga União Soviética, pois, com o fim do Pacto de Varsóvia, dava para manter guerras ou guerrilhas por pelo menos cem anos. Ao chegar ao Egito, em Port Said, acontecia o *transhipment*, a mercadoria era descarregada e transferida para outros contêineres. Os novos papéis atestavam que a origem era o Egito, e não mais a Turquia, e não se pensava mais no assunto. Quem devia saber sabia, quem não devia ficava por fora. Ou pelo menos fazia de conta que ignorava. Era assim que funcionava.

Mas Rocco tinha outra ideia fixa. A mercadoria de que mais gostava vinha da China e quem deveria cuidar dela era Cosimo Virgilio, pois era coisa de comerciantes, e não de narcotraficantes.

* * *

Entre 2004 e 2006, os homens da alfândega e a Receita Federal causaram um corre-corre nas docas de Nápoles. Não sei o que se passou pela cabeça deles para decidirem apreender toneladas e mais toneladas de mercadoria. Desde o tempo dos cigarros norte-americanos que em Nápoles não se via uma operação como aquela. Importadores e despachantes foram forçados a procurar outros portos. Alguns continuaram na Itália, em Gênova e em Livorno, outros preferiram ir ao exterior. Os chineses, depois de darem uma olhada em volta, escolheram Gioia Tauro.

Giosuele Zito, que há anos não fazia outra coisa a não ser ir a Roma com o seu caminhão e voltar à Calábria, compreendeu que a China ficava na Piazza Vittorio.

Entre a estação Termini, a praça Santa Maria Maggiore, a rua Merulana e Santa Croce in Gerusalemme, os chineses compraram tudo. Romanas mesmo, sobraram apenas as fachadas do fim do século XIX que sobreviveram aos bombardeios da Segunda Guerra Mundial. Lojas, supermercados, restaurantes, pousadas, todos eles têm letreiros em chinês e lanternas vermelhas na entrada. As lojas mostravam-se esqualidamente vazias, uns poucos sapatos expostos aqui e acolá nas prateleiras presas às paredes, manequins que com suas peças de vestuário fora de moda e muito cafonas lembravam a pobreza do pós-guerra. Aqui eram negociadas as importações de toda a mercadoria que invadia as bancas do comércio informal, mas também as butiques de meia Itália.

A Piazza Vittorio era a *bolsa de valores* da falsificação, o lugar onde eram encomendados os produtos *made in China*. E era ali que os homens do *boss*, Giosuele Zito e Cosimo Virgilio, encontraram Dai Rong Rong, uma jovem chinesa que, para os italianos, se chamava

Lena. O amor comercial desabrochou à primeira vista. Lena era a administradora do grupo Kang Li Da Ltd., e cabia a ela gerenciar as remessas de alguns dos maiores importadores chineses na Itália. Era ajudada pelo namorado, Lyn Wanli, mas era mais fácil chamá-lo de Michele. Também trabalhava com eles Mister Delio. Chamam-no assim, mas era mais um chinês. Morava em Florença, porque de lá controlava a praça de Prato, que, com todas as indústrias têxteis que há por perto, no que diz respeito aos chineses, é mais amarela que a Piazza Vittorio.

Fechados os acordos, concordados os preços e definidas as comissões a serem distribuídas, o negócio tomou fôlego e começou a progredir de vento em popa. Para a Cargo Service, 2006 foi o ano da grande virada. Centenas e mais centenas de contêineres que antes iam para Nápoles e Salerno passaram a ser desviados para o porto de Gioia Tauro.

Lena convenceu os importadores chineses, disse que as operações alfandegárias em Gioia seriam mais convenientes, mais baratas, e garantiu que os donos do porto, que sabiam das coisas, podiam evitar facilmente os controles. Nada a ver com Nápoles, onde só em 2004 foram apreendidos oitocentos contêineres de mercadorias falsificadas, provocando a fuga de todos os importadores, no ano seguinte, para Hamburgo e Roterdã.

Finalmente não seria mais necessário liberar as mercadorias no fim do mundo para depois atravessar metade da Europa de caminhão até chegar à Piazza Vittorio. Seria só descarregar em Gioia. Tudo o mais ficaria por conta deles, os homens da Cargo Service. O que importava mesmo era que em todas as faturas aparecesse um item: "A atividade de representação aduaneira incluiu nossa assistência."

De 2004 a 2008, os produtos chineses liberados no porto de Gioia Tauro passaram de 40 mil a 71 mil toneladas. Um verdadeiro *boom*, com o ápice de 79.294 toneladas e um valor declarado de 166 milhões de euros alcançado em 2007.

Até um ano antes, as cotas mais polpudas pertenciam a Maurizio e Vito Foderaro e Rinaldo Gangeri. Virgilio dissera isso a Rocco naquele primeiro encontro: os caras eram a mais alta cúpula da falsificação. Ainda que *Vito Foderaro fosse compadre deles*, agora a família estava interessada na Cargo Service. E a força da família logo apareceu.

Em 2007, a maior parte das remessas passou a ter como destino a firma de Virgilio e, no ano seguinte, apesar da queda de quase 8 mil toneladas de produtos vindos da China, a Cargo Service teve um aumento de 61% de mercadorias liberadas, passando das 1.852 toneladas, em 2007, às 2.984 toneladas em 2008.

Com argumentos válidos, a família também mostrou que podia oferecer serviços por um bom preço. E o que mais querem os empresários, além de serviços em conta e seguros? Todo esse blá-blá-blá de legalidade e de transparência do mercado fica muito bem nos acordos internacionais, mas a realidade é outra. Todos sabiam disso em Gioia, e imagine só se os chineses também não sabiam; bancam os comunistas lá na casa deles, mas aqui fora raciocinam como os mais inescrupulosos capitalistas, e são bem capazes de corromper qualquer Capitania dos Portos e uma alfândega inteira por um euro a mais de lucro.

O volume dos negócios era milionário, e não se tratava somente de falsificação. Claro, isso é ilegal, mas era coisa de criança. Difícil mesmo era manipular as faturas, e para isso é preciso ter as pessoas certas nos lugares certos, pois aqui a questão era passar a perna no Estado. E essa é uma bonita atividade que fascinava tanto os Molè, que, afinal, não reconheciam o Estado, quanto os chineses, que, apesar de terem um Estado, ele fica do outro lado do mundo e já cobra os seus impostos quando mercadorias saem dos portos de Xangai, Xenzen, Cantão e Hong Kong.

Quem cuidava de limpar a barra era a Cargo Service, que como despachante se encarregava de tudo.

Para liberar um quilo de roupas, por exemplo, o custo médio nos portos italianos ficava entre 5 e 10 euros. As demais agências que trabalhavam no porto de Gioia cobravam entre 12 e 23 euros, enquanto a Cargo Service pedia apenas 1,50 euro, preço fixo, incluindo a "assistência" mencionada na fatura.

O mesmo valia para bolsas e sapatos, que chegavam da China aos milhões. Porque há os produtos falsificados ruins, que acabam nas bancas de lojas populares, os bons, que você encontra nos supermercados, e os ótimos. Estes últimos saem das mesmas fábricas que produzem os verdadeiros, os de grife original, e acabam nas mesmas butiques. Para notar a diferença, é preciso mandar analisar a cola que gruda a sola do sapato ou descobrir um pequeno número invisível que só uns poucos peritos sabem encontrar.

Em Gioia, o custo médio para sapatos era de 6,80 euros, mas, se a liberação dependesse da Cargo Service, a taxa passava a ser de 1,20 o quilo. Não por acaso 50% de todos os calçados eram desembarcados por eles.

Só para se ter uma ideia, basta dizer que em 2008, em Gioia, foram liberadas 2.447 toneladas de sapatos, por um valor de 10 milhões de euros, e que a metade desse total foi liberada por Cosimo Virgilio e a sua Cargo Service. Obviamente, tanto os italianos quanto os chineses sabiam muito bem que a quadrilha Molè estava por trás disso.

Havia centenas de contêineres carregados não só de vestuário, bolsas e calçados. Chegava de tudo do Oriente: os mais variados objetos de plástico, detergentes, equipamentos eletrônicos, brinquedos, chocolates, balas e até carregamentos inteiros de palitos, que, a essa altura, você encontra em qualquer lugar com o nome *Xangai*. Chegava até um contêiner com licores de pimenta calabresa, *Elisir di Calabria*, destilado na China para os apreciadores, como diz o rótulo, do Viagra natural.

Na prática, segundo Lena, a Cargo Service declarava nas faturas aduaneiras destinadas aos importadores chineses um valor nominal tão baixo pelo quilo de mercadorias que ficava fora dos preços de mercado. Os importadores contatados na Piazza Vittorio chegavam a economizar até dez vezes sobre o custo dos impostos alfandegários. Depois de tirar a comissão que cabia a Lena, o resto do dinheiro poupado era desviado para a Cargo Service e repassado aos Molè por Virgilio. Em troca, os chineses evitavam uma grande parte dos impostos e do IVA, e tinham a garantia de que seus contêineres não seriam inspecionados. Os próprios amigos da alfândega haviam dito a Molè para explicar aos chineses que deviam acomodar bons produtos na frente dos contêineres, pelo menos 10% de coisa boa. Dessa forma, podiam fazer tudo como manda o figurino, respeitando a lei que exige o controle de pelo menos 10% das mercadorias. E, quando chegavam a 10%, eles paravam. Era inútil continuar a verificação, uma vez que tudo correspondia ao contrato de compra a varejo que acompanhava o contêiner e também às fotos digitais dos sapatos, das bolsas ou de qualquer outro artigo mencionado.

A partir de maio de 2006, a Cargo Service passou a liberar uma média de trinta contêineres por mês. Os lucros eram estratosféricos. Em média, cada contêiner significava um ganho limpo de 35 mil euros para Molè, além de 5 mil que ele repassava aos funcionários da alfândega que ficavam ao seu dispor, pois era *giustu cha mancianu puru iddi* — era justo que eles também comessem.

É fácil fazer as contas: trinta contêineres vezes 12 meses, vezes 35 mil euros, são 12 milhões e 600 mil euros por ano, 25 bilhões de liras embolsados por uma das mais ferozes quadrilhas da 'ndrangheta.

Os Templários de Villa Vecchia

O negócio prosperava. No porto, Rocco estava *abrindo espaço*. Já ganhava milhões com os chineses e, segundo as melhores leis do mercado, quando as coisas vão de vento em popa, é bom diversificar. Não foi por isso, afinal, que tinham arrumado um empresário de confiança?

Antes de frequentar a Piazza Vittorio, Cosimo Virgilio ia a Roma por outros motivos. Certa vez, havia se hospedado em um dos hotéis mais bonitos dos Castelos Romanos, o Villa Vecchia, em Monteporzio Catone, perto de Frascati. Uma mansão histórica do século XVI, cheia de estátuas e pinturas antigas, com jardins, piscina, spa, termas naturais e uma vista de tirar o fôlego, que alcançava toda a capital italiana.

Comprar o hotel era um sonho, mas seria preciso ter muita grana, grana demais. Um sonho impossível, pelo menos antes de começar a receber nas suas contas bancárias o dinheiro dos chineses e, principalmente, o de Rocco Molè. Agora, com o apoio da família e com um *boss* que queria reciclar e investir, nada era impossível. Mas não foi tão fácil quanto parecia. O negócio deu um tropeço e as coisas se complicaram.

Já sabemos que toda vez que se cava fundo nas histórias da 'ndrangheta, e sobretudo nas da Piana, a realidade supera a fantasia e sempre se encontra um canto escuro e sombrio.

Quem tentou fazer com que algum raio de luz chegasse até lá foi, no começo da década de 1990, o velho procurador de Palmi, Agostino Cordova. Tinha descoberto que na loja maçônica da pequena cidade da Piana e nas de Reggio encontravam-se, de capuz, aventalzinho e tudo o mais, políticos, profissionais, funcionários "a serviço" do Estado e, obviamente, os chefões da 'ndrangheta. Mas, logo que o inquérito passou dos limites da Calábria e chegou ao coração do poder político e econômico romano, aconteceu um *deus nos acuda*.

Até o presidente da República, Francesco Cossiga, achou por bem intervir pessoalmente para dizer que aquele magistrado era um louco que precisava ser detido. E foi o que aconteceu. A investigação foi transferida para a Procuradoria-Geral de Roma, onde simplesmente morreu. Um roteiro perfeito, já visto antes e destinado a repetir-se várias vezes: não foi por acaso que aquelas repartições, ao longo dos anos, acabaram sendo conhecidas como *porto das neblinas*. Mas o inquérito de Cordova deve ter acertado no alvo, pois, do contrário, como explicar que após vinte anos, ao investigar dessa vez os chineses e os Molè, acabaríamos encontrando de novo os caras de capuz e avental?

Cosimo Virgilio esteve em Villa Vecchia na primavera de 2005. Foi uma ocasião solene. Um banquete para festejar a sua entrada oficial no seleto grupo dos Templários. A cerimônia de consagração aconteceu na igreja de Santa Prisca, em Aventino, e foi celebrada na presença do embaixador da República de San Marino junto à Santa Sé, Giacomo Maria Ugolini. O embaixador não era somente um diplomata, e os Templários não eram apenas uma ordem de cavalaria dedicada à defesa do Santo Sepulcro.

Giacomo Maria Ugolini também era o grão-mestre do Oriente de San Marino, maçom do mais alto escalão, assim como o seu inseparável secretário, Angelo Boccardelli.

O empresário da Piana tampouco se tornara Templário para defender o mundo cristão contras as insídias dos infiéis. Quem pedira a sua adesão à ordem foram os homens da quadrilha Piromalli-Molè, que ainda eram uma coisa só, e que ele, lá no porto, já conhecia antes de se tornar o testa de ferro de Rocco.

Eis o seu relato aos magistrados de Reggio Calábria: "Esse negócio dos Templários foi desejo de Luigi Sorridente, o sobrinho do finado chefão Giuseppe Piromalli e também primo de Rocco Molè. Lembro muito bem que a consagração aconteceu no começo de maio e foi oficializada por um monge cisterciense austríaco. O proclamador, aquele que dizem ser a encarnação de Jacques de Molay, o último grão-mestre da Ordem dos Templários, foi o dr. Francesco Labate, originário de Reggio Calábria. Entre outras coisas, o dr. Labate foi médico carcerário durante a década de 1980 e também médico de confiança dos falecidos chefes Giuseppe Piromalli, dom Peppino e Antonino Molè, pai de Rocco."

Virgilio continuou o seu relato explicando que os Templários tinham muito mais a ver com as coisas profanas do que com as sagradas: "... No dia da consagração, o grupo Sorridente-Molè deu ao dr. Labate uma procuração para que ele lavasse uma pequena quantia, cerca de 200 milhões de euros [provavelmente a transcrição do interrogatório confundiu 200 com 2 milhões, N.A.]. Essa quantia deveria chegar aos cofres dos Templários através da Suíça, para evitar os controles costumeiros, e voltar à Itália em dólares americanos como donativos de fundações estadunidenses, que por lá são administradas por alguns construtores italianos."

Na realidade, os Templários mencionados por Virgilio eram uma loja maçônica disfarçada, aquelas das quais a 'ndrangheta tanto gostava depois da criação da *Santa*.

E o que isso tudo tem a ver com as falsificações? A história fica cada vez mais tortuosa, mas Virgilio nos ajudou a destrinchar a meada: "Uma numerosa delegação de chineses também participou da cerimônia de consagração e do banquete. Eles representavam seus patrícios aqui em Roma e haviam sido convidados por um advogado maçom, originário da Piana di Gioia Tauro, que defende dois chefões de Polistena e de San Ferdinando envolvidos numa organização de mercadorias falsificadas.

"Também lembro que uma delegação desses políticos chineses veio a Gioia Tauro para tratar de algodão e tecidos. Foram levados para lá por mais um sujeito de Polistena, também maçom, e chegaram ao porto em companhia de funcionários corruptos da alfândega que, depois daquele encontro, deixaram passar toda a mercadoria submetida a controle."

Arriba, Nicaragua

Villa Vecchia, ponto de encontro maçônico, era uma encruzilhada de negócios e interesses. A dona do hotel era a Fundação Giacomo Maria Ugolini — Livre Ateneu Internacional para o Estudo do Homem e o Desenvolvimento das Potencialidades Humanas, com sede na República de San Marino. O presidente e representante legal da fundação era o próprio Ugolini.

Para sermos exatos, a fundação tinha várias sedes: além da encravada na Romanha, existia a de Monteporzio Catone, obviamente perto de Villa Vecchia. Estava presente na Turquia e era representada por um grupo de empresários que, pelo menos uma vez por ano, se reunia no Rotary Club de Nova York. Também tinha uma sede na Grande Maçã, onde promovia encontros e congressos sobre a Pesquisa da Consciência, nos quais estão particularmente interessados empresários, banqueiros, homens de negócios e financistas italianos e ítalo-americanos.

Não podia faltar, obviamente, uma representação na América Central. Na Nicarágua, a sede era a casa de Alvaro Josè Robelo Gonzales. Lá, a história é mais interessante, pois aparece até a máfia. Para começar, Alvaro Robelo, um ítalo-nicaraguense com passaporte italiano, era o grão-mestre da Loja autônoma da Nicarágua. No passado, esse Robelo pertencia à Loja de Andorra, a mesma na qual militava o banqueiro Roberto Calvi, que foi encontrado enforcado sob a ponte dos Frades Pretos, em Londres, e foi membro da P-2 de Licio Gelli. O nome de Robelo também acabou aparecendo num dossiê enviado pelo FBI a Giovanni Falcone quando este investigava uma operação de lavagem de dinheiro internacional. O mundo é realmente pequeno quando a gente começa a mexer com os encapuzados.

O homem foi embaixador da Nicarágua na Itália e no Vaticano, e mesmo agora continuava tendo o cargo de "embaixador itinerante para assuntos especiais". O tipo de negócios que preferia ficou bem claro numa entrevista em 1º de abril de 1996 ao *Corriere della Sera*: "Sou a referência para todos os investimentos europeus na Nicarágua. Mas sabe por que me acusam e ficam o tempo todo falando em máfia e coisas parecidas? Porque quero construir o novo Canal do Panamá, a maior obra já feita na América Central." Robelo, assim como Miccichè, era mais um benfeitor da sociedade. Na sua vida, negócios e política sempre estiveram entrelaçados.

Quanto aos negócios, o homem sabia das coisas. Era vice-presidente do Banco Europeu da América Central e presidente da companhia de navegação Bielonic, proprietária das barcas que atravessavam os grandes lagos nicaraguenses que ele, com o novo canal, gostaria de ligar e unir ao oceano Pacífico e ao mar do Caribe. Liderava o consórcio de empresas italianas que deveria construir o *passo ferrillo*, o novo metrô de Manágua, e era dono e sócio de dúzias de empresas.

Callisto Tanzi, com a sua Parmalat Nicaragua, também recorreu aos serviços do homem, cujo nome aparece nos autos judiciários da famigerada falência.

Na política, demonstrava claramente que tampouco dormia no ponto. O principal sócio da sua companhia de navegação era Gabriele Pillitteri, irmão do ex-prefeito de Milão e cunhado de Bettino Craxi. País realmente estranho, a Nicarágua: no começo da década de 1990, acolheu antigos *brigatisti** que queriam abater o sistema e homens envolvidos e aterrorizados pelo *Tangentopoli*,** que, naquele mesmo sistema, enriqueceram e roubaram à farta. Mantinha um ótimo relacionamento com Fausto Cardella, mais um cortesão de Craxi e guru da comunidade Saman, condenado por fraude pelo tribunal de Trapani e envolvido numa série de operações de lavagem de dinheiro. Mais um que, depois de fugir da Itália, comprou uma residência principesca no coração de Manágua e se associou a vários negócios de Robelo. E quem era o presidente do Banco Europeu da América Central, do qual também era representante legal até

---

* Membros das Brigadas Vermelhas. (N.T.)

** Escândalo das propinas e das negociatas que deixou à mostra a podridão de muitos políticos. (N.T.)

a falência por bancarrota fraudulenta? O engenheiro romano Gianfranco Saraca, que em 1996 se tornou deputado do Forza Italia. Com o fim do astro de Hammamet,* Robelo entrou na órbita de Arcore.**

Com essas amizades, esses relacionamentos, um passaporte italiano e fortes vínculos políticos e maçônicos, não havia dúvidas. Na hora de entrar na luta como candidato nas eleições presidenciais de 1996, o partido e o movimento político já estavam prontinhos: *Arriba, Nicaragua*, Pra frente, Nicarágua. E ele tinha o maior orgulho quando os jornais e a TV o definiam como o Berlusconi da América Central.

Ele só não se tornou Presidente da República porque a mais alta instituição constitucional nicaraguense, imputando-lhe uma série de incompatibilidades, inibiu a sua candidatura. Continuou sendo, de qualquer maneira, um dos homens mais poderosos do seu país, sempre viajando em missão diplomática: embaixador na Romênia, na Grécia, na FAO e até na ONU em Genebra. No entanto, instalou os dois filhos em Roma, onde mantinha uma segunda residência: representavam a Nicarágua na FAO e cuidavam de programas contra a fome e de desenvolvimento nos países pobres.

Seu nome, enquanto isso, continuava aparecendo toda vez que surgiam grandes inquéritos acerca de arriscadas operações financeiras e escândalos internacionais. A vez mais recente em que isso aconteceu foi em 2011, quando a Procuradoria-Geral de Roma instaurou um inquérito que envolvia bancos e sociedades financeiras de meio mundo num tráfico de 565 milhões de dólares falsificados.

---

* Bettino Craxi, que, foragido, morreu na Tunísia. (N.T.)

** Berlusconi, nascido em Arcore, na província de Milão. (N.T.)

Nas últimas vicissitudes judiciais relacionadas ele, falou-se de algumas fundações que agiam como coletoras de dinheiro e fundos escusos. Várias vezes entrevistado, ele nunca mencionou nomes, e tampouco falou da fundação sediada na sua mansão de Manágua e que o ligava a Roma, San Marino e Gioia Tauro. Afinal, se as Lojas eram secretas, é assim mesmo que tinham de continuar.

Os homens da Fundação pareciam saídos todos do mesmo molde. Giacomo Maria Ugolini e o seu secretário, que passaria a dirigi-la depois da morte dele, em 2006, estavam sempre metidos em processos e histórias complicadas devido à criação de empresas de fachada e ao envolvimento de sociedades financeiras falsas com os bancos de San Marino. As atividades eram as costumeiras: da intermediação financeira até a reciclagem do lixo, da energia renovável à importação-exportação. Os nomes das pessoas envolvidas também representavam uma maranha de interesses e de lugares, da Calábria à Suíça, dos Estados Unidos a Roma, até Castelvetrano, a aldeia do último grande "poderoso chefão" da Cosa Nostra, Matteo Messina Denaro.

Os protagonistas eram uma verdadeira multidão de pessoas "de bem", todas elas envolvidas, várias vezes presas e várias vezes soltas por histórias de bancarrota, fraudes, lavagem de dinheiro, roubos, narcotráfico e, obviamente, associação mafiosa.

De forma que, entre uma pesquisa sobre a consciência, um estudo acerca das potencialidades do homem, uma consagração de cavaleiro Templário e uma missa solene em uma capela vaticana, pelo que Cosimo Virgilio contou aos magistrados, graças aos donativos à Fundação, rios de dinheiro circulavam de um lado para outro do mundo. Entre eles também estavam as remessas das quadrilhas de Gioia Tauro, que atravessavam o Atlântico e voltavam, limpinhas, ao porto de origem, passando pela Suíça e por San Marino.

Assim sendo, em 2007, quando Virgilio assinou o contrato provisório de compra do hotel Villa Vecchia, deixando como entrada uma quantia de cerca de 300 mil euros, aceitou conceder o usufruto, por toda a sua existência, de uma suíte e de alguns escritórios à Fundação Ugolini e às suas pesquisas sobre a vida humana.

Rocco Molè, que, como o novo mandachuva, frequentava o hotel com a família e seus compadres, achou isso perfeitamente normal. Para os chefões da 'ndrangheta, a convivência com nobres cavaleiros usando capuzes e aventais era uma coisa antiga e... natural.

Oitenta operários, todos patrões

"Como se fala com a família todos os meses?... Eu não sei o que dizer... conversei com os clientes, um deles ainda não respondeu, com outro agora preciso falar deles... dos pagamentos mensais... entendeu a que me refiro? O assunto a ser decidido é esse, é nisso que ele está interessado. Eu não sei o que dizer... quanto é, como fazer... Procure entender; aqui, essas questões não existem..."

A voz ao telefone é a de Maria Albanese, prima de Rocco Molè. Mudou-se para a Suíça quando era muito jovem e passou a ter alguma dificuldade com a língua italiana, apesar de voltar a Gioia todos os anos, de férias. De qualquer maneira, sabia como as coisas funcionavam na sua terra. Era uma daquelas filhas da Calábria que se saíram bem no exterior, e montou com o marido uma agência de intermediação financeira.

Não podia ter escolhido coisa melhor na Suíça. De forma que, quando a família precisava, era só dar um telefonema, *meia palavra*, e ela já sabia o que fazer.

Havia algumas semanas que estava procurando um empresário estrangeiro disposto a investir em Gioia, e sabia muito bem que para fechar um negócio, por estas bandas, havia uns custos e uns detalhes específicos, como a *coisa mensal para a família*, que jamais poderiam aparecer num contrato. Ela mesma levantou a questão, pois *era melhor falar logo e não se arriscar*. Maria foi criada naquele ambiente e não precisava que alguém lhe dissesse que para trabalhar no porto era obrigatório pagar a "contribuição" todos os meses. Na verdade, a voz que vinha lá do sul preferia não tocar no assunto: "Maria... Maria... é melhor não comentar essas coisas pelo telefone!" Eram assuntos a serem tratados pessoalmente, pois, com todos esses tiras grudados em aparelhos de escuta, que não fazem outra coisa a não ser se meter na vida alheia, nunca se sabe o que poderia acontecer.

Na outra ponta da linha, em Gioia, estava Mommo Molè, conhecido como *'u Ganciu*, primo de Maria e de Rocco Molè. Naquele começo de 2007, os seguidos telefonemas entre a Calábria e a Suíça foram muito importantes para o bando. A prima estava procurando uma solução e, principalmente, o dinheiro para o negócio que visava deixar o porto nas mãos da família. Explicaram para ela desde a primeira chamada que se tratava da compra de uma importante cooperativa: "Olá, Maria, aqui quem fala é Mommo... o filho da tia Rosina... Tudo bem com você?... Ouça, Maria, estou telefonando para avisar que temos um negócio grande aqui na Itália..."

"Que negócio?"

"Vou explicar. Já faz um ano e meio que estou no porto... sabe, em Gioia há o porto e também uma grande firma com oitenta subordinados..."

"O que quer dizer subordinados?"

"Operários..."

"Está bem, entendi..."

"Pois é, oitenta operários... grandes galpões... aparelhagem, máquinas... tem de tudo... é coisa boa, boa demais... há muito trabalho e muito dinheiro por ano... está entendendo?"

"Estou sim, claro... E por que querem vender?"

"Querem vender porque era uma cooperativa..."

"O que quer dizer cooperativa?"

"Cooperativa quer dizer... hum... oitenta operários, oitenta patrões...

"Ah... OK... Não, não, assim não funciona!"

"Oitenta patrões, e ninguém trabalhando... todos coçando a barriga... E gente que roubava dinheiro, até levar a empresa à falência... Está entendendo? Mas há trabalho... tirando a metade dos operários, dá para dar cabo do serviço e ficam 800 mil euros por ano, limpinhos."

"OK... deixe-me pensar..."

"... Maria, você tem que dizer que há um depósito aduaneiro, um galpão com mais de 5 mil metros quadrados... câmara frigorífica com trezentos metros... guindastes para descarregar os navios..."

"Guindastes?... O que quer dizer, Mommo?"

"... Guindaste é aquele negócio para descarregar os navios... aquele... uma grande torre com um operador em cima que... com cabos e roldanas, levanta as mercadorias e as põe no chão..."

"OK, OK, entendi!"

"E também há a aparelhagem para movimentar os contêineres... contêineres grandes e pequenos... tirar dos caminhões e colocar no chão... num valor total de 12,5 milhões de euros... A gente, agora, pode comprar toda a aparelhagem e construir mais galpões frigoríficos por 2,5 milhões."

"... Doze milhões e meio por 2,5 milhões?... E por que tão pouco, agora?"

"... Porque esse é o preço que os curadores da empresa falida estão pedindo no tribunal... Você, Maria, tem que contatar logo alguém, fazer com que venha aqui, falar pessoalmente é outra coisa... O leilão vai ser daqui a dois meses..."

"Deixe-me pensar... Amanhã vou dar um telefonema a duas ou três pessoas..."

'*U Ganciu* não estava interessado em uma pessoa qualquer, queria um empresário, um daqueles *certos*: "Não esqueça, Maria, tem que ser uma pessoa amiga... uma que entenda logo quando comprar que aqui todos temos que trabalhar."

Condicionado pela linguagem de emigrada de Maria, '*u Ganciu*, para que ela entendesse melhor, falava do jeito mais simples possível, como os peles-vermelhas dos antigos filmes norte-americanos dublados em italiano. Os dois, de qualquer maneira, se entenderam perfeitamente e a coisa seguiu o seu caminho.

A cooperativa All Service trabalhava no porto de Gioia Tauro desde 1999. Claro, não era uma empresa grande como a Medcenter, que tinha 80% das concessões portuárias, possuía a doca mais longa e importante e que, direta ou indiretamente, empregava 1.500 operários. Nem como a B.L.G. Automobile Logistics Italia, que tinha concessão da doca para descarregar os carros e do grande pátio para estocá-los. Mesmo assim, a cooperativa conquistou o seu espaço e tinha praticamente o monopólio do *rizzaggio* e do *derizzaggio*: dois termos um tanto estapafúrdios para indicar a operação que prende com segurança os contêineres nos navios com as *rizze*, isto é, cordas e cabos, e o posterior destravamento dos mesmos após o carregamento ou o descarregamento dos produtos. Além disso, era a única equipada para carregar e descarregar mercadorias a granel — carvão, enxofre, cimento, cobre —, chegando a empregar quase cem operários.

Cem famílias *vivendo* da cooperativa, com o desemprego que existe por estas bandas, era realmente muito, e as quadrilhas não podiam deixar de ter o controle delas. Sem contar as quantias de dinheiro envolvidas e o valor do equipamento: guindastes, caminhões, empilhadeiras e galpões da empresa.

Mas vejam só: sabem quem, em 2001, foi nomeado diretor e, depois, presidente da All Service? Aldo Alessio, ele mesmo, o ex-prefeito de Gioia que, felizmente, eles tinham escorraçado da prefeitura porque lhes causara prejuízos até demais. Evidentemente, não se contentara com o município e quis continuar com a cooperativa. Mas eles iriam tirá-la das suas mãos, ainda mais porque sabiam que por trás dele havia comunistas e caras do sindicato. Melhor ainda: iriam levá-la à falência, pois assim haveria a liquidação da mesma, e então o leilão judicial, e, a esta altura, eles mesmos cuidariam de encontrar a pessoa certa para ficar com o bolo todo.

Havia um movimento tão grande no porto que tudo prosseguiu de vento em popa até o fim de 2004. Aí começaram os problemas. Houve uma queda de pedidos e de mercadorias em trânsito. O número dos trabalhadores e a folha de pagamento tornaram-se insustentáveis para o balanço da cooperativa. A saída foi tentar uma reestruturação, e Alessio assumiu a presidência.

Para quem já havia sido sindicalista e diretor da Câmara do Trabalho, a decisão tomada foi extremamente difícil. Precisava enxugar o quadro de empregados, mas, ao contrário de qualquer outra empresa privada, os trabalhadores não eram meros empregados contratados, também eram sócios da cooperativa. Justamente o que *'u Ganciu* havia explicado à priminha suíça: *oitenta empregados, oitenta patrões*. As coisas começaram a pegar fogo.

Os homens das quadrilhas já haviam se infiltrado dentro da estrutura e faziam o trabalho deles: começara uma sabotagem interna.

Epidemias intermitentes se abatiam sobre a cooperativa como bombas-relógio, e, quando o trabalho não parava devido às greves, era interrompido porque a maioria dos operários estava doente. Pois em Gioia, afinal, atestados para justificar licenças médicas não se negam a ninguém. Seria como uma punhalada no coração. Chegavam navios cheios de contêineres e as operações de *rizzaggio* atrasavam por falta de mão de obra. Perderam dúzias e mais dúzias de clientes, e as contas ficavam cada vez mais no vermelho.

No fim de 2005, Aldo Alessio assumiu a tarefa de executar a falência da empresa, mas depois de alguns meses, em fevereiro do ano seguinte, aconteceu uma reviravolta: durante uma violenta reunião dos sócios no escritório de uma tabeliã, em Santo Stefano d'Aspromonte, Alessio foi substituído por Girolamo Cutrì. A reunião não era regular, pessoas que não tinham direito participaram e votaram, e faltou até o número mínimo legal de presentes. Aldo Alessio e o ex-presidente, Bruno Morgante, tentaram registrar na ata todas as irregularidades, mas foram impedidos. A tabeliã, Rita Tripodi, pareceu não se dar conta de coisa alguma. E, vejam bem, haviam se deslocado de Gioia para Santo Stefano justamente para encontrar um notário público que trabalhasse de forma honesta.

O subsecretário

Os novos donos tinham pressa. Após algumas horas, uma delegação se apresentou a Alessio pedindo a troca da posse. O conselheiro legal do grupo era o advogado Elio Belcastro. E aqui é útil abrir um parêntese para explicar o personagem e deixar bem claro como nestas bandas nada acontece por acaso.

O advogado era bastante conhecido na Piana. Já fora prefeito de Rizziconi, uma aldeia bem perto de Gioia Tauro onde nasceram vários sócios da cooperativa. Como prefeito, trabalhou muito bem depois de ter sido eleito com um monte de votos, mas então decidiu demitir-se ao perceber que estavam a ponto de cassá-lo, junto com todo o seu conselho municipal, devido à infiltração da máfia. Pois não tinha nada de bobo o nosso advogado: com a sua jogada, passou a perna na autoridade regional e no ministro, bloqueando a cassação por associação à máfia.

O homem não era tão apegado ao cargo, no fim das contas. Já possuía um emprego, era advogado. E bota advogado nisso! É só dar uma olhada na sua lista de clientes: Piromalli, Molè, Crea, Pesce, Bellocco, a fina flor da 'ndrangheta! Defendia-os ao lado da irmã, pois eram uma família de advogados.

Mas fora da política, na verdade, o seu talento era um tanto desperdiçado. De forma que, nas eleições de 2008, quem cuidou de recuperá-lo foi o governador da Sicília, Raffaele Lombardo, mais um cavalheiro com alguns problemas de relacionamento com a máfia. É verdade, com efeito, que a Promotoria pediu o arquivamento do crime por conluio externo com associação mafiosa, mas também deixou registrado que ele se encontrava com os mafiosos e também pedia votos e dinheiro, prometendo, em troca, favores e facilitações. Faltavam, porém, provas suficientes para demonstrar que esses favores e facilitações de fato aconteceram. Estava provado, no entanto, que o governador levava o irmão a esses encontros, que, por bondade familiar, acabou sendo eleito deputado em 2008. Mas tente só entender esses magistrados na Itália: o Ministério Público, que há anos o investigava e acusava, pediu o arquivamento, e o juiz de investigação preliminar, em abril de 2012, pediu a reformulação da acusação porque, em vez de esquecer o assunto, queria processá-lo de novo. Em resumo, com processo ou sem processo, já é de conhecimento de todos, e está nos autos, que o governador e o irmão tinham alguma coisa a ver com os homens do clã Santapaola, que se entendiam e falavam a mesma língua.

Quando Lombardo atravessou o estreito e desembarcou na Calábria para criar no continente também o seu Movimento pelas Autonomias, quem arrumou como homem de confiança? O advogado Belcastro. Primeiro o nomeou secretário regional do seu movimento e aí, nas eleições de 2008, o indicou como principal candidato da sua chapa para a câmara e o levou ao Congresso. Era o começo de uma nova carreira.

Uma vez que conhecia muito bem a 'ndrangheta, todos acharam perfeitamente natural inseri-lo na Comissão Parlamentar Antimáfia. E ninguém achou a coisa estranha, ainda mais porque, formalmente, não havia estranheza alguma, a não ser o embaraço dos magistrados que, ao serem ouvidos pela comissão, acabaram sendo interrogados pelo próprio advogado dos indiciados que eles estavam investigando. O ponto mais alto do seu sucesso político, no entanto, aconteceu com o nascimento do grupo parlamentar dos "responsáveis", formado por Saverio Romano, o antigo afiliado da UDC, perenemente investigado e depois chamado a responder a um processo em Palermo por conluio com a máfia, que Berlusconi nomeou ministro da Agricultura. Foram eles, os "responsáveis", que manteriam em vida por mais alguns meses o governo do *Cavaliere*. Para cada deputado vira-casaca foi previsto um prêmio. Foi o que se deu com o advogado dos chefões da Piana, que, no verão de 2011, tornou-se secretário do meio ambiente.

A sua nomeação foi a mais trabalhosa. Os boatos do Transatlântico* vociferam que o próprio Presidente da República,

---

* O grande salão do Palazzo Montecitorio, sede da Câmara dos Deputados. (N.T.)

Napolitano, teve de intervir para bloquear a vontade de Saverio Romano, plenamente compartilhada por Berlusconi, de nomeá-lo subsecretário do Ministério do Interior. Seria o homem certo no lugar certo, num ministério onde, normalmente, deveria haver gente que acuse os mafiosos, e não os que os defendam no tribunal.

Mas vamos voltar à cooperativa. Quem montou a operação de conquista "interna" da cooperativa foi Pino Arena, um *rizzatore* de contêineres que, nos últimos anos, havia se tornado o mandachuva na All Service.

Seu domínio, ao que tudo indica, tinha uma grande influência sobre a saúde dos trabalhadores: *meia palavra* e *eles ficavam doentes*.

Pino era o homem dos Molè e o braço operativo de *'u Ganciu* na cooperativa. Foi ele que, mais uma vez, dois meses mais tarde, mandou nomear outro executor da falência, Domenico Luccisano. A sua primeira decisão foi a demissão de Aldo Alessio, que, no entanto, como quando era prefeito, nadou contra a correnteza: a sua reação foi procurar imediatamente o juiz do trabalho e, logo depois, a Procuradoria-Geral da República para denunciar as infiltrações da 'ndrangheta na cooperativa que, a essa altura, havia se transformado num lugar de abusos, ameaças e intimidações contínuos.

Em abril de 2006, o Ministério das Atividades Produtivas optou pela liquidação forçada da All Service e nomeou três executores. Os três, obviamente, sabiam no que estavam se metendo e, logo que ocuparam o cargo, para evitar qualquer equívoco, nomearam Pino Arena como diretor operativo.

Os Molè, com *'u Ganciu* no papel de intermediário, Pino Arena dentro da cooperativa e a prima Maria na Suíça, estavam tramando comprar a All Service. Não sabiam, no entanto, que não estavam sozinhos. Porque, embora Rocco já se sentisse dono do porto e se movimentasse nele como tal, também havia os outros, os Piromalli. E, por enquanto, como eles mesmos comentavam entre si, e apesar de algumas tentativas para atingi-los, ainda não havia nascido alguém capaz de ameaçar ou sequer pôr em dúvida o seu reinado. E aqui começa outra história.

A escalada

"Se acabarmos com a operação, eles... os Molè... nunca mais vão falar no porto... nunca mais..."

"Compadre, posso marcar um encontro e você mesmo diz para eles... pois eu já falei de todas as formas... Vou acabar perdendo a paciência..."

"Compadre, nunca mais se deve falar em porto... assunto encerrado!... Nem compadre Pietro... nem compadre Natale... nem compadre Mommo... nem compadre Peppe..."

"Então diga-lhes claramente que não devem participar dos dois leilões... Eles nem têm o dinheiro para participar..."

"Se fecharmos negócio... o que é que acontece? Vão deixar que eles também participem do leilão?"

"Pois é, pode dizer que haverá um leilão em junho e outro no começo de julho..."

"... E aí?"

"Quer dizer que, na prática, não haverá participantes..."

"Deixe-me entender... No primeiro leilão, por 3.460 mil euros, que é o valor da perícia, não aparecerá ninguém..."

"É o que esperamos... Já foi combinado, com 320 mil euros de propina por baixo dos panos..."

"Então, como não haverá compradores, o preço cai... certo?... E vai ficar entre 2.400 mil e 2.600 mil... para fechar em mais ou menos 1.800 mil, porque ambos os leilões ficarão às moscas, e sem compradores o valor pedido diminui... certo?"

"Aí a gente faz uma oferta..."

"E os tais 320 mil euros?"

"Ficam por fora... Assumimos, praticamente, uma dívida de um milhão e oitocentos mil, mais os 320..."

"Um milhão e oitocentos mil a gente arranja no banco..."

"... E os 320 mil também... Podemos fazer um *leasing*..."

O mecanismo era claro, mas era preciso fazer com que *'u Ganciu* e os Molè entendessem que estavam fora da jogada, que podiam tirar a All Service da cabeça.

O empresário romano Pietro D'Ardes explicou a coisa a Natale Alvaro, o filho de Peppe, o *boss* de San Procopio.

D'Ardes não era um empresário qualquer, era ex-diretor da inspetoria do Ministério do Trabalho. Alguns anos antes, decidiu pedir demissão e usar seus conhecimentos e contatos ministeriais em prol da Cooperativa Lavoro, a firma de serviços que criou em Roma e que negociava contratos e licitações por toda a Itália. Ele preferia ser o vice-presidente da cooperativa, já que a presidente era sua esposa. A empresa, na prática, de cooperativa só tinha o nome e as facilitações tributárias previstas pela lei; quanto ao resto, ficava tudo em família. Era um empresário atrevido, ainda que de vez em quando "*uns funcionários de merda*", como chamava os magistrados e os policiais que estavam de olho nele havia um bom tempo, o aporrinhassem com suas bobas histórias de fraudes, negócios escusos e bancarrota fraudulenta.

Entre os funcionários da cooperativa havia um especial, pelo menos para a cidade de Roma. Era Rocco Casamonica. Desde que os caras da gangue da Magliana pararam de transformar as ruas da capital num faroeste, o sujeito era o mandachuva do submundo romano. Liderava o clã dos ciganos, mas é bom não se deixar enganar pelo nome. Rocco Casamonica não tinha absolutamente nada a ver com os ladrõezinhos que furtam carteiras nos ônibus ou nos supermercados. Dirigia uma verdadeira organização paramafiosa, administrava a prostituição e a agiotagem, controlava vários pontos de venda de drogas e havia muito tempo que era um bom amigo dos chefões napolitanos e, principalmente, calabreses, que em Roma você encontra em qualquer esquina.

Pietro D'Ardes, com a Cooperativa Lavoro, parecia ser o seu patrão. Na verdade, era um testa de ferro para os seus negócios "limpos" e para a lavagem do dinheiro.

A quadrilha dos Alvaro, por sua vez, compreendia vários ramos da mesma família entre Sinopoli, Cosoleto e San Procopio, e era uma das mais respeitadas pela 'ndrangheta na Calábria.

Não eram pessoas de fino trato: *pecurari** eram e *pecurari* continuavam sendo, mas chegaram longe.

Começaram com sequestros de pessoas, então passaram para drogas e, depois de eliminar *manu militare*** todos os obstáculos que estorvavam a sua ascensão, criaram um império financeiro entre o Aspromonte e a Austrália.

Não conseguiam mais detê-los nem mesmo em Reggio. Compraram tudo que havia para comprar — bares, centros comerciais, butiques — e metade da cidade já lhes pertencia. Se não fosse por

---

* Pastores, criadores de ovelhas. (N.T.)

** Pela força, com o uso das armas. (N.T.)

isso, afinal, qual seria o motivo de o prefeito da cidade do estreito, Peppino Scopelliti, que em 2010 se tornou presidente da região, se locomover para dar pessoalmente os parabéns a um dos pimpolhos da família que se casava?

Para não ferir a sensibilidade de ninguém, do ponto de vista político eram, como se diz agora, bipartidários. Na região e na prefeitura, votavam nos amigos de Scopelliti e no centro-direita, mas, na província, elegeram um sobrinho deles, que era médico pediatra, votando nos socialistas e no centro-esquerda.

A paixão verdadeira dos Alvaro, no entanto, era Roma. Todos os ramos estavam representados na capital, os de Sinopoli, os de San Procopio, os de Cosoleto. Estes últimos, além do mais, foram arrebatados por uma paixão *vintage*, pois, do contrário, como explicar a compra do Café de Paris, na Via Veneto, apesar de o local já não ter o brilho de antigamente? Os atores e as atrizes só podiam ser vistos nas fotos um tanto amareladas dos anos da *dolce vita*, penduradas nas paredes do estabelecimento a essa altura frequentado somente pelos norte-americanos e japoneses ricos que se hospedam nos luxuosos hotéis das cercanias. Mesmo assim, para os Alvaro ele era importante, com a presença ou não de astros e estrelas do cinema: dava para lavar alguns milhões, fincaram a bandeira da quadrilha bem no coração da capital e deram até uma bofetada nesses romanos *metidos a besta*: ao mandarem um pobre coitado que não tinha onde cair morto, um barbeiro esfomeado da sua pequena aldeia no Aspromonte, comprar o bar mais famoso da cidade.

Foi com eles que D'Ardes combinou o acordo para entrar no porto de Gioia. Foi aconselhado a fazer o negócio pelo seu advogado, Giuseppe Mancini, um calabrês que morava em Roma e também era o histórico conselheiro legal do clã Casamonica. Mas quem deu a dica ao advogado? Mais um romano, Gianluigi Caruso, um dos três executores da liquidação da Cooperativa All Service nomeados pelo ministro das Atividades Produtivas.

O executor, que em Roma era um conhecido advogado de direito comercial, era um lindo exemplo de funcionário público. No começo, jogava dos dois lados. Como executor, administrava a cooperativa com Pino Arena e os Molè. Tomavam todas as decisões juntos, até as novas contratações que não poderiam fazer, uma vez que, com a empresa sendo liquidada, só poderiam despedir. E tudo com o aval de Mommo Molè, *'u Ganciu*.

Ao mesmo tempo, como era amigo do advogado romano-calabrês, fornecia informações confidenciais sobre as avaliações em andamento para estabelecer o valor da cooperativa, sobre o que fazer para que ninguém aparecesse nos leilões, e sugeriu a importância das ofertas a D'Ardes e ao grupo ligado aos Casamonica e aos Alvaro. Até perceber que o melhor mesmo era ficar do lado do grupo romano. Ainda mais porque D'Ardes cuidara de convencê-lo com argumentos críveis e irrecusáveis.

Caldo de cabra

"Se houver alguma dúvida quanto à minha vitória, não participo... Eu preciso ganhar de qualquer maneira... Se, para ganhar, eu precisar tirar um dente, tiro o dente... Pois, para mim, a bandeira é importante... aí eu entro em campo... campo de batalha... E se não tiver certeza de que vou ganhar, pago o que for preciso e então ganho... Do contrário, que merda de empresário seria?... Não estou certo?... É assim que se deve raciocinar... Quando você está lá, ou vence ou perde... precisa ter certeza antes mesmo de chegar..."

A essa altura, D'Ardes tinha certeza de que iria ganhar e, todo satisfeito, comentou o assunto com Natale Alvaro, o filho do *boss* de San Procopio, e com Rocco Casamonica. Aquilo que o levou a tomar uma decisão foram os 320 mil euros para corromper os executores da liquidação e receber informações sobre os lances. A propina paga a Caruso correspondia a 10% do valor básico da venda pública: "... A Cooperativa Lavoro está praticamente jogando fora esse dinheiro... aqueles canalhas... De qualquer maneira, depois os recupera... Quanto a mim, assunto encerrado... Tudo bem!... Vamos ver no que dá... Como se diz em Roma, essa foi a minha 'mandragata'*... uma jogada realmente inteligente... Eu já disse, na pior das hipóteses, a Cooperativa Lavoro pode até não comprar logo, ficar um ano pagando aluguel e depois comprar por um preço definido..."

O empresário não estava brincando. Na primavera de 2007, já havia imaginado o que iria acontecer no começo do ano seguinte. Na verdade, tratava-se de um roteiro já definido e concordado com o executor da falência.

A essa altura, ficaram em cena dois concorrentes. Além dele e do grupo associado, operavam os Molè, que, depois de avisarem a prima na Suíça, já tinham encontrado com *'u Ganciu* e Pino Arena outra sociedade prontinha para apresentar o requerimento para participar dos leilões. Era a International Power, uma poderosa multinacional norte-americana com sede, vejam só, em Genebra, bem perto da prima Maria, embora não se saiba se foi realmente ela a "apresentá-la" aos Molè. Pino Arena avisou, todo animado, ao executor, sem saber que o sujeito já trabalhava para outro patrão:

* Ação esperta, passe de mágica. De Mandrake, o mágico das histórias em quadrinhos. (N.T.)

"... Entenda, é um colosso industrial! Se entrar no site da International Power, você mesmo vai ver... uma potência mundial... Tem de tudo, petróleo, energia, tudo mesmo!... Se quiser, falo com eles e peço para lhe mandarem o dinheiro..."

Os *romanos*, no entanto, não perderam tempo, já tinham os recursos, pois não era preciso arranjar tudo em dinheiro vivo. D'Ardes explicou isso a Alvaro: "... Administrei a operação deste jeito... daqui a um mês, vou até o Credito Emiliano porque entrei num acordo com o grupo Cremonini... Uma vez que Cremonini é o dono do banco, me ofereceu condições melhores que o Unicredit, e vai me dar o dinheiro para executar a operação... Foi o que me disse: apresente-se ao diretor administrativo... Só vai levar uma hora para aprontarmos os papéis, e então você volta para casa levando na pasta uma adjudicação por dois ou três milhões de euros... Vá a Roma, se apresente em qualquer agência, abra uma conta e já terá o dinheiro... aí chame os executores... vá ao ministério... e não se fala mais no assunto!"

Mas, para entrar em Gioia, como queriam fazer D'Ardes e Casamonica, não era suficiente ter dinheiro, corromper um funcionário, ter contatos no ministério e pagar umas tantas propinas. Isso podia funcionar em Roma ou Milão, onde, a essa altura, as coisas funcionavam justamente assim na sede da região. Em Gioia, era preciso muito mais que um pouco de corrupção aqui e acolá. Explicaram isso a D'Ardes desde que ele começou a imaginar aquele porto como base para os seus negócios que visavam a África através da Tunísia, do Congo e de Malta. Tratava-se de uma linda zona franca para tráficos de todos os tipos, e era por isso que, em 2006, ele se tornara compadre dos Alvaro.

Encontrou-se com o velho patriarca em Roma, bem perto do Parlamento, porque Rocco Alvaro, *'u campusantaru*,* sempre se hospedava numa suíte do hotel Colonna na capital, entre a Câmara dos Deputados e o Panteão.

'U campusantaru era o chefe de Sinopoli e de todo o clã, e irmão de Peppe, que mandava em San Procopio: já com quase 80 anos, podia se dar ao luxo de algum conforto, e achava que um café tomado com algum deputado ou senador vinha a calhar.

Quando, entretanto, se encontravam na Calábria, nada de hotéis ou restaurantes de luxo, porque eles, os Alvaro, embora donos de metade do Aspromonte, não gostavam de gabolices e respeitavam a sua gente e suas tradições. Era por isso que todos gostavam deles. Com efeito, durante os encontros que aconteciam em San Procopio, causava espanto a diferença entre os dois carros estacionados diante da casa de Peppe Alvaro, o Porsche Cayman preto de D'Ardes e o muito mais modesto Fiat Scudo branco do chefe mafioso bilionário.

D'Ardes procurou adaptar-se. Ao frequentá-los, percebeu quais eram os momentos nos quais, na Calábria, se reforça a camaradagem e se definem os negócios: "... Amanhã vou aí... fico com seu pai... e vamos até comer um bonito cabrito..." É o que diz a Natale, o filho de Peppe Alvaro e sobrinho do tio Rocco, *'u campusantaru*. Começou também a entender a maneira de pensar e de agir da 'ndrangheta, que, em silêncio e sem espalhafato, cresceu assim, entre as ostras servidas no hotel Colonna e o caldo de cabra do Aspromonte.

Até a mulher, Marina Crupi, percebeu que Pietro já não era a mesma pessoa. Durante uma crise de nervos, ao ser internada

* O coveiro. (N.T.)

no hospital, desabafou diante dos médicos reunidos em volta dela: "... O meu marido é um mafioso, é um mafioso... Casei com um fiscal do trabalho e agora tenho ao meu lado um homem das quadrilhas mafiosas."

O negócio estava bem encaminhado, mas, para ser felizmente concluído, ainda faltavam algumas peças importantes.

Apesar da sua força, os Alvaro não eram os donos do porto e, sozinhos, não tinham chance de entrar. Eram homens de honra e sabiam que o respeito estava acima de tudo. Até do dinheiro. O que mais contava, o que realmente importava, era o respeito.

Estava lá, *bem claro*, naquele código escrito à mão com todas as *qualidades*, os juramentos e as leis da 'ndrangheta que, em 1987, Nicola Calipari, na época chefe da unidade de intervenção rápida da polícia de Cosenza, encontrou na Austrália com Raffaele Alvaro, um dos chefes da família, que vivia entre o Aspromonte, Adelaide e Camberra. Acha então que eles iriam, sem mais nem menos, cometer uma falta de respeito não com uma família qualquer, mas logo com a dos *capi dei capi*?

Vamos desistir da Lua

"Está na hora de irmos tratar com os velhos..."

"Eu sei, eu sei... seu pai já me disse... Vão falar com os Piromalli..."

"Cabe a eles decidir se querem ou não entrar na jogada... Vamos ver os velhos... Então eles nos dizem como e quem da sua família irá tratar do assunto... Enquanto isso, nós explicamos tudo..."

Natale Alvaro informou D'Ardes, pediu que tivesse paciência. Precisavam da última permissão, embora os Piromalli já tivessem entrado em contato com ele, enviado uns *recados*. Os Alvaro estavam a par e procuraram inteirar o empresário: "Você está no caminho certo... Sabe aonde quer chegar."

"Estou indo aí, agora vou encontrar uma pessoa muito importante... lá no porto."

O encontro devia ser com Antonino Piromalli, que todos chamavam de Ninello. O filho daquele Gioacchino Piromalli que, mais de trinta anos antes, naquele famoso 25 de abril de 1975, quando ainda nem tinha sido assentada a pedra fundamental do porto, fizera as honras da casa e recebera o então ministro Giulio Andreotti.

"Lá é a casa deles e, na casa deles, precisamos agir com todo o cuidado..." Os Alvaro sabem muito bem disso. E pensam em quão importantes poderiam ser mais tarde, quando fosse preciso administrar o negócio.

O empresário também se deu conta disso: "... E você acha que não sei?... O porto se tornou uma mina de ouro, pois foi declarado zona franca... Sabe o que isso quer dizer, não sabe?... Zona franca!... Nós temos 2,5 milhões de financiamento do banco... mas ali há um valor de 9 milhões de euros... Eles [os Piromalli, N.A.] não podem entrar na cooperativa, precisam se contentar com a oferta de empregos..." A conversa continuou tranquila, até D'Ardes deixar escapar umas palavras a mais: "... Nessa operação, eu sou o mais forte... Precisamos, portanto, entrar num entendimento..."

Só de ouvir mencionar a possibilidade de D'Ardes chegar a algum acordo "autônomo", talvez com os Molè, a resposta dos Alvaro, respeitosa das hierarquias da 'ndrangheta e do papel dos Piromalli no porto, não deixou margem a dúvidas: "Compadre Pietro, a nossa força se esvai quando entra em choque com a deles..."

Uma vez esclarecido esse ponto, todos os problemas foram resolvidos no trajeto Roma-Gioia.

Depois do encontro com o patriarca dos Alvaro, os velhos Piromalli deram o *sinal verde*. Seria possível seguir em frente.

Os intermediários dos Molè também tinham entendido isso, principalmente os representantes da International Power, que, no outono de 2007, percebendo uma mudança na atitude dos executores da liquidação e dando-se conta da "força" da cooperativa com a qual competiam, retiraram as suas ofertas. A concorrência havia sido desleal. Era o começo do fim de Rocco Molè.

Enquanto isso, com o consentimento dos executores da falência, D'Ardes conseguiu alugar, num acordo particular, os armazéns, as estruturas e os recursos da cooperativa. Com efeito, com a concordância dos executores que finalmente tinham parado de jogar dos dois lados, o grupo hipotecou definitivamente a compra da cooperativa e começou a se portar como dono.

Claro, havia muitos problemas, e não cabia certamente à 'ndrangheta resolver todos. Principalmente os da força de trabalho, uma vez que seria preciso despedir pelo menos vinte pessoas. Para essas demissões, seria preciso contar com o apoio das instituições e do prefeito, que, se quisesse, podia tornar as coisas difíceis. Eles sabiam disso, mas também sabiam o que fazer.

Quem cuidou de convencer o prefeito e as demais instituições acerca da seriedade da Cooperativa Lavoro de Roma foi Caruso. A palavra dele tinha peso, pois era conhecido por todos em Reggio e em Roma. Era considerado um advogado trabalhista e tributarista sério, estimado e confiável, tanto assim que, no ministério, quando era preciso resolver alguma situação realmente difícil, sempre o chamavam.

Então, também era necessário amansar o sindicato. E isso ficou por conta dos Alvaro, que tinham uma tradição socialista e podiam contar com bons contatos na UIL. Quando houve a necessidade de negociações sindicais no centro comercial Carrefour de Reggio, por exemplo, também se recorreu a eles. E não é que quem ganhou a empreitada no Carrefour acabou sendo justamente a Cooperativa Lavoro de Roma?

Para entrarem em um consenso, também viria a calhar uma reunião de alto nível. Era o que Caruso dizia. Uma reunião organizada pela própria Cooperativa Lavoro para explicar a todos os motivos sociais do seu empenho na Calábria: "Temos que despedir 14 pessoas, não há como evitar... é o único jeito... Pois ali tudo tem que se tornar lucro... Acabaremos, portanto, nos telejornais... haverá brigas, uma confusão dos diabos, já posso imaginar... Mas se organizarmos uma reunião bonita, convidarmos todos os figurões mais importantes, teremos um resultado positivo... Porque haverá problemas sérios se a magistratura quiser atrapalhar... mas nós precisamos fazer com que a cooperativa tenha a imagem de uma criadora de empregos interessada no desenvolvimento da Calábria..."

D'Ardes tinha tudo bem claro na cabeça. "No primeiro dia em que a cooperativa tomar posse, haverá uma greve... mas tudo vai entrar nos eixos, sem problemas... Foi o que me asseguraram... E eu ficarei ali, de megafone na mão para arrumar as coisas... Vou logo dizendo que só podemos manter cinquenta pessoas e que, portanto, 14 precisam sair... Haverá protestos, vão aparecer os sindicatos... No fim, entre uma paralisação geral e a nova partida... cinquenta pessoas serão contratadas e 14 afastadas... Mas também há a empreitada dos trabalhos de limpeza... quatro milhões de euros... Mando vir a outra cooperativa de Roma, a Orione, e ela contrata o pessoal local... Quem está lá no porto nos diz quem devemos e quem não devemos contratar, tudo tranquilo... Pois o que vai fazer, então, a Cooperativa Lavoro?... Vai pedir à Cooperativa Orione um atestado de bons antecedentes, eles estarão limpos e nós seguiremos em frente..."

E ainda se diz que a máfia não cria empregos! O que importa mesmo é fazer as coisas como manda o figurino, e explicá-las direito.

Em 25 de junho de 2007, no hotel Alta Fiumara, em Villa San Giovanni, que tem uma vista de tirar o fôlego do estreito de Messina, a sala de reuniões estava apinhada de gente. Atrás do pequeno palanque dos relatores, num grande painel, o título do encontro: "Cooperativa Lavoro: Papel e Desenvolvimento da Calábria."

Antes das conclusões de Pietro D'Ardes, tomaram a palavra o dr. Bruno Crea, diretor-geral da Cooperativa Gestione Supermercati, o dr. Fabrizio Smorto, executivo do Carrefour de Campo Calabro, e o conselheiro provincial socialista Carmine Alvaro, médico da família que entrou na política.

O verdadeiro organizador, no entanto, o que trouxera trabalhadores e empresários de Reggio e de Gioia, fora o professor Giuseppe Marino, líder sindical da UIL, que depois da reunião seria premiado com o título de "Responsável Nacional pela Normativa do Trabalho" da cooperativa. Dessa forma, o ilustre professor passaria a constar na folha de pagamentos de D'Ardes, que, de qualquer maneira e por motivos óbvios, preferiu não tirá-lo da UIL. Pois eles, vamos falar bem claro, já conheciam muito bem a "normativa", e pagavam ao homem para que continuasse a ser sindicalista e a defender da melhor forma possível os interesses dos trabalhadores.

A conquista da All Service estava na reta final. O grupo D'Ardes-Casamonica-Alvaro saíra vencedor. Mas só graças ao *sinal verde* do *homem da colina* e dos donos do porto.

* * *

O que realmente estava acontecendo em toda essa situação era o fim da quadrilha Piromalli-Molè. Os dois anos que marcaram a tomada da cooperativa foram um período de conflitos. Quem começou foi Rocco Molè. Os outros tinham entendido, limitando-se a deixar o barco correr. Até que o *homem da colina* decidiu dar um basta.

O *casus belli*, a gota d'água que provocou a guerra, foi a construção de três enormes galpões ao lado do centro comercial Annunziata, aquele com o qual se dá de cara logo que se sai do desvio da autoestrada, o que tem chafarizes e cachoeiras na entrada.

Eram terrenos com dezenas de milhares de metros quadrados, uma operação gigantesca. Os Piromalli decidiram fazer tudo sozinhos, e Antonio Piromalli, o filho de Pino *Facciazza*, convocou Rocco Molè para deixá-lo a par da resolução. Rocco se opôs, achava que as "leis" estavam do lado dele:

"O seu pai não pode decidir sozinho, e nós não podemos decidir sozinhos." A essa altura, o pacto foi quebrado. Rocco não quis mais conversa, estava determinado a levar a melhor.

O irmão, Mommo Molè, o chefe mais idoso da família, trancado no cárcere de Secondigliano, não pensava o mesmo e tentou dar instruções ao sobrinho, Domenico Stancanelli, o regente do bando. Aconselhou-o sobre como deveria se portar na conversa que teria com os Piromalli: "Faça com que não aconteça o que não pode acontecer; que sejam tomadas as decisões corretas. Nós nada queremos deles; nós mesmos cuidamos das nossas coisas; não queremos brigar, nunca... Diga isso... E que não pensem que é por fraqueza..." Então, imaginando-se no papel do sobrinho Domenico na hora de falar com os velhos Piromalli na tentativa de manter a paz, sugeriu-lhe as palavras que deveria usar com o jovem Antonio Piromalli: "Se o seu sobrinho pensa assim, está errado... Ele é um rapaz como eu, e nós, rapazes, podemos errar... Mas vocês, como tios, não podem errar... e, portanto, se um de nós está no caminho errado, decidam entre vocês mesmos e procurem corrigi-lo... Precisam lembrar a Nino que para algo acontecer basta muito pouco. Quando acontece uma fagulha numa família, logo depois chega a destruição e todos acabam perdendo, tanto quem age quanto quem reage. Quando há inteligência, não se chega a essas coisas. Mas vocês também devem mostrar que não querem chegar a esse ponto...

"Quanto a nós, diga que desistimos até da Lua por Pino, pelo irmão e por ele... mas que não podem só exigir de nós. Porque não queremos que se chegue a certas situações... Diga que respeitamos quem nos respeita, mas, se não nos respeitam... estamos autorizados a não respeitá-los."

A mensagem que o sobrinho levaria aos velhos Piromalli era clara. Mommo Molè, do cárcere, estava a par de tudo aquilo que acontecia na cooperativa e em volta dela, e também sabia dos contatos entre os Alvaro e os Piromalli.

A dele era uma tentativa extrema para manter unidas as famílias: "Diga para ele: Pino [Piromalli, o *Facciazza*, N.A.] cometeu um erro... mas, quando um de nós erra, deve ficar claro que depois de certa altura terá de parar... Se for necessário haver briga, é preciso ter razão... não se pode continuar no erro... Porque aqui temos cem anos de história que não podemos estragar... A história tem o seu peso, os sacrifícios, o cárcere e tudo o mais pesam na balança. Do contrário, você deve dizer, será que temos de apagar o passado?... Porque nós respeitamos o passado e respeitamos a história... E nós, diga, nós, nunca cometermos este erro!"

Apesar do conflito aberto em Gioia e das ambições do seu irmão Rocco, Mommo Molè, com a sabedoria de um chefe, mesmo do cárcere tentou salvar a antiga unidade. A essa altura, porém, o roteiro do que iria acontecer já estava escrito.

Em 30 de janeiro de 2008, Pietro D'Ardes ligou para Pino Arena, o braço operativo de *'u Ganciu* e dos Molè na All Service. "Olá, Pino, a gente acabou ganhando!" A cooperativa era deles.

Quando se trata de ganhar ou perder, por estas bandas, ganha-se ou perde-se tudo. Dali a dois dias, em 1º de fevereiro, no dia do seu aniversário, Rocco Molè foi alcançado pelos tiros dos *killers*. Lá na marina, bem perto do porto, morria com ele o sonho de se tornar o dono de tudo.

Depois disso, a quadrilha Piromalli-Molè deixaria de existir, e o tracinho que os unia seria apagado para sempre.

No porto, por sua vez, trinta anos depois do assentamento da pedra fundamental e doze após a chegada do primeiro navio, quase nada mudou. Cada um desempenhava o seu papel naquela sátira, mas a direção continuava firme nas mãos dos chefes.

Algo aconteceu, no entanto: no fim do processo, muitos dos protagonistas da história, os pais, os filhos e até alguns netos, foram devidamente conduzidos pelo Estado à prisão, com penas pesadas. E com eles também foram para a cadeia algumas pessoas "de bem", empresários, advogados, funcionários do ministério e alguns *bons* servidores do Estado.

5. O ETERNO RETORNO

Maldito é quem desiste

É uma terra estranha a Calábria, inóspita e acidentada, tanto na asperidade da natureza quanto na dos homens. Terra de bandidos, escreviam os viajantes que passavam pelo sul no fim do século XVIII e o começo do XIX. Mas apenas os mais atrevidos e corajosos, pois os demais, para evitar qualquer risco, mantinham-se longe e, logo que chegavam a Nápoles, pegavam o primeiro navio para Palermo.

Talvez devido ao fato de os calabreses nunca terem aceitado a condição de vassalos de reinos que nunca foram deles, apesar de a Calábria sempre ter sido uma província sujeita a outros Estados: ou eram do reino de Nápoles ou das Duas Sicílias. A Calábria, pelo menos no nome, simplesmente não existia. E quando alguns homens mais estourados tentavam dizer que não se conformavam, eram acorrentados e deportados, ou então mortos num banho de sangue.

Nessa história que durou séculos, nasceu e cresceu um ódio por qualquer forma de poder constituído sem igual em qualquer outra região da Itália.

O mesmo ódio que, com o passar dos anos, se transformou em poder, tornou-se antigovernamental e, finalmente, como um parasita, acabou virando Estado no Estado.

Só podia acontecer aqui, onde nada é como aparenta ser, onde cada coisa tem várias facetas ou é, pelo menos, dúplice: começando por seus mares, o Tirreno e o Jônio, pelas suas grandes montanhas, o Aspromonte e Sila, e até pelo nome...

Será que alguém já ouviu dizer *as Lombardias* ou *as Toscanas* ou *as Ligúrias*? Mas já ouviu certamente falar em *Calábrias*, porque existe a "de cá" e a "de lá".

Mesmo hoje, percorrendo a autoestrada para o sul, ao chegarmos a Salerno, onde começam as intermináveis filas devido às obras que nunca acabam, encontramos as placas que indicam um percurso alternativo, a *SS 19 das Calábrias*.

Resumindo, até as placas fazem questão de dizer que a Calábria não é uma só.

Imaginem só, então, se em 1970, com a criação das regiões,* não haveria problemas! Passar o nome para o singular foi fácil: Região da Calábria. No entanto, havia pelo menos duas capitais da província. E não pensem que os dignitários democratas-cristãos e socialistas de Catanzaro e Cosenza, que com seus partidos sustentavam o governo de Roma, ficariam calmamente sentados às suas mesas e *foderiam* a única cidade que no seu nome também tinha o da região. Ainda mais porque todos sabiam que se tornar capital regional não era apenas usar um *penacho* na cabeça, mas significava a chegada de muito dinheiro, escritórios, funcionários públicos, trabalho. E queria dizer, principalmente, ter o controle da política, com assessores e conselheiros regionais prontos a serem usados com um estalar dos dedos, porque, com a fome existente, havia de fato um monte de problemas a serem resolvidos e de favores a serem feitos.

---

* A Calábria, como área geográfica, obviamente já existia. O que aconteceu em 1970 foi a criação dos governos regionais com prerrogativas políticas e administrativas relativamente autônomas. (N.T.)

É o que pensavam em Reggio Calábria, naquele quente verão de 1970, as pessoas e os instigadores da revolta que serpeava havia um bom tempo nas ruas e que estava a ponto de estourar.

Após mais de dez anos de malas de papelão e trens da esperança lotados como carros de gado rumo ao trabalho nas fábricas do norte, não se podia perder a oportunidade, e não deixariam que alguém a roubasse deles.

Em 7 de junho, foi feita a primeira eleição para preencher os conselhos regionais, e o comissário do governo encarregado da instituição das regiões marcou a primeira reunião do parlamentozinho calabrês para 13 de julho. A sede escolhida foi Catanzaro, mas só porque era onde estava a única sede da Corte de Apelação da Calábria, conforme exigia a lei.

Para os habitantes de Reggio, no entanto, com ou sem lei, aquilo foi uma provocação. O prefeito Battaglia, um populista democrata-cristão de 40 anos, que em 5 de julho já havia reunido mais de 30 mil pessoas em uma praça, dissera isso em alto e bom som. Num comício abrasador, pediu a todos os conselheiros regionais eleitos em Reggio para não participarem da posse do novo conselho regional.

Os únicos que não aceitaram o pedido foram os comunistas, que não se importavam em nada com Reggio e que foram a Catanzaro sozinhos. E sozinhos também ficaram no dia seguinte, quando o prefeito proclamou a greve geral e toda a cidade parou. Tudo foi fechado: bancos, escolas, repartições públicas, lojas.

Justamente naquele dia aconteceu o que ninguém esperava: passeatas espontâneas se moveram por toda a cidade, convergindo para o centro, enquanto nos bairros se levantavam as primeiras barricadas.

A Piazza Italia encheu-se de pessoas que chegavam de todos os lados. A multidão manteve-se pacífica, mas só até o momento em que um delegado de polícia, com uma faixa tricolor a tiracolo, mandou tocar a corneta. Quando a tropa começou a avançar com gás lacrimogêneo e cassetetes, a faísca explodiu. Foi o começo da revolta.

Os acontecimentos surpreenderam e atropelaram todos. Talvez nem todos, aliás. Porque o ambiente já estava meio estranho em Reggio, havia meses que o fogo ardia sob as cinzas.

Em 15 de julho, depois do segundo dia de choques e ataques contra as federações dos partidos comunista e socialista, ocorreu o que muitos receavam e o que alguns aguardavam. Ao entardecer, numa travessa do passeio principal, foi encontrado o corpo sem vida de um ferroviário, Bruno Labate.

A notícia correu pelas ruas, espalhou-se pelos bairros, chegou às aldeias do interior. Naquela noite, a cidade de Reggio não dormiu.

A partir daquele momento, a história da revolta mudou por completo e, talvez, tenha seguido o rumo que há algum tempo alguém estava planejando.

A liderança passou às mãos do comitê em prol de Reggio como capital regional, a ala extrema e fanática do movimento. O chefe era Francesco, *Ciccio*, Franco, um sindicalista fascista com fortes traços demagógicos e populistas. Cabia a ele a criação do slogan símbolo das barricadas de Sbarre e de Santa Caterina, que se tornaria um dos chavões da direita fascista e neonazista: *Maldito é quem desiste é o grito de batalha*.

Como sempre acontece com as coisas calabresas, foi necessária a morte de um ferroviário para que Reggio virasse notícia e os meios de comunicação percebessem que havia um problema a respeito da capital. A partir daquele dia, jornalistas, repórteres e emissoras de TV invadiram a cidade do estreito, com as imagens da revolta sendo transmitidas pelo mundo afora.

Uma chacina e cinco anarquistas

Em 22 de julho, o *Trem do Sol* havia partido da Sicília tendo Turim como destino, apinhado até não poder mais. Amontoadas nos vagões de segunda classe — considerando a miséria dos passageiros, nem precisava haver a primeira — havia famílias inteiras de retirantes. Eram os novos operários das fábricas do norte que haviam acabado o primeiro turno das férias e que, dali a dois dias, iriam revezar com os companheiros que voltariam para casa no mês de agosto.

Às 17h10, quando o trem estava entrando na estação de Gioia Tauro, ouviu-se um grande estrondo. Os quatro vagões de trás descarrilaram. No *acidente*, seis pessoas morreram, cinco delas mulheres, e 72 ficaram feridas.

O chefe de polícia Santillo, o general dos carabineiros Sottiletti e o procurador substituto de Palmi, Paolo Scopelliti, ao chegarem imediatamente ao lugar, não tiveram dúvidas: tratava-se de um acidente ferroviário.

Só uma semana depois do início da revolta, os homens do Estado se viram às voltas com outra grande encrenca. Melhor jogar a culpa na estrada de ferro do que falar em chacina, como já tinham começado a fazer os costumeiros jornalistas da esquerda. Quanto a isso, todos concordavam: polícia, carabineiros e magistrados. Principalmente o governo, que já estava enfrentando as polêmicas devido aos despistes dos serviços secretos sobre a chacina de Piazza

Fontana, que sete meses antes tinha provocado em Milão a morte de 17 pessoas e ferimentos graves em mais 88.

Só faltava, agora, a "chacina de Gioia Tauro" para a teoria da "estratégia de tensão", como era chamada pelos comunistas e pelos demais esquerdistas, nunca mais ser desmontada. Não devia ser chamada de chacina; portanto, chacina não seria.

Com uma rapidez investigativa rara, a Procuradoria de Palmi fechou o inquérito e deu andamento ao processo. Foi provado que havia sido um acidente, e a responsabilidade cabia às ferrovias devido à negligência na manutenção dos trilhos, e aos maquinistas que, com todas aquelas pontes e viadutos, corriam a mais de cem por hora.

Mas quem havia levado adiante o inquérito se todas as perícias rigorosas e precisas indicavam exatamente o contrário? Nada menos que a unidade da Polícia Ferroviária de Gioia Tauro, sem precisar recorrer à de Reggio, pois aqueles seis mortos eram muito pouca coisa para chamar a atenção de outros departamentos mais especializados da polícia, que naqueles dias já tinham de resolver a encrenca da revolta.

A verdade judicial, embora absolvendo todos, foi declarada com uma sentença de 1974. Mas, na Calábria e na Itália das duplas verdades, não era a única.

Quem se deu ao trabalho de procurar outra foram cinco jovens anarquistas.

Depois do problema que aconteceu em Milão — com um companheiro deles, Giuseppe Pinelli, que caíra de uma janela da Delegacia Central e todos diziam que "havia sido suicidado", e com outro, Pietro Valpreda, jogado no cárcere, inocente, com a acusação de ter colocado uma bomba de Piazza Fontana —, os cinco haviam se deixado tomar pela mania dos questionamentos. Também fizeram isso no caso do trem de Gioia Tauro, deixando inclusive escrito num dossiê, ainda confidencial, que não se tratara de um acidente, mas sim de uma chacina feita pelos fascistas e seus "amigos".

Na noite de 26 para 27 de setembro de 1970, apertados dentro da Mini Cooper de Gianni Aricò, os cinco anarquistas pareciam sardinhas. Estavam viajando de Vibo a Roma. No dia seguinte, haveria uma grande passeata contra o presidente norte-americano Richard Nixon. E, obviamente, eles não tinham a menor intenção de perdê-la.

No carrinho, com Gianni, havia sua esposa, Annalise Borth, Angelo Casile, Franco Scordo e Gigi Lo Celso. Alguém, de qualquer maneira, avisara que seria melhor eles permanecerem na Calábria. Um policial ligou anonimamente para a casa de Gigi e disse à mãe dele: "Acho bom a senhora não deixar o seu filho partir para a capital."

Mas os rapazes queriam chegar a Roma a qualquer custo, e até teriam chegado se, às 22h35, não os tivessem parado para sempre no Km 58, perto de Frosinone. Mais um acidente. O número de mortos foi só um a menos do que os do trem de Gioia.

As investigações diziam tudo e, ao mesmo tempo, o contrário de tudo. A perícia foi feita para demonstrar o oposto da dinâmica real do choque entre um carro e um caminhão.

Os jornais do dia seguinte, todos fiéis ao mesmo roteiro, falaram em alta velocidade, drogas, anarquistas prontos à guerrilha. O cajado que um dos rapazes usava para ajudar uma perna "deficiente" tornou-se uma arma pronta para golpear os policiais durante a guerrilha urbana do dia seguinte.

Angelo, Gianni e Franco eram os autores do questionamento sobre os atentados que haviam marcado os dias da revolta, e tinham descoberto que a 'ndrangheta agiu por encomenda do "Comitê Operativo para Reggio como Capital Regional", constituindo-se, aliás, uma espécie de seu braço armado. Não agira sozinha, obviamente.

Tinham até ligado para Roma, aos seus companheiros, anunciando suas descobertas. E, antes de partir, na maior excitação, Giovanni Aricò disse à mãe: "Quanto ao trem de Gioia, descobrimos coisas que irão estremecer a Itália."

Talvez tivessem falado demais, uma vez que os ambientes anarquistas daquela época eram frequentados em parte por anarquistas verdadeiros, e em parte por "agentes provocadores", vindos de lojas maçônicas, e espiões.

Depois de algum tempo, descobriu-se que o caminhão de reboque sob o qual se teria enfiado o Mini Cooper, decapitando os cinco anarquistas de Reggio, pertencia aos irmãos Aiello, dois transportadores autônomos contratados pelo príncipe Junio Valerio Borghese. Uma coincidência um tanto estranha.

O príncipe fascista era o chefe de um grupo subversivo chamado Fronte Nazionale e, junto com a elite do terrorismo de direita daqueles anos, havia um bom tempo que circulava por Reggio Calábria. Graças aos contatos com a maçonaria e com a quadrilha dos De Stefano, até conseguira o apoio de uma parte da 'ndrangheta para seu projeto de golpe de Estado a ser realizado no fim daquele mesmo ano.

Obviamente nenhum magistrado, nem em Roma nem em Frosinone, se deu ao trabalho de requisitar o caminhão para as devidas perícias, pois ninguém duvidava que o Mini Cooper, pequeno daquele jeito, se metera embaixo dele sozinho.

A pesquisa e o dossiê que os rapazes tinham no carro não deviam ser mencionados de forma alguma. Quem falou a respeito, no entanto, foi Paolo Mieli, um jovem destinado a se tornar um dos mais notáveis representantes do jornalismo italiano, que então escrevia no l'*Espresso*: "Dois dos cinco anarquistas, isto é, Casile e Aricò, tinham a tarefa de averiguar se o descarrilamento em Gioia Tauro havia sido provocado por um ato de sabotagem e se o trabalho foi desempenhado pelos fascistas locais. Alguns dias antes de morrer, Aricò ligou para o seu advogado em Roma, informando que a investigação sobre o descarrilamento havia sido concluída e que os resultados eram desconcertantes. É provável, portanto, que aquela viagem tivesse sido programada justamente para examinar a conclusão da indagação, e não, como no começo se pensou, para participar do comício contra Nixon." A coisa, entretanto, ficou por isso mesmo.

Depois de 23 anos, porém, em 1993, caberia a Giacomo Lauro, homem da 'ndrangheta, *arrependido*, contar a história pela qual cinco jovens com pouco mais de 20 anos haviam sido mortos: "Eu mesmo entreguei o explosivo para a bomba no trem que se dirigia a Gioia Tauro... A bomba foi colocada por Vito Silverini e Vincenzo Caracciolo. Disseram que não tencionavam explodir o trem, mas somente desativar os trilhos, e que o desastre se deveu a uma mera fatalidade... E acredito que ficaram surpresos por se tratar de um trem de passageiros."

As afirmações de Lauro também foram confirmadas por Carmine Dominici, diretor do Avanguardia Nazionale de Reggio, outro grupo muito ativo nos dias da revolta. Depois de alguns anos, ele também se arrependeria: "Posso confirmar que o acidente de Gioia Tauro não se deveu a um erro dos maquinistas, pois se tratou de um atentado ligado aos meios dos 'Malditos são os que desistem'. Em 1979, eu estava preso em Reggio Calábria, na cela nº 10, junto com Giacomo Lauro, Silverini e mais dois calabreses, ambos mortos em disputas do submundo local. Passamos 11 meses juntos no cárcere. Silverini, em certa altura, contou que o atentado de Gioia fora trabalho dele... e também mencionou que a chacina foi executada devido ao movimento dos 'Malditos são os que desistem'."

Além da cela, o que tinham em comum Carmine Dominici e Giacomo Lauro?

O homem da 'ndrangheta tinha uma história política e pessoal que nada tinha a ver com a dos chefes da revolta. Cresceu numa família socialista e, quando jovem, também pertenceu à Federação Juvenil Comunista. "...Aí, obviamente, quando um sujeito faz o juramento da 'ndrangheta, esse juramento vale mais do que qualquer outro. Digamos que, na época, fui forçado a aderir àquele conluio entre a direita e a máfia porque, na minha condição de marginal, não podia me dar ao luxo de recusar."

É claro que, como afirmou Lauro, nem toda a 'ndrangheta participou ativamente dos movimentos revoltosos de Reggio: "A parte que eu conheço é a dos De Stefano... E, então, criou-se um Comitê Operativo para Reggio como capital. Os membros eram Ciccio Franco, Renato Meduri, Paolo Romeo, o professor Calafiore, Benito Sembianza e Fefè Zerbi. Esse comitê era sustentado financeiramente pelo comendador Mauro, aquele do café e do dr. Amedeo Matacena, que era então um empresário de sucesso... Esses eram os homens do dinheiro... o braço armado, por sua vez, era composto por Renato Marino, Carmine Dominici, Vito Silverini, que estava comigo, Vincenzo Caracciolo, Giovanni Moro... Esses, pelo que eu sei, eram os homens que jogavam as bombas e faziam a guerrilha..."

As histórias dos vários personagens mencionados por Lauro iriam seguir caminhos diferentes.

Os componentes do braço armado acabariam presos ou mortos nas duas guerras da máfia que tingiram de sangue as ruas de Reggio nos anos seguintes, ou então seriam acometidos por mortes misteriosas que levaram para o túmulo as suas incômodas verdades.

Os mandachuvas, por sua vez, teriam, todos eles, um futuro político brilhante, embora muito manchado por recorrentes problemas judiciais: Paolo Romeo, mesmo fascista, acabaria sendo deputado pelo PSDI, que na Calábria equivalia a uma loja maçônica, e cujo líder, Costantino Belluscio, várias vezes parlamentar e subsecretário, fazia parte da P-2 de Licio Gelli.

Alguns anos mais tarde, Romeo seria o único político calabrês a ir para a cadeia para cumprir uma pena definitiva por associação mafiosa.

Amedeo Matacena, o financiador da revolta e dono das barcas Caronte, que ligam Reggio a Messina, com o aparecimento em cena de Berlusconi, em 1994, elegeu o filho, Amedeo Júnior, como deputado do Forza Italia, mas também acabaria atropelado por um processo por associação mafiosa.

Ciccio Franco seria eleito senador do MSI* com vários votos e ficaria no Senado até o dia da sua morte.

Renato Meduri, após exercer o cargo de conselheiro regional, ficou no lugar de Ciccio Franco no Senado após sua morte.

Mas aqueles vínculos, formados e fortalecidos durante os dias da revolta nas barricadas de Reggio, nunca esmoreceriam: voltaríamos a encontrá-los em todos os casos que, desde então, chegam aos nossos dias acompanhando-nos até as últimas páginas deste livro.

---

* Movimento Social Italiano, o partido neofascista da época. (N.T.)

Um Pacote e vários desfechos

A história da revolta, por sua vez, como todas as coisas desta terra, teve vários desfechos.

Em 27 de janeiro de 1971, depois de meses de bombas, guerrilha e toques de recolher, chegou-se a um compromisso em Roma: Catanzaro seria a sede da câmara, e Reggio, a sede do conselho regional. Não há nenhuma outra região italiana onde os assessores e o presidente precisem se deslocar 150 quilômetros das repartições governamentais para chegar àquelas do conselho. Mas até que foi justo: os escritórios e cargos foram igualmente repartidos.

Na verdade, com a revolta a geografia econômica e social da região foi redesenhada.

Cosenza ficaria com a universidade e se tornaria centro cultural. E já não era sem tempo, uma vez que gerações inteiras de calabreses haviam sido forçadas a estudar e a se formar em Messina, que fica do outro lado do estreito e que, desde sempre, era a única verdadeira universidade da Calábria.

Em Catanzaro, ficaria a maior parte da burocracia e dos funcionários públicos porque era preciso dar alguma coisa para a cidade que nada tem e que é quase inútil, de forma que o povo pudesse comer.

A Reggio, por sua vez, chegariam as fábricas e o desenvolvimento. A cidade teria um "decreto de Reggio" apropriado para distribuir uma centena de bilhões de liras e criar novas infraestruturas. A área jônica teria a sua grande indústria, a Liquichimica. Na Piana di Gioia Tauro — que depois da chacina do trem até os caras do norte sabiam onde ficava — iria surgir o V Centro Siderúrgico e o maior e mais bonito porto do Mediterrâneo.

Tudo isso estava escrito no "Pacote Colombo", que ficou com o nome do então presidente do conselho. O governo o aprovara em 1º de fevereiro de 1971 e foi a primeira medida tomada por um governo da República para intervir num único território.

Agora, finalmente, as barricadas podiam ser removidas por bem ou pelos carros blindados do exército que ocupavam toda a cidade.

Na realidade, pouco a pouco a revolta se transformara em pequenos focos de guerrilha, uma espécie de guerra em tom menor.

A verdadeira palavra "fim", no entanto, só iria ser usada dois anos mais tarde, em 22 de outubro de 1972. Seria escrita por uma das maiores manifestações sindicais já vistas pela Itália.

Cem mil trabalhadores, vindos da Itália inteira, desfilaram numa cidade muda e hostil. Muitos eram calabreses e sicilianos que voltavam para casa sob as bandeiras dos sindicatos e da esquerda que haviam encontrado pela primeira vez nas fábricas do norte.

Durante meses, Reggio, com grande assentimento popular, havia sido refém de forças subversivas que tinham tido a capacidade de tornar próprios e de dirigir uma revolta e um mal-estar social que serpeavam havia décadas pela cidade, e que ninguém tinha sido capaz de representar.

Na noite anterior à passeata, dezenas de bombas haviam estourado ao longo da estrada de ferro, antes ou depois dos trens com operários que vinham de Roma para o sul. Muitos, vindos de Turim, Milão, Gênova e Bolonha, não tinham chegado, mas de qualquer maneira a história da revolta acabava ali.

Continuava, por sua vez, a do poder paralelo que a ela se juntara e que, mesmo depois de décadas, dela continuaria a tirar seu sustento.

Claro, precisamos ser honestos: não estamos dizendo que a história da Calábria e da Itália tenha sido decidida nas reuniões de cúpula dos chefões mafiosos e nas lojas dos encapuzados, como às vezes alguns jornalistas e alguns magistrados, aqueles que se definem como "duros e puros", dizem por aí. Mas que elas tiveram sua importância e peso ninguém pode negar, uma vez que conseguiram condicionar as escolhas da política e as ações do Estado.

Se não fosse assim, não os encontraríamos agora, ainda mais fortes e poderosos do que antes, fazendo negócios pelo mundo todo, cada vez mais *entrosados* com empresários, políticos de todos os tipos e, como veremos mais tarde, com magistrados e tiras, de Reggio Calábria a Milão, da Piana a Roma, de San Luca a Turim.

A grande transformação

Os *mammasantissima* da 'ndrangheta logo entenderam que nada voltaria a ser como antes. E eles não eram pessoas que gostavam de ficar paradas.

Anunciava-se um período de grande transformação econômica, de equilíbrio político, até mesmo para o mundo fechado dos figurões da "honrada sociedade". Eles perceberam a coisa no ar e conversaram a respeito em Montalto, no Aspromonte, o pico mais alto que domina San Luca, onde um Cristo branco, como o do Rio de Janeiro, olha para a Sicília e abraça dois mares, Jônio e Tirreno, e dois vulcões, Stromboli e Etna.

A última reunião do Crime havia acontecido alguns meses antes do estouro da revolta: não dava mais para continuar com os *locais* divididos, cada um só pensando nos seus próprios interesses, sem uma liderança única. Eles já tinham uma autoridade reconhecida, o *chefe do crime*, mas não bastava. Ele servia apenas para casos de proteção, *cavalo de retorno*, extorsões e alguns sequestros de pessoas.

Agora, porém, havia o novo negócio dos cigarros e das drogas, e sua abrangência ficava cada vez maior. E havia, principalmente, as licitações, os grandes contratos do pacote de desenvolvimento econômico: era dinheiro do Estado que caía como maná do céu.

A autoestrada Salerno-Reggio Calábria era, e podia continuar sendo, uma mina de ouro. Mal tinham acabado de cortar a fita inaugural do trecho Gioia Tauro-Reggio quando começaram a dizer que era melhor recomeçar o trabalho, pois dava para ver de cara que o asfalto já estava velho e que toda a rodovia precisava urgentemente ser modernizada.

Os caras da ANAS* e do governo, após *meia palavra*, concordaram: as obras recomeçaram logo após a inauguração, em 1972, para pontilhar o caminho com placas de "homens trabalhando" para sempre.

Também haviam duplicado a estrada de ferro, pois para chegar a Reggio só havia uma linha, e a coisa engolira um monte de dinheiro: aquela não era uma ferrovia, era uma linha aérea, suspensa entre túneis e viadutos sobre o mar.

Já tinham aprendido com a experiência: como poderiam agir em nome de todos se cada um só pensava nos próprios interesses?

Peppe Zappia, o velho *boss* da família de San Martino di Taurianova, que presidiu a reunião dos chefes, foi claro: "Aqui não há 'ndrangheta de Mico Tripodo, não há 'ndrangheta de 'Ntoni Macrì, não há 'ndrangheta de Peppe Nirta! Precisamos estar todos unidos; quem quiser ficar fica, quem não quiser ficar vai embora."

O velho *boss*, que na reunião representava a Piana di Gioia Tauro, mencionou os dois chefes da cidade e da zona jônica. Quer dizer,

---

* *Azienda Nazionale Autonoma Strade*, a agência italiana encarregada das estradas e autoestradas. (N.T.)

toda a *província*, como iria se chamar a estrutura diretiva da organização. Os sicilianos chamavam de *comissão*, pois quem inventou a palavra *cúpula* foram os jornalistas.

Claro, ainda havia os que queriam falar de tráfico de drogas, pois nem todos estavam em acordo sobre isso, e de sequestros, se era justo fazê-los ou não. Havia até quem dissesse que era preciso respeitar a polícia e os carabineiros e viver tranquilos: cada um com a sua parte e com as suas ideias.

Era fácil perceber que os mais velhos continuavam a pensar com a cabeça da *Honrada Sociedade* e não entendiam que a 'ndrangheta estava se tornando outra coisa, e que, por isso mesmo, era temida e respeitada lá fora.

Não fosse por isso, por que o príncipe Valerio Borghese teria ido fazer um comício em Reggio justamente em 25 de outubro de 1969, um dia antes da reunião de Montalto? Pediu ao marquês Fefè Zerbi, que era fascista e maçom como ele, mas também *punciutu** e ligado às quadrilhas da Piana, para convencer os chefões de Reggio a participarem do seu golpe de Estado.

O príncipe também tinha feito o mesmo com os sicilianos da Cosa Nostra, como Pippo Calderone, Leonardo Messina e dom Masino Buscetta, os *infames* chefes do alto escalão qu. decidiram se arrepender, contaram à Comissão Antimáfia cerca de vinte anos mais tarde.

Foi também lá, na Sicília, que um jornalista sério que havia sido fascista, mas que se aproximara do comunismo e escrevia no jornal L'*Ora* de Palermo, descobriu que Riina, Provenzano e Di Carlo haviam se aliado ao príncipe Borghese.

---

* Na linguagem da máfia, homem da *Cosa Nostra*. (N.T.)

Chamava-se Mauro De Mauro: em 16 de setembro de 1970, exatamente dez dias antes da morte dos cinco anarquistas, entrou no carro com alguém, talvez um amigo ou um informante que conhecia bem, e desapareceu. Ele se tornaria mais um dos mistérios italianos, mas, ao contrário dos assuntos calabreses, se continuaria a falar de De Mauro e a investigação continuaria. Os cinco anarquistas, por sua vez, seriam totalmente esquecidos e a chacina de Gioia nunca apareceria na lista das matanças italianas.

E, vejam bem, Reggio era mais importante que a Sicília, e o Príncipe Negro sabia bem disso. Aqui, uma parte dos chefes já estava encapuzada na maçonaria e outra, com o nascimento da *Santa*, também estava no mesmo caminho. O vento da revolta, que já soprava com força, era vento negro, vento da direita, e podia se espalhar até alcançar o sul inteiro. Não era como o vento do norte, que, mesmo entre trabalhadores e estudantes, era uma coisa toda organizada por sindicatos, chineses e comunistas.

O plano do príncipe, que no norte só poderia ser realizado com explosões de bombas pelos terroristas encobertos pelos serviços secretos, em Reggio se apoiaria nas pernas de um povo inteiro.

E, além do mais, na cidade do estreito, novos chefes, já amigos do príncipe e do marquês Fefè, surgiam e saíam de controle, e certamente assumiriam o comando num futuro próximo. Não era como o pessoal da parte jônica, múmias velhas, onde ainda havia pessoas nas quadrilhas com a carteira do Partido Comunista no bolso.

A força desses relacionamentos seria entendida melhor dali a alguns anos: em 1978, durante o processo instaurado em Catanzaro pela chacina da Piazza Fontana, um dos principais indiciados, Franco Freda, fugiu. Quando, um ano mais tarde, foi encontrado na Costa Rica, descobriu-se que os mentores da fuga dos terroristas de direita, primeiro para a França e depois para a América Central, haviam sido Paolo Romeo, Giorgio De Stefano e os homens da sua quadrilha.[1]

Resumindo, os tempos estavam mudando e não dava para ficar em cima do muro. Com todas aquelas coisas acontecendo, os chefes também tinham de cumprir o papel deles.

Depois da revolta e com o "Pacote Colombo" chegando, melhor esquecer a *Honrada Sociedade*: era preciso pensar grande, pois quem não fosse capaz de acompanhar os tempos seria esquecido.

Além do mais, até o pessoal do governo chegara à conclusão de que o futuro da região seria decidido entre Reggio e a Piana. Eles tinham de participar da jogada.

Em Reggio, os novos chefes, todos jovens, começaram a falar diretamente com os sicilianos, a cuidar de remessas de cigarros com os napolitanos e a fazer seus próprios contatos com os grandes traficantes internacionais de drogas. Com a maçonaria, encontraram as chaves para abrir as portas fechadas, e até se encontravam nos bares com os caras dos serviços secretos, uma vez que, depois dos dias dos "Malditos são os que desistem", havia mais espiões em Reggio do que lixeiros.

Os novos chefes, criados sob as asas protetoras do velho Mico Tripodo, chamavam-se De Stefano, Condello, Imerti, Tegano, Libri, Labate, Serraino. Os sobrenomes continuam os mesmos até hoje, porque mesmo que depois de quarenta anos alguns tenham morrido e outros tenham sido presos, muitos, demais, saíram ilesos e até receberam alguma ajuda dos sujeitos do tribunal que, na verdade, deveriam puni-los.

Naquele tempo, no entanto, ainda estavam crescendo e só se tornariam adultos na base do chumbo, após as duas guerras de máfia que deixaram milhares de mortos nas ruas de Reggio Calábria entre o fim da década de 1970 e o começo da de 1990. Nem mesmo na invasão de Beirute houve tantas mortes.

Na Piana, por sua vez, os Piromalli já eram os Piromalli; eles representavam o velho e o novo. Haviam se *misturado* com a maçonaria muito antes dos outros, e também já estavam acostumados a andar de braços dados com os sicilianos e os napolitanos: sempre souberam olhar para o futuro.

O "Pacote Colombo" havia acabado de sair do papel, e eles já estavam prontos para construir a fábrica e o porto.

Mas a Piana inteira precisava mudar. Cada aldeia, cada quadrilha, cada local: seus aliados deveriam ser fortes e fiéis, pois eles mesmos cuidariam de representá-los. O que estava prestes a chegar, afinal, bastava e dava de sobra para todos.

Os Piromalli não brincavam em serviço. Queriam dar o exemplo, queriam mostrar que tipo de futuro esperava por chefes e *picciotti* que se modernizassem e entrassem em sintonia com os tempos. E também era preciso se apressar, pois os trabalhos já iam começar.

Para início de conversa, quem disse às empresas responsáveis pela construção do V Centro Siderúrgico que os antigos 3% sobre todas as obras bastavam para se trabalhar tranquilamente, sem problemas? Será que os caras da COGITAU e da Timperio S/A de Roma não tinham entendido que as coisas haviam mudado?

Em 1974, houve 154 atentados em Gioia, quase um a cada dois dias. As empresas tinham de entender que, se quisessem viver em paz, deveriam se sentar à mesa de negociações e conversar. E eles, depois de fecharem o acordo, como de fato aconteceu no ano seguinte, não deixariam estourar nem bombinhas de Natal, que nesta terra começam a explodir desde o Dia da Imaculada Conceição.

O negócio era o seguinte: aqueles 3% eram migalhas para os cães. Só faltava essa. Por uma obra como aquela, com 1 trilhão e 300 bilhões de liras destinados somente ao V Centro Siderúrgico e 7.500 empregos previstos, as famílias da Piana deveriam se contentar com aquela esmola?

Eles também queriam se tornar empresários, e as empresas contratadas deviam entender que só poderiam trabalhar se *aceitassem* subempreiteiras. Essa "oferta" havia sido *conversada* numa reunião de cúpula em Gioia Tauro. Estavam presentes Antonio Macrì, *'zzi 'Ntoni*, o chefe das quadrilhas da costa jônica, Mico Tripodo e os irmãos Giorgio e Paolo De Stefano, representando Reggio Calábria, e dom Mommo e dom Peppino Piromalli, em nome de toda a Piana.

A situação estava clara: Mico Tripodo, sem os De Stefano, os modernos, não falava por Reggio Calábria. A essa altura, já se tratava de uma luta aberta entre o antigo e o novo, e foi por isso que o único a concordar com Tripodo foi o velho chefe mafioso da Lócride.

Democratas e proporcionais

A história não acaba aí. As empresas também estavam de acordo, pois, com a fome que reinava nestas terras, seria justo valorizar as "firmas" presentes no território. Naquela época, na verdade, não havia firma alguma, mas de repente elas começaram a aparecer aos montes, como se fossem cogumelos depois de uma tempestade. Foi o que também ocorreu com os caminhões e as escavadeiras que, de um dia para outro, começaram a invadir as estradas da Piana.

A sentença do chamado "Processo dos 60"[2] descreve assim a proliferação de empresas de terraplenagem: "A primeira exigência de utilização dos recursos locais foi relacionada ao setor dos meios de transporte. Eis a resposta. Estavam presentes nas obras as seguintes pessoas: Teresa Albanese, esposa de Antonio Molè, sobrinho dos Piromalli; Francesca Amato, esposa de Ippolito Stancanelli, fiel amigo dos Piromalli; Rosa Cananzi, esposa de Domenico Piromalli; Domenico Coppelli, cunhado de Gioacchino Piromalli; Annunziata Mazza, esposa de Gioacchino Piromalli; Concetta Gullace, esposa de Gioacchino Piromalli, primo do homônimo indiciado; Domenico Molè, genro de Giuseppe Piromalli; Rocco Nicoletta, ex-motorista de Gioacchino Piromalli; Domenica Piromalli, irmã de Gioacchino Piromalli; Giuseppe Piromalli; Gioacchino Piromalli; Giuseppe Tripodo, sobrinho dos Piromalli; Fiorina Reitano, esposa de Antonino Molè..."

A lista continua com os nomes dos principais chefes mafiosos da Piana e com os das suas esposas, seus filhos, irmãos, cunhados: Pesce, Mammoliti, Rugolo, Mazzaferro, Avignone, Crea, Gullace.

Só levou uns poucos meses para eles todos se tornarem empresários e formarem, graças ao incansável trabalho de coordenação de Gioacchino Piromalli, uma espécie de "sindicato" das quadrilhas.

Agiram com justiça: repartiram democraticamente as subempreiteiras segundo um sistema proporcional, conforme o peso e a importância dos clãs que dom Mommo, com a sua sabedoria, tinha "certificado": 1.384.187.765 ao grupo Piromalli; 350.614.930 ao grupo Mammoliti; 180.398.654 ao grupo Pesce; 235.848.522 ao grupo Crea; 117.066.981 ao grupo Avignone...

Calcularam até os trocados, e os caras da COGITAU e da Timperio nem tinham piscado. No entender deles, tudo havia sido feito de forma justa e honesta.

Como podiam saber, aqueles *managers*, que a rica frota de caminhões, escavadeiras, guindastes e tratores estava no nome de donas de casa, professoras de creches, catadores de azeitonas, vigias e inválidos? Afinal de contas, estavam tratando com pessoas de bem, porque naqueles anos, a não ser por algumas intimações policiais e denúncias por porte de arma indevido, alguém por acaso tinha se queixado dos chefões e dos *picciotti* da Piana?

Foi por isso que, ao chegar ao sul, Andreotti foi recebido por Gioacchino Piromalli. Era ele o chefe da verdadeira Confederação das Indústrias local, e não aqueles sujeitos da Associação Industrial de Reggio que, de qualquer maneira, também eram amigos deles.

E, pouco mais de vinte anos depois, Domenico Pepe talvez estivesse errado quando disse a Lugli e aos executivos da Medcenter que "eles" mereciam a *contribuição* porque o porto foi feito com suas próprias mãos. E ainda não contou, com o coração pesado, que foram forçados a cortar os pomares de frutas cítricas e de oliveiras, que nunca mais voltariam a crescer?

Com o assentamento da pedra fundamental do porto, naquele 25 de abril de 1975, começava outra história. A velha máfia de *sapatos sujos de terra* era coisa do passado.

Só seria preciso oficializar a *passagem* do velho para o novo, e, para fazer isso, na 'ndrangheta, só havia um jeito.

Três meses antes, em 20 de janeiro de 1975, dois *killers* fuzilaram, em Siderno, *'u 'zzi 'Ntoni*, o velho' Antonio Macrì, que até aquele momento era o chefe reconhecido da 'ndrangheta da costa jônica. Mas as ruas de Reggio também estavam manchadas de sangue, uma vez que o fim de 1974 foi marcado por um assassinato digno de um filme norte-americano: o chumbo dos *killers* acertara Giovanni De Stefano enquanto tomava um aperitivo com os irmãos Giorgio e Paolo no Roof Garden, o bar chique de Reggio, na frente da praia.

Com a morte de De Stefano e os tiros contra *'zzi 'Ntoni*, os chefões da Piana tentaram restabelecer a paz.

A filha de dom Mommo Piromalli ia se casar, e o Patriarca organizou uma festança sem igual. Era a filha do *mammasantissima* mais amado e respeitado na Calábria e fora dela, de Roma a Toronto, da América à Austrália, e não podia ser um casamento como os demais. Os chefes de todas as famílias da província, e até alguns do exterior, levaram presentes *do outro mundo*. O único que não deu as caras foi dom Mico Tripodo. Não se sabe se estava foragido ou se, com a guerra já no ar, temia uma cilada.

Na verdade, os Piromalli fizeram um pouco de encenação com o casamento. Eles realmente queriam a paz, mas também já tinham escolhido de que lado ficar, e com a morte de *'zzi 'Ntoni*, ninguém poderia mais interromper os eventos.

Em 21 de fevereiro de 1975, o velho chefe de Reggio, dom Mico Tripodo, foi preso. Levaram-no à prisão de Poggioreale, em Nápoles, mas não ficou lá muito tempo. Em 26 de agosto de 1976, dois homens da Nova Camorra Organizada, de Raffaele Cutolo, entraram na sua cela e acabaram com ele a facadas.

O *boss* napolitano recompensou os novos chefes emergentes de Reggio com cigarros e drogas, que dom Mico, *mammasantissima* de estilo antigo, não queria traficar.

A força militar e a autoridade dos De Stefano cresceram. Talvez rápido demais. Era esta a opinião de muitos chefes de clã, mesmo daqueles que eram amigos e que os tinham ajudado em sua ascensão.

Em 7 de novembro de 1977, em Acqua del Gallo, no Aspromonte, foi convocada uma reunião de cúpula para limitar os sequestros e os atentados que estavam enchendo as cidadezinhas e as montanhas de tiras. O encontro, no entanto, não ocorreu. Dom Peppino Piromalli, sem explicações, não apareceu no lugar combinado, e Giorgio De Stefano, logo que chegou, foi morto com um tiro nas costas.

O autor do disparo foi Giuseppe Suraci, um *soldado* da quadrilha de Francesco Serraino, *o rei da montanha*.

Com uma encenação daquelas que só a 'ndrangheta sabe montar, depois de alguns dias, a cabeça decepada de Suraci foi levada dentro de uma caixa à casa de Paolo De Stefano, o irmão do *boss* assassinado. A justiça tinha sido feita. Mas era só teatro: ninguém se atreveria a matar um chefe sem a permissão dos demais chefes. Principalmente sem o consentimento daquele que, sem qualquer explicação, não se apresentara ao encontro. Quem tinha de entender, entenderia.

Os De Stefano, que tinham vencido a guerra contra os Tripodo, podiam continuar vivendo, mas sem orgulho e arrogância, e, sobretudo, respeitando seus aliados.

Na verdade, na guerra de mudança da velha para a nova máfia, os únicos que não foram atingidos e que podiam representar tanto a tradição quanto o futuro eram eles, os chefes e *senhores* da Piana, *homens sábios e de paz*.

O reino dos mortos

"Eu venho do reino dos mortos."

Foi com essas palavras que Pino Scriva se apresentou aos magistrados quando decidiu falar e *se mostrar arrependido*. E era verdade, pois criara realmente um reino para si, em Rosarno, onde era um *killer* e um chefe mafioso conhecido e temido. Pelo menos até os Pesce, a quadrilha emergente, decidirem que tinha chegado a hora de mudar a guarda. Os novos chefes deviam ser eles. Até os que já eram chefes, chefes de todos, os Piromalli, concordavam.

Os Pesce, com *meia palavra*, logo entenderam como agir e o que fazer.

Até outro arrependido tocou no assunto, Salvatore Marasco, explicando que "o clã dos Pesce estava ligado ao clã dos Piromalli". Tinha até esclarecido como era o relacionamento das duas famílias mafiosas de aldeias vizinhas, pois aqui não estamos na Sicília, e as regras, que valem como lei, são diferentes: "Quer dizer, os chefes Giuseppe e Antonino Pesce tomam as suas decisões de forma autônoma; os Piromalli, por exemplo, não são avisados quando cometem um roubo, uma extorsão ou um crime qualquer. Quando, no entanto, os Pesce acham que as suas atividades podem de alguma forma entrar em conflito com os interesses dos Piromalli, aí avisam. Se for alguma coisa mais grave, algo que tem a ver com o território de Gioia Tauro ou com pessoas que têm negócios com os Piromalli, então pedem permissão."

Em resumo, já naquela época, entre as décadas de 1970 e 1980, quando ainda não existia aquela que mais tarde os magistrados, ao tratarem da extorsão da Medcenter, chamariam de "superquadrilha da Piana", os Pesce eram aliados leais e fiéis. Mais tarde, com a construção do porto e todos os negócios que apareceriam, teriam um futuro brilhante diante de si, e seriam amplamente recompensados, até se tornarem, como aconteceu, uma das famílias mais fortes e poderosas da Calábria.

Pino Scriva e o seu clã, por sua vez, representavam o passado, e o passado precisava ser enterrado sem demora.

Claro que, na 'ndrangheta, não se sentam em volta de uma mesa e, entre um copo de vinho, um assado de cabra e uma tarantela, pedem ao velho chefe para passar o bastão de comando. As coisas sérias, aquelas que mudam o equilíbrio e as geometrias mafiosas, são decididas com chumbo grosso, a tiros de *lupara*. E foi isso que os Pesce fizeram.

Era por isso que Scriva vinha *do mundo dos mortos*: quase todos os membros do seu clã que haviam permanecido fiéis ou que demoraram demais para passar para o lado dos vencedores foram assassinados.

A sua história de *boss*, como ele bem sabia, tinha chegado ao fim. Caminhava entre as sombras. Não fosse por isso, por que devia se *tornar* arrependido, logo ele que sentia o *fedor da polícia* a quilômetros de distância?

Se quisesse se salvar e dar o troco a esses *cornuti senza onuri*, a esses cornos sem honra que haviam arruinado a sua vida, não tinha outro jeito, precisava abrir o bico. E ele, um dos primeiros, revelou tudo, ainda que depois, por vingança, tivessem destruído o resto da sua família e, após ter se tornado *infame*, nunca mais retornara a Rosarno.

A história da Piana também é isto: uma série infinita de chacinas e de vinganças, um rastro de morte e de sangue que dura há décadas.

Seminara, Cittanova, Taurianova, Rizziconi, toda guerra é "guerra de", leva o nome de uma aldeia. As famílias envolvidas na luta vêm depois, porque, como já vimos, na 'ndrangheta, as pessoas se matam pelo controle do território muito mais do que pela honra. É a regra de sempre.

Seria um grave erro pensar que aqueles que agora circulam bonitos e emperiquitados, que são empresários no porto, executivos de gabarito internacional e que negociam na bolsa se esqueceram de onde vêm, de como chegaram lá e de quem continuam sendo.

O seu sangue e o respeito que os outros continuam tendo por eles têm origens antigas, vêm de um passado do qual não é possível se livrar, feito de luto e medo.

E os Piromalli sabiam muito bem disso. Tinham imposto a paz a todas as quadrilhas porque, com os bilhões que estavam chegando, ia ser melhor para todos. E também porque não dava para trabalharem tranquilos se a polícia e os carabineiros vigiassem as ruas, entrassem nos bares, se apresentassem nas docas, revistassem as oficinas e batessem à porta *dos cristãos* até de noite. Isso acontecia após todas as matanças, que naquele tempo eram diárias. Por isso era melhor manter a paz. E por isso mesmo, para chegar lá, eles se aliaram aos clãs que venceram a guerra da Piana em cada vilarejo. Clãs que, aliás, também venceram devido ao apoio deles, que, naquele tempo, graças à autoridade de dom Mommo e ao pulso firme de dom Peppino, não só eram os mais respeitados, como também os mais armados.

Quando era necessário, deixavam à disposição seus próprios *killers* e os enviavam "em missão", de forma que logo soubessem quem eram os seus aliados e para que lado era melhor recorrer para vencer: os Mammoliti em Castellace, os Crea em Rizziconi, os Avignone em Taurianova, os Pesce e os Bellocco em Rosarno, os Mancuso em Limbadi, os Gioffrè de Seminara, os Longo de Polistena, os Alvaro em Sinopoli. Os mesmos que reencontramos como subempreiteiros na zona industrial e no porto.

Duas mulheres e um caixão

Ser *homens de paz* não significava não resolver os problemas, quando ocorriam *da forma mais justa*. Em 2008, fizeram isso até com Rocco Molè, que era do mesmo sangue, mas que, quando começou a se portar como um cavalo doido no porto, foi tratado *como era justo e como merecia*.

Não foi a primeira vez. Os mais velhos ainda se lembravam da história na cidade.

No fim da década de 1950, os Piromalli ainda eram pastores e boiadeiros e, com a desculpa de *proteger* as propriedades de nobres e de gente rica, começavam a botar as mãos em hectares e mais hectares dos antigos proprietários. Tinham decidido acabar com a outra família influente da *Honrada Sociedade* de Gioia Tauro, os Carlino, e, *palavra de honra*, foi o que fizeram.

Para eles, cada vez mais fortes e audaciosos, era difícil conviver com os outros. De forma que, quando os Carlino se atreveram a matar Antonio Piromalli, o irmão de Mommo e Peppino, a vingança foi algo nunca visto antes.

Mataram todos, um por um. Chegaram a persegui-los até Rizziconi, na casa onde os Carlino haviam se escondido: armados com submetralhadoras e fuzis automáticos, levaram a cabo uma verdadeira guerra para exterminá-los.

Depois de alguns dias, os sobreviventes, escoltados pelas caminhonetes verdes dos carabineiros e por veículos militares, foram levados ao porto de Reggio Calábria para embarcarem num navio que os levaria, "exilados", para algum destino desconhecido. A partir de então, ninguém ouviu mais falar dos Carlino em Gioia Tauro, não se teve notícias deles, era como se não tivessem existido.

Mas nas terras da máfia, como infelizmente sabemos, a história se repete.

No começo da década de 1980, foi a vez de os Tripodi tentarem. Tinham botado na cabeça que com a morte de dom Mommo, em 11 de fevereiro de 1979, os Piromalli estavam acabados. Ainda mais porque o outro irmão, dom Peppino, *mussu stortu*, naquele tempo estava foragido, perseguido pelos tiras, e eles achavam que a família ia debandar. Não se sabe como puderam pensar uma coisa dessas: até parece que alguém, só por estar foragido, não pode continuar a circular por Gioia, não vê os parentes e todos aqueles que precisa ver, não se encontra com os demais chefes e não continua mandando.

Os Tripodi estavam completamente errados, e isso foi o começo do seu fim.

Para dizer a verdade, como todos diziam na cidade, os Piromalli só esperaram a ocasião certa, um *pisão no pé*, para acabar com a raça deles. Procuraram um pretexto, porque eles, os chefes, só fazem certas coisas quando têm motivo. E os outros, presunçosos ao extremo, ofereceram *o pretexto* numa bandeja de prata.

O líder do clã, Francesco Tripodi, era um agrimensor jovem, instruído, inteligente, cheio de iniciativa. Não era um *boss* semianalfabeto como muitos outros, cheios da grana, mas rudes e de *sapatos sujos de terra*. E também era perigoso, porque tinha carisma, atraía as novas levas de rapazes que só esperavam ser escolhidos para entrar nas fileiras da quadrilha.

No início, até que o deixaram em paz, mas, quando ele começou a fazer extorsões sem pedir a permissão dos únicos que tinham o poder de autorizá-las, então a *falta de respeito* não podia ficar sem a devida resposta. O cara chegou até a visitar um produtor de azeite, amigo de dom Peppino. Não desconfiara de que o homem tinha já uma boa proteção?

O que os bons cidadãos tementes a Deus iriam pensar, que em Gioia não havia mais respeito, não havia mais regras? O agrimensor devia botar na cabeça que, se continuasse com aquilo, se tornaria *um morto que caminha*. Mas, não, era um cabeça oca que até se convencera de que se mandasse matar Antonio, um dos muitos primos dos chefes, *eles iriam recuar*.

Recuar coisíssima nenhuma, foi o começo de uma chacina. Um por um, mataram todos os homens da família Tripodi. Os que fugiram de Gioia para se esconder na casa de parentes, no norte, foram perseguidos, descobertos, traídos. Os *killers* vindos da Calábria acabaram com eles à bala mesmo a mil quilômetros de distância: em Verzuolo, na província de Cuneo, em Pietra Ligure e Sanremo, na Ligúria. Aqueles que ficaram não tiveram escapatória: para descobrir onde se escondiam, na Piana, chegaram a sequestrar um parente deles, Francesco Seminara.

Quem contou a história foi Pino Scriva: "Depois de torturá-lo por muito tempo para fazê-lo falar, mataram-no. O executor foi Antonio Piromalli, o açougueiro, que o segurou entre as pernas e o degolou como um cabrito."

Em menos de dois anos, o agrimensor, os seus dois irmãos, o pai e muitos dos seus soldados foram exterminados.

As feras não se contentaram com sangue, quiseram mandar um recado de poder e domínio a toda a 'ndrangheta. Até àqueles que moravam no norte, pois assim iriam pensar duas vezes antes de dar abrigo aos que fugiam *sem dignidade*.

O chefe então era dom Peppino, *mussu stortu*, e justamente ele, que assumiu a liderança da família após a morte do irmão, queria mostrar a todos que o bastão de comando estava em mãos seguras e firmes.

Quando mataram Giuseppe Tripodi, patriarca do clã e pai do agrimensor assassinado alguns meses antes, impediram que os parentes fizessem o funeral. Assim como impediram que ficassem de luto e *chorassem o morto* dentro de casa, como é o costume daqui, com a vigília das carpideiras que dura pelo menos um dia antes do cortejo fúnebre. Aos Tripodi, nada foi permitido.

Naquela noite, soldados dos Piromalli jogaram gasolina e óleo diesel na casa e queimaram tudo. Só por um milagre não mataram os últimos sobreviventes, as mulheres e as crianças dos inimigos.

Na manhã seguinte, não houve cortejo fúnebre. Atrás do caixão de Giuseppe Tripodi, só mesmo a esposa e uma das filhas. Nunca se tinha visto antes duas mulheres sozinhas atrás do rabecão, com o padre na frente, sem a presença de pelo menos um coroinha para levar a cruz e a água benta. Ao longo do percurso até o cemitério não havia ninguém, só policiais e militares parados nas esquinas.

Gioia estava deserta, a atmosfera era irreal. As pessoas, aterrorizadas, haviam se trancado dentro de casa. De forma bastante teatral, até a tradição que existia desde os tempos da *picciotteria* e da *Honrada Sociedade* fora quebrada, segundo a qual os mortos devem ser respeitados e o correto é que até os carrascos participem do enterro das vítimas. Agora as pessoas poderiam comparar com o que havia acontecido dois anos antes.

Em 12 de fevereiro de 1979, não dava para entrar em Gioia. Era o dia do funeral de dom Mommo Piromalli, que morrera no hospital de causas naturais. A fila de carros chegava até a saída da autoestrada e continuava até o bosque, já perto de Rosarno.

Para se despedirem pela última vez do Patriarca, segundo as estimativas da polícia, havia mais ou menos 6 mil pessoas. Um povo: idosos de *coppola* na mão, pois o respeito pedia que o tirassem da cabeça, jovens, famílias, mulheres. Ele só tinha feito o bem, *havia sido um homem de paz* e agora todos lastimavam a sua perda.

Os chefes mafiosos vieram de todos os cantos da Calábria, mas também havia os da Sicília, de Nápoles e de Roma. Só para o desfile das coroas de flores fora preciso mais de meia hora. Tinham chegado de toda a parte, da costa jônica, de Reggio, de Milão, da Alemanha, e também da Austrália, do Canadá e, uma enorme, dos "amigos de Nova Jersey".

Ao saírem da igreja, os próprios familiares ficaram surpresos com aquela multidão. Tinham de fazer alguma coisa. E então, em nome da família, pediram que o seu advogado, Armando Veneto, fizesse um breve discurso de agradecimento. Embora não se tratasse de uma verdadeira oração fúnebre, aquele agradecimento teve ampla repercussão: o advogado já era um personagem conhecido, e mais tarde se tornaria prefeito de Palmi, senador pelo Ulivo, subsecretário dos governos Prodi e D'Alema. Depois, passaria a militar na *Italia dei Valori*, de Di Pietro, para finalmente ser eleito deputado europeu pela UDEUR de Mastella.

Em Gioia, nunca mais se veria uma cerimônia fúnebre como a de dom Mommo.

Essa comoção toda, entretanto, ainda não era suficiente para os Piromalli. Será que alguém ainda os compararia aos Tripodi, que não passavam de *nada misturado com coisa alguma?* Para que não houvesse dúvidas, jogaram ainda mais sal na ferida.

Na noite depois do funeral solitário, outro grupo provido de machados e serras mecânicas cortou e destruiu centenas de pés de laranja, tangerina e olivas nas terras deles. Mas somente árvores novas.

A mensagem não podia ser mais clara: nenhum outro rebento da família Tripodi poderia crescer em Gioia. Naquela terra, já não havia lugar para eles nem para os herdeiros dos seus herdeiros.

É assim que, por estas bandas, se vencem as guerras e se impõe respeito e dominação. É bom se lembrar disso e saber qual o sangue que corre nas veias dos filhos e netos, que, até hoje, se sentem orgulhosos de serem os herdeiros dessa história e dessa tradição.

Dizem por aí

Os únicos que, naqueles anos, não se deram conta do que acontecia em seus territórios foram os políticos profissionais, os prefeitos, os administradores municipais, os presidentes das USL.* Pois, afinal, para que colocá-los no cargo se não se portassem assim? O que acontecia em volta não era assunto deles. Com todos os problemas de desemprego e emigração, não podiam certamente perder tempo com essas bobagens de máfia e quadrilhas.

No fim da década de 1970, diante do juiz instrutor do inquérito que levaria ao "Processo dos 60", desfilaram todos os prefeitos da Piana. Enquanto eram interrogados, nos campos e nas ruas das suas aldeias havia um contínuo vaivém das caminhonetes dos "*Cacciatori*", as unidades especiais dos carabineiros encarregadas de solucionar sequestros e encontrar foragidos; portas de lojas explodiam quase todas as noites, os assassinatos não paravam. Mas só dois prefeitos,

---

* *Unità Sanitarie Locali*: algo como as Unidades Básicas de Saúde do SUS no Brasil. (N.T.)

dentre os 33 do território, sabiam da existência da máfia: o prefeito de Cittanova, Arturo Zito De Leonardis, um respeitado e honesto advogado democrata-cristão, e o prefeito de Polistena, Mommo Tripodi, um combativo líder popular comunista que, alguns anos antes, já recebera a simpática lembrança de tiros durante um comício em defesa das trabalhadoras das estufas. Quanto aos demais, máfia?, nunca ouvi falar.

O prefeito de Sinopoli, a cidadezinha da desde então já poderosa quadrilha dos Alvaro, afirmou textualmente: "Não me consta que no meu território operem organizações mafiosas ou de qualquer outro tipo." Tinha até se esquecido do atentado que ele mesmo sofrera em 1977, ainda mais porque, se lembrasse, com o cargo que ocupava, não poderia dizer que se tratava de *problemas com mulheres, chifres e honra*, que eram as costumeiras desculpas para os atentados e as ameaças naquele tempo. E não percebera que os chefões do seu município haviam planejado e realizado três sequestros entre 1976 e 1977, e que muitos dos seus concidadãos já estavam sendo processados.

Nas páginas dos jornais locais da Piana não se falava de outra coisa. Mas ele só lia as páginas de cultura, de esportes e de política internacional.

O prefeito de Rosarno, Antonio Alessi, até admitiu alguma coisa com meias palavras, mas, "quando se menciona a quadrilha dos Pesce e a dos Bellocco, só fala *ouvi dizer* e *são apenas boatos*".

O prefeito de Rizziconi, por sua vez, era um advogado, Rosario Arcuri. Devido ao seu ofício, também era defensor da quadrilha Crea, que, como já vimos, era a que mandava por lá. Conhecia de perto os chefes e os *picciotti*, pois, afinal, eram seus clientes e costumavam frequentar o seu escritório. Diante do juiz, no entanto, pareceu sofrer uma troca de personalidade: no seu papel de prefeito, nunca viu ou encontrou os chefes mafiosos.

Disse que na área do seu município "só aconteceram alguns episódios criminosos isolados e que não se tratava de criminalidade, mas de momentos de delinquência... e que, portanto, a cidade de Rizziconi deve ser considerada como uma ilha imune do fenômeno mafioso".

Ele também não reparara que, entre 1973 e 1977, haviam acontecido quatorze atentados, cinco tentativas de homicídio e seis assassinatos.

Claro que, enquanto no papel de advogado dos chefões tinha de afirmar que os seus clientes eram inocentes, no de prefeito não poderia certamente acusá-los de serem os mandantes dos crimes que aconteciam na área. Em resumo, todos concordavam numa coisa: era melhor que a máfia não existisse.

Segundo o prefeito de Palmi, por sua vez, "dizem por aí que os comerciantes da cidade estão sendo extorquidos... mas não se descobriu qualquer prova de interesse mafioso...".

Não se dera conta de que em Palmi, entre 1974 e 1978, aconteceram sete homicídios, dois sequestros, dúzias de atentados, algumas centenas de detenções e que já havia alguns meses que nas sessões do conselho municipal só se debatia uma tentativa de especulação urbana na costa, atribuída aos clãs Piromalli e Mammoliti.

O mais claro de todos havia sido o prefeito de Taurianova: "Não existe qualquer clamor popular que indique a existência de associações mafiosas; só há boatos esporádicos."

Rumores, só rumores, sempre rumores. Mas, quando é forçado a se lembrar das ondas de atentados que haviam atingido e estremecido o seu município, disse não se recordar, pois durante aquele período explosivo estava doente e com a memória debilitada.

Também estava com amnésia quando Taurianova fora o foco da Itália inteira devido ao assassinato de dois carabineiros, mortos em Contrada Razzà durante a invasão de uma reunião dos chefes da máfia com um importante político.

Em Taurianova, havia décadas que quem mandava e continuava mandando era o clã dos Macrì. Um casal de irmãos, Olga e Francesco, se alternava no comando. Quando um era prefeito, o outro era líder da Democracia Cristã no conselho provincial ou presidente da USL. Francesco também tinha sido secretário particular do Presidente da República Antonio Segni, apesar de todos saberem, no Quirinal,* até mesmo os guardas, que a sua família estava ligada à máfia.

Francesco Macrì, quando queria derrotar algum adversário ou um traidor interno do seu próprio partido, aparecia na sacada que dava para a praça central da cidade — Piazza Macrì, decorada com a estátua do seu pai, Giuseppe Macrì, que também dava o nome ao hospital e à escola — e criticava tal inimigo para o público, acusando-o de ser indigno e mafioso. Depois da humilhação, levava menos de 24 horas para os atentados começarem. Mais duas semanas e tudo entrava nos eixos: a oposição se calava e as críticas sumiam. Afinal, ele era um benfeitor de verdade, e isso incomodava.

Certo dia, em 1986, explicou isso com toda clareza para um jornalista do *Corriere della Sera* que saíra especialmente de Milão para se encontrar com ele: "Estou com 54 anos, milito na DC desde garoto e já ocupei inúmeros cargos. Por onde passei, arrumei empregos

---

* Antigo palácio papal, na colina homônima. Atual residência do Presidente da República. (N.T.)

nas repartições públicas para os filhos desta terra. Acho que mandei contratar cerca de 3 mil pessoas, talvez mais, perdi a conta. Todos me procuram: dom Ciccio, solucione este impasse, dom Ciccio, resolva este problema. E eu, com santa paciência, sempre acabo dando um jeito. Sou como um missionário. Além do mais, o pessoal daqui é realmente ignorante. Eles vêm falar comigo até para resolver brigas entre marido e mulher. Entenda, nós do sul não somos como vocês do norte, que resolvem os seus casos recorrendo aos partidos: a USL fica com você, esta secretaria fica comigo. Aqui, nós sofremos de uma doença terrível, o individualismo. É preciso ter prestígio, e eu tenho."

Quando, em 1987, o comissário regional de Reggio fechou a USL "dele" e o Presidente da República Francesco Cossiga assinou o decreto, o Tribunal Administrativo local invalidou tudo e levou novamente dom Ciccio à presidência. A partir daquele dia, na Piana, todos começaram a dizer, e até a escrever nos muros da cidade durante as noites: "Dom Ciccio pode, Cossiga, não."

Tocou o barco desse jeito até os primeiros anos da década de 1990. Ninguém se atrevia a mexer com ele! Naquela época, o chefe da Procuradoria da República de Palmi era um nosso conhecido, Giuseppe Tuccio, que, com dom Ciccio como patrocinador, se candidataria pela DC ao Senado justamente no colégio eleitoral da Piana. O mesmo juiz que, vinte anos depois, em 2007, seria mencionado num telefonema da Venezuela por Aldo Miccichè, dizendo que os dois, o foragido e o magistrado, "*eram unha e carne*".

No fim das contas, porém, a cúpula da Procuradoria-Geral mudou e conseguiram prendê-lo.

Encerrada a carreira política, dom Ciccio morreu. A capela da família, bem no meio do cemitério de Taurianova, era uma espécie de mausoléu e os seus entes queridos escolheram colocá-lo ao lado do pai, que, falecido alguns anos antes, havia sido embalsamado e exposto à visitação pública, como Lênin na praça Vermelha.

Na Itália inteira, sempre devido às intrigas dos jornalistas, chamavam-no *Ciccio Mazzetta*, isto é, Ciccio Suborno. Mas ele não se incomodava, era um benfeitor, e os jornalistas do norte não entendiam isso. Na Piana, era simplesmente Dom Ciccio, que sempre tinha uma palavra de esperança para todos.

E o que dizia, por sua vez, o prefeito de Gioia Tauro, Vincenzo Gentile, que era um grande amigo de *Ciccio Mazzetta?*

Eis o que o juiz escreveu sobre *Cecè*: "... apesar de terem acontecido cerca de 140 atentados a bomba em 1974... nada lhe faria imaginar que a máfia existia... e tampouco era do seu conhecimento que, já naquela época, Domenico Molè, o genro de dom Peppino Piromalli, era seu conselheiro municipal, junto com mais parentes dos chefões Mazzaferro e Mammoliti, todos ligados, por sangue ou por interesse, aos Piromalli." No fim das contas, ele mesmo havia declarado a um jornal que, dos Piromalli, só sabia que eram donos de um posto de gasolina e que tinham recebido algumas heranças.

Essa era a Piana daquele tempo, na época da grande transformação, quando os mandachuvas continuavam matando como sempre fizeram, mas se tornavam homens de negócios e executivos e, como acontece agora, tinham ao seu dispor prefeitos, funcionários públicos, políticos.

Naquele tempo, de qualquer maneira, apesar de cochichos e rumores, a 'ndrangheta não existia ou pelo menos não devia existir. E, se alguém insistia em *falar bobagem*, era preciso intervir de imediato e com vigor.

Certa vez, Domenico Piromalli chegou a fazer isso pessoalmente. Edoardo Macino, um desses intelectuais de esquerda cujos pais haviam mandado estudar em Roma, ao voltar a Gioia Tauro, decidira ser secretário do Partido Comunista.

Os Piromalli o conheciam e sabiam quem era porque, em seus anos como estudante de medicina, se hospedava na mesma pensão que o sobrinho deles, aquele que depois de obter o diploma se mudou para Milão, onde agora trabalhava como médico num importante hospital.

Vez por outra havia se encontrado até com dom Peppino, *mussu stortu*, exilado em regime de prisão domiciliar em Fabriano, mas que evidentemente continuava se movimentando sem maiores dificuldades.

Ele, dom Peppino, quando estava com saudade do sobrinho ou de um bom jantar com outros chefes calabreses e sicilianos na sala panorâmica do restaurante Il Fungo, pegava o carro e partia para Roma. Sabe como é, ninguém o controlava. E se alguém o parasse, ele sabia quem chamar, visto que do hotel em que se hospedava ligava todas as semanas para o Palazzo Chigi, para o gabinete do primeiro-ministro.[3]

Edoardo, logo que se tornou secretário em 1975, decidiu livrar-se dos colegas que os chefes mafiosos haviam infiltrado até no gabinete do Partido Comunista. A coisa não foi fácil, mas acabou conseguindo que fossem demitidos. E eles, os chefes, tinham deixado que o fizesse, pois não valia a pena se incomodar por tão pouco. Mas, quando começou a falar em máfia até nos comícios, acharam que não dava para aguentar mais.

Gioacchino, que àquela altura era o *homem do porto*, chamou o pai de Edoardo e — como relatam os juízes do "Processo dos 60"

— mandou que o levassem à sua casa a fim de que "convencesse o filho a não mencionar mais a máfia, porque as pessoas logo pensavam que estava se referindo a ele". Por sorte, nessa ocasião, até que foram bonzinhos, embora o desajuizado secretário tenha continuado a tocar no assunto.

Mas estava falando do que, afinal, se a máfia não existe?

Foi o que o próprio dom Mommo disse em 1975, numa entrevista concedida a Giuseppe Giò Marrazzo, no hospital de Messina, para um programa especial da emissora RAI, *Acciaio e poi*,* dedicado à industrialização de Gioia Tauro.

Marrazzo: "Dom Mommo Piromalli, rei da Piana di Gioia Tauro, superpoderoso chefão, como podem ser explicados esses títulos?"

Piromalli: "Não, nunca tive esses títulos, nunca os quis... e não tenho a menor intenção de ser o que os outros dizem. Quem diz, aliás, é a polícia, são aqueles que têm interesse em me prejudicar. Mas eu não sou o que dizem. Não sou um padrinho nem o *boss* histórico da máfia calabresa, porque sou um chefe de família e, mais do que isso, sou um injustiçado perseguido."

Marrazzo: "Mas, se perguntarmos pela região, dizem que o senhor é um homem de respeito..."

Piromalli: "Não, ser um homem de respeito e ser um homem da máfia são coisas diferentes, muito diferentes. Sou um homem de respeito porque sou generoso com todos, e as pessoas me respeitam justamente por essa minha virtude."

Marrazzo: "Dizem, por exemplo, que a construção do Centro Siderúrgico está sob o seu comando..."

---

* Aço e além. (N.T.)

Piromalli: "Veja bem, quanto ao Centro Siderúrgico, tudo que sei é onde ele está sendo construído."

Marrazzo: "Ora, mas a máfia da Calábria certamente não é um fantasma!"

Piromalli: "Não sei dizer se é um fantasma, só sei que nestes últimos anos se fala muito de máfia, mas eu... eu nem sei o que quer dizer a palavra máfia... Não sei se é algo de comer, algo de beber, não sei onde foram inventar essa tal de máfia. Onde é que descobriram? Que organização dá motivo para dizerem 'podemos afirmar com certeza que esta é máfia'?...

"Aliás, a prova de que não sabem se máfia existe é que, quando querem condenar alguém a prisão domiciliar, a acusação é de ser um suposto mafioso."

Palavra de Patriarca. Aliás, de suposto Patriarca.

Sangue e Fininvest

Sim, claro, a Piana não passa de uma periferia, mas, naquele tempo, cruzavam-se ali histórias, interesses, tráficos e homens que encontraríamos de novo no cenário nacional dos anos seguintes.

Enquanto esperavam pelo porto, a Itália mudou e eles acompanharam as ondas da maré.

Só para dar um exemplo, quando surgiram as primeiras emissoras de TV privadas, eles já estavam prontos. Imagine só se, com o faro que sempre tiveram para bons negócios, não tinham entendido logo que aquelas novas emissoras eram chamadas de livres só para que eles pudessem *se aproveitar*?

No começo da década de 1980, Gioia também ganhou a sua TV, a Tele Tauro. Durante os anos do *boom*, os "sinais" se multiplicaram como cogumelos e a publicidade funcionava que era uma beleza. Continuar sendo uma pequena estação local e chegar somente às casas da Piana seria realmente uma pena. Era preciso ser, pelo menos, uma emissora de nível regional, e a Tele Tauro se transformou em Tele Calábria.

O futuro do empreendimento parecia muito favorável, ainda mais porque o dono, Ciccio Priolo, que transmitia há vários anos o sinal da Tele Capodistria na Calábria, já era conhecido e tinha amizades e contatos certos até em Milão.

Quem contou a história foi Angelo Sorrenti, um operário que trabalhou para uma firma do porto quando jovem, mas que tinha uma verdadeira paixão pela eletrônica. Em certa altura, pediu demissão, abriu uma loja que comercializava esse tipo de material e, sendo amigo do filho de Ciccio Priolo, um rapaz que sofrera de poliomielite, foi trabalhar com ele na Tele Tauro.

Quando a emissora se "expandiu" para nível regional, tornando-se a Tele Calábria, aconteceu a guinada: "Certo dia, o sr. Priolo recebeu um telefonema de Adriano Galliani pedindo para marcar um encontro. O homem disse que tinha boas notícias, que um grande empresário de Milão decidira entrar no setor televisivo e montar uma estrutura em nível nacional. Com um sistema de contemporaneidade de transmissões, isto é, associando-se a uma emissora em cada região, ele queria formar uma rede capaz de cobrir todo o território do país. Era o Canale 5.* O sr. Priolo ficou muito satisfeito, já que alugou a tal emissora, se não me engano, por 10 milhões de liras ao mês."

---

* Canais da Mediaset, a rede de Silvio Berlusconi. (N. T.)

Mas como a estação passaria por Gioia Tauro e ficaria por isso mesmo? Por estas bandas não é bem assim, e a família teria de cuidar do assunto. Ninguém sabe o que aconteceu nem qual foi a exigência da família, mas sabemos muito bem qual foi o resultado.

Certa noite, um grupo de *killers* enviados pelos Molè encheu de balas Ciccio Priolo e seu filho, Nicodemo, o rapaz com pólio, amigo de Angelo Sorrenti.

Poucas semanas mais tarde, Giuseppe, o filho sobrevivente que todos chamam Pino, vencido por grave esgotamento psicológico, decidiu ceder a Tele Calábria à Fininvest.

O contrato de venda, por 280 milhões de liras, foi assinado nos estúdios da Milano Due, seguido por um almoço, do qual participaram Pino Priolo, Angelo Sorrenti e Adriano Galliani, o futuro presidente do Milan.

A *colazione*, como a chamam no norte — que para nós do sul seria o café da manhã, com um sanduíche de provolone e salame —, foi amigável, levando-se em conta que Galliani conhecia os dois jovens desde a época em que ainda era presidente da Elettronica Industriale, companhia fundada por ele em 1975, comprada pelo grupo Fininvest na década de 1980 e finalmente repassada à Mediaset, que já naquele tempo trabalhava com a Tele Tauro.

Algumas semanas após voltarem para Gioia, Pino Priolo desapareceu.

Dois dias depois, encontraram seu corpo no meio dos campos. Estava crivado de tiros de pistola, largado dentro do carro do próprio Angelo, que uns dias antes havia sido roubado.

A mensagem não podia ser mais clara, e não era preciso ser um gênio para entendê-la. Ele fora contratado pela Fininvest para ser o responsável pela nova emissora e por aquela que, dali a poucos dias, seria inaugurada em Reggio Calábria. Angelo achava que corria o risco de ser morto. A empresa estava ficando grande demais, e haveria muito dinheiro envolvido: se não quisesse acabar do mesmo jeito, seria melhor negociar.

Ser um empresário televisivo e representar os caras do norte chamava a atenção de todos. Ele, que nasceu em Gioia, sabia o que fazer. Se fosse de Milão, talvez nem pensasse nisto: "Decidi visitar Pino Piromalli para perguntar se podia continuar trabalhando na empresa e morando em Gioia. E com quem mais podia falar? Para mim, sua opinião era importante e indispensável para que eu permanecesse por lá. E, realmente, deu-me todas as garantias, dizendo: 'Pode ficar, e como sou eu quem está dizendo isso, fique.'"

Devido à bondade daquele ato, Angelo não demonstrou arrependimento, nem mesmo durante o processo. Fez o que qualquer um faria, *ou seja, se fez de desentendido.* "Considerava e continuo considerando Pino Piromalli uma autoridade e, portanto, uma pessoa à qual pedir o que pedi... e, do fundo do coração, desde então sou grato a ele."

Não estava brincando, sentia-se realmente agradecido. Em 1985, quando Pino Piromalli saiu do cárcere após um dos seus costumeiros períodos de prisão, Angelo foi logo visitá-lo, assim, só para cumprimentá-lo e dizer que estava ao seu dispor.

Quanto a isso, ninguém podia duvidar: naqueles anos, os juízes eram uma verdadeira obra-prima de rigor.

Para impedir que Pino *Facciazza* ficasse em Gioia Tauro, uma vez que fora declarado na sentença que era socialmente perigoso, decidiram "bani-lo" da cidade logo após ser libertado.

Escolheram, como local da prisão domiciliar, um belo lugar turístico, um verdadeiro resort quatro estrelas, La Quiete, a apenas cinco quilômetros de Gioia, mas no município de Palmi. Assim a lei seria respeitada, salvando a cara da justiça italiana. E uma vez que estavam com as mãos na massa, também mandaram para lá seus irmãos, Antonio e Gioacchino. Na prática, o Estado tinha reunido a *família*.

O local, com o *boss* e seus irmãos, tornou-se a sede da diretoria estratégica do clã, pois o tio deles, dom Peppino, o *capo dei capi*, fora preso pelos tiras havia algum tempo.

Para falar com Pino era preciso entrar numa fila que nem mesmo diante do escritório do prefeito havia igual, e, vejam bem, naquele tempo, *Cecè* Gentile até que recebia bastante gente.

Em La Quiete, havia uma verdadeira procissão de homens de negócios, políticos, pessoas do povo. Também apareciam, é claro, *capibastone** e chefões foragidos.

Foi aí que começou a amizade entre o *boss* mafioso e o antigo operário transformado em empresário. Também começou a criação de novas empresas, necessárias para o porto, e a fundação de sociedades para que o dinheiro rendesse mais.

A paixão de Angelo era a TV, em cujo setor já era um homem bem-sucedido. Principalmente no âmbito que de fato importava, o da Fininvest, que na Calábria tinha Toni Boemi, dono da Telespazio de Catanzaro, como ponto de referência para a Rete 4, e Gianni Riga, da Video Calabria de Crotona, responsável pela Italia 1. Ele, por sua vez, era o garoto-propaganda do Canale 5.

---

* Chefes de pequenas regiões, com poderes limitados. (N.T.)

Os laços de amizade com Toni Boemi se tornaram cada vez mais estreitos. Os dois se entenderam desde o começo. O empresário de Catanzaro estava por dentro da política e tinha as chaves que abriam as portas das repartições e das secretarias que realmente interessavam.

Quando Pino *Facciazza* quis evitar o recrutamento do filho Gioacchino, precisou de um contato no distrito militar de Catanzaro. Só de pensar no filho usando uniforme, *vestido de tira*, o homem ficava com urticária. Comentara o assunto com Angelo, e este logo agiu. "Falei a respeito com o sr. Boemi e ele se mostrou disposto a ajudar. Uns dias mais tarde, acompanhei Gioacchino em um encontro com o sr. Boemi, que queria conhecê-lo pessoalmente, e começou a história da dispensa... primeiro foi considerado reservista, e depois dispensado do serviço definitivamente."

O mesmo aconteceu com Antonio, seu outro filho, aquele que o *Facciazza* nomearia regente da quadrilha durante a sua detenção.

E quem eram os amigos que se mostraram tão prontos a atender seus pedidos? O capitão Moschella, do hospital militar, e o coronel Rizzo, dos carabineiros. "O coronel Rizzo, certa vez, recebeu-nos no comando provincial dos carabineiros, no clube dos oficiais, onde nos convidou para tomar alguma coisa, e onde também ficava o seu alojamento."

Houve outros encontros, e os oficiais não se fizeram de rogados, participaram deles sem o menor constrangimento.

Diante disso, o *Facciazza* decidiu agradecer pessoalmente a Boemi nos estúdios da Telespazio, em Catanzaro. O encontro foi cordial, até emocionante para Boemi: "Chegou a mostrar a garrafa de champanhe que o *boss* lhe enviara no Natal, e disse que não a tinha tomado porque a guardava como um tesouro."

O homem da Fininvest e os Piromalli, a essa altura, eram uma coisa só. Pois do contrário não lhe teriam pedido para ser padrinho de crisma de Antonio, o dos telefonemas para Aldo Micciché na Venezuela.

Angelo, Antonio e Gioacchino Piromalli haviam se tornado tão amigos que até fizeram juntos uma romaria a Lourdes, porque eram realmente devotos da Virgem Maria, fiéis de verdade e católicos praticantes.

Tudo isso desmoronou, no entanto, quando os Piromalli, de uma hora para outra, pediram a Angelo uma "contribuição" de 200 milhões.

Talvez Pino tenha feito isso só para não dizer não aos Molè, o lado feroz da família, que nunca haviam respeitado a amizade. Não foi por acaso, de fato, que na hora de fazer a exigência, um primo, Mommo Molè, também aparecera junto com os Piromalli.

Angelo Sorrenti tinha uma empresa que cuidava da manutenção das instalações e das antenas de transmissão de todo o grupo Fininvest. Área na qual também estava interessado o genro de Toni Boemi, Rodolfo Biafore. Em certa altura, porém, Boemi propôs que Angelo cuidasse do assunto. Sabia que os Piromalli estavam por trás de tudo e não queria encrencas. Além do mais, já haviam ocorrido alguns incidentes.

Em Crotona, os caras da Video Calabria e da Italia 1 tinham decidido fazer a manutenção por conta própria. Menos de duas semanas mais tarde começaram os atentados aos transmissores e às antenas. Angelo também estava no grupo dos "sabotadores". As ameaças chegaram ao ápice com a explosão de uma bomba colocada na entrada do prédio da Video Calabria, na Piazza Pitagora, no centro de Crotona.

Toni Boemi, que não tinha nada de bobo, percebeu que o melhor a fazer era arrumar um refúgio seguro. O negócio da manutenção envolvia 400 milhões. As bombas foram claras: se a coisa ficasse nas mãos dos Piromalli, não haveria mais problemas e seria melhor para todos.

Pino *Facciazza* abriu o jogo com Angelo: "Nós mesmos poderíamos executar o trabalho com Boemi, mas vamos deixar que você o faça. É justo, no entanto, que cada um fique com 200."

O mundo de Angelo desmoronou. Para ele, Pino era um amigo e um ídolo, foi padrinho de seus filhos e netos. Mas agora havia deixado de ser. Ficou com medo. Nas sombras da noite, via os rostos de Giuseppe, de Emanuele e de Ciccio Priolo, os seus amigos que haviam sido mortos.

Para piorar as coisas, o seu envolvimento no caso dos atentados contra os transmissores de Crotona havia sido descoberto e tivera de passar algum tempo no xadrez. Mas até que teve sorte, porque os sujeitos da Milano 2, apesar de serem do norte, não ficaram nem um pouco escandalizados com esses negócios de cárcere e de máfia.

Formalmente, devido a toda essa história feia, acabou sendo despedido da Fininvest, mas em seguida compensaram-no com uma quantia bem maior do que a lei exigia. E sabem quem ficaria com o contrato de toda a manutenção do Canale 5? A nova empresa que o nosso Angelo criou justamente com esse fim.

É claro que a Milano 2 não tinha como saber que o homem era unha e carne com os Piromalli. Confiavam nele cegamente. Quando foi preso, obviamente não saberiam disso pelos jornais, pois vocês acham que lá no norte algum grande meio de comunicação se importaria com essas minúcias calabresas? Claro que não! Em Milão, é sempre assim, ou os caras são presos bem debaixo do nariz deles, ou então ninguém sabe de nada.

Com a decadência de Angelo, rebaixado a simples subempreiteiro, o homem da Fininvest na Calábria passou a ser Toni Boemi. Mas o empresário de Catanzaro era um homem experiente e também encarregou Angelo da manutenção das suas antenas e dos seus transmissores.

Em resumo, ninguém queria realmente se livrar de Angelo, nem em Catanzaro nem em Milão. Ele mesmo contou nos autos do processo os motivos para isso, mas era apenas uma vaga impressão, sejamos bem claros: "Depois de ser condenado pelo meu envolvimento nos atentados contra a Video Calabria, acho que a Fininvest me considerava um contato certo com a máfia, e também via em mim uma espécie de garantia para o bom funcionamento das emissoras, levando-se em conta a sua localização em terrenos montanhosos. Creio que passaram a me considerar uma espécie de seguro, transferindo então para o sr. Boemi as atividades de imagem e representação. Tanto que nunca tiveram problemas na Calábria... Mas, afinal, essa não passa de uma impressão minha."

De qualquer maneira, estavam quase acostumados com esse tipo de coisas na Fininvest. O mesmo já acontecera com as antenas e as emissoras na Sicília, e o próprio Berlusconi seguiu essa linha de pensamento ao levar para a sua mansão um cavalariço de Palermo que lhe havia sido apresentado por Dell'Utri e ao pagar uma grana à máfia para proteger seus filhos e sua *villa* de Arcore. O problema desses empresários do norte é que não entendem as coisas do sul. Assim como acontecera com Galliani e Angelo Sorrenti, como podia o *Cavaliere* saber que Mangano era um *boss* da Cosa Nostra, e que antes de entrar e sair da mansão de Arcore já tinha entrado e saído várias vezes do cárcere?

* * *

O inesperado pedido da "contribuição" mudou a vida de Angelo. Já não era a mesma pessoa. Chegou a fazer uma coisa que, logo ele, que ninguém jamais tachara de *desprezível*, nunca teria feito antes: comprou uma aparelhagem de escuta e a instalou no carro.

Agora, as conversas entre ele, o *Facciazza*, Boemi e seu genro seriam gravadas e se juntariam à documentação daquele que mais tarde seria chamado de "Processo Tirreno".

O gravador não deixou passar nada. Pino Piromalli foi explícito: "Eu disse para ele: se alguém tiver que fazer esse trabalho, deixe Angelo cuidar do assunto. Pois, se for o caso de ganhar 400, Angelo está mais que bem-pago com 200! Parece-me um raciocínio lógico. Tudo se resume a isso."

Angelo: "Certo... mas eu preciso receber esse dinheiro e depois repassá-lo a vocês? Acha isso justo, Pino?"

Pino: "Está querendo me comover, logo a mim?"

Angelo: "Nada disso, eu só quero que se respeite a matemática..."

Pino: "Vamos deixar essa conversa para quando estivermos com a cabeça fria. Mas será possível que você só sabe se queixar?"

Angelo: "Está bem... Por mim, podemos falar do que você quiser..."

Pino *Facciazza* era o chefão da máfia, é verdade, mas também era de carne e osso, era um homem.

Pino: "Vou lhe contar uma coisa, Angelo. Sabe o que mais vou lastimar na hora de morrer? Sabe qual é o meu único arrependimento? O único! Pois não tenho outros... É que não transei o suficiente. Trabalhei demais e acabei fodendo poucas mulheres."

Com foda ou sem foda, a história acaba com Angelo, depois de assinar um cheque de dezenas de milhões para o amigo, desmoronando psicologicamente: primeiro fugiu e se escondeu para evitar as pressões da quadrilha, e então contou tudo.

Certa manhã, alguns carabineiros disfarçados de garçons se movimentavam apressados pelo saguão do hotel Excelsior de Reggio Calábria: traziam café, limpavam as mesas, ficavam atrás do balcão do bar, passavam o aspirador nos tapetes. Quando dois enviados do clã se apresentaram na recepção para buscar um pacote em nome de Sorrenti que continha pelo menos 100 milhões de liras, ficaram cara a cara com o capitão Iannone, que, vestido de porteiro, já estava com as algemas na mão.

Acabou assim, no outono de 1993, a história da chegada da Fininvest de Berlusconi à Calábria. Começou com uma pequena emissora local e três assassinatos pelas ruas e pelos campos de Gioia Tauro.

No fim do processo, os Piromalli e os Molè foram condenados a penas muito longas, assim como Toni Boemi e os demais *homens da Fininvest* calabreses. Os de Milão, por sua vez, se safaram, exatamente como acabou acontecendo com os genoveses de Angelo Ravano e da Medcenter na tramoia do porto.

No corpo da sentença, os juízes também descreveram minuciosamente a normalidade das relações entre os executivos da Fininvest, os empresários de Catanzaro e os homens da família. Mas Galliani e os caras da Milano 2, que tomavam a *colazione* e faziam negócios com os senhores da Piana, jamais sequer cogitaram constituir a Fininvest e a Mediaset como parte civil dos processos pelas chantagens e pelos atentados sofridos.

Quanto ao papel do *boss*, os próprios juízes salientaram com clareza o alcance do mesmo: "A autoridade de Pino Piromalli aparece tão forte e ramificada quanto iluminada e tolerante em relação aos amigos importantes, aos quais recorre para receber eventuais facilitações e favores, além de usá-los para conseguir contatos influentes...

"Se o poder tem uma linguagem, a usada por Pino Piromalli com Sorrenti entre 1981 e 1993 é sem dúvida alguma a de um soberano iluminado que, embora impere, não oprime seus súditos, sabe discernir as capacidades deles, promover suas potencialidades e até premiar, nos momentos emergenciais, a fidelidade absoluta dos mesmos." Não se levando em consideração os mortos, obviamente.

Bilhões e carvão

São tantas as histórias que aconteceram na Piana. Talvez seja porque o Estado nunca quis abandoná-la por completo ou porque o porto, que mais cedo ou mais tarde seria construído, iria ligá-la ao resto do mundo. Ou talvez porque em Roma se sentissem com a consciência pesada por causa daquele *Pacote Colombo* que se transformara num amontoado de promessas não cumpridas, com as pessoas que ainda esperavam o tal Centro Siderúrgico que nunca chegaria.

Com o passar dos anos e o esmaecer dos sonhos, os 7.500 empregos prometidos com o surgimento da grande usina haviam se transformado em manifestações, cortejos, protestos e bloqueios quase cotidianos ao longo da estrada de ferro e da autoestrada. Para muitos, a principal atividade consistia em protestar, mas só para aqueles que se opunham ao "trabalho" que *outros* ofereciam com fartura.

De Roma, continuavam a chegar notícias de planos de desenvolvimento e dinheiro aos montes. E, lá no sul, já tinham entendido: primeiro, pegamos o dinheiro, e depois, mais tarde, há tempo de sobra para o desenvolvimento e tudo o mais.

Também tinham decidido construir uma grande usina de carvão, a maior da Itália. A crise energética da década de 1970 tinha deixado bem claro que, com as contínuas chantagens dos árabes, o petróleo não podia ser a única solução.

O dinheiro necessário para realizar o projeto era muito, muito mesmo: 5 trilhões de liras, 1 trilhão dos quais destinado ao trabalho dos subempreiteiros. Era um maná que caía do céu, e eles, como já acontecera antes, estavam prontos para aproveitar.

Assim como estavam prontos os figurões do ENEL que tinham escolhido a área industrial de Gioia Tauro. Não faltavam conselheiros e apaixonados defensores, principalmente entre os deputados democratas-cristãos e socialistas que costumavam frequentar a Piana e sabiam muito bem de onde vinham os votos que os elegeram.

Todos fizeram direitinho o que se esperava deles. Só que uma usina não é a mesma coisa que um Centro Siderúrgico. Uma vez concluída, proporcionaria um número bastante limitado de empregos e, além da fumaça, não parecia ter muito mais a oferecer.

Diante disso, o povo da Piana se revoltou e todos os prefeitos se mobilizaram contra o governo. Mas como se atreviam, pensava o povo, a propor só carvão e poluição depois de tantos anos de planos e promessas de emprego?

No entanto, havia um prefeito favorável, apenas um, *Cecè*, o governante de Gioia Tauro. Pouco antes de ser morto, em 1987, para acalmar a multidão que votara contra a usina no referendo promovido pelas prefeituras da Piana, tinha encontrado uma saída típica dele: "Tudo bem, não precisam se preocupar. A gente pega o dinheiro e deixa o barco correr. Pois, de qualquer maneira, da fumaça dessa usina nem vamos ver a cor!"

Cecè fora profético. A coisa acabaria exatamente como ele previu, mas não faltariam surpresas e fatos incríveis.

Desta vez, o protagonista principal foi o ENEL. O primeiro pacote de subempreitadas era de 100 bilhões. Ficou dividido em três licitações das quais participaram as mesmas empresas, coordenadas por uma outra, a Ietto, ligada diretamente a Nicola Alvaro, o *boss* de Sinopoli, aliado dos Piromalli. O mesmo que, em 2008, depois de quase vinte anos e da morte de Rocco Molè, voltaríamos a encontrar ao lado deles nos negócios do porto.

Agora, no entanto, ao contrário das empreitadas do porto e das subempreitadas do Centro Siderúrgico, o mecanismo era mais sofisticado. Quase chegava a ser irreal.

Vamos dar uma olhada na primeira tomada de preços: o ENEL estabeleceu o lance mínimo em 15 bilhões, com possibilidade de ofertas 15% maiores ou menores. A oferta mais vantajosa, da empresa Ietto, foi de 18 bilhões, e, portanto, fora dos limites.

Pela lei, seria preciso reformular o projeto e redefinir a oferta. Mas não, dali a alguns dias o ENEL fez outra licitação e determinou a base de oferta em exatamente 18 bilhões. A mesma quantia proposta pela Ietto. A Ietto ganhou e, contra qualquer lei do Estado e também do mercado, associou-se às empresas que perderam.

O mesmo aconteceu na segunda licitação, de 47 bilhões, e na terceira, de 37 bilhões e 700 milhões.

Como se não bastasse, todos os cruzamentos societários e os consórcios que se formaram para cada pacote sempre levavam à mesma pessoa, o engenheiro Saverio Micheletta, que presidia o conselho de administração de várias sociedades, todas elas ligadas à Ietto.

Estávamos em janeiro de 1990, vinte anos depois do *Pacote Colombo* e 15 depois da colocação da pedra fundamental.

A história é sempre a mesma: todas as empresas pertenciam a testas de ferro das quadrilhas dos Alvaro, Pesce, Mazzaferro e Piromalli. As demais famílias iriam entrar na jogada como subempreiteiras.

No meio de todas as empresas, a que mais se sobressaía era a Cogeca. O titular era Edoardo Maria Strangi, que, segundo os juízes, "está ligado ao clã Piromalli, em nome dos quais também teria prestado seus serviços como testa de ferro". Na verdade, Strangi era muito mais que um laranja, também era sobrinho de consideração do general Goffredo Canino, na época chefe do Estado-Maior do Exército.

Em 19 de julho de 1990, a magistratura lacrou os canteiros de obras, e um escândalo nacional estourou, principalmente porque, no entender dos juízes, "o ENEL não é a parte prejudicada no processo, mas sim parte ativa e conivente com a comissão dos crimes".[4]

A história ficou ainda mais complicada quando o recurso do presidente do ENEL, Viezzoli, e o dos empresários chegou ao Supremo Tribunal.

O Supremo expressou o seu parecer, e em 12 de novembro do mesmo ano a desapropriação foi revogada. Quem cuidou disso foi o juiz Corrado Carnevale, explicando que não houve qualquer infração nas tomadas de preço e que a história da "presença hipotética da máfia" só se baseava em suposições. Em resumo, tudo não passava de uma jogada jornalística. Isso nos faz lembrar as palavras do finado dom Mommo, quando afirmou que, ao falar das quadrilhas, os juízes sempre fazem acusações contra *supostos* mafiosos!

Mas Carnevale, neste caso, não era apenas o presidente da Primeira Seção do Supremo. Antes de chegar lá, foi chefe da

Comissão Legislativa e presidente do Comitê de Vigilância do Ministério da Indústria, quando contribuiu para a elaboração das normas necessárias ao início dos trabalhos para a construção da usina. Tinha sido um dos autores, em outras palavras, das normas, todas ilegítimas, com base nas quais o ENEL se amparava agora para favorecer os "empresários" da Piana. E daí? O que havia de errado nisso?

O Supremo Tribunal de Justiça tampouco prestou atenção na denúncia do presidente da Comissão Parlamentar Antimáfia, Gerardo Chiaromonte. "Sinto-me obrigado a denunciar, por respeito ao Congresso, o comportamento do ENEL, que pressionou vários representantes da comissão e teve o descaramento de chegar até o presidente da Antimáfia." E quem disse isso não foi um dos muitos ambientalistas contrários ao carvão, mas sim o mesmo político que, dentro do seu partido, o PCI, sempre se mostrara favorável à construção da usina.

Um dia depois da sentença de Carnevale, os canteiros de obras foram reabertos. O ENEL anulou os contratos decorrentes dos leilões públicos, mas reconheceu os custos enfrentados pelas empresas e pelas subempreiteiras nas obras levadas a cabo até o dia do sequestro: 24 bilhões e 654 milhões entre salários e retribuições da mão de obra fornecida pelos consórcios liderados pela Cogeca e a Ietto.

A lenga-lenga da usina continuaria por vários anos, mas no fim, como previra *Cecè*, nenhuma fumaça saiu das chaminés daquela central. Em seu lugar, ficou apenas uma pequena usina que cospe umas tímidas nuvenzinhas diante dos enormes braços dos guindastes do porto.

O Estado, por sua vez, honrara mais uma vez seus "compromissos", repassando bilhões diretamente aos bolsos de todos os empresários "amigos" e amigos dos amigos.

Foi assim que, nos anos da grande mudança, os homens das quadrilhas locais se tornaram grandes empresários. Graças ao Estado e ao seu dinheiro. E, várias vezes, graças também aos juízes.

Grandes mestres das finanças

São dessas tramoias que surgem os novos chefões da 'ndrangheta *global*. Os que colonizaram a Itália e o planeta, como a esta altura todos os magistrados, jornalistas e peritos já reconheciam.

Depois que a Comissão Antimáfia escreveu, em 2008, a palavra colonização no seu relatório dedicado à máfia calabresa, qualquer investigação, qualquer inquérito jornalístico, qualquer mesa-redonda da TV não faz outra coisa a não ser falar em *colônia*: na Lombardia e na Ligúria, no Piemonte e na Emília, na Toscana e no Lácio.

Mas o que realmente mudou o mundo foi a globalização, e eles não se deixaram pegar desprevenidos. Pois, do contrário, acabariam como os sicilianos, que se deixaram levar pelo clã de Corleone e lutaram uma guerra contra todos, decidindo até enfrentar o Estado com bombas. Sim, claro, foram condenados à prisão perpétua em um megaprocesso, e aquela porcaria do 41 bis era realmente uma tortura nojenta, então era muito justo vingar-se dos magistrados que o tinham proposto e dos políticos que haviam se vendido e já não olhavam mais para fora da Sicília e da Itália. Mas com as bombas que jogaram, haviam criado um monte de inimigos e suscitado a ira da maioria, e agora, pressionados pelos tiras e pelos juízes, muitos haviam mudado de lado e começado a falar, bancando os arrependidos.

Nada disso com os calabreses, no entanto; eles não tinham esse tipo de fraquezas. Estavam de olho no norte e no restante do mundo desde que deixaram suas casas como emigrantes. E deveriam, por acaso, se contentar trabalhando como operários nas fábricas de Milão, como pintores nas montadoras de Turim ou fundidores nas prensas de Brescia? Deveriam ter ido à Austrália só para ver os cangurus pularem? Não, seus planos eram outros, bem diferentes.

Autoestrada, Centro Siderúrgico, central termoelétrica, leis especiais, porto: tinham sugado o dinheiro do Estado para multiplicá-lo em novos negócios ao redor do mundo. Tinham investido com proveito até a grana obtida com os sequestros de pessoas.

Também haviam sido os primeiros a entender que até os prazeres da vida tinham mudado.

Entre *Os embalos de sábado à noite* e as cada vez mais demoradas *happy hours*, estava claro que as pessoas queriam ficar o tempo todo em ponto de bala, que aquela era a vida que queriam: restaurantes, discotecas, mulheres bonitas, carrões e champanhe.

Já passara a onda da heroína, que era coisa de fracassados esquerdistas, gente frustrada e pobres coitados. O negócio, agora, era a droga da alta sociedade, algo para ricos, não para pobretões. Estes já podiam morrer com as seringas nas veias, ou mofar em algum hospital, consumidos pela Aids.

Tinham escolhido com uma sabedoria visionária. Haviam se instalado na América do Sul, Colômbia, Bolívia, Peru, onde a cocaína, antes de ser cortada e refinada, ainda é chamada de coca e o pessoal a masca o dia todo como se fosse chiclete. Os viciados já os conheciam e confiavam neles, entregando-lhes o mercado europeu.

Eram inovadores. Primeiro tinham inventado para si mesmos o papel de "empresários" do desenvolvimento, e o Estado reconhecera os seus méritos. Então, com todo o dinheiro que ganharam, mergulharam de cabeça no único negócio realmente global. Mas, antes mesmo que o porto começasse a funcionar — o que significava *grana e drogas* chegando do mundo inteiro —, eles já haviam começado a dar o ar da sua graça nas altas finanças internacionais. Bastante compreensível. Já tinham algum traquejo em assuntos financeiros. Sempre tiveram ao seu dispor tabeliães e tributaristas, que, aliás, eram justamente os seus conselheiros de confiança: eles entravam com o dinheiro, e os outros cuidavam de pô-lo em circulação e multiplicá-lo. Mas tudo nascia e se desenvolvia sempre ali, na Piana, e de uma forma ou de outra os personagens eram quase sempre os mesmos.

Até hoje, em muitos casos, ao folhearmos os jornais de Turim ou Milão para dar uma olhada nas notícias locais — que ficaram muito parecidas com o noticiário da Calábria —, acabamos quase certamente encontrando nomes que alguém poderia considerar um tanto estranhos. Se procurarmos em velhos arquivos, livros ou recortes de jornais, descobriremos que o sujeito que em 2012 era diretor de hospital, presidente da ASL, executivo ou personagem conhecido na bolsa de valores, trinta anos antes partira daqui, de Palmi, de Gioia, da Piana.

Já vimos neste livro, e estamos fartos de saber, que até as histórias de trinta, vinte anos atrás nunca são esquecidas. As raízes do futuro são fincadas naqueles fatos e naqueles personagens, e o passado sempre volta. E há mais uma história que merece ser contada.

Em meados de julho de 2010, cerca de trezentos mafiosos foram presos na Calábria e na Lombardia. Foi a maior operação organizada em conjunto pelas procuradorias de Reggio Calábria e de Milão. Não fora nada fácil levá-la a cabo. Espiões e agentes ao serviço tanto do Estado quanto da 'ndrangheta fizeram de tudo para ela não dar certo. Mas essa é uma história que contarei mais tarde.

Os nomes incluíam mafiosos, empresários, políticos e também importantes funcionários públicos. Muitos outros que surgiram no inquérito não foram levados presos de volta ao país nem chegaram a aparecer entre os indiciados. Mas, como nos ensinaram os relatos até agora apresentados, eram personagens acostumados a frequentar a 'ndrangheta ou a ela ligados por histórias pessoais, parentesco, amizades. E também, aliás, quase sempre, por negócios.

Mas, veja bem, isso não quer dizer que para onde *se olhe* só se enxergue máfia, pois nesse caso a vida se tornaria impossível! Nem que tudo, como costumam dizer agora, seja incriminador; se assim fosse, nem daria para comer uma pizza, pois, com todos os restaurantes que abriram no norte, quando você paga a conta nem sabe a quem dá o seu dinheiro. Mas há alguns casos, digamos assim, um tanto estranhos.

Talvez seja por isso que os magistrados, quando não podem prender um fulano — pois, afinal, não se pode botar alguém no xadrez por causa de um simples telefonema —, escrevem coisas feias a respeito dele: "O que resta explicar é como um cidadão como Pilello possa agir a mando de Barranca."

Cosimo Barranca era o chefe da 'ndrangheta de Milão. Um chefe justo, pois do contrário não estaria no comando da província de Milão, já tendo quadrilhas espalhadas por todos os municípios, tanto assim que quase parece estar na Piana ou no Aspromonte. E, além do mais, era um chefe fiel, não como o que havia antes na Lombardia, Carmelo Novella, que, talvez devido aos contatos que mantinha com a Lega Nord,* começou a bancar o revolucionário. Queria uma

* O partido que defende a independência, ou pelo menos mais autonomia, das regiões do norte. (N.T.)

'ndrangheta federalista, com a rede lombarda autônoma da *Mamma* de San Luca, do *Crimine* calabrês. Aí, *meia palavra* vinda da Calábria, e o problema logo foi resolvido: livraram-se do indivíduo do jeito deles, na base dos tiros.

A Lombardia é a Lombardia, mas continua dependendo da Calábria.

Pietro Pilello, por sua vez, era um executivo importante. Era apreciado e procurado por todos. O seu nome aparecia em inúmeros conselhos de administração, colégios sindicais, contadorias de sociedades privadas ou de instituições públicas.

Dedicava-se a tantas coisas que nem dava para entender de onde tirava tempo: Comissão da Feira de Milão, Metropolitana Milanese, empresa responsável pelo metrô de Milão, Agência de Desenvolvimento da Metrópole de Milão, Area Sud Milano, companhia responsável pela limpeza urbana da área, Miogas, Sistemas de Energia, Agência de Mobilidade Urbana, Finlombarda, sociedade que fornece financiamentos para o desenvolvimento da região. O conselho provincial até o elegera, com voto secreto, presidente dos contadores da província milanesa, e a administração municipal de Pavia o incluiu na ASM, a agência de serviços da prefeitura.

Pavia é mais uma cidade cheia de calabreses bem-sucedidos, que subiram na vida.

Pino Neri, que também era chefe da 'ndrangheta local, era o clássico exemplo de *boss* de terno e gravata, pois trabalhava como advogado tributarista, quase o mesmo ofício do amigo Pilello, que era assessor financeiro. Assim sendo, os dois, desde sempre amigos, trocaram entre si alguns favores. Enquanto Neri cumpria pena por narcotráfico e estava suspenso do exercício da profissão, quem cuidava de algumas das suas causas cíveis era Pietro.

Nós, calabreses, somos assim mesmo, demonstramos o nosso apoio nos momentos de necessidade, e o fato de alguém ser um traficante não significa que esteja menos necessitado. Nada de bancar o moralista, portanto, e nem pensar em virar-lhe as costas, pois amizade é para isso mesmo. E, além do mais, uma coisa é ser um traficante, e outra completamente diferente é ser o chefe da 'ndrangheta. Mas, obviamente, Pietro não sabia de nada disso.

Pilello, que era um homem generoso, foi recompensado com ofertas igualmente generosas que vieram de toda a parte: além dos cargos "nortistas", também desempenhava funções importantes na Napoli Metro Engineering, na Fiumicino Energia e na RAI Way. Na RAI, o pessoal tinha uma verdadeira adoração por ele, tanto que ele presidiu a diretoria da RAI International de 2003 a 2006. As sociedades privadas eram tão numerosas que nem dava para contar.

Petrusinu a ogni minestra,* diriam por aqui, e ele entenderia logo sem precisar de explicação, pois não era de Milão, mas nasceu e se criou em Palmi, Calábria, bem no meio da Piana di Gioia Tauro.

Claro, devia ser muito competente, e circulava à vontade entre a alta sociedade: frequentava casas luxuosas de Milão, as sacristias financeiras próximas de Formigoni, presidente da região, e de Comunione e Liberazione, assim como a sede do partido Forza Italia, de Berlusconi, que depois mudou de nome e, coligando-se com outros partidos de centro-direita, se tornou o PdL, Popolo della Libertà.

Mas durante as eleições, as visitas às casas luxuosas não bastam. Os votos chegam de várias fontes, e é preciso coletá-los um por um, como bem sabem os que realmente fazem campanhas eleitorais.

---

* "Salsinha para toda sopa", no sentido de "vai bem com tudo", "aparece em todo canto". (N.T.)

Em Milão, há uma *multidão de imigrantes calabreses* em busca de uma nova vida, e é uma multidão que vota e faz votar. Foi justamente o que Aldo Micciché explicou a Marcello Dell'Utri em seus telefonemas da Venezuela. Diante disso, Pietro mandou a irmã convidar Cosimo Barranca para um jantar no restaurante Il Cascinale: o motivo do encontro era a apresentação a alguns "eleitores importantes" os seus candidatos preferidos nas chapas do PdL para as eleições provinciais de 2009. A finalidade, obviamente, era apoiar Guido Podestà, que, por gratidão, depois de ser eleito presidente, iria nomeá-lo chefe da Contadoria da Província.

Assim como no caso de seu querido amigo Neri, como Pilello poderia saber que Barranca era o chefe da máfia de Milão? Mas sabia tudo sobre a "lei" do respeito que é devido a quem merece na Calábria. Quando Neri ligou para dizer que Barranca recusou o convite para o jantar eleitoral por uma questão de *respeito*, Pietro percebeu a gravidade da indelicadeza cometida. Não tinha passado pela sua cabeça que alguém como Barranca não podia ser convidado por uma terceira pessoa, ainda mais por uma *fimmina*, uma mulher. Pilello pegou o telefone e ligou para Cosimo para consertar o erro.

O telefonema de desculpas e de mortificação pela ofensa cometida sem querer reestabeleceu a honra ferida do chefe mafioso e o respeito calabrês, resolvendo assim a situação.

Como disseram os magistrados, são coisas que "ainda resta explicar". Pensando melhor, no entanto, até que elas têm uma explicação.

Pietro Pilello era um homem-chave do sistema de poder tanto de Berlusconi quanto do Comunione e Liberazione em Milão. Com bastante frequência, entre coisas "inexplicáveis" e dados "incriminadores", o seu nome aparecia de repente nas gravações de escutas e em inquéritos judiciários.

Como quando, em meados de 2007, Berlusconi decidiu forçar a queda do governo Prodi, dando início à mais deslavada operação de compra e venda de com deputados e senadores. O próprio Dell'Utri falava sobre isso pelo telefone com Aldo Micciché, o homem dos Piromalli: para o *Cavaliere*, o caso tornara-se uma obsessão, ele tinha perdido a cabeça.

Nesta história há mais um calabrês, amigo do peito de Pilello, que era o seu assessor financeiro: o diretor da RAI Fiction, Agostino Saccà.

Os dois se conheciam desde sempre. O homem de confiança de Berlusconi na RAI sabia que Pietro tinha um primo na Austrália. Como muitos emigrados para o outro lado do mundo, ele havia subido na vida e, em Melbourne, conquistou o apreço de pessoas influentes: tinha um restaurante frequentado só pela nata da sociedade. Quem frequentava o lugar era o senador Nino Randazzo, que foi eleito pela Unione di Centro no colégio eleitoral da Oceania. Os primos calabreses eram os mais indicados para convencê-lo a virar casaca.

Saccà e o *Cavaliere* comentaram o caso pelo telefone em 12 de setembro de 2007:[5]

Saccà: "Boa-tarde, presidente, como vai?"

Berlusconi: "Estou trabalhando para fazer o governo cair e acho que vou conseguir."

Saccà: "Também acho."

Berlusconi: "Agostino, você mencionou aquele calabrês eleito na Austrália..."

Saccà: "Quanto a isso, tenho notícias bastante interessantes... Se o senhor quiser, posso contar por telefone..."

Berlusconi: "Vamos lá, pode falar..."

Saccà: "Um amigo meu muito querido que mora em Milão é primo do tal dono do restaurante onde o senador costuma jantar..."

Berlusconi: "Mas temos alguém que podemos usar como contato?"

Saccà: "Temos, sim, esse amigo é um consultor financeiro importante, calabrês, mora em Milão, e, além do mais, é o probiviro* do Forza Italia em Milão, quero dizer, é realmente um dos nossos... E ele me disse que, se tiver que ser o contato, então vai ser o contato..."

Berlusconi: "Se você puder marcar um encontro entre nós..."

Saccà: "Está bem, falarei imediatamente com ele."

Berlusconi: "Como se chama?"

Saccà: "Pilello, Pietro Pilello... É uma figura de respeito em Milão, importante, está na Comissão Tributária... É uma pessoa séria... Mas há outra coisa que eu queria dizer... Lá na Calábria, há um consenso no que diz respeito ao senhor, e, sendo assim, já pode se considerar papa..."

Berlusconi: "Está bem..."

Saccà: "Mas é uma maravilha!"

Berlusconi: "Muito obrigado, Agostino, tchau!"

O encontro realmente aconteceu. Primeiro o de Pilello com Berlusconi. O consultor financeiro, emocionado, ligou imediatamente para Saccà. "Ele me disse que este país está caindo aos pedaços. Precisamos fazer alguma coisa. Presidente, falei, eu estaria disposto

---

* Do latim: homem honesto. Pessoa que por sua integridade e boa reputação é chamada para fazer parte de alguma associação, agremiação ou partido com a função de julgar e dar pareceres. As tais integridade e boa reputação, obviamente, dependem do ponto de vista e da ideologia de quem avalia. (N.T.)

a cortar uma das mãos só para derrubar o governo Prodi... Tenho muitos parentes na Austrália..."

Em 1º de novembro de 2007, todos eles se encontram em Roma, no Palazzo Grazioli: Pilello, o senador Randazzo e o *Cavaliere*. A história foi contada tanto pelo parlamentar ítalo-australiano, que denunciou a tentativa de suborno, quanto por Pietro Pilello numa entrevista concedida ao *Giornale* para minimizar os fatos e negar a existência de comportamentos *incriminadores*.

Mas qual havia sido o ponto de partida de Pietro Pilello para chegar às altas esferas do poder político e financeiro milanês?

Uma loja e um assalto

Uma viagem de volta às suas origens nos leva mais uma vez à Piana di Gioia Tauro e aos anos da sua tumultuada transformação. Do jeito dele, quem contou a história foi o próprio Pilello, que entre uma e outra reunião também encontrou tempo para bancar o escritor. Depois das prisões decorrentes das operações "Crime" e "Infinito", redigiu um livro autobiográfico em Milão, *L'imboscata*, que pode ser lido na internet.

Na década de 1980, o assessor fiscal e financeiro tinha um escritório em Gioia Tauro e trabalhava para os Piromalli, que, atarefados na criação de todas aquelas atividades econômicas e empresariais, não podiam certamente perder tempo com minúcias contábeis.

O homem tinha a paixão pela política no sangue e acabou sendo eleito secretário de uma das duas seções do PSI de Palmi. Primeiro ficou do lado de Giacomo Mancini, o líder do Partido Socialista calabrês que tinha inúmeros contatos na Piana. Então, quando Mancini decidiu lutar contra a usina de carvão, mudou de corrente e se juntou aos da "esquerda" socialista, que queriam o carvão. Em Roma, os chefes do seu partido eram homens como Claudio Signorile e Fabrizio Cicchitto, enquanto na Calábria os seus pontos de referência eram os parlamentares Saverio Zavettieri e Sisinio Zito, várias vezes envolvidos em inquéritos judiciários de associação à máfia e à maçonaria.

Gente que parecia saída do mesmo molde no qual o próprio Pilello foi forjado: o nosso executivo, além de ser socialista, também era Venerável Mestre da Loja do Grande Oriente da Itália de Palmi: a Loja da Piana, à qual também estavam ligados homens das quadrilhas que, como já vimos, a essa altura haviam se *misturado* com os maçons.

Misturados estavam dom Mommo e dom Peppino Piromalli, e *misturado* estava dom Peppino Pesce, o Patriarca de Rosarno, o grande aliado, que desde sempre militava entre os socialistas, que até costumavam visitá-lo na sua casa, todos eles: conselheiros regionais, subsecretários e deputados do PSI.

E uma vez que amigos políticos nunca são demais, naqueles anos Peppino Pesce também fazia eleger como prefeito de Rosarno, numa verdadeira apoteose popular, o sobrinho Gaetano Rao. Sempre afiliados ao Partido Socialista. E, quando não *fazia* com que virasse prefeito, *fazia* com que fosse nomeado presidente da USL de Gioia Tauro. Dom Peppino estava de pleno acordo, obviamente, pois, ainda que os Piromalli fossem democratas-cristãos, no que dizia respeito a Gaetano, sempre concordavam.

E alguém poderia dizer que são coisas passadas? Nunca! Aqui o passado sempre volta. A partir de 2011, Gaetano Rao virou assessor da província de Reggio, homem de confiança do presidente Raffa. O que foi muito justo, porque sempre houve socialistas no PdL, e não seria correto discriminá-los só porque são sobrinhos de algum chefão.

Foi a mesma trajetória política de Pilello. Fora da Piana, ninguém conhecia o conselheiro fiscal e financeiro, pelo menos até os primeiros meses de 1992. Àquela altura, devido justamente a uma investigação sobre o tráfico da quadrilha Pesce de Rosarno, os magistrados de Palmi chegaram à maçonaria e ao chefe da P-2, Licio Gelli, e também começaram a se interessar por Pietro, o Venerável da Piana.

Na mesma época, em 12 de setembro, durante uma investigação instaurada em Roma, descobriu-se que dois completos desconhecidos, Cecilia Morena e Giuseppe Cutrupi, depositaram títulos em um valor total de 4 bilhões e 275 milhões de liras na Banca Popolare Cooperativa de Palmi, com cada um fazendo 45 operações de 95 milhões. O dinheiro era fruto de um assalto acontecido dois anos antes em Roma, quando foi explodido um carro-forte do Banco di Santo Spirito. Ninguém sabia como o dinheiro chegou a Palmi.

Pois bem, quem mandou depositar a quantia no pequeno banco da Piana foi Pietro Pilello.

Os magistrados bloquearam a conta-corrente, mas 15 dias depois encontraram e bloquearam mais títulos em um valor total de 31 bilhões na Cassa di Risparmio di Firenze. Segundo os magistrados de Roma que investigaram o roubo dos certificados e os de Palmi que investigaram a maçonaria, por trás das operações estava sempre Pilello, desta vez em companhia de Arturo Maresca, um empresário de Marche, e de um ex-diretor-geral do Ministério das Finanças, Angelo Iaselli, afiliado à P-2 de Gelli. Tudo feito com as melhores intenções, obviamente: o dinheiro seria usado para ajudar alguns empresários a reerguer seus negócios cambaleantes devido à crise, sem dispensar mão de obra.[6]

Os juízes, no entanto, pensaram em grandes operações de lavagem de dinheiro e num esquema internacional: o banco florentino, por exemplo, daqueles 31 bilhões garantidos pelos certificados de depósito, repassava 25 bilhões em dinheiro vivo. E o mesmo fariam todos os outros bancos.

O perito financeiro da Piana afirmou que prestou seus serviços profissionais sem conhecer a origem do dinheiro, pois, afinal, *pecunia non olet.** Mas não convenceu os magistrados do tribunal de Roma, que tiraram o seu passaporte com receio de que fugisse.

Algo de podre devia haver, afinal, se em vez de Roma, Florença e Berlim, foram buscar Pietro Pilello em Palmi para coordenar ousadas operações financeiras. Todos os caminhos tomados pelo inquérito levavam à maçonaria. E então chegamos à Suíça.

Uns poucos meses mais tarde, Winnie Kollbrunner, uma corretora de títulos que também era consultora do vice-secretário do Partido Socialista e ministro da Justiça da época, Claudio Martelli, foi detida em Zurique. Foi algemada em um banco enquanto tentava vender 85 títulos provenientes daquele mesmo assalto.

No mundo das finanças, a mulher era bastante conhecida, pois já fizera negócios imobiliários com Salvatore Ligresti, Paolo Berlusconi e Gaetano Caltagirone. Havia motivos de sobra para que estourasse um escândalo envolvendo diretamente o PSI de Craxi e o governo.

Na prática, de Basileia a Zurique, de Londres a Berlim, de Florença a Palmi, uma única rede "financeira" estava jogando na praça os certificados de depósito para transformá-los em dinheiro líquido. Com um detalhe: o Banco di Santo Spirito de Roma se "esquecera"

* "O dinheiro não tem cheiro". (N.T.)

de informar aos bancos internacionais sobre o assalto, e só depois de dois anos comunicara o número e as características dos títulos roubados às demais instituições bancárias. Os ladrões e os seus conselheiros podiam ficar tranquilos e negociar os títulos sem pressa.

Quando alguns dos autores do assalto ao carro-forte foram presos, tudo ficou mais claro: os bandidos estavam todos ligados à gangue da Magliana. Já se sabia que uma parte do submundo romano mantinha contatos com a Piana e a 'ndrangheta pelo menos desde o tempo dos "Malditos sejam os que desistem", do pacto com a maçonaria, dos financiamentos escusos e do extremismo fascista que já tivera como embaixadores na Calábria o príncipe Borghese e o marquês mafioso Fefè Zerbi.

O caso, no entanto, acabou como tantas outras histórias italianas: o inquérito sobre a maçonaria, depois das burocracias institucionais e inspeções requeridas pelo ministro da Justiça, foi tirado de Palmi e transferido para a Procuradoria de Roma, onde acabou simplesmente esquecido.

O nome de Pilello, por sua vez, entre folhas arquivadas e exonerações, desapareceu dos autos judiciários e ninguém falou mais nele.

Precisamos esperar vinte anos para vê-lo reaparecer nos jornais devido aos incidentes que ligavam uma parte do poder político e econômico milanês aos chefes da 'ndrangheta.

Nos anos do seu "esquecimento", a ligação obscura que manteve passado e presente unidos, a Piana e Milão, foi aquela irmandade maçônica da qual sempre sentiu orgulho. Os outros, os que agora os jornais diziam que colonizaram Milão, não passavam de conterrâneos e conhecidos "de antigamente". Nada incriminador. E, no fundo, não era preciso explicar coisa alguma.

New Global, incenso e ouro

Tudo isso aconteceu há vinte anos, quando os sicilianos lançaram bombas pela Itália e quase todos pensavam que os calabreses eram apenas *simples pastores*. E eles achavam ótimo: só se falava da Sicília, do bando de Corleone, das negociações, e, na moita, eles faziam o que era preciso fazer. Enquanto isso, o porto tinha chegado, e nem queriam mais saber da Sicília, logo do outro lado do estreito. Agora estavam de olho no mundo.

Conversavam sobre negócios pelo telefone e não dava para saber se eram *gente da máfia* ou executivos, consultores financeiros ou operadores da bolsa. Talvez porque já estivessem acostumados com ações, títulos bancários e cotas societárias há mais de vinte anos ou porque o seu dinheiro já circulasse há muito tempo por todos os cantos do mundo. Seja como for, a globalização das finanças era algo que eles já conheciam muito antes de os especialistas tocarem no assunto em seus congressos.

Como sempre, tudo acontecia em família, e não havia portas fechadas para eles... A rede financeira dos Piromalli ia de Gioia a Gênova, e isso se explica por motivos portuários e de conexões antigas entre a quadrilha e a Ligúria. Então alcançou Roma, onde Brunella, uma corretora da bolsa ligada à família, acompanhava de perto as finanças do Vaticano e as operações entre San Marino e a Suíça. E, finalmente, chegou aos Estados Unidos. Quem mexeu os pauzinhos, como sempre, foi Aldo Micciché. De Caracas, obviamente.

Com e-mail e telefone, é como trabalhar no mesmo escritório e só ter de mudar de aposento.

O ano era 2008 e desta vez o negócio tinha a ver com a compra de títulos da Petrobras, de debêntures da gigante brasileira do petróleo. Brunella cuidou do assunto junto com o advogado Francesco Lima, de Gênova.

Lima era o homem de confiança de Micciché e mantinha contatos diretos com Antonio Piromalli e Arcidiaco, pai e filho. Ele também estava em Milão no dia do primeiro encontro entre Marcello Dell'Utri e o "rapaz" vindo de Gioia. A conversa com ele, no entanto, se limitava a negócios e petróleo, pois política era coisa da família.

Negociaram os títulos da Petrobras através do banco do Vaticano, que queria vender um grande lote deles.

Sim, claro, os padres tratam de coisas espirituais, mas também são homens traquejados e não esquecem nem um pouco os assuntos terrenos. O banco deles, o IOR, Istituto per le Opere di Religione, ao longo dos anos viu e fez de tudo: tráficos com a máfia, negócios com a maçonaria, financiamentos ocultos, lavagem de dinheiro. O bom Deus, que tudo vê, deve ter reparado que ali havia mais mercadores do Templo do que pastores da Igreja de Pedro.

Na verdade, só em 2012 o Vaticano decidiu acatar as diretrizes europeias sobre lavagem de dinheiro e fazer com que também fossem respeitadas pelo IOR. Antes disso, além do segredo bancário, também vigorava o sigilo confessional nos sagrados guichês. E, por mais que pareça blasfêmia falar do Vaticano como um *paraíso fiscal*, acontece que até recentemente ele estava na lista negra dos países menos transparentes no que diz respeito a assuntos financeiros.

O que sabemos com certeza é que Aldo Micciché, que já mantinha contatos com o IOR desde as décadas de 1970 e 1980, quando fazia suas tramoias com a tesouraria da Democracia Cristã, continuava tendo um relacionamento privilegiado com alguns amigos do outro lado do Tibre.

Sabia que 50.000 ações da Petrobras estavam à venda por milhares de euros. Decidiu comprar, com Brunella, alguns lotes através de contratos semanais por vinte semanas. O dinheiro podia ser administrado mais facilmente com os contratos semanais. O advogado Lima, de Gênova, cuidou dos retoques finais da operação: estava *por dentro* das fundações papais e caberia a ele dizer a Brunella se valia mais a pena concluir o negócio diretamente com o Vaticano ou através de algumas fundações *santificadas* que operavam no Brasil.

Obviamente, precisavam de dinheiro vivo para concluir a operação, e, para isso, o caminho a seguir já tinha um roteiro conhecido: lá estava, prontinha para garantir o financiamento, uma sociedade financeira suíça que, pelo telefone, chamavam de Lisigarde. Com o dinheiro na mão, qualquer outro problema dentro do Vaticano poderia ser resolvido por Brunella, que na Santa Sé tinha contatos com os aposentos mais próximos do céu.

Ouvindo as ligações, quase não dá para acreditar: a mulher que trabalhava e investia dinheiro para a 'ndrangheta e que conversava demoradamente com um foragido na Venezuela, com o qual fazia negócios, era a mesma que depois encontrava — "para resolver umas questões que não posso mencionar pelo telefone, mas que você conhece", diz ao amigo Micciché — o monsenhor Umberto Tavernari. Isto é, o Capelão do papa Wojtyla, que Bento XVI nomeou diretor do Departamento do Turismo Religioso. Mas talvez isto explique as boas relações da mulher com o monsenhor: o Departamento do Turismo, entre peregrinações, romarias, excursões e, principalmente, hotéis e estruturas de recepção, era uma fonte inesgotável de receitas e de investimentos quase tão boa quanto hospitais e escolas católicas. A administração ficava aos cuidados do Opus Dei, que, com o seu Banco Santander, a segunda instituição de crédito da Europa, desde sempre dedicava igualmente sua atenção às almas e ao dinheiro. Os homens da 'ndrangheta também sabiam muito bem disso, pois era justamente no banco espanhol que tinham suas contas. Aldo e Brunella não esconderam o seu entusiasmo quando comentaram as informações do advogado Lima acerca de uma transação com a instituição ibérica: "Quanto ao dinheiro... agora que fechamos a operação com o Santander... já não temos problemas em lugar nenhum do mundo."

A parte estranha é que o monsenhor Tavernari decidiu entregar o seu projeto de desenvolvimento turístico a uma organização que se chamava Centri di Ascolto del Disagio.* Havia certamente imaginação de sobra no nome, uma vez que os tais centros tratavam de negócios imobiliários e investimentos, e não de romarias e procissões. O presidente da organização, Gerardo Salsano, numa conferência na presença do monsenhor, explicou os objetivos do cargo que lhe foi confiado: "O novo projeto de turismo religioso permitirá a abertura de conexões empresariais novas e inimagináveis!"

É o que dizem: os caminhos do Senhor se desdobram!

Brunella fazia de tudo para a patota, negociava ouro amarelo e ouro negro. Durante uma ligação sua para Micciche, surgiu um novo triângulo: a mulher, de Roma, estava em contato com o embaixador da Geórgia que a ajudava na busca de intermediários para a compra dos produtos petrolíferos, enquanto Aldo, de Caracas, cuidava das

* Algo como "Centros de Assistência aos Necessitados". (N.T.)

relações com Franklin Garcia, que era um dos representantes da Kosmos Energy, nos Estados Unidos.

O mundo é realmente pequeno. A Kosmos Energy era uma multinacional líder na área de exploração e produção *offshore* de gás e hidrocarbonetos. Nestes últimos tempos, as suas atividades se concentravam na América do Sul e na África e, devido à atrevida despreocupação com que se dedicava a perfurações não autorizadas, até foi denunciada na ONU pelo povo Saharawi, do Saara Ocidental.

Aldo era o mestre titereiro. Da Venezuela, fazia contatos na América Latina, cuidava do relacionamento com bancos brasileiros e argentinos, fazia negócios com as principais companhias petrolíferas e de gás de todas as Américas. Na Itália, através de Brunella e do advogado Lima, mantinha contato com as redes financeiras, petrolíferas e de lavagem de dinheiro dos países da Europa Oriental.

No fim das contas, como já vimos, aquele outro negócio do petróleo venezuelano e da sociedade petrolífera Avelar também partia do homem da 'ndrangheta na Venezuela e chegava aos políticos Massimo De Caro e Marcello Dell'Utri.

Ouro também rende um bom dinheiro, e eles sabiam o que fazer. Mais uma vez, entrou em cena o triângulo Brunella-Franklin-Micciché: Franklin encontraria o fornecedor, Aldo cuidaria da compra, e a venda do produto refinado ficaria por conta de Brunella. Pelos seus cálculos, poderiam ter 8,5kg de metal amarelo por semana.

Brunella já havia encontrado uma refinaria disponível e dois compradores: "Um é a Italpreziosi, de Arezzo. O outro é um personagem conhecido, muito importante na Itália, que compra ouro para guardar no banco como garantia para os seus negócios."

Brunella bancou a difícil, mas, diante da insistência de Aldo, acabou dizendo o nome: "É Brusco, o sujeito que administra os portos de Gênova até o norte do Lácio... Compraria através do sogro, que é italiano, mas mora na Argentina e está acostumado a financiar qualquer coisa, até o governo."

Se tudo fosse verdade, a situação seria inacreditável demais: o almirante Marco Brusco era comandante geral da Capitania dos Portos italiana. Mas sobre o almirante só existem telefonemas em que se menciona o seu nome, mas nunca se ouve a sua voz.

Entretanto, sempre aparecem portos nesta história. Para laçar a Italpreziosi, Brunella encontrou mais uma vez o homem certo. Era Mario Salucci, um empresário que já fora o presidente da Brindisi Terminal Italia, a sociedade que administrava o movimento dos terminais no porto da Apúlia e, antes disso, desempenhava a mesma função na Freeport Terminal, no porto de Malta. Também tinha uma verdadeira paixão por futebol e, embora fosse de Prato, na Toscana, assumiu a presidência do time local.

Entre trapaças, escândalos e mandados de prisão por bancarrota fraudulenta, no entanto, Salucci achou por bem mudar-se para a Romênia.

Na prática, embora procurado, se instalou no país de forma calma e tranquila, assim como Aldo na Venezuela. Continuou, aliás, trabalhando como empresário e virou até assessor de outro homem de negócios apaixonado pela política, Gigi Becali, um macedônio podre de rico e muito conhecido, que conseguiu se tornar deputado europeu por um partido de direita, o Nova Geração. Os dois homens pareciam feitos sob medida um para o outro, ainda que Salucci fizesse questão de salientar o seu papel: "Não sou um político. Sou um empresário que veio à Romênia e decidiu investir neste país junto com outros homens de negócios."[7]

Na verdade, além dos negócios e da política, outra conexão une os caminhos da 'ndrangheta e de Micciché com os de Salucci: logo que chegou à Romênia, ele criou uma loja maçônica. Evidentemente, para favorecer e tornar mais fáceis os encontros entre os empresários italianos e os romenos.

Onlus e ovos frescos

Com a globalização, o mundo se tornou realmente pequeno.

Os Piromalli, *port to port*, estabeleceram relações pelo mundo afora. Tinham homens, contatos e capangas por todos os cantos. Nem sempre era gente da "família", muitas vezes eram simplesmente homens de confiança, ainda mais se eles também partiram da Piana ou de Reggio para melhorar de vida.

Um deles era Rosario Vizzari. Vizzari era contatado pessoalmente por Antonio Piromalli, filho de Pino *Facciazza* e regente do clã.

Vizzari morava nos Estados Unidos, e o único porto de chegada para a sua companhia de importação e exportação era em Newark, em Nova Jersey. O porto de embarque era em La Spezia, onde ficava a sede da Freight Brokers Italy Ltd., com escritórios em Nova York e, sabe-se lá por quê, em Novegro di Segrate. Gioia e a Piana não apareciam em lugar algum. A não ser nos telefonemas diários de Totò Piromalli para Aldo Micciché, Rosario e os demais compadres.

Rosario, nos Estados Unidos, mostrava-se totalmente disponível: contatava companhias, enviava orçamentos, mandava e-mails. Havia todo tipo de negócios e a quadrilha não tinha limites quanto à oferta da mercadoria. Qualquer que fosse o produto, ou eles tinham ou arrumavam. E não se pense que eram semianalfabetos como os caras que saem da universidade, querem ser chamados de doutores, mas nem sabem usar um computador. Estavam acostumados a trabalhar em teleconferências com Skype, pois no fim do dia, depois de conferirem em Gênova as últimas notícias com o advogado Lima, era bom examinar tudo juntos, entre Gioia Tauro e Nova York.

O mostruário era extremamente variado. Rosario propunha uma grande remessa de chocolates Lindt feitos na China, cuja distribuição exclusiva foi conseguida por um amigo dele, Doran. Na Itália, não haveria problemas, pois já haviam contatado uma cadeia de supermercados, a Sisa, onde colocariam à venda as doçuras importadas. Obviamente, não se tratava de Lindt original, mas sim de uma marca com logotipo só um pouco modificado, talvez com dois tês ou um agá a mais. Mas ninguém iria reparar. Era só enviar uma amostra e eles cuidariam do resto.

Também havia um monte de plástico reciclado, desta vez a ser comprado nos Estados Unidos e revendido na China. Os chineses o usariam para fazer seus brinquedos, aqueles que vez ou outra são apreendidos porque são tóxicos e provocam tumores nas crianças.

Para os chefes, no entanto, esses eram detalhes secundários, pois, afinal, *dinheiro é dinheiro*! O que realmente importava era que dos *States* à China tudo passasse por Gioia: como o porto era deles, lá não teriam problemas e fariam o que precisava ser feito.

Não lhes faltava imaginação, já estavam caminhando no futuro. O que mais poderiam inventar agora?

O tráfico das células-tronco. Se Rosario conseguisse encontrá-las, eles saberiam onde vendê-las na Itália, pois, neste país, com todas as leis papais que criaram, nem mesmo é possível fazer pesquisas com elas, e o mercado estaria disposto a comprá-las aos montes!

Quanto às células, Rosario diz que na terra do Tio Sam a coisa não funciona. Porém, se conseguirem encontrar, até em grande quantidade, os norte-americanos compram e pagam bem por placenta. Algum problema? Voltariam a pensar no assunto depois de descobrir onde achá-las.

Entre outras coisas, já tinham uma vacina a ser vendida. Aldo estava cuidando disso na América do Sul. Aguardava respostas da Venezuela, do Brasil e do Equador. A jogada maior, no entanto, era com a África.

Mas como levar adiante a operação? Antonio Piromalli e Aldo não tinham dúvidas: como já vimos, conheciam todos os truques para fazer dinheiro.

Uma vez que vacina é algo humanitário, o próprio Estado é quem cuida do assunto. Não o Estado, aliás, mas sim uma Onlus:* dessa forma, tal organização a importa e o Ministério da Cooperação Internacional *arca com a despesa*, pois as crianças africanas sempre estiveram no coração dos políticos italianos e não há um só deles que não tenha feito donativos a alguma "instituição de caridade".

E onde poderiam encontrar uma Onlus com as características certas para importar vacinas de uma multinacional norte-americana e transformá-las em remessas humanitárias à África?

Acontece que no final de 2007, no mesmo período dos telefonemas gravados, uma nova Onlus foi reconhecida como apta para operar no setor de Cooperação e Desenvolvimento. O decreto do Ministério do Exterior é datado de 11 de novembro de 2007, e a Onlus se chamava "Azione Verde — Fondazione Don Bonifacio", com sede em Potenza. E então a história começou a ficar interessante.

A Onlus e a fundação tinham sede em Gioia Tauro, ainda que depois fosse transferida para Cittanova, sempre na Piana, bem perto de Gioia.

* Organização não lucrativa de utilidade social. (N.T.)

O presidente da Onlus e da fundação era um sacerdote nigeriano, o padre Bonifacio Duru.

Era um sujeito estranho, e ninguém sabia explicar como acabou chegando a Gioia. Parece que, antes de cuidar de instituições humanitárias, fora capelão em várias cadeias, onde há sempre muitas pessoas de Gioia que só desejam um pouco de assistência espiritual. Deve ter sido justamente isso que o convenceu de que Gioia seria um bom lugar para salvar almas e qualquer outra coisa que precisasse de orientação.

Quando se apresentou, tão negro quanto a batina que vestia, os padres daqui até ficaram um tanto desconfiados. Aparecera em companhia do bispo de Orlu, uma cidade nigeriana, mas não foi muito convincente. Então, começou a fazer coisas de pai de santo, magias para afugentar os demônios, terapias com a energia das mãos, e tocou até no que não devia. Em resumo, a Igreja não achava que era coisa boa, pois *parecia mais um bruxo que um padre.*

O bispo verdadeiro, o de Palmi e Oppido Mamertina, decidiu que seria melhor não deixá-lo rezar a missa, pois o sujeito já começara a fazer isso por conta própria na igreja de São Francisco de Paulo. A que por aqui é conhecida como a igreja dos Piromalli. Os Piromalli, como bem sabemos, sempre foram católicos: Gioacchino e Antonio até foram a Lourdes, e, na catedral de Gioia, numa das colunas centrais, há uma placa na qual ninguém se atreve a tocar: "Em memória de Girolamo Piromalli", dom Mommo, o Patriarca e chefe da 'ndrangheta na década de 1970. Sem mencionar dom Peppino, que, pelo que contam, quando construíram a nova igreja, pagou 60 milhões de liras só pela porta de bronze, com baixos-relevos e tudo o mais, que é do tamanho da fachada de um prédio e tão pesada que precisa correr sobre rodas para abrir e fechar. Boatos, rumores que contam por aí, pois as doações aos santos devem ser secretas, ainda que São Francisco realmente mereça.

O padre Bonifacio, de qualquer maneira, era um tanto estranho. E, afinal, quanto dinheiro tinha a tal Onlus? Além de Potenza e Cittanova, também tinha unidades em Casoria, perto de Nápoles, em Roma, em Sanremo, em Palagiano, perto de Taranto. Sem contar Nova York e Nova Jersey.

Mais que uma Onlus, parecia uma multinacional. Podia ser apenas uma coincidência, mas, quando falavam pelo telefone sobre remédios, vacinas e até cimento, Aldo Micciché, Antonio Totò Piromalli, Gioacchino Arcidiaco, o advogado Lima e Rosario Vizzari sempre mencionavam dom Bonifacio.

A investigação não diz se o padre dos telefonemas e o padre da Onlus são a mesma pessoa, mas há muitas coincidências: grupos de freiras nigerianas que apareciam e sumiam de Gioia, o bispo que impediu que o homem rezasse a missa e convidou os fiéis a só fazerem doações para a Igreja oficial, as datas de licenciamento da Onlus junto do ministério e as dos telefonemas que coincidiam com a pressa da compra e da venda dos fármacos. E, finalmente, havia sempre dom Bonifacio nas negociações com a filial nigeriana da Dacota Group para a importação de milhões de toneladas de cimento a serem entregues em Gioia para posterior revenda à Italcementi.

A jogada do cimento era um negócio bem grande. Até Pino Piromalli perguntava a respeito toda vez que Antonio ia visitá-lo no cárcere de Tolmezzo. Antonio sabia que o dinheiro envolvido chegava a quantias bilionárias e disse isso explicitamente: "Todos nós temos que sair ganhando, Antonio Piromalli, Gioacchino Arcidiaco, padre Bonifacio, o advogado Lima e Aldo Micciché."[8] Praticamente o conselho administrativo de uma multinacional.

O desfecho disso tudo foi ao mesmo tempo um tanto cômico e trágico. Pois, enquanto Totò Piromalli e Gioacchino Arcidiaco foram condenados e ainda cumprem suas penas, padre Bonifacio continuou cuidando de almas e dinheiro e, entre incensos e doações, não se esqueceu de manter os contatos com a família. Esta, obviamente, era a vontade do Senhor.

Quanto ao resto dos negócios, eram apenas os de rotina: compra de supermercados, representação dos produtos Buitoni e dos licores da Partesa, do grupo Heineken, comércio de laranjas e tangerinas. E até importação de ovos: Rosario Vizzari enviava 12 milhões por dia dos Estados Unidos, e eles, que eram mediadores, só ganhavam uma miséria, um centavo para cada ovo. Mas, fazendo as contas, continuavam sendo 12 mil euros por dia, e em três meses já virava uma bolada e tanto, uma vez que estavam fechando negócio com as cooperativas da Emília-Romanha para abastecer a Bauli e a Melegatti, que precisavam de verdade de toneladas de ovos para os seus panetones e pandoros.* Resumindo, o Natal estava chegando para eles também.

Entre a Piana e o além-mar, estes são os protagonistas da *nossa* globalização: *managers* e empresários numa zona franca do tamanho do mundo inteiro. Um mundo em que muitas vezes não se sabe onde acaba o mafioso e onde começa o "empresário". E vice-versa, é claro.

* Doce natalino típico de Verona. (N.T.)

6. TERRA DE NINGUÉM

A internação

O último capítulo desta viagem nos leva a uma terra de ninguém.

É a parte mais difícil até de se contar, e mais uma vez começa na Piana.

Ao longo da rodovia Jônio-Tirreno, antes de chegarmos ao ponto mais alto da montanha e de passarmos de um mar para o outro, encontramos Polistena.

A cidade fica no sopé do Aspromonte e é um dos centros mais importantes da área: é onde se encontram vários estudantes dos municípios próximos que frequentam o curso superior e também onde fica um dos poucos hospitais da Piana que atende boa parte dos doentes de Cittanova, Taurianova, San Giorgio, Cinquefrondi, Melicucco e Maropati.

Desde sempre, no entanto, ninguém se lembra de qualquer pessoa que tenha saído de Bovalino, uma cidadezinha que dá para o Jônio, do outro lado do Aspromonte, para ser internado lá. Leva-se quase uma hora para chegar a Polistena, e, se você estivesse passando mal, chegaria em dez minutos no hospital de Locri ou no de Siderno, que naquela época ainda não tinha sido fechado.

Mas acontece que 'Ntoni Pelle, *Gambazza*, o *boss* histórico de San Luca e o *capo crimine*, chefe do crime da província, mesmo morando em Bovalino, decidiu se internar no hospital de Polistena. E até se arriscou muito para chegar lá, com uma hérnia estrangulada que precisava ser operada o quanto antes. Vai ver tinha amigos de confiança em Polistena, e já devia ter *conversado com alguns deles*, porque, *com todo o respeito*, não era como se ali houvesse os melhores médicos do mundo, já prontos e de luvas nas mãos, esperando por ele na entrada da sala de operações.

'Ntoni *Gambazza* já estava foragido havia nove anos, desde que lhe condenaram a 26 anos de cárcere por sequestro de pessoas, associação mafiosa e tráfico de drogas. Agora estava velho e continuava fugindo, mas esconder-se aos 76 anos não era tão fácil como quando estava com 30, embora estivesse acostumado, pois não fazia outra coisa desde jovem.

Foi em uma sexta-feira, 12 de junho de 2009, que começou uma história, aliás duas, das quais surgiria outra, ou talvez mais duas. Porque, como já vimos, é desse jeito que as coisas acontecem na 'ndrangheta, nunca são o que parecem, são sempre duplas.

Todos os jornais de sábado, dia 13, contavam a captura de Antonio Pelle, o *Gambazza*, preso no dia anterior pelos carabineiros do ROS,* coordenados por um dos magistrados mais competentes, famoso também pelos seus livros sobre a 'ndrangheta e pelas frequentes entrevistas na TV.

Com minúcia de detalhes, a captura do *boss* foi contada com "exclusividade" no site da única jornalista que acompanhou a operação e a filmou ao vivo, para em seguida repassar a reportagem ao telejornal da Tg1: "Havia alguns dias que os militares, com o uniforme camuflado do Gruppo Cacciatori Calabria, e os carabineiros do ROS do general Giampaolo Ganzer já estavam no seu encalço.

---

* *Raggruppamento Operativo Speciale*, uma unidade especial dos carabineiros. (N.T.)

Sexta-feira, dia 12 de junho, às 16h30, os militares e os carabineiros, transportados por helicóptero, entraram no velho hospital entre os olhares pasmos dos pacientes. O comandante da seção anticrime de Reggio Calábria, o tenente-coronel Giardina e alguns policiais começaram pelo andar térreo, vasculhando todos os quartos com fria precisão. Às 16h40, começaram a examinar os pacientes do primeiro piso, onde ficava o setor pós-operatório. Dali a alguns minutos, às 16h45, abriram a porta do quarto 6 e fecharam um capítulo da história da 'ndrangheta.

"O último grande homem da chamada Honrada Sociedade abriu os olhos, virou-se para Giuseppa, sua esposa, que estava ao seu lado, e, por um momento, pareceu um pouco perdido. A esposa o abraçou. Os homens do ROS de Reggio reconheceram-no apesar de ele ter emagrecido. 'Pelle, Antonio?', perguntou o coronel Giardina ao velho chefão, por mera formalidade. 'Não precisa se preocupar, está tudo bem, somos carabineiros.'"[1] Pelo relato da jornalista, quase parecia que o *boss* estava à espera dele, que ficou aliviado.

O artigo, porém, explica que a operação começou à 1h46 da madrugada de quinta-feira, dia 11, com o rastreamento do Mercedes da esposa e do filho do *Gambazza*. O carro chegou a Lamezia, seguiu para Cosenza e então pegou o caminho de Lauria, na província de Potenza. Às 7h14 da manhã de quinta-feira, os militares decidiram interromper a vigilância com receio de serem descobertos.

O Mercedes reapareceu em Bovalino no começo da tarde sem a esposa do chefe, que, como num toque de mágica, os carabineiros viram reaparecer naquele mesmo dia na casa dela. "Como geralmente ocorre, o melhor caminho a seguir para capturar os foragidos são as mulheres...", escreveu a repórter. "Nesse caso, foi o amor da esposa que revelou o esconderijo do carismático *boss* de San Luca.

Alguns telefonemas suspeitos, monitorados pelos investigadores, e a saída apressada da companheira de toda a vida do velho *boss* deram a partida à operação..."

Todos os jornais de sábado publicaram fielmente essa versão, também repetida aos representantes da imprensa convocados em Reggio na presença da alta cúpula dos carabineiros e da Procuradoria. Acrescentaram um detalhe, aliás, um pouco previsível: *Gambazza* usara um nome falso para se internar no hospital. Essa foi a versão "oficial".

Mas há outra, talvez até mais oficial do que a primeira, pois está escrita nos "registros".

'Ntoni Pelle chegou ao pronto-socorro do hospital de Polistena às 10h40 de sexta-feira, declarando o seu nome verdadeiro: Pelle, Antonio, nascido em San Luca no dia 1º de março de 1932. Na ficha de entrada, além desses dados, constava a especificação da doença: hérnia inguinal estrangulada.

Às 11h35, foi transferido do pronto-socorro para o setor de cirurgia, entrando na sala de operações às 13h30 e saindo às 14h30. A prisão aconteceu às 15h.

Por que há uma diferença de uma hora e meia entre as duas versões e por que ninguém perguntou se havia um paciente chamado Antonio Pelle no hospital? A verdadeira estranheza, no entanto, foi outra.

Pelle ficou cinco dias preso no hospital de Polistena. Somente às 8 horas da manhã de 17 de junho foi removido para o quartel dos carabineiros de Palmi.

Como explicar que para um *boss* do gabarito de Pelle não havia um setor hospitalar disponível onde pudesse ser tratado e vigiado dentro de uma prisão?

Só para compararmos com o mesmo nível criminoso, seria como se, depois de capturar o cunhado de Riina, o siciliano

Leoluca Bagarella, decidissem mantê-lo preso no hospital de San Giuseppe Iato, bem no coração do seu território mafioso: com a possibilidade de ele conversar com médicos, enfermeiros e até mesmo com a esposa, que poderia repassar as suas ordens ao restante da quadrilha.

Gambazza chegou ao cárcere de Pádua apenas em 22 de junho. E então a coisa ficou ainda mais estranha.

'Ntoni *Gambazza* já fora *capo crimine*, a autoridade máxima da 'ndrangheta. Por que não lhe foi imediatamente imposto, nem naquele momento nem mais tarde, o regime do 41 bis? Deveria ter sido uma exigência óbvia, quase automática, para investigadores e magistrados que conheciam tão bem a periculosidade da 'ndrangheta e que a comentavam quase diariamente nas escolas e nos programas de TV.

Nada disso, no entanto. E como se não bastasse, cinco dias depois, em 27 de junho, o homem foi mais uma vez transferido.

Desta vez para Siano, a prisão de Catanzaro, bem perto de casa. É evidente que Pádua ficava longe demais para as visitas dos parentes e dos amigos.

Ora, com certeza não podemos dizer que, em suas decisões, os responsáveis pelas investigações e os juízes do tribunal cuidaram de impedir que o *boss* se comunicasse com o clã e com todos aqueles que queriam visitá-lo em busca da *palavra certa* do velho patriarca.

A bem da verdade, o pedido de aplicação do 41 bis foi feito em 20 de outubro de 2009. A razão do atraso poderia ter sido o de prendê-lo sem as restrições do cárcere de segurança máxima e juntar informações preciosas sobre os nove anos em que ficou foragido.

Acontece, porém, que tudo isso foi feito sem maiores dificuldades com Pino Piromalli, o *Facciazza*, que nesse mesmo período estava sujeito ao 41 bis em Tolmezzo. Por que então não foi possível com *Gambazza*?

E não foi só isso, pois, enquanto o Ministério da Justiça e a Procuradoria Nacional estavam avaliando a possibilidade de aplicar o regime mais duro, aconteceu exatamente o contrário. Em 3 de novembro de 2009, às 16h12, 'Ntoni Pelle foi solto por motivos de saúde.

No dia seguinte, enquanto festejava com amigos e parentes na casa em Bovalino, teve um infarto e morreu. A causa da morte, porém, não possuía qualquer ligação com a sua doença que, mais uma vez, levara os juízes a tomar uma decisão em prol dele e a conceder-lhe a prisão domiciliar.

Em resumo, como se costuma dizer por aqui, *aí tem coisa!*, e é uma coisa que não se encaixa. Mas os chefões da 'ndrangheta já nos acostumaram a *tragédias e duplas verdades*, e estamos fartos de saber que elas fazem parte da história desta terra, até mesmo da judicial: repasse de informações confidenciais, tramoias dos serviços secretos, médicos sempre prontos a fornecer atestados convenientes, juízes de coração mole. Coisas calabresas. Um emaranhado de duplicidades e cumplicidades que é inútil tentar destrinchar, pois só acabaríamos nos perdendo entre boatos e meias-verdades. Melhor ficar com os fatos documentados e apontar suas estranhezas.

Grampo sim, grampo não

Com a captura do velho *Gambazza*, o bastão de comando passou para Giuseppe, Peppe, o segundo filho do *boss*. O filho mais velho, Salvatore, já estava na cadeia desde 2007, depois de ter ficado foragido por dez anos.

Peppe vivia em Bovalino e, dois meses após a prisão do velho *boss*, também passou a ter sua casa vigiada pelos mesmos carabineiros do ROS que haviam invadido o hospital de Polistena.

A câmera apontada para a porta de entrada filmava um cortejo de pessoas, mafiosas ou não, que iam visitar o novo regente da família.

A dinastia do *Gambazza* fazia parte da história de San Luca e da 'ndrangheta calabresa, e não era por acaso que desde 2007, depois da chacina de Duisburg, havia um mandado de prisão internacional para o velho 'Ntoni, que já estava na lista dos trinta foragidos mais perigosos.

A antiga briga, que começara em 1991 e já deixara seis mortos até na Alemanha, tinha em lados opostos justamente as famílias dos Nirta-Strangio e dos Pelle-Vottari-Romeo.

Em suma, era preciso ficar de olho na casa do herdeiro do comando. Aliás, não bastava apenas olhar, era preciso também "ouvir". E, assim sendo, a Procuradoria de Reggio decretou em regime de urgência que fossem instalados grampos para as escutas dos ambientes.

Nunca houve, no entanto, grampos tão difíceis de serem colocados: a urgência decretada em 6 de agosto de 2009 só foi cumprida seis meses mais tarde, em 25 de fevereiro do ano seguinte.

O atraso, segundo os investigadores do ROS, foi devido a uma dificuldade insolúvel: no palacete de Peppe também morava uma mulher sozinha e viúva que, seguindo o exemplo da Virgem Maria chorando o Filho morto, estava de luto desde o dia do falecimento do marido, toda de preto, dos sapatos até o lenço na cabeça, e nunca mais saiu de casa.

Para os tiras, que há anos não faziam nada diferente de instalar grampos por todos os lados — a ponto de o então chefe do governo afirmar que haviam transformado a Itália num Estado policial —, era impossível instalar as escutas. A casa de Peppe podia ser observada, mas não ouvida.

Passaram vários meses em silêncio, mas então as coisas mudaram.

O inquérito "Crime" prosseguia e juntava várias investigações da polícia e dos carabineiros entre a Calábria e Milão.[2] Prosseguia justamente graças aos grampos plantados em metade da Itália, do santuário de Polsi a Paderno Dugnano, onde evidentemente não havia viúvas de luto que pudessem atrapalhar.

Era uma investigação abrangente que acabaria demonstrando o que todos sabiam desde a famosa reunião de Montalto, em 1969, que já tivemos a oportunidade de discutir: a 'ndrangheta, com toda a sua excentricidade e as diferenças profundas que a distinguem da Cosa Nostra, é uma organização homogênea com papéis e cargos definidos pela liderança. Não existe uma cúpula que decide por toda a organização, como no estilo siciliano, mas sim uma *autoridade* reconhecida e até eleita democraticamente, com votações com mãos levantadas e tudo o mais. É o centro no qual se tomam as decisões estratégicas e se impõem as regras de vida da organização.

Os magistrados queriam que esse mesmo princípio também fosse válido nas salas dos tribunais, onde até mesmo agora, em cada processo, é preciso relembrar a história de cada quadrilha para demonstrar que a sua maneira de agir tem as características de uma associação mafiosa: algo que tornou complicadas as sentenças e principalmente as aplicações do 416 *bis*,* quase sempre substituídas por absolvições e liberações por falta de provas.

---

* Artigo do Código Penal que impõe penas muito mais severas aos mafiosos. (N.T.)

O procurador da República Giuseppe Pignatone, que chegou a Reggio na primavera de 2008, queria justamente que a organização fosse reconhecida como um todo. Acreditava que a ratificação desse princípio por parte do Supremo Tribunal poderia mudar a história do contraste judiciário a respeito da máfia calabresa. O inquérito "Crime", com as filmagens da reunião dos chefes no santuário de Polsi e do encontro dos *locais* da Lombardia em Paderno Dugnano, estava levando a esse resultado. Quando, em 2012, surgiu a primeira sentença nesse sentido, além de Pignatone, o procurador adjunto Nicola Gratteri também falou de "sentença histórica".

Enquanto isso, como já vimos, o velho chefe 'Ntoni *Gambazza* morreu em novembro de 2009 e a quadrilha se reorganizou sob o comando de Peppe, que assumiu o peso da herança. Mas também chegaram mudanças nas estruturas investigativas do Estado.

Para comandar a unidade de "crime organizado" do ROS de Reggio, chegou de Palermo um jovem tenente-coronel, Stefano Russo. Antes dele, também viera da capital siciliana o chefe da *Squadra Mobile*,* Renato Cortese, um policial sério que, sendo calabrês, conhecia bem a 'ndrangheta. Ambos tinham trabalhado com Pignatone e com o procurador adjunto Michele Prestipino nas principais investigações contra a Cosa Nostra, e Cortese tinha coordenado a operação que levara à captura de Bernardo Provenzano.

Chamam-nos de homens da "escola siciliana" e, para alguns jornalistas, magistrados e advogados da *maldosa* Reggio, essa era uma expressão quase ofensiva.

Na verdade, mais do que uma "escola", tratava-se de um método diferente de investigar e de levar adiante os inquéritos a partir do

---

* A *Squadra Mobile* faz parte da divisão policial anticrime da Itália. (N.T.)

uso de informantes mafiosos que já não desempenhavam o papel central que sempre tiveram na Calábria, uma vez que os inúmeros incidentes e contatos ambíguos entre eles e a polícia já não deixavam entender claramente quem estava de um lado e quem estava do outro. Também mantinha um relacionamento diferente com os serviços secretos, cuja lealdade não era mais clara, pois em Reggio havia gente demais circulando pelas salas da procuradoria, pelos corredores do tribunal e pelas corporações policiais. E, além disso, havia uma prioridade maior: aplicar o 416 bis e a subsequente apreensão e confisco de bens, porque no tribunal de Reggio, nos últimos anos, parecia que a 'ndrangheta havia se transformado principalmente numa organização de narcotráfico, e boa parte dos processos tinha a ver com drogas, e não com associação mafiosa. Porém, no passado, já foram abertos processos que levavam diretamente ao coração da organização, a começar pelo famoso "Processo dos 60".

Quando o novo método passou a ser usado e, com prisões, apreensões e confisco de bens, começou a dar resultados nunca vistos antes, os sicilianos deixaram de ser uma "escola" e se tornaram "estrangeiros". Alguns, com desdém, começaram de fato a chamá-los assim. Estranhos num ambiente onde tudo é indefinido e muitas vezes gera comportamentos profissionais e sociais hipócritas. Algumas histórias mostram isso.

Para o jovem tenente-coronel, tornou-se uma questão de honra instalar a escuta, que já era considerada urgente em agosto e estava desde então parada nas salas do ROS. Ele mesmo explicou isso em depoimento no tribunal durante um dos muitos processos nascidos das escutas da casa de Pelle: "Havia enormes dificuldades para a instalação do grampo. Depois da minha chegada, a situação se tornou evidente porque tivemos... tivemos a impressão de que Pelle era um homem indispensável para a 'ndrangheta, e o investigamos. Na verdade, por motivos técnicos e operacionais, a colocação do grampo só foi possível alguns meses mais tarde..."

O novo comandante do ROS também relatou a presença "insolúvel" da viúva, mas contou outra história: "A presença da viúva criou realmente graves problemas na instalação do grampo na casa de Pelle, mas felizmente não é verdade que fossem 'insolúveis', pois de fato foram superados e o grampo foi colocado... Resumindo, o problema não foi apenas a senhora."[3]

O coronel Russo percebeu que havia alguma coisa errada. Recorreu a duas novas empresas para o fornecimento da aparelhagem eletrônica de gravação e escuta, uma de Catânia e outra de Caltanissetta, que se juntaram à de Cantù, na província de Como, normalmente usada pelo ROS antes da sua chegada a Reggio. O motivo oficial foi o de "permitir uma melhor qualidade do som, além de acesso remoto e controle GSM, que, no caso de os operadores acharem conveniente, permite o desligamento a distância para evitar que o equipamento seja rastreado e economizar as baterias."[4]

O coronel mostrou-se extremamente reservado sobre o caso, tanto no seu escritório quanto na procuradoria.

Em resumo, tudo mudou e houve uma reviravolta: finalmente, ainda que com seis meses de atraso, com viúva ou sem viúva, seria possível gravar as conversas na casa do *boss*. E daí surgiu um dos inquéritos mais importantes dos últimos anos que, não se sabe por quê, ficou conhecido como "Real".

* * *

Na casa dos Pelle em Bovalino, o vaivém dos outros irmãos, membros da família, empresários, trabalhadores, simples "soldados" e também mafiosos importantes não parava.

Na primavera de 2010, também estávamos às vésperas das eleições regionais, e o chefão mafioso, com a autoridade que os *Gambazza* exerciam em toda a região jônica e as alianças que poderiam criar por toda a província, era um dos "grandes eleitores" calabreses mais cobiçados: políticos experientes e candidatos a cargos de todo tipo formavam filas para arrancar dele uma promessa de apoio.

Entre as muitas visitas que recebeu, houve as de Giovanni Ficara, um dos chefes da quadrilha Ficara-Latella que dominava os bairros de Croce Valanidi e Ravagnese, a zona sul de Reggio Calábria. Nas várias guerras que mancharam de sangue a cidade do estreito, a quadrilha sempre apoiou os De Stefano, "os *Sangiovanni*", como os chamavam nas conversas gravadas. Não falta criatividade na Calábria: o termo *Sangiovanni* significa "compadre", uma vez que o *apadrinhamento*, na história, nascera com o primeiro batismo de São João.

Ficara estava em busca de novas alianças e de um novo protetor. Sentia-se exposto desde que Carmelo Novella, o chefe afiliado ao Lega Nord que queria desvencilhar os *locais* da Lombardia do *Crimine* da Calábria, fora morto em Milão, em junho de 2008. Era muito próximo de Novella e criara em Milão uma série de negócios e empresas. Sem o chefe da Lombardia, precisava de novos apoios, até para recuperar força e autoridade dentro da sua própria quadrilha. Peppe *Gambazza*, respeitado por todos, seria a pessoa certa.

Claro, para receber alguma coisa de Peppe seria preciso dar algo em troca. É o costume entre homens de honra, entre homens de negócios.

Ficara ofereceu alguém, um homem disposto a obedecer às ordens do *boss*. Não um fulano qualquer, mas sim *un cristianu di chiddi giusti*, um cara certo, que poderia ajudá-los a *foder aqueles cornos dos tiras* que a essa altura, com suas investigações, estavam fechando o cerco de Milão até Reggio.

A carta escondida na manga do chefe do sul de Reggio eram informações confidenciais sobre o inquérito em andamento. Informações em primeira mão que chegavam em tempo real: era só a polícia e os carabineiros ligarem as escutas, que alguém vinha logo contar onde elas foram plantadas e o que os caras estavam ouvindo.

Informações preciosas, porque *os cornos* já haviam colocado grampos em todo lugar, nas casas, nos carros, e até no local onde se comemorava a festa da Virgem de Polsi, pois *aqueles policiais malditos* não respeitavam nada: "... Ouviram a gente, lá na Virgem da Montanha, quando decidimos os novos cargos... Ouviram, filmaram, uma merda..."

O inquérito *Crime* estava chegando ao fim e Ficara também estava a par das investigações em Milão. Mencionava-as usando seus nomes secretos, aqueles que de Reggio à Lombardia somente umas dez pessoas conheciam, entre magistrados, carabineiros e policiais: "Operação Tenacidade", "Patriarca" e "Infinito". Era algo bem importante e Pelle queria saber se havia algo que interessava diretamente a ele e à família:

"... Mas essa operação... tiras e carabineiros?... Sabemos se chegaram mesmo a alguma conclusão?"

Ficara: "Vocês, Pelle, não aparecem nessa operação; se aparecerem em alguma, pode ser que seja na que chamam de Patriarca, compadre, a de Milão! Uma verdadeira merda, compadre!"

Pelle: "Há uma operação em Milão?"

Ficara: "Essa aqui, de agora! Depois dela, acho que já lhe contei, compadre... Depois dessa, logo que chegar o verão, haverá uma operação chamada Patriarca."

Pelle: "Ah!"

Ficara: "Pois ouviram tudo lá no sul, na Virgem da Montanha..."

Ao descobrir o interesse de *Gambazza*, até para ganhar algum prestígio junto do *boss*, Ficara começou a revelar a fonte das notícias: "O sujeito, esse amigo nosso... trabalha nos serviços secretos."

Pelle: "Rá-rá-rá!"

Ficara: "Tem duas ou três pessoas no ROS, e que também estão nos serviços secretos. Está me entendendo?"

Pelle: "Sim, claro! São os mais perigosos."

Ficara: "Pois é, esses serviços, essas coisas. Até o ano passado eu não sabia disso! Não estava a par, nem sabia que existiam. Então, através de um sujeito..."

Pelle: "Mas sou o único que está lá, ou também há mais algum dos meus?... O que interessa agora, compadre... é saber mais ou menos..."

Ficara: "Pode deixar, se eu souber de alguma coisa, até mesmo de noite... mando alguém avisar ao senhor... Por enquanto ele diz que não há nada! Porque eu disse para ele: 'E sobre os Pelle, há alguma coisa?' 'Não, nada' disse ele, 'por enquanto nada; se houver, vai ser naquela de Reggio e Milão...'"

Pelle: "Vamos ver se a gente descobre de antemão, se tem mais informações... E ele pediu alguma coisa?"

Ficara: "Nada, compadre, não quer nada!... Até agora, nem mesmo um agrado... Disse... 'Faço isso por amizade, e porque sou de Reggio...'"

Pelle: "Mas disse que eu tenho grampos aqui, aqui dentro?"

Ficara: "Disse que tentaram na sua casa... mas que sempre havia uma senhora aí... e disse que não foi possível... Foi a única coisa que os sujeitos do ROS não conseguiram fazer..."

Pelle: "Porque há sempre uma mulher... nossa comadre."

Depois de um mês ouvindo tudo e sabendo o que acontecia na casa, os militares descobriram que Peppe Pelle e Giovanni Ficara marcaram um encontro com a fonte direta de todas as informações.

Os dois sabiam que uma câmera estava constantemente apontada para a entrada da casa do *boss*, mas não sabiam que também havia um minúsculo grampo dentro da residência. Aliás, foi justamente a fonte oculta, sem saber da "reviravolta" na instalação das escutas, a tranquilizá-los. E também os tranquilizou sobre o sigilo da sua participação do encontro: ele mesmo cuidaria de apagar as imagens da sua chegada e entrada na casa com alguns dos seus amigos do ROS, agora no serviço secreto militar.

Os porcos mais sujos

Um pouco antes das 16 horas, em 20 de março de 2010, a câmera do ROS gravou a chegada de Giovanni Ficara e de um homem desconhecido à casa de Pelle. O rosto não era um dos que apareciam nos cartazes, sob a palavra "Procura-se", nos quartéis dos carabineiros e nas delegacias de polícia. Quando, aliás, descobriram quem ele realmente era, a surpresa dos investigadores e dos magistrados foi um misto de satisfação e de nojo e raiva.

Giovanni Zumbo, de apenas 44 anos, já era um consultor financeiro bem-sucedido em Reggio. O homem estava subindo na vida, era bem-recebido e paparicado pela gente de bem e pela alta burguesia da cidade. Conhecido por todos, também tinha amigos no tribunal. Muitos juízes confiavam nele e o encarregavam até de administrar os bens dos mafiosos apreendidos pelo Estado. A esposa também era presença constante nas salas da justiça, pois era advogada cível.

Zumbo também tinha paixão pela política: quando Alberto Sarra, na época subsecretário do presidente da região, Scopelliti, foi gerente de Pessoal e o presidente era Chiaravalloti, do Forza Italia, ele foi o seu secretário particular.

Resumindo, era um homem de mil facetas que sabia aproveitar ao máximo as oportunidades. Uma dessas facetas, no entanto, não era algo de que ele se orgulhasse, e preferia não comentá-la publicamente, a não ser, é claro, com o *boss*, que lhe concedeu a honra de recebê-lo na sua casa.

"Participei... e participo até hoje de um sistema que é muito, muito mais amplo que... Só quero lhe dizer uma coisa, e a digo com toda honestidade: *são os porcos mais sujos do mundo...* E eu que me sinto uma pessoa honesta, sou honesto e sei que sou honesto... muitas vezes acabo ouvindo umas porcarias que me dão arrepios..."

Zumbo contou ao *boss* como o sistema funcionava: "Então é isso... Uns dois ou três são destas bandas... trabalham como informantes externos do SISDE,* sabe como é. Porque o SISDE é uma estrutura com militares, gente de dentro, isto é, carabineiros e polícia civil...

Pelle: "... E Receita Federal..."

Zumbo: "... mas há os civis também, como, por exemplo, os advogados. Dou outro exemplo, os assessores financeiros; mais outro, os médicos... são pagos por fora..."

Pelle: "Precisam ser pagos..."

Zumbo: "Há os serviços militares, que são só militares, ninguém pode entrar, a não ser os militares... De qualquer maneira, eu participo deste, como externo..."

---

* Serviço de Informações de Segurança Democrática. (N.T.)

O homem dos serviços secretos, sentindo-se amparado pela segurança do lugar e certo das informações recebidas sobre a "limpeza" da casa, não hesitou nem um pouco em proclamar o apreço e a fascinação pela 'ndrangheta e o seu *boss*. Ainda mais porque ele, que recebia informações em primeira mão, sabia como a dinastia dos Pelle era séria e seguia costumes antigos, de quando a honra era honra. Porque a essa altura havia 'ndrangheta e 'ndrangheta, não era como antigamente, quando, se você fosse homem de verdade, devia ficar mudo e mudo ficava. Agora, ao contrário, "*parece que recitam o rosário*" em seus carros, todos falam, "*são uns loucos, é isso que eles são*", e todos, tiras de todos os tipos, ouvem e *enrabam* com os grampos.

Zumbo: "... É por isso que a família Pelle continua sendo a família Pelle, outras famílias também continuam sendo famílias... estáveis... E um carabineiro, desculpem a palavra... quando vem para cá, sabe para onde veio." Pois é, porque os tiras precisam ter respeito.

O *boss* ficou satisfeito, e aproveitou para acrescentar um toque dramático: "Veja bem, arrebentaram a nossa casa... as buscas... e não dissemos nada, até oferecemos um café, três vezes por dia."

Entre Pelle e Zumbo, que pelo seu *serviço* até recebeu dinheiro do Estado, o gelo fora quebrado, e o pacto de confiança, selado. Diante do *boss*, o assessor financeiro declarou toda a sua emoção: "Pelo bem dos meus filhos, juro, eu queria conhecer o senhor... Quando soube do seu pai... Por tudo que ouvi dizer nos últimos vinte anos, alguém só poderia sentir orgulho de um homem como ele, honestamente... um homem de verdade... e quando digo homem... quero dizer homem mesmo!"

Pronto! Não precisava dizer mais nada: um homem que deveria servir ao Estado ficou a serviço da 'ndrangheta e fornecia as informações de que as quadrilhas necessitavam para evitar as investigações e para escapulir da justiça. De qualquer maneira, com admiração ou sem admiração, Zumbo adorava o poder que tinha nas mãos e, como veremos mais adiante, receberia sua recompensa em dinheiro e prestígio.

Zumbo era o terminal de coleta das informações que chegavam de Reggio ou de Milão: "A meu ver, essa é a ameaça mais séria para o senhor... haverá outra operação, maior, feita em Milão, pelo ROS de Milão... E, vamos falar claro, ficará por conta da Boccassini..."

Pelle: "Ela é uma fera..."

Zumbo: "... Não se detém diante de nada..."

Pelle: "E para quando está marcada a tal operação em Milão?"

Zumbo: "Eu vou lhe dar todas as dicas de que o senhor precisa uma semana antes..."

Pelle: "Bondade sua, fico grato, mas se começar na calada da noite..."

Zumbo: "Eu mesmo o avisarei, pessoalmente..."

Pelle: "Preciso saber pelo menos uma hora antes."

Zumbo: "Tudo bem, mas uma só basta? Não prefere cinco?"

Pelle: "Até três já dá e sobra!"

Zumbo: "Vamos ficar com cinco... nunca se sabe, é melhor ter uma boa margem de segurança!"

Pelle: "Cinco? Está bem... Vou dormir mais tranquilo!"[5]

Pensando bem, dá vontade de rir: pareciam uma dupla de comediantes. Porém, na Calábria dos dias de hoje, os dois protagonistas eram um *mammasantissima* e um dedicado servidor das "instituições".

* * *

Giovanni Zumbo conhecia nos mínimos detalhes os inquéritos em andamento, principalmente os que eram responsabilidade dos carabineiros, e, a não ser pelo grampo dentro da casa, também estava a par das investigações sobre Pelle e da câmera que filmava a porta da frente.

Para os magistrados, eram justamente esses inquéritos que precisavam resguardar para evitar que, graças às informações fornecidas pelo homem dos serviços secretos, os chefões fugissem antes de serem presos. Do contrário, todo o trabalho feito por Boccassini e Pignatone naquele último ano seria em vão.

Zumbo já sabia que o juiz de Milão estava examinando os pedidos de prisão de 300 pessoas *lá no sul* e de 150 no norte. No meio delas também estava *Gambazza*, mas ele e os seus, como Zumbo garantira, podiam ficar tranquilos. Logo que o juiz assinasse o mandado de prisão, eles seriam avisados. Pelo menos cinco horas antes, obviamente.

De qualquer modo, Pelle era um sujeito precavido, e até já dissera isso a Ficara e a Zumbo: se por azar fosse preso, tinha atestados médicos e exames clínicos de todo tipo e para todas as doenças prontinhos, de forma que nenhum juiz com um mínimo de humanidade e bom coração lhe negasse o regime de prisão domiciliar. Era uma verdadeira tradição da família: os *Gambazza*, como já vimos, ficavam completamente à vontade com doenças e juízes complacentes. Mas acontece que seria justamente essa a investigação que levaria para o cárcere alguns médicos que haviam se prontificado a *ficar à disposição*.

Era assim que se levava a vida na Calábria. Desta vez, porém, algo daria errado.

Em 21 de abril de 2010, na casa, diante da expressão pasma da viúva que durante anos não tinha feito outra coisa a não ser ficar de olho na janela, chegaram os carabineiros e prenderam Giuseppe Pelle e mais quatro associados dos *Gambazza*. Ao mesmo tempo, também foram presos Giovanni Ficara e Antonio Latella em Reggio, e Rocco Morabito, filho de Peppe Tiradritto, em Siderno.

Não tinha mais jeito: os chefões já não podiam receber as informações para escapar das investigações e sumir antes da captura.

Zumbo, sem saber do grampo que gravara tudo, continuou pensando que estava livre das atenções dos magistrados. Porém, em 13 de julho de 2010, também acabou em cana junto com mais 300 pessoas detidas entre a Calábria e a Lombardia.

É verdade, o preço pago pelos investigadores foi bem alto: se tivessem continuado a ouvir o *boss* Pelle, poderiam ter chegado muito mais longe, descobrindo sabe-se lá quais outras artimanhas, mas com o risco de perder a chance de revelar a extensão da 'ndrangheta na Lombardia e suas relações com políticos e empresários *do norte*. Em suma, poderiam jogar fora a maior investigação dos últimos vinte anos. Bastava ler as manchetes de todos os jornais italianos e o *sinal de alerta* que as prisões tinham dado em toda a Itália setentrional para compreender o seu alcance.

Infelizmente, mais uma vez, para salvar um inquérito fora preciso desmantelar um sistema de espiões e lutar em duas frentes, contra a máfia e contra os homens "a serviço do Estado".

Não era a primeira vez, isso é verdade, e os espiões não eram novidade para Pignatone. Tivera de lidar com eles em Palermo também, quando descobriu um sistema de informação paralelo que protegia o *boss* de Brancaccio, Giuseppe Guttadauro, e o chefão da Cosa Nostra, Bernardo Provenzano: suboficiais dos carabineiros, militares da Receita Federal, empresários e até secretárias trabalhando na procuradoria.

O ponto final do "sistema" daqueles *putos* sicilianos, como os definiria Zumbo, era o presidente da região, Totò Cuffaro, e foram justamente Pignatone e Prestipino os magistrados que coordenaram o inquérito e o processo que levaram Cuffaro, a essa altura senador, à prisão de Rebibbia, condenado a sete anos e meio de reclusão por cumplicidade com a Cosa Nostra.

Zumbo, contudo, não era apenas um espião a serviço de *Gambazza*. Ele morava e trabalhava em Reggio e executava na cidade as suas principais atividades públicas e secretas. Na cidade do estreito, 'ndrangheta quer dizer principalmente De Stefano-Tegano. Uma boa parte da política também significa a mesma coisa. Afinal, ele chegou a Pelle através de Ficara, que sempre foi aliado dos "*Sangiovanni*". Ao analisar todas as suas atividades, os magistrados descobriram que a prefeitura de Reggio também usava seus serviços. Desde antes, desde o tempo em que o futuro presidente da região era prefeito.

Em 18 de novembro de 2011, quando os militares da Receita Federal algemaram a mulher e a irmã do assessor financeiro, um novo capítulo foi iniciado sobre seus problemas judiciários.

Através de uma série de operações societárias, os Tegano haviam conseguido controlar uma grande parte do capital social da Multiservizi, do qual 51% eram administrados pela prefeitura de Reggio e 49%, por um sócio privado. Tratava-se da maior empresa de capital misto da cidade, com um balanço que consumia uma boa parte dos recursos municipais.

Graças ao assessoramento financeiro de Zumbo e às consultas legais da sua esposa, a advogada cível Maria Francesca Toscano, os Tegano haviam criado sociedades especialmente para obter 33% das cotas de sócio privado. Com esse "pacote" e mais umas técnicas gerenciais de "persuasão", podiam de fato influenciar quase toda a empresa.

"Manipular" os outros 51% não era problema. Na prefeitura, que era o sócio majoritário, tinham amigos de sobra. E quem acabou sendo nomeado diretor da mais importante sociedade municipal? Um estimado profissional, Pino Rechichi, que em abril de 2011 foi preso, acusado de ser parte da quadrilha de Tegano. E não se pense que trabalhava como conselheiro, como seria de esperar considerando o seu papel político e administrativo: no entender da procuradoria, era um matador de aluguel. Quanto a isso, no entanto, o Supremo Tribunal não confirmou as acusações.

Depois das prisões dos empresários, também apreenderam seu patrimônio, cujo valor total seria capaz de deixar qualquer um pasmo: 50 milhões de euros.

Há uma explicação. Os homens da quadrilha executavam tráficos, além de atividades ilegítimas e "legítimas" de todo tipo, e, entre elas, não administravam simplesmente um clube recreativo, mas sim a empresa encarregada de fornecer todos os principais serviços à prefeitura de Reggio, com 297 funcionários e um faturamento de 18 milhões de euros por ano.

Foi o que também contou aos magistrados, *com a maior clareza*, Roberto Moio, sobrinho do *boss* Tegano, quando decidiu colaborar com a justiça: "A Multiservizi é administrada por nós, os Tegano, também devido ao noivado do filho de Peppe Rechichi com a sobrinha da minha esposa." *Família é sempre família...* mas as conexões não acabam aí.

Quem era o superconselheiro da Multiservizi no tempo em que a empresa era administrada pelo gerente supostamente pistoleiro? Outro assessor financeiro, Demetrio Arena, que, com uma brilhante carreira política, na primavera de 2011 se tornou prefeito de Reggio Calábria.

O novo prefeito também acabaria sendo atropelado por um vendaval político-judiciário. No começo de abril de 2012, os carabineiros prenderam a sogra de um de seus assessores, Luigi Tuccio, porque ela teria dado abrigo a um dos mais importantes chefes foragidos de Reggio.

O nome da tal mulher era Pina Santina Cotroneo e, segundo os magistrados, auxiliou Domenico Condello, *Micu 'u pacciu*, aquele que no longínquo ano de 1985 matou outro grande *boss*, Paolo De Stefano.

O assessor de planejamento urbano, que também era coordenador do PdL de Reggio, era advogado. Como todos os políticos que circulam nos indefinidos arredores da máfia, obviamente não sabia de coisa alguma. Até mesmo desconhecia, logo ele que era advogado, que era cunhado de Pasquale Condello Júnior, por sua vez parente de Nino Imerti, *Nano Feroce*, outro grande *boss* histórico da cidade. Na prática, descobrira seus "parentescos" ao ler os jornais. O caso estourou na praça quando foram tornadas públicas as motivações do decreto do ministro da Justiça, Severino, que impôs a *Nano Feroce* o regime do 41 bis.

Entre as interceptações feitas no cárcere que sustentam a decisão do ministro, há aquelas entre o *boss* e a esposa, irmã da companheira do conselheiro: "... Diga ao advogado que sinto muito pelo seu pai...

que sempre foi uma boa pessoa... nos processos... mesmo quando presidia os processos... nos ajudava..."

Mas quem era o pai do assessor que, segundo *Nano Feroce*, ajudava a eles também nos processos? Era aquele magistrado, Giuseppe Tuccio, que já encontramos em outras páginas deste livro e com o qual Aldo Micciché, telefonando a Antonio Piromalli do seu voluntário e dourado exílio na Venezuela, dizia ser *unha e carne*.

Para dizer a verdade, a figura de Tuccio também tinha várias faces, como tudo nesta terra. Na década de 1980, presidira o famoso "Processo dos 60", e, depois de algum tempo, até explodiram sua casa de campo nas montanhas. Então, candidatara-se ao Senado na seção eleitoral da Piana, em uma das chapas da Democracia Cristã mais poluídas da Itália, chegara ao tribunal de Reggio e agora diziam dele *o que diziam*.

Em 2006, logo depois de se aposentar, o prefeito de Reggio o nomeou "fiador dos direitos dos detentos". Realmente o cargo certo para um homem que passara a vida inteira mandando pessoas para a cadeia.

Obviamente, como podiam os prefeitos e os políticos que lhes deram cargos, que os haviam mantido em suas secretarias ou pedido seu apoio durante as campanhas eleitorais saber disso tudo e da vida dupla dos seus homens de confiança? Sim, claro, talvez até se encontrassem com um deles em uma ou outra loja, mas ali eles também vestiam seus capuzes e aventaizinhos com o compasso maçônico. Há realmente muitas lojas maçônicas em Reggio. Haveria, então, algo estranho ou incriminador nisso?

Uma terra de ninguém: essas são as águas turvas dos relacionamentos entre máfia, política e partes do Estado na Calábria da 'ndrangheta. Todos as conhecem, muitos vivem mergulhados nelas, outros as atravessam para seu próprio proveito, mas ninguém fala sobre elas. Pelo menos até algum magistrado rasgar o véu que as encobre. E, quando isso acontece, os líderes de todos os partidos e os representantes da mais alta sociedade ficam pasmos, pois *quem poderia imaginar uma coisa dessas?*

Reggio está se saindo bem, que beleza!

"A ideia fundamental é que a história está ligada à política.

Por quê? Porque a política, quer a gente goste ou não, influencia diretamente a vida de todos, pode tornar melhor ou pior o nosso mundo, pode abrir as portas para o futuro ou nos prender irremediavelmente ao passado. E porque, do seu jeito, é um mundo fascinante, feito de paixões e vantagens, de gestos nobres e mesquinharias.

É claro que a política de verdade, felizmente, não é exatamente a mesma que descrevi... Mesmo assim, contudo, vez ou outra os noticiários deixam entrever situações ainda mais embaraçosas do que aquelas contadas no livro.

Espero que me perdoem, então, e que não me acusem de displicente indiferença ao retratar algumas fraquezas desse mundo..."

O trecho faz parte da introdução do autor ao livro *Il Politico, una storia di casa nostra*. O romance é uma denúncia feroz da degradação moral da política da cidade do estreito, e o autor, para construir seus enredos, se aproveitou de um observatório privilegiado, o Tribunal de Reggio Calábria, por onde passam todos os absurdos da cidade.

Ele era um juiz dedicado como poucos, radical até dentro da sua corrente de magistratura democrática, que, para ele, já se tornara moderada demais. Quando não estava no tribunal, participava de todas as reuniões da associação Libera e das manifestações antimáfia.

Chamava-se Vincenzo Giglio e era o presidente da seção Medidas de Prevenção do Tribunal de Reggio. Em 30 de novembro de 2011, foi preso por corrupção e revelação de segredos de ofício com agravante de cumplicidade com a máfia.

Mais uma vez, os mandados de prisão partiram de Milão. E ainda bem, pois, quando é necessário investigar os juízes de Reggio, o assunto fica a cargo da Procuradoria de Catanzaro, e por lá dizem que no passado já "deram um jeito" num monte de coisas. Ainda mais porque no tribunal de Catanzaro há uma porção de juízes nascidos em Reggio e, entre os que fizeram o concurso juntos, os que foram auditores, os que são amigos de família e os que são parentes do sobrinho da prima, sempre aparece alguém disposto a dizer *uma boa palavra*.

Com Giglio, no entanto, não foi bem assim que aconteceu. Na mesma operação, além dele, também foram presos um médico seu homônimo, um advogado de Palmi com escritório em Milão e Como, Vincenzo Minasi, um inspetor da Receita Federal, Luigi Mongelli, os chefões dos clãs Valle e Lampada, capangas *nortistas* dos De Stefano-Tegano, e Franco Morelli, um conselheiro regional do PdL na Calábria.

Quando se trata de política, sempre há surpresas: também foi preso Mario Giglio, que era primo do juiz radical e já fora chefe do gabinete do vice-presidente do Conselho Regional, Francesco Fortugno. Mas este, morto pela 'ndrangheta em 2006 durante as eleições primárias da Unione, era afiliado ao Ulivo. Resumindo, por aqui, esquerda e direita são coisas do século passado, os verdadeiros "valores" são outros.

O juiz Giglio, quando *o prenderam*, pôde ler sobre si mesmo que "contribui de maneira determinante para ampliar a rede de relações que forma a chamada zona cinzenta da associação mafiosa. Zona cinzenta cujos associados usam para conseguir notícias confidenciais, favores nos leilões imobiliários, para aumentar o alcance das suas relações empresariais e a capacidade de se infiltrarem no tecido econômico e institucional". Foram estas as palavras que o juiz instrutor das investigações preliminares do tribunal de Milão, Giuseppe Gennari, escreveu no monumental mandado de prisão da operação denominada "Infinito".

Giglio também conhecia Zumbo, o espião, muito bem. Os dois se davam muito bem, e o juiz entregava justamente ao perito financeiro a administração judiciária dos bens milionários apreendidos da quadrilha Ficara-Latella ou de qualquer uma das principais famílias mafiosas da Piana di Gioia Tauro, dentre os quais o supermercado Idea Sud, de Rocco Molè, mencionado quando tratamos do porto. Favores retribuídos, pelo que se percebe ouvindo as conversas gravadas pelos *sicilianos* na casa de Pelle: além dos militares do ROS que trabalhavam para os serviços secretos, ele era uma das fontes que — entre as notícias *passadas* pelo tribunal de Catanzaro e as obtidas em Reggio — revelavam os segredos dos colegas. E é provável que *Gambazza*, pelo que Ficara e Zumbo contaram, já o conhecesse, uma vez que confiou nele para evitar o cárcere e cumprir o resto da pena em regime de prisão domiciliar: "... vamos ver o que o juiz Giglio pode fazer agora." Em outras palavras, era um juiz generoso e também um tanto fofoqueiro.

Mas Giglio não participava do *sistema dos porcos* somente *por amizade e porque era de Reggio*, como era o caso de Zumbo. Ele também tinha coisas que queria pedir e conseguir. Coisas que, de algum modo, lhe eram devidas, como certos amigos políticos sabiam muito bem. Principalmente um sujeito como Franco Morelli, que certamente não era do tipo que queria ser eleito só para ganhar o salário e frequentar a sede do Conselho Regional de Reggio e da sua Cosenza.

O conselheiro do PdL era presidente da Comissão do Orçamento, por onde passavam todos os pedidos de pagamento da região, e também era o chefe da "direita social" calabresa, a corrente política do prefeito de Roma, Alemanno, e até apareceu num comercial televisivo da sua campanha eleitoral. Em suma, numa época pós-ideológica, para um juiz de esquerda como Giglio, Morelli, embora um tanto fascista, era realmente a pessoa certa.

Ter como aliado um político com contatos em Roma também era motivo de prestígio para o clã. Um prestígio do qual o próprio Giulio Lampada se vangloriou num telefonema a Mario Giglio, o advogado da mesma quadrilha afiliado ao Ulivo, ao comentar sobre uma festa da qual participara...

Lampada: "Outro dia apresentaram-me Gianni Alemanno. Pois é, uma beleza!"

Giglio: "É isso aí, já soube, maravilha!"

Lampada: "Nem imagina como o evento foi bonito! Um bufê, sem fogos de artifício, sem chafarizes, uma reunião pequena, mais íntima, no Café de Paris, lá em Roma, uma coisa realmente muito linda."

Giglio: "Sei, sei..."

Lampada: "Imagine o ministro de microfone na mão, dizendo: 'agradeço ao grupo Lampada, conhecido do ramo industrial calabrês em Milão, e ao dr. Vincenzo Giglio'... e nós num canto, comemorando com uma dancinha. Dito pelo ministro, veja bem..."

Giglio: "Isso é ótimo!"

Lampada: "Nós éramos, digamos assim, os VIPs. Reggio está se saindo bem, que beleza!"

E onde estavam festejando, juntos, o juiz de Reggio, o conselheiro regional de Cosenza, o *boss* que morava em Milão e o então ministro da Agricultura do governo Berlusconi que se tornaria prefeito da capital da Itália? No *Café de Paris* da Via Veneto, obviamente, que àquela altura pertencia à poderosa quadrilha dos Alvaro de Cosoleto e que dali a uns poucos anos seria confiscado pelo Estado. Mas era só um acaso, é claro, uma coincidência, uma brincadeira do destino.

Quem explicou os motivos do encontro entre o conselheiro regional, Morelli, e os chefões da 'ndrangheta, no entanto, foram os advogados defensores do político de direita, que também tinham um histórico como políticos de esquerda: Vincenzo Lo Giudice e Franco Sammarco. Escreveram o que segue no pedido de revogação de prisão preventiva, uma incrível obra-prima de retórica paradoxal numa cultura paradoxal: "A mentalidade eleitoreiro-clientelista tornou-se uma cultura, tornou-se um costume e, inevitavelmente, também uma maneira de governar... Morelli vive e opera nesse dificílimo ambiente no qual é quase obrigatório ficar à disposição, sem grandes possibilidades de criar para si uma defesa que lhe garanta se livrar de imorais e desleais explorações. O 'ficar à disposição' é uma condição quase fisiológica na atividade política desenvolvida na Calábria, com a consequência de entregar-se passivamente à lealdade do interlocutor."

E ainda bem que os advogados deviam defendê-lo. De fato, como o juiz instrutor escreveu no seu mandado, os advogados haviam confirmado o tipo de pessoa que Morelli era: "O teor do pedido de defesa não só causa surpresa, como também assume um conteúdo basicamente confessional (se for minimamente confirmado pelo investigado)." Em outras palavras, ele estava *à disposição da 'ndrangheta*, mas somente devido ao *ambiente*. E só por causa do ambiente participou, com cotas societárias, dos negócios e das atividades dos chefões.

As esposas, como já vimos, também dão a sua contribuição aos negócios dos maridos nessas tramoias. A esposa do juiz Giglio, Alessandra Sarlo, era uma alta funcionária da província de Reggio, mas havia alguns anos que trabalhava na região da Calábria. Até que gostava da nova função, mas estava à procura de um cargo mais prestigioso.

Em Reggio, sabe como funciona: é verdade, era esposa de juiz e, em certos locais, durante os jantares nas varandas que dão para Messina, todos a cumprimentavam com mesuras, mas ela era uma alta funcionária da administração pública e não queria viver da luz dos outros. Ela queria brilhar por conta própria, queria o poder em primeira mão.

Não desejava favores, que fique bem claro, mas apenas o reconhecimento pela sua dedicação ao trabalho. Giglio explicou isso ao amigo conselheiro regional com um torpedo que deu a partida a toda uma troca de mensagens telefônicas entre os dois.

Giglio: "Vou confessar um pequeno segredo: a minha mulher faz parte de um grupo seleto de pessoas que gosta muito de trabalhar. Portanto, seja qual for a atividade, por favor, que seja algo bastante operativo, e não uma mera representação. Isso, para a sua serenidade e a minha paz interior, em nome dos quais invoco a solidariedade masculina. Agradeço."

O juiz receava que a província anulasse o "empréstimo" da esposa à região, e Morelli o tranquilizou:

"A província, enquanto Giuseppe [o governador Scopelliti, segundo a procuradoria, N.A.] estiver no comando, não irá revogar..."

Morelli, diariamente pressionado, encarregou o líder do PdL na região, Luigi Fedele, do problema, e afinal parecia que a situação seria resolvida. A mulher falou com o marido e ele informou imediatamente ao amigo: "Longa, mas proveitosa conversa com a minha esposa. A solução encontrada foi a transferência definitiva, logo que for possível, da minha mulher para o conselho. De imediato, Alessandra gostaria de estar no conselho mesmo de forma provisória, desde que se levassem em conta as suas qualificações profissionais. Estamos pedindo demais? Luigi pode assumir esse compromisso? Um marido estressado." Como disse o marido escritor, a política pode tornar o nosso mundo pior ou melhor... bastante melhor, se a pessoa souber como agir.

Na verdade, dali a uns poucos meses a sra. Sarlo Giglio conseguiria muito mais: com decreto do presidente da região, em 14 de julho de 2010, foi nomeada comissária extraordinária da Secretaria de Saúde da província, de Vibo Valentia.

A Secretaria de Saúde de Vibo não era um lugar como qualquer outro. O hospital da cidadezinha à margem do Tirreno havia registrado nos últimos anos o triste recorde de mortes por *desleixo e condições impróprias*, e em 2006 o serviço foi dissolvido por contaminação mafiosa: as quadrilhas Lo Bianco de Vibo e Mancuso de Limbadi supervisionavam e controlavam tudo, desde as alas hospitalares até as lavanderias, do fornecimento das refeições para os pacientes até os concursos internos para as chefias de setor e a compra de produtos farmacêuticos.

A nova comissária mal teve tempo de se acostumar com o cargo, pois, depois de apenas cinco meses, em 23 de dezembro de 2010, Napolitano, o Presidente da República, assinou o decreto proposto pelo ministro do Interior e dissolveu pela segunda vez a Secretaria por contaminação mafiosa.

O marido e os amigos, porém, não abandonaram Alessandra. Em setembro, já estava chefiando o recém-formado Departamento de Controle da Região da Calábria. Entre todos os funcionários de alto escalão da administração regional, ninguém era bom o suficiente. A única certa para o cargo era ela, que não pertencia ao quadro de funcionários e que, além do mais, dependia da província de Reggio. Como se costuma dizer por aqui, o conselheiro Morelli e o líder do PdL, Fedele, tinham *facilitado as coisas*.

Foi o que o juiz instrutor de Milão, Gennari, deixou bem claro quando se referiu ao homem do PdL e escreveu em seu mandado: "Não há dúvidas de que Fedele, através de manobras políticas e clientelistas, favorece uma pessoa — a dra. Sarlo — que não é promovida pelos seus méritos, mas sim porque é esposa do juiz Giglio."

Se não fosse pelo fato de a 'ndrangheta estar metida nisso, tudo não passaria de *pequenos problemas do mundo da política*, como, com enojado sarcasmo teria definido no seu livro, *Il Politico*, Vincenzo Giglio, o juiz antimáfia e escritor radical.

Prostitutas e *coppole*

Domingo, 21 de setembro de 2008:

"Sexta-feira doida, passada com mulheres e vinho. Noite de sexo com Natascia, bêbados como gambás. Hoje, segunda, grande desespero no trabalho pelo modo como estou sendo tratado. Não há doença que justifique o que tenho de aguentar."

Sexta-feira, 10 de outubro de 2008:

"Dois dias em Milão com mulheres, sexo, vinho e negócios. A equipe está lá, e parece funcionar. Duas lindas noites com Elisabetta, uma jovem russa. Observação: conclusão das investigações sobre os eventos de 2005. Desespero e aflição. Dentro de mim, um deserto infinito."

Sexta-feira, 18 de outubro de 2008:

"Prosseguem as operações imobiliárias. Esperamos concluí-las quanto antes."

Sexta-feira, 24 de outubro de 2008:

"Quarta e quinta-feira em Milão. Precisamos criar uma sociedade; parece um bom sinal. Uma noite de amor com Elisabetta, doce, linda."

Quinta-feira, 5 de março de 2009:

"Em Milão, percebi que para manter Simona preciso de dinheiro. Fizemos amor. Melhor ser claro com ela: esperar até fechar o negócio, ou não nos vermos mais."

Segunda-feira, 22 de junho de 2009:

"Terça-feira, foda com acompanhante negra, boa de cama, o preço mais alto pago até agora; de qualquer maneira, grande trepada."

Domingo, 26 de julho de 2009:

"Sexta-feira, noitada intensa com Carmine, Simona e Alessandra. Muito sexo na casa de Gregorio. Ainda esta semana devem aparecer Anna e Cristina. Tudo bem, vou oferecer na proporção do que me for oferecido. Quinta-feira, só para acompanhar, fomos para a cama com duas búlgaras, mas mulherzinhas fracas. Percebi, com o extrato bancário na mão, que estou gastando mais do que ganho."

Em uma Itália que nos últimos tempos viu acompanhantes chegarem aos palácios do poder acompanhadas com escolta e tudo o mais, e com um primeiro-ministro acusado de suborno num processo de prostituição de menores, imagino que a leitura desses diários pode provocar repulsa ou enfado. Já faz tempo demais que não lemos outra coisa nas revistas e nos jornais. Neste caso, no entanto, o fato é uma novidade.

Em toda a história da 'ndrangheta, nunca se viram crimes cometidos por um colarinho-branco pagos com *prostitutas*. Isso não quer dizer, é claro, que nunca tenham ocorrido exceções e transgressões nas regras de *honra*, mas nunca se chegara a esse ponto, a um nível tão baixo.

A situação veio à tona em 28 de março de 2012, quando, sempre do Tribunal de Milão, foi emitido um mandado de prisão para Giancarlo Giusti, juiz do tribunal de Palmi. O escritório dele já fora revistado alguns meses antes, quando prenderam o seu colega de Reggio, mas os magistrados milaneses, embora tenham solicitado que fosse formalmente investigado, haviam-no deixado em liberdade, entregando ao Conselho Superior de Magistratura a tarefa de suspendê-lo do cargo.

Giusti, assim como Giglio, também tinha vínculos com o clã Lampada em Milão, e, portanto, com os Tegano e os De Stefano em Reggio.

O motivo da prisão foi grave: corrupção em autos judiciários com o agravante de finalidade mafiosa. O juiz não só teria recebido dos chefões 71 mil euros, como também teria ficado ao dispor deles como testa de ferro em algumas empresas em Milão e na Lombardia.

Os *homens honrados* o recompensavam generosamente com ricas e luxuosas hospedagens nos melhores hotéis de Milão, onde, ao contrário de Palmi e de Reggio, é possível viver a vida.

Certa vez, até levara um amigo com ele, Fabio Pullano. Mas não era um amigo qualquer, pois Pullano trabalhava como perito do

Tribunal de Reggio, o mesmo tribunal onde o próprio Giusti era juiz em casos de execução hipotecária. Tal amigo, conforme foi descoberto nas investigações, fora encarregado de perícias e leilões públicos num valor aproximado de 300 mil euros.

No mandado de prisão do juiz instrutor de Milão, está escrito que o magistrado "é pessoa extremamente frágil e tem o hábito de manter comportamentos ilícitos... O dado grave relacionado à periculosidade social é que o juiz se deixou atrair imediatamente por Lampada, que logo lhe ofereceu prostitutas, diversão, negócios e amizades úteis".

De qualquer maneira, devemos admitir que a disponibilidade do juiz saía cara. Giulio Lampada, para quitar as contas dos hotéis e os vários extras das meninas, teria pagado pelo menos 27 mil euros. Para o *boss*, isso não passava de um bom investimento, tendo em vista o que o juiz poderia fazer quando avaliasse medidas judiciárias a respeito do seu clã e dos seus aliados.

Também seria possível fazer algum *investimento* para apreensões e confisco dos bens. O presidente da seção de Medidas de Prevenção era Vincenzo Giglio, e Lampada também queria convidá-lo a Milão. Mas achou melhor manter a coisa confidencial e preferiu que Giusti não falasse a respeito com o colega. Muito pelo contrário, pediu-lhe que fosse discreto.

Mas o que era que Lampada pensava? Ele, Giusti, era um *homem de fibra*, não precisava desse tipo de conselhos: "Você ainda não entendeu quem eu sou... Sou um túmulo... Eu devia ter sido mafioso, e não juiz..." Ser mais claro do que isso seria impossível!

Então, o juiz tarado acrescentou: "Mas até que trazer o presidente para Milão é uma boa ideia... Sabe de uma coisa? Gostaria de vê-lo diante de uma dessas gostosas!"

Mas o juiz intelectual nunca ia se rebaixar ao nível das putas. Para ele, já bastava um *coppola*, mais que isso seria muito e eticamente errado.

Quem não deu a devida importância às coisas, no entanto, foram os homens do Conselho Superior de Magistratura. Aliás, para dizer a verdade, o órgão supremo disciplinar dos juízes se portou de forma vergonhosa.

Quando a notícia de que Giusti estava sendo investigado se tornou pública e a Procuradoria de Milão enviou os papéis que provavam todo o relacionamento entre o juiz e o *boss*, o Palazzo dei Marescialli* decidiu suspendê-lo. Mas isso chamou atenção para um caso que tivera justamente o CSM e Giusti como protagonistas.

A história foi descoberta em 2005, quando Giusti, titular da seção de execução hipotecária, entregou bens em administração judiciária a uma sociedade do seu sogro, a Tridea Ltda. A mesma também ganhou um leilão imobiliário que estava aos cuidados do genro juiz, "tomando posse" de 11 imóveis em Villa San Giovanni por 600 mil euros.

Depois de algumas petições e de uma investigação administrativa, o ministro da Justiça da época decidiu repreender o magistrado de Reggio, que, sem contar os favores para o sogro, entregava perícias e avaliações sempre e exclusivamente a amigos. Sobretudo ao arquiteto Fabio Pullano (116 casos) e à esposa do mesmo, Concettina Delfino (34 casos), que também era sócia da Tridea Ltda., a sociedade do sogro. O ministro escreveu, sem deixar margem a dúvidas, que "o comportamento do juiz comprometia a respeitabilidade

---

* A sede, em Roma, do Conselho Superior de Magistratura. (N.T.)

da ordem judiciária". Devido a isso, o conselho judicial deu parecer negativo ao avanço da sua carreira e a procuradoria de Reggio enviou toda a "papelada" para Catanzaro. A procuradoria local, no entanto, sem nem mesmo investigá-lo, pediu ao juiz instrutor o arquivamento do caso. Obviamente, deve haver um juiz trabalhador em Catanzaro, e o juiz instrutor recusou o arquivamento e pediu novas indagações.

A procuradoria "fez objeção" e pediu pela segunda vez o arquivamento, que acabou acontecendo.

O Conselho Superior de Magistratura, em 6 de julho de 2007, também o absolveu de todas as acusações, reconhecendo a "boa-fé" do seu comportamento e dando parecer positivo para o avanço da sua carreira. Mas as provas avaliadas eram bastante omissas: nunca chegaram ao Palazzo dei Marescialli os autos que a Procuradoria de Catanzaro deveria obrigatoriamente ter enviado, mas que na verdade nunca mandou.

Com seu cargo restituído, Giusti aprontou de novo no verão de 2009: como presidente do colégio do Tribunal de Recursos de Palmi, mandou soltar todos os presos do clã Bellocco de Rosarno, que foram encontrados e detidos com muito suor e esforço.

Na primavera de 2012, os policiais da *Squadra Mobile* de Reggio bateram à porta da sua casa de Cittanova para prendê-lo, e os juízes de Milão descobriram todas as suas relações com os chefes da 'ndrangheta. Inclusive as companhias espalhadas entre a Suíça e Belize. Em algumas delas, como a Idres, o seu nome aparecia junto com o do arquiteto Pullano, cujas perícias juramentadas na cidade do estreito eram feitas em nome e para o Tribunal de Reggio e a justiça italiana.

Duplas verdades

Norte e sul unidos na luta, o slogan cunhado nas passeatas do outono abafado de 1969 ainda é atual. Nos últimos anos, voltou a aparecer em várias manchetes dos jornais. Já não se refere, no entanto, aos operários das fábricas do triângulo industrial Turim-Gênova-Milão e aos camponeses desempregados do sul, mas sim às Procuradorias da República. Deixando de lado os ótimos resultados conseguidos na luta contra as máfias, é um sinal triste dos tempos. Mas o que fazer?

Nos anos mais recentes, no eixo Milão-Reggio, criou-se um mecanismo de confiança recíproca entre os magistrados das duas varas judiciárias, o que tornou o trabalho muito mais rápido e eficiente.

Mas é em Reggio que um "sistema" inteiro começa a ser revelado e combatido, e é a primeira vez que isso acontece. Está surgindo uma nova imagem da cidade, do seu poder, da sua burguesia e, como já vimos, também dos seus juízes.

O palco da luta contra a 'ndrangheta também mudou. Basta ler apenas os jornais calabreses, pois para os outros a 'ndrangheta nem mesmo existe: as drogas e o narcotráfico continuam firmes e fortes nas manchetes, mas escreve-se cada vez mais sobre trabalhadores, empresários, tabeliães, agentes financeiros, prefeitos, conselheiros regionais. E sobre bens e patrimônios confiscados como nunca se vira antes. Não se sabe por que a chamam de zona cinzenta. Ou por que, quando se menciona a burguesia, é sempre preciso usar um adjetivo: ela é sempre "mafiosa".

Será que por aqui o pessoal que não é mafioso jamais ficou indignado e nunca deu sinais de revolta?

São justamente essas cumplicidades e esses silêncios que transformam a realidade em um jogo de sombras, onde toda verdade se dissolve em outra, e mais outra, e mais outra ainda.

Foi o que também aconteceu com a bomba que, em 3 de janeiro de 2010, às 4h50 da manhã, com um estrondo nunca ouvido antes, explodiu diante da entrada da Procuradoria-Geral de Reggio. Era o começo de uma estratégia de tensão, foi o que todos pensaram. Os que investigaram o assunto quiseram interpretar a escolha do alvo, a Procuradoria-Geral. Lembraram-se de alguns processos que estavam chegando ao Tribunal de Recursos e de que na cidade estavam falando sobre procuradores *duros* e procuradores *moles*, sobre juízes *justicialistas* e juízes *legalistas*.

O novo procurador-geral, Salvatore Di Landro, havia chegado recentemente e ainda não se sabia qual linha de pensamento seguia. Mas estamos em Reggio, e esta não podia ser a única pista, a única verdade, seria simples demais.

Sim, não há dúvida de que muitas vezes os processos no Tribunal de Recursos são uma verdadeira alegria para os mafiosos: absolvições, insuficiência de provas, vícios formais, vencimento de prazos, prescrições. Basta um bom advogado ou um advogado amigo de algum procurador-substituto ou de algum juiz para não ter problemas. Mas isso, obviamente, não se aplica a todos os advogados e a todos os juízes, pois os mafiosos também receberam umas boas pauladas de ótimos magistrados de Reggio.

Nesta cidade, no entanto, há advogados que são *melhores que outros* só porque têm os amigos certos e todos pensam que podem *resolver* as coisas.

O advogado Lorenzo Gatto, por exemplo, era considerado um dos *bons*. Já fora candidato nas chapas da Rifondazione Comunista e, portanto, era *querido* não só pela esquerda, como também pela direita. E era o defensor do juiz Francesco Neri, que, segundo a comissão disciplinar do CSM, se mostrou disposto demais a muitos compromissos enquanto substituto na Procuradoria-Geral de Reggio, e, por isso, na primavera de 2010, fora transferido compulsoriamente para Roma. Agora, na posição dele, o que Gatto poderia fazer? Alguns *clientes* seus que sabiam que era advogado do juiz achavam que poderia conversar com ele. Pois é, era o que achavam.

Na verdade, ele não conversava somente com juízes amigos, mas com "outros" também, e por isso ganhou até uma suspensão temporária da profissão junto com o colega Giovanni Pellicanò.

Não há dúvida de que um advogado deve aconselhar, ajudar, sugerir estratégias de defesa, ter conversas demoradas com os clientes, ainda que sejam chefões da pior espécie. Mas só isso. O limite é sutil, e quem o ultrapassa vai de defensor e conselheiro dos seus assistidos para *consigliore*.*

Mas essa é outra história, pelo menos em parte.

Com o explosivo cartão de boas festas do dia 3 de janeiro, 2010 não poderia ter começado de forma pior. A situação provocou uma reação das instituições e da opinião pública. O governo central se mudou para Reggio e, numa sessão simbólica, anunciou novas medidas antimáfia.

Em 21 de janeiro, também chegou à cidade o Presidente da República, Napolitano: trazia apoio ao procurador-geral, Di Landro,

---

* Neologismo baseado, justamente, em conselheiro: quem se mancomuna com a máfia. (N.T.)

e ao procurador da República, Pignatone. E justamente na manhã da sua visita aconteceu a primeira surpresa: não muito longe do percurso do cortejo presidencial, foi encontrado um carro cheio de armas.

Um novo sinal que, junto com a bomba, precisaria ser interpretado e entendido.

Em 26 de agosto, mais uma bomba foi jogada contra a casa do procurador-geral Di Landro, e dessa vez quase provocou um grande estrago e acabou em tragédia.

Em 5 de outubro, 25 minutos depois da meia-noite, o telefone na Central de Polícia tocou. "Prestem atenção, corram para o desvio na saída de San Giorgio. À esquerda, encontrarão uma bazuca para Pignatone." Os homens da *Squadra Mobile* correram e realmente encontraram a arma.

Para entender o que estava acontecendo, seria preciso examinar fatos, fazer perícias balísticas, ouvir de novo as conversas gravadas. E perceber as duplas verdades em cada fragmento. Na verdade, algo havia acontecido naqueles últimos meses, e obviamente fora isso que provocara uma reação.

Em 19 de outubro de 2009, prenderam Luciano Lo Giudice, um empresário riquíssimo, com múltiplas atividades comerciais, que já fora condenado no passado em primeira instância por formação de quadrilha mafiosa, mas que — não se sabe como — fora absolvido em segunda instância. Os magistrados estavam em cima dele havia um bom tempo e, para pegá-lo, decidiram recorrer a uma "artimanha": acusaram-no de falsidade de declaração de bens.

Numa cidade pequena como Reggio, onde todos se conhecem e se falam, não é fácil prender um empresário e jogá-lo na cadeia.

Normalmente cria-se um verdadeiro rebuliço, são coisas que no passado quase nunca aconteciam. Seja como for, Luciano não era um mero empresário, também era um dos irmãos — nada menos que 16 — da quadrilha Lo Giudice. Em resumo, o braço econômico e financeiro da família.

Todos conheciam os Lo Giudice em Reggio, e não somente os mafiosos. O clã sempre apoiou Pasquale Condello, o *Supremo*, um dos chefões mais fortes e influentes da cidade, capturado em 18 de fevereiro de 2008, após quase 18 anos foragido da polícia e dos carabineiros.

Durante esse tempo todo, foram os Lo Giudice que o protegeram e esconderam. Mas a quadrilha deles também tinha uma característica diferente do restante da 'ndrangheta: depois da guerra da máfia que redesenhou a geografia criminosa da cidade, desistiram do seu território, o bairro de Santa Caterina, em troca de uma espécie de licença para negócios.

E como isso foi possível, uma vez que na 'ndrangheta, sem família e sem território, *você é nada misturado com coisa alguma?*

Evidentemente, o território dos Lo Giudice era *terra de ninguém*, a zona indistinta e cinzenta que lhes permitia agir com a ajuda das duplicidades das instituições e da política, das forças policiais e dos serviços secretos, alcançando até os magistrados. Um território "metafísico" que eles deixavam à disposição de quem lhes concedera esse privilégio.

Não era possível, então, deixar Luciano na cadeia por falsidade de declaração de bens, uma *bobagem* pela qual, em Reggio, qualquer um que conhecesse magistrados honestos e advogados *certos* jamais seria preso.

E quem pensavam que Luciano era, afinal? *Al Capone*, que nos Estados Unidos, com todos os assassinatos e as chacinas que tinha nas costas, tiveram de acusar de evasão fiscal para que fosse preso?

Havia algo errado naquela história. E, além do mais, com todos os amigos que tinha, seria possível que agora ninguém se lembrasse dele? E o advogado Gatto, e o advogado Pellicanò, não fariam nada?

E agora, além dos *sicilianos*, ainda haviam chamado outra *estrangeira* de Bolonha, Beatrice Ronchi. Então *nós de Reggio não somos importantes, não valemos mais nada?*

O *boss* estava nervoso, falou com seus advogados, brigou com a mulher. Estava furioso e, principalmente, não entendia como alguns amigos, logo para ele que sempre os respeitou, nada faziam, nada diziam. A amizade é amizade, e não se deixa um amigo na mão quando ele mais precisa, e muito menos se deixa que mofe na cadeia.

A angústia e a raiva de Luciano acabaram se virando contra Nino, seu irmão mais velho. E foi então que a história se desenrolou.

Três dias depois de encontrar a bazuca destinada a Pignatone, a polícia prendeu Antonino Lo Giudice, *Nino il nano,** o irmão mais velho e chefe do clã. É preciso mencionar que, justamente dez dias antes, um homem "de ação" dentro da quadrilha havia começado a colaborar com os magistrados. O homem, Consolato Villani, era primo do *boss* e tinha sido capturado algumas semanas antes. Evidentemente, Nino ficou sabendo da história e mandou o seu "aviso" a Pignatone e aos magistrados que trabalhavam com ele.

Consolato era uma fonte inesgotável. Havia se tornado homem de honra ainda jovem e tinha passado por todos os níveis da 'ndrangheta:

---

* Nino, o Anão. (N.T.)

"... De 1996-97, fui afiliado... Entre 2000-2001, recebi a Santa... e então cresci... Recebi a patente de Evangelho em 2005..."

Na quadrilha, Villani era um sujeito importante, recebia e cumpria ordens, participava do grupo de extermínio, participava sempre das *operações* e, principalmente, era um dos homens mais próximos de Nino e Luciano.

Sabia quase tudo sobre os negócios e as relações do clã, e indicou aos magistrados a verdadeira pista das bombas. Deu os nomes dos sujeitos da quadrilha que, junto com ele, executaram o atentado, e ainda mencionou outro, alguém lá em cima que, em caso de necessidade, os ajudava a receber as informações e a agir à vontade até nas salas do Tribunal de Reggio.

Quando Nino Lo Giudice, já no xadrez, percebeu que descobriram o seu jogo e que estava num beco sem saída, começou a colaborar. Também fez isso porque sabia que Villani, a certa altura, revelou que ele, o *Nano*, queria sair de cena e "*entregar aos tiras*" o próprio *Supremo*. E vocês acham que Pasquale Condello não soube da história? Nino, a essa altura, estava acabado, tanto como homem quanto como *boss*.

Se era para ser desprezível, então era melhor colaborar e contar tudo: a bomba na Procuradoria-Geral, a na casa de Di Landro e a bazuca para Pignatone eram obras dele. Não podia aceitar que o irmão estivesse na cadeia por nada, que os advogados não pudessem intervir e, pior ainda, que os que no seu entender podiam ajudá-lo nem atendessem aos seus telefonemas. Antes, em Reggio, não era assim que as coisas funcionavam, e com o dinheiro que pagavam e os favores faziam, eles eram respeitados.

Disse até nomes de pessoas acima de qualquer suspeita. Um desses também já havia sido mencionado por Villani: Saverio

Spadaro Tracuzzi, um capitão dos carabineiros que fora o chefe do grupo do ROS encarregado da vigilância e prisão dos suspeitos, e que em seguida fora transferido para a Diretoria Investigativa Antimáfia.

O capitão era um grande amigo de Luciano. Como dizem por aqui, *partilhavam o mesmo travesseiro*, assim como a Ferrari que o empresário sempre entregava de tanque cheio toda vez que o "homem da lei" pedia emprestada. E o que Tracuzzi, que, quando não estava na DIA, vivia na confeitaria de Luciano, oferecia em troca?

"Saverio dava as informações de que Luciano precisava", foi a seca resposta de Consolato Villani aos magistrados. "Posso dizer o seguinte", continuou, "Luciano Lo Giudice sempre sabia de antemão quando haveria prisões em Reggio Calábria, só não soube da dele. Sempre contava para a gente... 'Daqui a uns dias vai haver uma operação', e era verdade... Saverio dizia a Luciano, e Luciano contava para Nino... 'Fique sabendo que no fim de semana haverá uma operação'... Operações da polícia também, não só da DIA, mas também do ROS, isto mesmo, até do ROS."[6]

Um roteiro conhecido: espiões, delatores internos. Em Reggio, o sistema são eles, espalhados em todos os prédios do Estado, espiões e *porcos sujos*.

Bombas, tragédias e famílias

Nino Lo Giudice, por sua vez, o *Nano*, também falou de outros *amigos*, aqueles que mais teriam decepcionado a ele e a Luciano, os que o deixaram realmente puto. São nomes que chamam atenção, pois se tratavam de dois magistrados conhecidos em Reggio e no restante do país: Francesco Mollace, que foi promotor público e, depois da chegada de Pignatone, passou para a Procuradoria-Geral, e Alberto

Cisterna, que há muitos anos trabalha na Diretoria Nacional Antimáfia e é o número dois do procurador nacional Pietro Grasso.

A apresentação e depois a amizade com os chefões teria nascido do relacionamento comum com Nino Spanò, outro empresário que administrava um importante estaleiro naval, com um ancoradouro e uma doca para a manutenção dos barcos, onde os dois magistrados também costumavam amarrar suas embarcações.

Na verdade, Spanò era testa de ferro de Luciano Lo Giudice. Isso já bastava para fazer estourar uma bomba judiciária.

Mollace já se envolvera várias vezes em polêmicas e disputas dentro do próprio Palácio da Justiça. O seu nome impressionava, mas, levando-se em conta seus antecedentes, não chegava a surpreender.

Diferente e bem maior é o susto diante de Alberto Cisterna, um magistrado culto e estimado, sempre ouvido com apreço nas salas da Comissão Antimáfia e nas da Câmara e do Senado. O homem participou da comissão ministerial para a aplicação do 41 bis e era membro do Conselho de Administração da Agência Nacional de Gestão de Bens Confiscados. Os jornalistas mantinham contatos diários com ele, parlamentares de esquerda e direita o consultavam em busca de conselhos acerca de leis e emendas a serem apresentadas no Parlamento.

Eu mesmo, seja no trabalho na Comissão Antimáfia, seja na redação dos meus livros, recorri mais de uma vez à sua "memória histórica" dos inquéritos sobre a 'ndrangheta das últimas décadas.

Depois de receber as declarações dos colaboradores, o procurador Pignatone não pôde fazer outra coisa a não ser enviar o "registro de ocorrência" sobre Mollace à Procuradoria de Catanzaro, responsável por todos os inquéritos sobre os magistrados de Reggio, e adicionar

Alberto Cisterna, cujo escritório ficava em Roma, na lista dos investigados pela procuradoria da cidade do estreito.

Na prática, segundo Nino, o *Nano*, eram eles que deveriam ter mexido os pauzinhos para tirar o irmão da cadeia, uma vez que tinham uma amizade firme e constante, e não apenas por motivos "náuticos". Nas conversas interceptadas no cárcere entre Luciano e Nino, Mollace é *Ciccio*, e Cisterna é o *advogado de Roma*.

Luciano pede com insistência que se recorra a eles, pois, segundo as escutas, estariam lhe devendo muitos favores.

Em 7 de maio de 2010, seis meses antes de o irmão começar a colaborar com a justiça, Luciano pegou caneta e papel e, do cárcere de Tolmezzo, escreveu diretamente ao procurador Cisterna, na sede da Diretoria Nacional Antimáfia de Roma:

> *Meu caro doutor,*
>
> *Estou escrevendo esta carta uma vez que há sete meses tento provar a minha absoluta inocência, mas continuo até hoje trancado aqui, forçado a aguentar uma promotora pública demente, só porque a Central de Polícia inventa histórias. Entendo que ela é uma mulher muito jovem, que quer bancar a heroína, mas comigo, não!*
>
> *Quero informar que ela é corrupta, e posso provar a qualquer hora... Destruiu doze anos das minhas atividades fechando tudo...*
>
> *Sempre afirmei que não há quem possa dizer seja o que for contra mim, ainda mais porque sempre fui muito reservado, sem dar intimidade a ninguém...*
>
> *E creio que é por inveja e maldade que me encontro nesta situação, e nunca imaginei que uma coisa tão desvairada pudesse acontecer. Deus sabe que sempre trabalhei honestamente, sem deixar ninguém me pisotear, e o senhor também sabe disso, e agora chega uma louca me tratando desse jeito? Não! Não posso aceitar.*
>
> *O senhor me conhece, sempre fui solícito, humilde e muito correto, e não mereço isso, quero saber como devo me comportar em todo esse desatino. Ficaria muito feliz*

em poder ter uma conversa com o senhor para dar-lhe todas as explicações possíveis. Espero vê-lo em breve. Enquanto isso, queira receber um grande abraço com todo o meu apreço. Luciano Lo Giudice.

Enquanto enviava a carta "formal", Luciano pediu ao irmão para intervir através de Spanò e outros intermediários junto do *advogado de Roma* e de Mollace. Os argumentos que ele usou foram bem diferentes, assim como o tom. Ele não tinha a menor intenção de ficar preso e, numa das visitas, disse à esposa: "Procurem o advogado de Roma e digam-lhe o que fazer para não encher mais o saco, pois essa merda precisa acabar de uma vez por todas."

Porém, em 3 de janeiro, cinco meses antes da carta, o irmão Nino já havia mandado o primeiro aviso com a bomba diante da procuradoria. Com a chegada do verão, já estressado devido às pressões de Luciano, tentou de novo, mas pareceu estar conformado com a ideia de não conseguir tirá-lo do cárcere. Achando que estava sendo abandonado por aqueles que deveriam ajudar e que não faziam nada, soltou a segunda bomba. Isso tampouco foi suficiente. Quando percebeu que Consolato Villani começou a colaborar com os juízes, pensou na bazuca para Pignatone.

O "sistema" havia falhado e dentro dele, entre trocas de favores, também havia mais dois magistrados que, sempre negando tudo, continuam até hoje sem receber qualquer processo.[7]

As investigações em Reggio e em Catanzaro prosseguiram e seria melhor para a própria credibilidade da comissão antimáfia se pudessem provar a isenção de qualquer envolvimento.

Em 15 de maio de 2012, o Conselho Superior de Magistratura suspendeu o pedido da comissão disciplinar propondo ao Plenário a transferência funcional de Alberto Cisterna da Procuradoria

Nacional Antimáfia, considerando que o magistrado era "incapaz de desempenhar as suas funções com independência e imparcialidade". Em 17 de maio, porém, a Procuradoria-Geral, junto do Supremo Tribunal de Justiça, que solicitou a medida disciplinar, ordenou a transferência cautelar de Cisterna de procurador adjunto do DNA para juiz no tribunal de Tivoli. No mesmo dia, o CSM acatou a medida "preventiva" tomada pela Procuradoria-Geral do Supremo. Uma história feia.

Além da relevância penal dos fatos, foi descoberto um conjunto de relações um tanto obscuras e, de várias formas, perturbadoras: relações com serviços secretos, telefonemas estranhos para números confidenciais para entrar em contato com os Lo Giudice e os seus intermediários, encontros às escondidas.

Em resumo, começamos com atentados e acabamos mais uma vez na *terra de ninguém*.

O que ficou claro foi o motivo que levou à explosão das bombas e ao início do que parecia ser uma estratégia de tensão: o TNT era destinado àqueles que criaram dúvidas a respeito de um equilíbrio que, até a chegada dos *estrangeiros* em Reggio, permitia o desempenho de vários papéis em uma encenação.

Quanto às declarações dos "arrependidos", que uma bela campanha de grande parte da imprensa calabresa passou a chamar de "dramáticos", o juiz instrutor de Catanzaro declarou críveis as que se referiam a Antonino Lo Giudice e a Consolato Villani. Excluiu, por sua vez, a possibilidade de as bombas serem destinadas ao procurador Di Landro devido às medidas tomadas como chefe da Procuradoria-Geral.

Além do TNT, as bombas também foram carregadas de mensagens. Muitos, na Reggio misteriosa, podiam e deviam decifrá-las: magistrados, advogados, políticos, espiões. Nesse caso, foram de fato parte de uma estratégia de tensão. E tensão, de uns anos para cá, havia até demais em Reggio. Para alguns, teria sido melhor voltar ao passado, quando o "sistema" funcionava e todos tinham suas garantias, até aqueles que organizavam reuniões contra a 'ndrangheta, onde eles, advogados, promotores e juízes, apareciam representando as instituições do Estado.

Era preciso restabelecer e manter a serenidade, e o próprio procurador Di Landro se deu conta disso. Tanto que, no verão de 2010, depois da segunda bomba, achou oportuno enviar uma mensagem de apaziguamento à cidade e ao Palácio da Justiça. Numa entrevista dada à *Gazzetta del Sud*, afirmou que faria o possível para "voltar ao clima de serenidade do passado". O Palácio da Justiça precisava disso mais do que qualquer outro lugar.

Além disso, para o procurador-geral, o tribunal era uma espécie de segunda casa. Sem metáforas.

A sua filha, Francesca Di Landro, por exemplo, era juíza no mesmo tribunal de Reggio. E como uma forma de "equilíbrio", o marido dela, Attilio Cotroneo, era advogado. Não um advogado qualquer, daqueles que cuidam de invasões de áreas do Estado, como costumamos dizer por aqui. Nada disso, o advogado Cotroneo era o principal perito de seguros e de assuntos financeiros, e monopolizava praticamente todo o setor.

A irmã do advogado Cotroneo, Tommasina, era juíza instrutora, sempre no tribunal de Reggio. O mesmo tribunal onde sua cunhada, Francesca Di Landro, era juíza, e o seu pai, procurador-geral. Ora, mas as repartições eram diferentes e, obviamente, não havia qualquer conflito de interesses.

Entretanto, como já aconteceu nas primeiras páginas deste livro, há sempre um "porém" que, nesta terra, muda o sentido das coisas.

Como em relação a tudo da Calábria, o *porém* no final desta história também tem a ver com a família: o pai da juíza instrutora Tommasina Cotroneo e do advogado Attilio, e, portanto, sogro da juíza Di Landro, era o irmão de Domenico Cotroneo. Isto é, do *boss* da 'ndrangheta do município de San Roberto. Todos eles, dessa forma, eram sobrinhos do chefe mafioso.

Deve ter sido apenas um acaso, ou um engano involuntário, ou talvez houvesse realmente motivo para isto, mas muitos se perguntaram por que, quando foi desencadeada a Operação Meta, com dúzias e mais dúzias de capturas, a juíza instrutora ratificou grande parte dos pedidos de prisão preventiva solicitados pela procuradoria, mas o nome de Domenico Cotroneo foi mantido na lista dos que permaneceram em liberdade.[8] Mas essa é outra história.

Voltando à família, a mãe da juíza instrutora e do advogado, e, portanto, também sogra da juíza Di Landro, era Silvana Tripodi.

Silvana tinha uma irmã, Mariagrazia, casada com um senhor que se chamava Antonino Crudo. O filho deles, primo da juíza instrutora, do advogado e da juíza Di Landro, era casado com a filha de Giovanni Tegano, o chefe mafioso da família de Archi, preso em 2008. Desde então, ele, o primo das juízas, tornou-se o regente da família Tegano. Porém, isso só durou até 20 de setembro de 2010, quando também chegou o dia de ele ser preso.

Em Reggio, essas ligações são do conhecimento de todos, ou talvez de ninguém. De qualquer forma, não se fala no assunto, e ninguém vê neles qualquer estranheza. E esse é somente um pequeno vislumbre da realidade do Palácio da Justiça da cidade do estreito. É claro que, ao julgarmos o trabalho de cada pessoa e de cada magistrado, não podemos nos deixar influenciar pelos familiares deles. Mas ninguém vai nos convencer de que aqui na Calábria, na terra de "família" e das *famílias*, é justo e normal continuar levando a vida desse jeito.

Histórias estranhas

Eu poderia contar muito mais histórias e falar de muitos outros personagens. As *terras de ninguém* estão cheias deles. Histórias estranhas, certamente, que às vezes têm mais a ver com os mistérios da política e do Estado do que com a máfia.

Zumbo, por exemplo, o consultor financeiro espião, trabalhava para o Sismi, o serviço secreto militar. Ele mesmo disse que ali só podiam trabalhar militares. Mas para ele tinham arrumado uma licença especial. E quem era o chefe do Sismi na época? O general da Receita Federal, Nicolò Pollari, que havia sido envolvido num vendaval de polêmicas por atropelar alguns dos seus homens após a descoberta de uma espécie de serviço de informações paralelo, formado por espiões, políticos e jornalistas. E a essa história juntara-se a do sequestro do ex-imame de Milão.[9] Para dizer a verdade, desde então foram abertos inúmeros inquéritos que tiveram ligação direta com ele, mas até agora o general não teve problemas sérios com a justiça, e nunca foi condenado.

Em Reggio, o pessoal deve gostar muito dele: era professor docente de Direito Tributário na Universidade Mediterrânea e, por uma questão de comodidade, até comprou uma casa aqui por perto.

Seria possível que, em Reggio, o Sismi fosse tão furado quanto um escorredor de massa, sem que o seu chefe nunca se desse conta, sem que nunca desconfiasse de nada? Mistério. E por que há colaboradores de justiça* que continuam mencionando o seu nome em vários inquéritos que saem daqui e chegam a Roma ou a Milão?

Até os homens do clã Lampada, os amigos "milaneses" de Zumbo, do conselheiro regional Morelli e dos juízes Giglio e Giusti comentaram o assunto. Falando com a procuradora adjunta Ilda Boccassini, disseram que, através de Morelli, mantinham um bom relacionamento com Pollari. Quando, nas escutas gravadas, falam nele, chamam-no de Nic. E justamente ele, Nic, teria sido o destino final das informações que, por intermédio do político, chegavam à quadrilha.

Pollari não foi investigado nos inquéritos de Reggio e Milão, mas o juiz instrutor do tribunal milanês, Giuseppe Gennari, estigmatizando esses fatos no mandado de prisão para os homens do clã Lampada, sentiu-se na obrigação de escrever que "as referências aos serviços secretos são perturbadoras".[10]

Como dizem, *aí tem coisa*. Mas também havia a proteção do segredo do Estado que, até agora, tanto no governo de Berlusconi quanto no de Prodi, nunca foi recusada ao general. Berlusconi, aliás, fez mais. Ao voltar ao governo em 2008, nomeou-o Conselheiro Presidencial de Segurança.

São histórias estranhas que, não se sabe por quê, passam todas pela Calábria. Como a do ex-comandante do ROS, o general Mario Mori.

Berlusconi, no seu governo, nomeara-o chefe do Sisde, o serviço secreto civil, apesar de o general ter sido investigado e indiciado

---

* Maneira mais "elegante" com que costumam ser chamados os arrependidos. (N.T.)

para julgamento em Palermo por cooperação externa em associação mafiosa. O inquérito dos juízes sicilianos arrasta-se há vários anos e os fatos em pauta têm a ver com a captura fracassada de Bernardo Provenzano e com as negociações entre o Estado e a máfia.

Depois da vitória de Prodi nas eleições de 2006, o novo governo decidiu dar uma mexida nas chefias dos serviços secretos. O raciocínio era que isso poderia acabar com as polêmicas acerca de Mori e Pollari. E o que mais o governo de esquerda podia inventar? Promoveu Pollari para o Conselho de Estado e enviou o general Mori à Calábria como Comissário Extraordinário para o Porto de Gioia Tauro.

Quem solicitou isso foi o vice-ministro do Interior, Marco Minniti, que nasceu em Reggio e sempre foi um grande amigo dos carabineiros. Pelo menos desde que ficou responsável, como subsecretário da presidência do conselho do governo D'Alema, por cuidar do processo de aprovação da reforma que "promovia" os carabineiros à quarta força armada.

Mas Minniti também era amigo da polícia. Conhecia bem o Ministério do Interior por ter sido vice-ministro durante o governo Prodi. Talvez seja por isso que o relatório anual de criminalidade apresentado pelo Departamento da Segurança é entregue à sua fundação, a ICSA (Intelligence, Culture and Strategic Analysis), desde 2009, quando o ministro da *Lega Nord* Maroni passou a trabalhar no Ministério do Interior.

A verdade é que a fundação cujo presidente era o deputado Minniti, do PD, teve como Presidente Honorário, até o dia da sua morte, o Presidente emérito da República, Francesco Cossiga, mas em que país já se viu um ministro do Interior de um governo de direita que encarrega a fundação de um ex-vice-ministro e deputado da oposição de esquerda de fazer os relatórios sobre as condições de segurança da nação? Ainda mais em nome do mesmo governo que o deputado da oposição deveria combater.

São coisas italianas, é claro, mas também calabresas.

Talvez seja por isso, entre outras coisas, que a política na Calábria tem linhas de distinção tão vagas. É difícil acompanhá-las. Acontece até comigo, que já não passo muito tempo na minha terra. Quando chego no aeroporto de Lamezia Terme, que é o principal ponto de encontro dos parlamentares e dos figurões dos partidos chegando ou partindo para Roma, para não passar vergonha, a primeira pergunta que faço aos ocasionais interlocutores é sempre a mesma: "Com quem você está agora?"

Na Calábria, nunca se sabe se aquele com quem se está falando — que no último encontro era da UDC — é agora do PD, ou se aquele do PdL, depois se tornar "líder", passou a se associar com a *Noi Sud* ou com Di Pietro.

A nossa é uma verdadeira sociedade pós-ideológica, moderna, o que não quer dizer que tenha relação com o transformismo,* como continuam a falar os moralistas, que, como um disco quebrado, só sabem repetir os gastos chavões do passado.

Porém, há aqueles com ideias muito claras e precisas acerca do seu posicionamento político: antes das eleições regionais de 2010, fizeram visitas à casa de Peppe Pelle, o *Gambazza*, para pedir votos e oferecer seus serviços a ele e aos seus amigos. Eram cinco, e não foram juntos, obviamente: candidatos do PdL, da chapa do presidente Scopelliti e da UDC.

---

* Método da política italiana para criar coalizões centralistas no governo e isolar aqueles com posicionamentos radicais de esquerda ou direita. (N.T.)

Pelle falou bem claro com os seus homens: "Vamos dizer que sim a todos, *então votamos em quem a gente achar melhor.*" E foi o que aconteceu. A maior parte dos votos foi para Santi Zappalà, o prefeito de Bagnara que estava à disposição dos chefões da costa jônica, mas também era amigo dos Pesce de Rosarno e do pessoal da Piana. Com mais de 11 mil votos, entrou no Conselho Regional amparado por uma ótima posição: foi o terceiro colocado na chapa "Scopelliti Presidente".

Claro, nem tudo havia ocorrido como deveria, pois apesar de já se sentir assessor mesmo antes das eleições, Scopelliti o abandonou na hora de formar o conselho. De qualquer maneira, acabou não se dando tão mal: foi eleito presidente da Comissão de Assuntos da União Europeia do Conselho Regional, e, já que a Europa devia financiar vários projetos que os seus "amigos" já tinham apresentado, podia mostrar que o voto deles fora um bom investimento. E teria sido o caso se, em dezembro de 2010, com a operação "Real 3", ele não tivesse sido preso.

Eu poderia continuar, mas prefiro parar por aqui mesmo.

Por estas bandas, nas palavras de Sciascia, tudo parece imutável e sem solução.

Mas, apesar de tudo, no fim do nosso percurso — e espero que o Mestre nos perdoe por contrariá-lo —, podemos dizer que não é bem assim.

Para reconstruir e contar as histórias deste livro, analisei documentos judiciários recentes e antigos, falei com testemunhas e protagonistas, entrevistei vítimas.

Ao longo desta *viagem*, mais de uma vez a realidade áspera e crua desta terra provocou em mim um sentimento de profundo desânimo. Em alguns casos, de impotência.

É o que acontece quando se perde a noção dos limites e já não se reconhece o lado certo da barricada. Ou quando você observa o Estado e mal consegue entender se ele age do jeito certo ou errado.

Ainda assim, hoje é possível contar essas histórias porque muitos santuários que antes pareciam intocáveis foram finalmente "violados".

Chefões poderosos e invencíveis, donos de tudo e de todos, da vida e da morte, estão cumprindo longas penas na prisão. Poderão continuar a aproveitar a sua perversa noção de poder, mas já não poderão gozar a vida que os seus atos horríveis recusaram a um número muito grande de pessoas. E também os seus amigos *de bem*, aqueles que se achavam e aparentavam ser intocáveis, já não estão tão certos da sua imunidade.

Foi duro chegar até aqui, e o preço pago pela sociedade foi alto demais. No futuro, será ainda mais difícil, mas eles, os chefões, já não poderão viver tranquilos como antes.

Quando, em fevereiro de 1985, em Gioia Tauro, prenderam dom Peppino Piromalli, o *capo dei capi*, atrevido como era, vestindo seu *look* esportivo com camisa de seda e óculos dourados, cumprimentou os jornalistas com otimismo: "Vou logo sair da prisão. Quero marcar um encontro com vocês: vamos nos ver de novo, no máximo, daqui a dois anos." O *boss* se sentia seguro. Os tempos, no entanto, mudaram.

É verdade, tivemos de passar por muita coisa recentemente: mafiosos no Congresso, quadrilhas no poder, corruptos e corruptores por todos os cantos. A razão nos induziria ao pessimismo. Mas também nos deparamos com um Estado diferente, e muitas mulheres, muitos homens, muitos jovens livres, cheios de indignação e com uma grande vontade de reforma. Temos o dever de lutar, sem perder a esperança.

Na Calábria, tudo é mais difícil: os empresários continuam calados, a política é como acabamos de discutir, os intelectuais ficaram mudos, mesmo quando se descobriu que na Universidade Mediterrânea de Reggio havia professores *associados* com os chefões, e que um bom rapaz de 24 anos, analfabeto, mas chamado Antonio Pelle, em 41 dias conseguira passar em nove exames. No último, sobre arboricultura geral e cultivo arbóreo, até tirara a nota máxima, e logo contara com orgulho a notícia para o tio. Porém, ao ser perguntado de que matéria se tratava, respondeu: "Agro... Agro... Agricultura!" Quando o caso foi descoberto, em 2010, nem mesmo uma única assembleia estudantil aconteceu. Todos haviam se virado para o outro lado, e os docentes, cujos nomes haviam acabado nos jornais de toda a Itália, continuavam tranquilamente a dar as suas aulas.

Pois é, tudo é mais difícil na Calábria, mas é preciso tentar. Não faltam sinais, nem mesmo por aqui, e hoje em dia nenhum chefe arrogante e atrevido ousaria apenas pensar naquilo de que dom Peppino podia ter certeza. E, para dizer a verdade, até aquela certeza se desmoronou, uma vez que nunca se apresentaria no tal encontro.

Mas nós não podemos medir a nossa vitória apenas contando os anos de cárcere que eles terão de cumprir. E tampouco nos contentaremos com o confisco dos patrimônios e das riquezas que conseguiram juntar e "lavar" graças aos conluios e aos "serviços" da gente de bem, dos bons empresários e da mais respeitável burguesia que de Reggio a Roma e a Milão representa a face limpa, mas também a mais suja e imoral do sistema deles.

Lutaremos e venceremos, conquistando, dia após dia, uma vila depois da outra, uma cidade depois da outra, mais um centímetro de direitos sociais e mais uma palavra de liberdade.

NOTAS

1. A prefeitura

1. Luigi De Sena, antigo subchefe da Polícia Civil e chefe da Polícia Criminal, foi nomeado administrador da província de Reggio Calábria pelo Parlamento por proposta do ministro do Interior, Giuseppe Pisano. A decisão foi tomada em 28 de outubro de 2005, alguns dias depois da morte do vice-presidente do Conselho Regional da Calábria, Francesco Fortugno, assassinado em 16 de outubro, em Locri. Ao administrador também foram outorgados poderes de coordenação e impulso investigativo na luta contra a 'ndrangheta em todo o território da região. Nas eleições políticas de 2008, De Sena foi eleito senador nas fileiras do Partido Democrata e, desde outubro do mesmo ano, desempenha o papel de vice-presidente da Comissão Parlamentar Antimáfia.
2. Declarações de Marianna Rombolà, viúva de Gentile, como constam nos autos de custódia cautelar redigidos pelo Tribunal de Reggio Calábria, pela juíza Kate Tassone, contra Giorgio Dal Torrione + 12, em 5 de outubro de 2008. Durante o processo referente ao homicídio de Gentile, a esposa, em seu longo testemunho, relatou as pressões exercidas por representantes do clã Piromalli-Molè na última fase da vida do marido.
3. Pelo homicídio de Luigi Ioculano, o Tribunal Criminal de Palmi, em 20 de abril de 2007, condenou à prisão perpétua Giuseppe Piromalli (nascido em 1945, conhecido como o *Facciazza*) e Rocco Pasqualone. Em 19 de junho de 2009, o Tribunal Criminal de Recursos de Reggio Calábria reviu a sentença de primeira instância e absolveu Giuseppe Piromalli e Rocco Pasqualone por não terem cometido o crime.
4. Delegacia de Polícia de Gioia Tauro e *Squadra Mobile* da Central de Polícia de Reggio Calábria. Relatório enviado à Procuradoria da República, Diretoria Distrital Antimáfia, junto do Tribunal de Reggio Calábria, em 2 de maio de 2008. Todos os nomes mencionados entre aspas acerca das relações de parentesco dos protagonistas desse parágrafo foram tirados do mesmo documento citado acima.

5. Tribunal de Reggio Calábria. Ordem de prisão preventiva expedida pela juíza instrutora Kate Tassone em 5 de outubro de 2008, para Giorgio Dal Torrione + 12.
6. Tribunal de Reggio Calábria. Ordem da juíza instrutora Kate Tassone a respeito da prestação de serviços outorgada ao advogado Gioacchino Piromalli como forma de indenização às prefeituras de Gioia Tauro, Rosarno e San Ferdinando. Os três prefeitos, no fim do processo, foram absolvidos das acusações pelas quais haviam sido indiciados.
7. Giuseppe Baldessarro, "Gioia, bufera sui Laganà", em *Quotidiano della Calabria*, quarta-feira, 13 de outubro de 2008.
8. Comissão Parlamentar de Inquérito sobre o fenômeno do crime organizado ou similar, XV Legislatura, *Relazione sulla 'ndrangheta*, relator: deputado Francesco Forgione, aprovada em 19 de fevereiro de 2008.

2. Podem deixar a política com a gente

1. Todas as interceptações entre aspas que aparecem neste capítulo foram tiradas dos Relatórios Informativos da Delegacia de Polícia de Gioia Tauro e da *Squadra Mobile* da Central de Polícia de Reggio Calábria, enviados à Diretoria Distrital Antimáfia de Reggio Calábria em 2 de maio de 2008, no âmbito da investigação e sucessivo processo denominado "Cento anni di storia".
2. *Gazzetta del Sud*, 25 de abril de 1975. Entrevista com o prefeito de Gioia Tauro, Vincenzo Gentile.
3. Meo Ponte e Carlo Ciavone, "Al posto della colazione manette sotto il tovagliolo", *La Repubblica*, 2 de dezembro de 1990.
4. Declarações de Maurizio Abbatino em *Dossier Banda della Magliana*, Kaos Edizioni, Milão, 2009.
5. Procuradoria da República junto ao Tribunal de Reggio Calábria. Diretoria Distrital Antimáfia. Pedido de detenção e apreensão preventiva emitido em 21 de julho de 2008 no âmbito da operação denominada "Cento anni di storia".
6. Luigi De Magistris, nas eleições municipais de 2011, foi eleito prefeito de Nápoles. De 2002 a 2007, foi promotor junto à Procuradoria da República de Catanzaro. É dele o inquérito denominado "Why Not", que, partindo do relacionamento entre a região da Calábria e uma companhia de serviços de informática, chegou a abranger a política e uma loja maçônica oculta

de San Marino. No inquérito, além do presidente da região de Agazio Loiero e do seu antecessor, Giuseppe Chiaravalloti, foram inicialmente envolvidos o então primeiro-ministro, Romano Prodi, e o ministro da Justiça, Clemente Mastella. Em seguida, a posição de Prodi foi arquivada, e a do ministro, retirada do filão principal do inquérito. A investigação, de qualquer modo, ficou marcada por momentos de confronto institucional e internos à própria magistratura. De 2007 a 2009, foi procurador-substituto junto à Procuradoria de Salerno, cargo que deixou após a sua eleição para o Parlamento Europeu pelo partido Italia dei Valori.

7. Em 16 de janeiro de 2008, a pedido da Procuradoria da República de Santa Maria Capua Vetere e por requerimento do juiz instrutor, foram executados 23 mandados de prisão preventiva, 19 no cárcere e quatro em prisão domiciliar, tendo como destinatários líderes políticos, dois assessores regionais, docentes universitários, entre outros profissionais. Entre eles, Carlo Camilleri, sogro do ministro da Justiça Clemente Mastella, e a esposa deste, Sandra Lonardo, em prisão domiciliar.
8. Emilio Colombo, várias vezes deputado pela Democracia Cristã, foi primeiro-ministro e, na época da investigação, era senador vitalício nomeado pelo Presidente da República.
9. Escutas telefônicas contidas nos Relatórios Informativos da Delegacia de Polícia de Gioia Tauro e da *Squadra Mobile* da Central de Polícia de Reggio Calábria, enviados à Diretoria Distrital Antimáfia da Procuradoria da República junto ao Tribunal de Reggio Calábria em 2 de maio de 2008.
10. Entre 1967 e 1968, houve em Catanzaro o primeiro megaprocesso do pós-guerra, o chamado "Processo dos 114". Era esse o número dos chefões sicilianos indiciados, de Angelo La Barbera a Gaetano Badalamenti, de Luciano Liggio a Tommaso Buscetta, de Riina a Provenzano. O processo, instruído pelo juiz Cesare Terranova, que seria morto em 1979, junto com o seu guarda-costas, Lenin Mancuso, a não ser por umas poucas condenações leves, concluiu-se com a absolvição de todos os indiciados por insuficiência de provas.
11. Fabrizio Cicchitto, deputado pelo PSI de 1976 a 1994, nos autos da Comissão Parlamentar de Inquérito sobre a loja maçônica denominada Propaganda 2, de Licio Gelli, aparece na lista dos inscritos com a matrícula nº 2.232. Voltaria ao Parlamento em 2001, com a Casa della Libertà,

e em 2008, com a vitória de Silvio Berlusconi, foi eleito presidente do grupo parlamentar do Popolo della Libertà na Câmara dos Deputados.

12. Interrogatório e resposta por escrito enviada ao ministro da Justiça em 13 de janeiro de 1993, assinada por Marco Taradash, Marco Pannella, Emma Bonino, Roberto Cicciomessere, Pio Rapagnà, Elio Vito; interrogatório e resposta oral ao ministro da Justiça em 21 de outubro de 1994, com assinaturas de Marco Taradash, Emma Bonino, Giuseppe Calderisi, Paolo Vigevano, Elio Vito e Lievers Strik.

13. *I Progressisti* foi o nome dado à aliança de centro-esquerda nas eleições políticas de 1994. Os partidos principais eram o Partido Democrático de Esquerda, junto com o Rifondazione Comunista (herdeiro, como o PDS, do antigo Partido Comunista Italiano), a *Rete* (movimento nascido da experiência da Primavera de Palermo, liderada por Leoluca Orlando), os Verdes, Aliança Democrática (formação de inspiração leiga), os Cristãos Sociais (ligados ao mundo sindical da CISL) e duas formações socialistas nerdeiras do que sobrava do antigo PSI depois do vendaval de "Mani Pulite". Nas eleições administrativas de 1993, a coalizão elegeu os prefeitos de Roma, Veneza, Nápoles, Gênova, Turim e Catânia. O PPI, principal herdeiro da Democracia Cristã, não participava da aliança.

    Nas eleições políticas de 1994, apresentaram como candidato a primeiro-ministro Achille Occhetto, secretário do PDS. Entre as eleições administrativas de 1993 e as políticas de 1994, Silvio Berlusconi criou o Forza Italia com a decisiva contribuição de Marcello Dell'Utri. Graças a uma aliança heterogênea com o CCD na Itália inteira, com a Lega Nord de Bossi no norte e com a Alleanza Nazionale de Fini no centro-sul, este conjunto inverteu as previsões da véspera e fez com que Berlusconi se tornasse pela primeira vez primeiro-ministro.

14. Giuseppe Tuccio foi procurador da República de Palmi, presidiu o Superior Tribunal de Reggio Calábria e o Tribunal de Recursos de Catanzaro. Encerrou a carreira como presidente de repartição do Supremo Tribunal. Giuseppe Viola foi juiz instrutor e presidente do Superior Tribunal de Recursos de Reggio Calábria.

15. *L'Espresso*, 16 de dezembro de 2010, "Dell'Utri e l'oro nero di Putin", de Lirio Abbate e Paolo Biondani.

16. "I Galan-tuomini ai Beni culturali", de Andrea Ducci, *Il Mondo*, 20 de maio de 2011.

17. "I nostri candidati sono tutte persone perbene", entrevista de Pietro Armenti com Barbara Contini, em *La Voce*, Caracas, quinta-feira, 27 de março de 2008.
18. Este e os trechos seguintes foram tirados de: Francesco Battistini, "Lite in Venezuela: 'Traffico di schede.' Calunnie", *Corriere della Sera*, 12 de abril de 2008.
19. Ver Silvia Cerami, "Ma chi è Esteban Caselli?", *L'Espresso*, 13 de fevereiro de 2012; Barbara Laurenzi, *Italiani nel mondo: il Senatore Caselli inquisito. Le reazioni degli italiani all'estero*, www.italiachiamaitalia.com; inquérito ao presidente do Parlamento e ao ministro das Relações Exteriores, apresentada pelo deputado Aldo Di Biagio, quarta-feira, 29 de junho de 2011.
20. Ercole Olmi, "Da Buenos Aires a Panama: ascesa di um ambasciatore", *Liberazione*, 23 de novembro de 2011.
21. O furo com os telefonemas entre Aldo Micciché e Marcello Dell'Utri foi publicado na época nos jornais *La Stampa*, *l'Unità* e *Calabria Ora* na quinta-feira, 9 de abril de 2008.
22. Gaspare Spatuzza, atualmente colaborador da Justiça, foi homem de honra da família mafiosa de Brancaccio, em Palermo. *Killer* a serviço dos irmãos Graviano, os chefes da Cosa Nostra fiéis ao pessoal de Corleone de Riina e protagonistas das chacinas, denunciou o envolvimento de Marcello Dell'Utri na temporada de matanças de 1992 e 1993.

3. Nós temos o passado, o presente e o futuro

1. P. Bevilacqua, *Uomini, terre, economie*, em A. Placanica-P. Bevilacqua, *Calabria*, Einaudi, Turim, 1985.
2. Michele Carlino, *Il terminal container colma il buco della Piana*, em *Calabria*, julho de 1995, p. 130.

5. O eterno retorno

1. Ver Enzo Ciconte, *Processo alla 'ndrangheta*, Laterza, Roma-Bari, 1996.
2. Tribunal de Reggio Calábria. Sentença do Procedimento Penal contra Paolo De Stefano +59, de 4 de janeiro de 1979. O processo instruído pelo juiz Agostino Cordova, que em seguida se tornaria procurador da República de Palmi, representou um ponto de virada na luta contra a máfia na Itália. Aplica-se nele o delito de formação de quadrilha criminosa antecipando a inspiração daquele que, dali a três anos, se tornaria

o artigo 416 bis, isto é, o delito de formação de quadrilha criminosa de cunho mafioso. Pela primeira vez, foram levadas a julgamento as quadrilhas da Piana e as principais de Reggio Calábria, e não só por homicídios e atos mais ou menos graves de violência, mas também pelo controle das empreiteiras e o condicionamento da política e das administrações municipais. Nunca acontecera antes que na sala de um tribunal se perfilassem todos os prefeitos da Piana para responder sobre a existência da máfia em seus municípios. A sentença levou a numerosas condenações de chefões até então intocáveis, embora muitas fossem redimensionadas nas sucessivas instâncias.

3. Tribunal de Reggio Calábria, Repartição de Instrução. Procedimento penal contra Paolo De Stefano + 59, anteriormente mencionado. Na disposição do juiz instrutor Agostino Cordova, foram reconstruídas as relações romanas de Girolamo Piromalli, os contatos com conhecidos representantes da criminalidade da capital e com outros chefes da 'ndrangheta e da Cosa Nostra. No mesmo inquérito foram citados os numerosos telefonemas entre o luxuoso hotel de Fabriano, onde se hospedava em regime de prisão domiciliar, e a presidência do Parlamento. Quase certamente o chefe mais poderoso da 'ndrangheta daquele tempo entrava em contato com o subsecretário Vincelli, da Democracia Cristã, com o qual mantinha estreitos vínculos de amizade, e com o secretário do mesmo, Enzo Cafari, envolvido em vários eventos judiciários ligados justamente ao seu relacionamento com os Piromalli e com as quadrilhas da Piana.
4. Procuradoria da República de Palmi. Pedido de apreensão preventiva dos estaleiros ENEL de Gioia Tauro, 8 de fevereiro de 1990, e Sentença Disposição do Tribunal da Liberdade de Reggio Calábria, agosto de 1990.
5. O texto integral das conversas gravadas entre Silvio Berlusconi e Agostino Saccà, entregue à Procuradoria da República de Nápoles, consta no site www.corriere.it
6. Adriano Baglivo, "Tra titoli rubati e commercialisti del Grande Oriente", *Corriere della Sera*, 6 de novembro de 1992.
7. "Gazzettino Romeno", 14 de setembro de 2004.
8. Relatório Informativo da Delegacia de Polícia de Gioia Tauro e da *Squadra Mobile* da Central de Polícia de Reggio Calábria.

6. Terra de ninguém

1. Ver o artigo *Arrestato boss Antonio Pelle "Gambazza"* em www.nerinagatti.com. A jornalista Nerina Gatti, que durante anos acompanhou com

particular atenção as operações do ROS de Reggio, foi a única a ser informada da captura "certa" de Antonio Pelle e estava presente no cerco. A situação despertou bastante surpresa nos colegas da imprensa e da TV e também suscitou algumas dúvidas quanto a toda a dinâmica da prisão.

2. A operação "Crime", de 13 de julho de 2010, levou à execução de 304 prisões entre a Calábria e a Lombardia. A sentença foi assinada pelo procurador-chefe de Reggio Calábria, Giuseppe Pignatone, pelos procuradores-adjuntos Prestipino e Gratteri e pelos substitutos Musarò, De Bernardo e Miranda. O inquérito, coordenado com a Procuradoria de Milão e a procuradora-adjunta Ilda Boccassini, permitiu identificar a central de comando da organização na província de Reggio Calábria e as suas ramificações no norte e no exterior, onde foi reproduzido o mesmo modelo organizativo calabrês por parte das articulações dependentes das cúpulas deliberativas presentes no território de Reggio.

A atividade investigativa evidenciou a existência de órgãos ("*provincia*", "*mandamenti*" e "*locali*"), de cargos ("*sgarrista*", "*santista*", "*vangelo*") e de papéis ("*cariche*") que revelaram uma organização mafiosa baseada numa estrutura democrática e hierárquica, com um papel dominante da "*provincia*" de Reggio. Também ficou patente o mais rigoroso respeito pelas regras internas, mesmo no reconhecimento das articulações territoriais às quais foi concedida, no entanto, total autonomia na gestão das atividades criminosas nas áreas da sua competência.

Os "*locali*" constituídos fora do território de Reggio dependem diretamente da "*provincia*" e dos "*mandamenti*" que a compõem (Tirreno, costa jônica e centro). Só a Lombardia, segundo a investigação, tem uma estrutura regional autônoma formada por todos os "*locali*" presentes no seu território, denominada "A Lombardia".

O sucessivo desenvolvimento da investigação levou, em 8 de março de 2011, à operação "Crime 2" e, em 14 de julho de 2011, à operação "Crime 3".

Em 8 de março de 2012, o juiz de sessão preliminar do Tribunal de Reggio Calábria, para um total de 127 indiciados, emitiu noventa sentenças de condenação e 34 de absolvição. Entre os condenados, também estava Domenico Oppedisano, o *boss* idoso que a investigação identificou como chefe do crime da província, cargo anualmente renovado pelo voto dos chefes dos "*locali*".

As condenações, também devido aos acordos, foram mais leves do que as pedidas pelos promotores, mas pelo menos foi reconhecido o princípio de unidade da 'ndrangheta.

3. Tribunal de Reggio Calábria, procedimento penal contra Giovanni Ficara +2, sessão de 20 de dezembro de 2011. Avaliação da testemunha Stefano Fernando Russo, comandante da Unidade Anticrime do ROS dos Carabineiros de Reggio Calábria.
4. A história da instalação do grampo na casa de Giuseppe Pelle em Bovalino foi descrita no capítulo "Il materiale probatorio — Le intercettazioni", da página 16 à página 21 da sentença do processo denominado "Real", de 15 de junho de 2011. Também foi descrita no depoimento do tenente-coronel Stefano Russo no âmbito do mesmo processo, do qual foi tirada esta citação.
5. Todas as escutas relativas a Giovanni Ficara, Antonio Pelle, Giovanni Zumbo foram retiradas do relatório redigido pela Unidade Anticrime do ROS dos Carabineiros de Reggio Calábria, no âmbito da investigação "Real", que tem como objeto "Giovanni Zumbo e a fuga de notícias". O documento foi enviado ao procurador da República de Reggio Calábria, Giovanni Pignatone, no dia 7 de junho de 2010.
6. As declarações de Consolato Villani e de Antonino Lo Giudice, assim como os trechos das escutas gravadas no cárcere relativas a Luciano Lo Giudice, foram retiradas do relatório sobre os atentados de 2010 redigido pela *Squadra Mobile* da Central de Polícia de Reggio Calábria e pelo Serviço Central Operativo da Polícia do Estado, enviado em 6 de dezembro de 2010 ao procurador da República de Catanzaro, dr. Vincenzo Lombardo. A comunicação do boletim de ocorrência, com o correspondente pedido de prisão preventiva em regime fechado, se refere a Antonino Lo Giudice, Antonio Cortese e Vincenzo Puntorieri como responsáveis pelos atentados e pelas ações intimidativas contra a Procuradoria-Geral em 3 de janeiro, contra a casa do procurador Di Landro em 26 de agosto, e pela bazuca que tinha como alvo o procurador Pignatone.

   As informações a respeito do capitão Saverio Spadaro Tracuzzi se encontram na Disposição de Prisão Preventiva em regime fechado do mesmo, emitida pelo juiz instrutor do Tribunal de Reggio Calábria em 18 de dezembro de 2010.
7. Em 19 de março de 2012, a Primeira Comissão do Conselho Superior de Magistratura, com cinco votos a favor e com a abstenção do representante de Magistratura Democrática, Vittorio Borraccetti, aprovou a relação de

Roberto Rossi com a proposta de transferência funcional do procurador-adjunto da Diretoria Nacional Antimáfia, Alberto Cisterna. A proposta foi entregue ao Plenário do CSM para aprovação.

8. A assim chamada operação "Meta", executada pelo ROS e pelo Comando Provincial dos Carabineiros de Reggio Calábria, e coordenada pela Diretoria Distrital Antimáfia da Procuradoria da República de Reggio, foi realizada em 23 de junho de 2010. O inquérito, que estava se arrastando havia vários anos, ganhou novo impulso após a prisão de Pasquale Condello, o *Supremo*. A investigação contribuiu para redesenhar os novos equilíbrios mafiosos entre as principais famílias da cidade, e as relações restabelecidas entre as quadrilhas historicamente inimigas, como as dos Condello e dos De Stefano-Libri, também graças ao trabalho "diplomático" dos Alvaro, a essa altura presentes de forma cada vez mais atuante e difusa também na cidade. Com a operação, também vigorou a apreensão preventiva de bens de um total de cerca de 100 milhões de euros. O desenvolvimento da investigação da operação "Meta" abriu um caminho na política de Reggio e da região, que está evoluindo também no âmbito do processo ainda em andamento. Em 19 de novembro de 2010, o juiz instrutor do Tribunal de Reggio cominou neste mesmo processo 17 condenações e uma absolvição.

9. Em 23 de setembro de 2006, foram detidos o antigo segundo comandante do Sismi chefiado por Pollari, Marco Mancini, o ex-responsável pela segurança da Telecom, Giuliano Tavaroli, um investigador privado, Emanuele Cipriani, e mais 19 indivíduos por terem praticado atividade ilegal de espionagem para pessoas consideradas potencialmente perigosas para a sociedade de telefonia. Segundo a documentação, também teriam tentado condicionar a opinião pública, graças, inclusive, à atividade de alguns jornalistas. O caso se complicou com o sequestro de Abu Omar, ex-imame da mesquita de Milão, levado a cabo pela CIA com a colaboração do Sismi. Toda a história do sequestro de Omar também foi descrita detalhadamente no livro *Ne valeva la pena*, de Armando Spataro, que foi o titular da investigação.

   Do cruzamento dos dois inquéritos, veio à tona que algumas informações sigilosas sob o poder do Sismi não eram tratadas segundo a lei que regulamenta a atividade dos serviços de segurança, e que algumas delas ficavam aos cuidados de um colaborador direto de Pollari, Pio Pompa, o qual as usava para "criar" dossiês confidenciais sobre personalidades da política, da economia e do jornalismo.

10. Davide Milosa, "'Ndrangheta, politica, servizi segreti. 'Il contatto era con Niccolò Pollari'", *Il Fatto Quotidiano*, 27 de janeiro de 2012.

BIBLIOGRAFIA

Capítulo I

Comissão Parlamentar Antimáfia, XV Legislatura, Relatório sobre a 'ndrangheta, relator: deputado Forgione, 19 de fevereiro de 2008.

Aldo Alessio, *La primavera gioiese, maggio 1955-maggio 2001. Storia di um assedio*, Gioia Tauro, 2010.

Danilo Chirico e Alessio Magro, *Dimenticati. Vittime della 'ndrangheta*, Castelvecchi, Roma, 2012.

Danilo Chirico e Alessio Magro, *Il caso Valarioti*, Roma, 2010.

Enzo Ciconte, *Quella testa mozzata*, em *Processo alla 'ndrangheta*, Laterza, Roma-Bari, 1996.

Massimiliano Cozzetto e Fulvio Mazza, "L'Amministrazione locale: fra discontinuità, condizionamenti e rinascita politico-civile (1918-2004)", em *Gioia Tauro*, AA.VV., Rubbettino, Soveria Mannelli, 2004.

Capítulo II

Procuradoria da República junto ao Tribunal de Reggio Calábria, Diretoria Distrital Antimáfia. Pedido de detenção e apreensão preventiva, emitido em 21 de julho de 2008, no âmbito da operação denominada "Cento anni di storia" (*Cem anos de história*).

AA.VV., *Dossier Banda della Magliana*, Kaos edizioni, Milão, 2009.

Francesco Forgione, *Mafia export, come 'ndrangheta, cosa nostra e camorra hanno colonizzato il mondo*, Dalai editore, Milão, 2009.

Claudio Gatti e Ferruccio Sansa, *Il Sottobosco*, Chiarelettere, Milão, 2012.

Capítulo III

Tribunal de Palmi, Sentença do julgamento denominado "Porto", proferida contra Umberto Bellocco e outros em 23 de maio de 2000.

Comissão Parlamentar Antimáfia, XII Legislatura, Relatório sobre as condições da luta contra o crime organizado na Calábria, relator: senador Michele Figurelli, 6 de julho de 2000.

Comissão Parlamentar Antimáfia, XV Legislatura, relatório sobre a 'ndrangheta, relator: deputado Francesco Forgione, 19 de fevereiro de 2008.

Piero Bevilacqua, *Uomini, terre, economie*, em Augusto Placanica e Piero Bevilacqua, *Calabria*, Einaudi, Turim, 1985.

Osvaldo Pieroni, "Il Fronte del Porto", em AA.VV., *Gioia Tauro*, Rubbettino, Soveria Mannelli, 2004.

Capítulo IV

Tribunal de Palmi, Sentença do julgamento denominado "Cento anni di storia", contra Alvaro Giuseppe + outros, proferida em 28 de outubro de 2010.

Capítulo V

Tribunal de Reggio Calábria, Ordem de instauração de novo processo para julgar De Stefano Paolo + mais 59, 16 de março de 1978.

Procuradoria da República de Palmi, Pedido de apreensão preventiva dos estaleiros ENEL, 8 de fevereiro de 1990.

Tribunal Criminal de Palmi, Sentença do processo denominado "Tirreno", proferida em 25 de outubro de 1997 contra Raso Annunziato e outros.

Luigi Ambrosi, *La rivolta di Reggio*, Rubbettino, Soveria Mannelli, 2009.

Pino Arlacchi, *La mafia imprenditrice*, Il Mulino, Milão, 1983.

Mario Casarubi, *Borghesia mafiosa. La 'ndrangheta dalle origini ai giorni nostri*, Dedalo, Bari, 2010.

Enzo Ciconte, *'Ndrangheta, dall'unità ad oggi*, Laterza, Roma-Bari, 1992.

Fabio Cuzzola, *Reggio 1970. Storie e memorie della rivolta*, Donzelli, Roma, 2007.

Fabio Cuzzola, *Cinque anarchici del Sud. Una storia negata*, Città del sole edizioni, Reggio Calábria, 2001.

Enzo Fantò, *Massomafia. 'Ndrangheta, Politica e massoneria dal 1970 ai giorni nostri*, Koinè, Roma, 1997.

Francesco Forgione, Paolo Mondani, *Oltre la cupola. Massoneria mafia e politica*, Rizzoli, Milão 1993.

Mario Guarino, *Poteri segreti e criminalità*, Dedalo, Bari, 2004.

Nicola Gratteri, Franco Nicaso, *Fratelli di sangue*, Mondadori, Milão, 2008.

Domenico Nunnari, *La lunga notte della rivol...*, Laruffa, Reggio Calábria, 2010.

Saverio Mannino, *La strage di Razzà*, Dimensione 80 edizioni, Reggio Calábria, 1983.

Rocco Sciarrone, *Mafie vecchie, mafie nuove*, Donzelli, Roma, 2009.

Filippo Veltri, Diego Minuti, *Ritorno a San Luca*, Abramo, Catanzaro, 2008.

Capítulo VI

Tribunal de Reggio Calábria, Procuradoria da República, Diretoria distrital antimáfia, Mandado de prisão contra Pelle Giuseppe + 8, 2010.

Tribunal de Reggio Calábria, Procuradoria da República, Diretoria distrital antimáfia, Mandado de prisão contra Zumbo Giovanni, 2010.

Tribunal de Milão. Gabinete do Juiz para investigações preliminares, Mandado de detenção cautelar para Valle Francesco 14, 2010.

Gianni Barbacetto, Daniele Milosa, *Le mani sulla città*, Chiarelettere, Milão, 2011.

Enzo Ciconte, *'Ndrangheta Padana*, Rubbettino, Soveria Mannelli, 2011.

G. Pignatone, M. Prestipino, com G. Savatteri, *Il Contagio*, Laterza, Bari, 2012.

M. Portanova, G. Rossi, F. Stefanoni, *Mafia a Milano*, Melampo, Milão, 2011.

Armando Spataro, *Ne valeva la pena. Storie di terrorismi e mafie, di segreti di stato e di giustizia offesa*, Laterza, Bari, 2010.

AGRADECIMENTOS

Para escrever este livro, tive a sorte de receber muita ajuda e bons conselhos. Enzo Ciconte ficou ao meu lado desde o começo e, com a sua determinação de historiador, até me deu umas broncas devido às minhas "licenças narrativas". Encarreguei Gianfranco Manfredi de dar "uma geral" na sua memória e nos seus antigos papéis de "velho" repórter para me ajudar a reconstruir os processos do passado e os personagens que conhecera "de perto".

O tenente-coronel Stefano Russo, comandante da Unidade Anticrime do ROS dos Carabineiros de Reggio, foi fundamental na reconstituição das últimas investigações sobre o porto e sobre as quadrilhas da costa jônica.

O antigo chefe da *Squadra Mobile* de Reggio Calábria, Renato Cortese, investigador extraordinário, só por amizade aguentou as constantes perguntas acerca dos laços familiares e dos nomes — todos homônimos — das quadrilhas e esclareceu as minhas dúvidas na reconstrução de fatos e datas.

Sempre amável foi o diretor da DIA, Alfonso D'Alfonso, que em tempos já longínquos chefiou a Delegacia de Gioia Tauro, assim como Pino Cannizzaro, que mais tarde ocupou o mesmo cargo. E Andrea Caridi, homem-chave da DIA.

Agradeço sinceramente ao administrador regional Franco Gratteri, chefe da Diretoria Central Anticrime, que me ajudou na interpretação de fatos e contextos como só ele, e quase mais ninguém, *sem ofensa*, poderia fazer.

Antigos e novos amigos não faltaram na hora da necessidade: Peppe Baldessarro, o jornalista do *Quotidiano della Calabria*, Riccardo Guido, o precioso colaborador da Comissão Parlamentar Antimáfia, Claudio La Camera, o diretor do Museu da 'Ndrangheta de Reggio, e, obviamente, Gino Parise, de Tiriolo.

Na "viagem" política ao passado de Gioia Tauro, e também pelas ruas da cidade e da marina, acompanhou-me com grande disponibilidade Edoardo Macino. Enquanto dom Pino De Masi, pároco de Polistena, vigário da Diocese de Oppido-Palmi e incansável construtor da associação antimáfia Libera, ajudou-me a entender comportamentos e pessoas que, de outra forma, teriam como única referência a frieza dos autos judiciais.

Um agradecimento particular ao procurador da República de Roma, Giuseppe Pignatone, e ao procurador-adjunto de Reggio Calábria, Michele Prestipino. Encontrá-los e conversar com eles é sempre uma oportunidade para debate e enriquecimento das análises e dos conhecimentos.

Como já vem acontecendo há alguns anos, eu não conseguiria chegar ao fim dos meus livros sem a dedicação, a paciência e a inteligência de Salvatore Vitellino, da Editora Dalai. Também fico grato a Mara e a Alberto, que fizeram uma linda capa para a edição original.

Obrigado, finalmente, a Cico, Walter, Gianluca, Massimiliano, Ivan e Vincenzo, da Polícia de Estado, que, como a respeito de muitas outras coisas, partilharam comigo a realização deste livro. Coisa que também fizeram Ilia e os seus maravilhosos amigos.

ÍNDICE DOS NOMES

Impresso no Brasil pelo
Sistema Cameron da Divisão Gráfica da
DISTRIBUIDORA RECORD DE SERVIÇOS DE IMPRENSA S.A.
Rua Argentina 171 – Rio de Janeiro, RJ – 20921-380 – Tel.: 2585-2000